中公文庫

ポー傑作集

江戸川乱歩名義訳

エドガー・アラン・ポー
渡辺 温／渡辺啓助 訳

中央公論新社

ポー傑作集・目　次

ポー傑作集

ポー傑作集

江戸川乱歩名義訳

ポー傑作集

序　文

Edgar Allan Poe——一八〇九年一月十九日ボストン市カーヴァア街に生まれ、一八四九年十月、バルテイモア市の酒場に於いて死す。

ポーの作品に表はれたる凄愴にして瑰麗比なき幻想や誇高い気品に就いて、またそれ等の総の主題を包含せるかの如き彼の短い貧困と数奇を極めた一生に就いては、既に広く紹介しつくされてゐるから、今更茲に喋々する要もなからう。兎に角ポーはアメリカの生んだ最大の文学者であることだけは疑ひもない。

この集に収めたものは、出来るだけ大衆的要素をより多分に具へた作品を択んだわけだが、併しもともとポーの作品に於いて読物的価値を第一義的に考へることは無理なのだから、大衆小説として必ずしも喝采を拍すべきもののみとは限らない。たとへばポーの三つの探偵小説の主人公であるオーギュスト・デュパンはホームズやルパンの大先輩だが、彼にとつて犯人が天網恢々捕縛されて悪の報いを受けることなどは全くどうでもいゝ問題で、ただ純粋なる理性が如何に論理的に事件を解釈するかゞ重大な意図だつたのである。

Ambrose Bierce ——この作家の生涯は、彼の好んで書く小説と同じやうに神秘的に終つてゐる。彼は一八四二年亜米利加はオハイオ州で産れた。Poe の死に先立つ事七年即ち同国人にして、然も全く同じ型を持つたこの先輩が死んだ時、彼は八歳であつたわけである。彼の作品は屢々ポーのそれと比較される。その優劣はさておき、怪談味といふ点に於いては彼の作品の方が遥かに濃厚であるといふ事が出来やう。一九一四年までの生涯を彼は南北戦争に加入したり、倫敦に渡つて雑誌の寄稿家となつたり、再びカリフォルニヤへ帰つて雑誌の編輯に当つたり、かなり目まぐるしい生活をして来たが、その最後に於いて突然行方不明になつた。最後に彼の消息が聞かれたのはメキシコであるが、それ以来杳として行方が分らないのである。如何にもこの作家らしい終末と言はれてゐる。遺された著作物はかなりの大分に登るが、その中で最も有名なのは"Can Such Thing Be?" と題された短篇集で、本篇に集めた三篇は全部その中から抜いたものである。

Amadeus Hoffmann ——詳しく言へば Ernst Theodor Amadeus Hoffmann は独逸の持つ浪漫派の作家の中の、最大なるもの丶一人である。彼の作風は豪快にして華麗、然も怪奇を極めてゐた。最も厳密な意味から言へば、現代の探偵小説の原泉は、彼の作品の中の此処に掲げた「スキュデリ嬢」であらうとまで言はれてゐる。彼の作品の華麗にして傍若無人なると同じやうに、彼自身もさうであつたらしく、最初彼は法律を学んだが、その生涯の多くは国中を漂泊する事に費された。その間、肖像画を書いたり、田舎劇場を経営したりして、大いに多才振りを発揮してゐる。彼の作品はかなり厖大なるものであるが、その全部がホフマン集として蔵められてゐる。此処に集めた二篇は共にその中最も著名なるものである。

〔序文『ポー、ホフマン集』世界大衆文学全集　第三十巻、改造社、昭和四年〕

＊本文庫は「ビヤース」と「ホフマン」の部分未収載

黄金虫

おやおや！　此奴は踊り気違ひだ！
此奴はタランテュラ蜘蛛に嚙まれたのさ。
——「すべてが間違ひ」

久しい以前に私はウィリアム・レグランド氏と親交を結んだ。彼は由緒あるユグノー家の裔で曽ては富裕の聞えも高かつたのだが、打続く数々の不運のために次第に零落した。彼は不幸な思ひや煩はしさから逃れたかつたので、父祖の地なるニュー・オルレアンスを離れて、南カロリナのチャールストンに近いサリバン島に移り住んだ。

この島は甚だ特異なものであつた。殆ど海砂ばかりで出来て、長さ約三哩、幅は四分の一哩を超ゆる部分は全くなかつた。そして殆どそれと見別け難い入江に依つて本土と隔てられてゐた。その入江は沢鵟の好んで集つて来る蘆や泥の中をじめじめと流れてゐた。植物の類には無論乏しく、極めて矮小なるもののほか、大きな樹木なぞは更に見られなかつた。西端に近い処にはムウルトリイエ城塞があり、また夏中チャールストンから埃や熱病を避けて来る人々に借りられる見窶しい木造家屋が少しばかり建てられたりして偶々剛毛の棕櫚などが見出されないものでもないが、全島はたゞこの西方の例外と海岸の白浜とを除けば、英国の園藝家達の大層珍重する香のよい桃金嬢の密生した藪で覆はれてゐる。その灌木はしば〳〵十五呎から二十呎の高さに及び、そして殆ど踏み分け難い密林を造り、空気はその香に燃え上つてゐた。

この雑木林の奥の、島の東部、つまり本土から最も遠い端れに寄つたあたりにレグランドは自身で小屋を建てた。私が最初ゆくりなくも彼と知己になつた時彼はそれに住んでゐた。私共は直ぐに親密になれた。私は彼が教養の行届いた、嫌人症で且つ熱狂と憂鬱との交互の偏執的な機嫌に囚はれがちではあるにもせよ、殊の外に明晳なる頭脳を持つてゐる男であることを知つた。彼は沢山の書籍を蔵してゐたが、滅多に読まなかつた。彼の主な娯しみは銃猟か魚釣か、さもなければ海辺に沿ひ桃金嬢の間を抜けて散歩しながら珍しい貝殻や昆虫学上の標本などをあさることであつた——彼の最近の蒐集などはおそらくスワムマアダムの如き昆虫学者にも羨まれるものに違ひない。かうした遠足には彼は大抵ジュピタアと呼ぶ黒奴の老人を連れて出た。ジュピタアは一家の没落以前に已に解放されてゐたのだが、彼は全く自分の意思で、若主人の「ウィル旦那」の赴く所に従ふことを正しいと信じて随いて来たものである。

サリバン島の緯度に於ける冬の凌ぎ難いためしは甚だ稀で、わけて秋には火が必要と考へられる程の日は極めて尠なかつた。一千八百――年の十月半ば頃、併し、偶々ひどく冷え冷えとした日があつた。私は夕暮れ時に及んで、常盤木の藪をかき分けながら数週間会はなかつた友の小屋を訪れて行つた――当時私の住居は島から九哩ほど隔てたチャールストンにあつて、島との往復の不便は今日とは比ぶべくもなかつた。さて何時ものやうに小屋の入口を敲いたが応へがなかつたので、私は予て知つてゐる秘密の隠し場所から鍵を取り出して、それで扉を開けて中へ入つた。炉の中に火が美しく燃え旺つてゐた。珍しかつたが、併しもとより決して不愉快なものではない。私は外套を脱ぐと、パチパチ鳴つてゐる薪の傍へ肱掛椅子を引き寄せて気長に主人の帰りを待つことにした。

　暗くなつて間もなく彼等は帰つて来て、そして非常に私の訪問を喜んだ。ジュピタアは耳から耳まで歯を露き出しながら、晩餐に沢鷸を料理するのだと言つて騒ぎ廻つた。レグランドは例の発作――でなくて何であらう？――熱中に落ち込んでゐた。彼は新種に属する未知の双殻貝を発見したが、さらに彼はジュピタアの援助を得て、全く新種と信ぜられるべき金亀子を追ひ廻して捕へて来たのである。これに関しては朝になつて私の意見を聞きたいと彼は言つた。

「どうして、また、今夜ぢやいけないのだね？」私は炎の上に手を揉み合せながら、金亀子の一族が地獄に行つてしまふことを願ひながら尋ねた。

「うん、若しも君が此処にゐると言ふことを知つてゐたらなあ！」とレグランドは言ふのであつた。「だが、随分久しく君と会はなかつたのだもの、どうしてまた今夜に限つて、君が訪ねて来やうなぞと思ひ設けるものか。僕は帰り途で、要塞のG――中尉に遇つて、そして、愚かにもその金亀子を貸してやつたのだ。それで朝まで君に見せることが出来ないわけだが、今夜は此処に泊つて行き給へ、夜が明け次第直ぐにジュピタアを取りにやらせるから。全く途方もなく見事なものだぜ。」

「何がだ！――夜明けがかね？」

「莫迦な！――その甲虫さ、素晴らしい金色で――大きさは胡桃ほどで――真黒な二つの斑点が背中の一端にあつて、更にも一つ稍長目なのが反対の端にある。そして触角は――」

「奴の中にや錫は混つて居りましねえだよ、ウィル旦那様先刻から申し上げて居りやすだが――」ジュピタアが言葉をはさんだ。「あの甲虫奴は黄金の甲虫で、何処から何処まで、翅はまあ別つてで御座りやすが、芯からすつかり無垢でやして――儂らは先づ生まれてこの方、あの半分も重てえのを持つたことは御座りましねえだよ。」

「ふむ、さうかも知れんて、ジャップ」とレグランドは答へた。「だが、それは、お前が鳥を焦がして了つた言ひわけになるのか？――その色は――」と彼は再び私の方を向いて――「実際ジュピタアの言葉を裏書きするのに充分な位だ。君はその甲殻が放つほどの金属的光沢を未だ見たことがないに違ひない――尤も、こんなことは明日の朝まで君には納得出来ないわけだが。併し、兎に角、大体の形だけは教へて置かう。」彼はさう言ひながら小ひさな卓子に向かつたが、その上にはペンとインキだけで紙はなかつた。彼はそれで抽斗を探したけれども何もなかつた。

「まあ、いゝわ。」と彼は遂に言つた。「これでも間に合ふだらう。」そして彼は胴衣のポケットから汚れた大判写用紙の裂れ端しとも覚しい紙片を取り出すと、それにペンで粗末な絵を画きはじめた。私はその間、未だ薄ら寒かつたので炉側の椅子へ戻つて温もつてゐた。略図が出来上ると彼は坐つたまゝで手を延べて私へそれを渡した。そして私が受取つた時であつた、けたたましい吠声に続いて扉を引掻く音がした。ジュピタアが扉をあけると、レグランドの飼犬の大きなニューファウンドランドが飛び込んで来て私の肩に跳びついた。私がこれまで訪ねて来る度毎に必ず愛撫してやつたので、よく懐いてゐた。漸くそれを払ひのけて、さて紙片を見た時に、私は、事実を言へば、友が画いたものについて尠らず面喰つたのである。

「はて！」私は数分間思ひ迷つてから言つた。「これはまた何と驚くべき金亀子だ！　正直のところ、僕は全く見かけた事もない、それに似通つた類のものさへ知らない――先づ髑髏か死人の頭でもない限り。――事実僕の眼から見ればそれが何よりもよく似てゐるとしか思へないのだが。」

「死人の頭！」レグランドは言ひ返へした。「ふむ——さう——かも知れない、紙に画けばさう見えるのだらう。上の方にある二つの黒い斑点が眼のやうに見えて、ええ、さうだらう？　下の方の長い斑点が口で——それに全体の形が楕円形だからね。」

「おそらく、さうだらう。」と私は言つた。「だが、レグランド、君はどうも絵画きの素質はなささうだね。僕は、若しそれの特異な形をのみ込む必要があるのならば、まあ明日の朝になつて実物を見るまで待つことにしよう。」

「どうも、そんな筈はないんだが、」と彼は少しばかり苛立つて言つた。「僕は相当に画く——すくなくとも画ける筈だ。僕は良い教師に就いて習つたし、またそれほど低脳でもないつもりだ。」

「併し、ねえ君、君はさもなければ悪戯をしてゐるのだらう。これは紛れもない髑髏だ——実際、生理学的に見ても中々上手に画けてゐる髑髏だと言つてもよからう。——そこで若しも君の金亀子がこれに似てゐるとするならば、それこそ全世界で最も奇妙な天然の金亀子と言はなければなるまい。我々はこの符合について何かひどく不気味な迷信を生み出すことになるだらう。僕は君がこの金亀子に人頭甲虫（スカラバエウス・カプトホミニス）とでも命名することを勧める。ところで、君の言ふ触角は何処にあるのだね？」

「触角？」とレグランドは妙に興奮しながら言つた。「触角ならば直ぐに見別けられる筈だ。僕は現物と同じやうな奴を判然と画いて置いたのだから、それだけは完全なつもりだ。」

「なる程」と私は言つた。「多分君は画いたのだらう――だが、僕には見つからないね。」私は彼の感情に逆ひたくなかつたのでそれ以上何も言はずにその紙を彼に手渡した。併し、この出来事にはひどく驚かされた。彼の不機嫌も甚だ合点が行かなかつたし、それに彼の画いた甲虫の絵は明かに触角をもつてゐなかつたばかりではなく、全体が極く普通に画れる死人の頭とそつくりだつたのである。

彼は腹立しげに紙片を受取ると揉みくちやにして、火に熛るつもりらしかつたがふと絵に目をとめて俄にハツとした様子だつた。忽ち彼の顔色は嶮しく真赤になつたかと思ふと、またみる〳〵蒼ざめた。数分間彼は坐つたまゝ、その絵を詳かにしらべ続けた。遂に立ち上ると彼は卓子から蠟燭を取り上げて、部屋の一番はなれた隅に行つて、其処の船簞笥の上に坐つた。そこで彼は再びその紙をあらゆる方面にかざして眺めながら熱心に検めた。彼は併し一言も口を利かなかつた。彼の振舞はいたく私をおどろかした。やがて彼は上衣のポケットから金入を取り出すと注意深くその紙を収めて、さてそれを書物机の中に蔵つて鍵をかけた。彼の態度は今や一層落着いて来たが、平常の熱中した様子は全く消え失せてゐた。時が経つに従つて彼は愈々物思ひに沈んで行つて、私の警句なぞは歯の立つべくも見えなかつた。私はその晩、以前も屢々したやうに泊つて行くつもりだつたのだが、主人のさうした機嫌を見て、帰へることに決めた。彼は私を止めはしなかつたが、別れ際に及んで彼は常よりも更に深い親愛を示して手を握つた。

それから一月ほど経つてのことである。(その間中私は全くレグランドに会はずに過ごした) チャールストンからジュピタアの訪問をうけた。

私はこれまでこの善良な老黒奴がかくも気落ちしてゐるのを見たことがなかつたので、ひよつとして友の身の上に容易ならぬ不幸でもふりかゝつてゐるのではないかと気遣つた。

「どうしたんだ、ジャップ。」と私は言つた。「君の旦那様は達者かね?」

「ところがで、旦那様、ほんとを申しやすとどうも家の旦那あ、ちいつと加減が悪りいやうで御座りますだよ。」

「よくない? そいつは困つたな。何処がいけないんだ?」

「それが、なんでがすよ! ――旦那あ何とも仰有りはしねえでがすが、――それでも、やつぱしえらく病気でござりますだ。」

「えらく病気だつて?! ジュピタア! ――何故お前ははやくさう言はないのだ! 旦那は寝てゐるのか?」

「いんや、旦那様、それが違ふんでね――旦那は何処にも寝てなんぞゐさつしやりましねえだよ――正に困ることでござりますだ――儂らあ何とも可哀想な旦那が心配でなりましねえだ。」

「ジュピタア、もつと解るやうに言つてくれ。旦那が病気で、そして何処が苦しいのかは少しも言はないといふんだな？」

「ところがでがす、そんなことで気いちがふ道理ねえでがすよ――ウィル旦那は何ともねえと仰有りましたけんど――気い違つてねん者が何で頭下げたり肩立てたりして、幽霊みてえに白くなつて、こつち向いて歩き廻つたりするもんかね？　それに一日中算術やつてゐなさるだ――」

「何を、持つて？」

「算術でござりますだよ。石板の上さ字書いて、儂らちつとも見たことのねえ奇体な字書いてゐさつしやるだねえか。儂らえらく恐くてなんねえでがす。儂らちつとも油断なく旦那を見張つてゐますだ。何時かなんどは、お天道さま出ねえさきから、こつそり脱け出して、その日一日中帰らつしやらなかつたもんでござりますだよ。儂ら、帰へつて来さつしやつたら旦那どんをぶつぱたいて呉れべえと思ひやして、でかい棍棒をこせえて置きやしたけんど、――旦那見ると儂ら馬鹿なもんだでとても可哀想で――」

「え？　――何だつて？　――ふむ、さうか！　――だが、とにかくお前があんまり手荒らなことをせずに済んだのはよかつた。――酷く打つたりしちや不可いぜ、ジュピタア――直ぐに参つてしまふにきまつてゐる――だが、お前にはどうしてその病気が起つたのか、と言ふよりもどうしてそんな振舞ひをするやうになつたのか、はつきり解らないのだな？　この前お前と別れてから、何か不愉快な事件でも起きたのか？」

「いんえ、旦那様、あれからは何にも悪いことなんどは御座りましねえだが——だけんど旦那様家へござらつしやつた日のことかも知んねえで御座りますだよ。」

「え？　何のことだ？」

「実あ、旦那様、あの甲虫めでがす——儂ら思ひますだ、ウィル旦那は確に頭でもあの黄金虫に噛まれさつしやつたに違えありましねえだ。」

「どう言ふ訳でまたお前はそんな風に考へるんだね？」

「爪見たつてわかりますだ、旦那、それに口もありやすだよ。儂らあんなおつかねえ甲虫は初めてでがす——奴めは自分の側さ来るものは何だつて蹴つ飛ばしたり噛みついたりしやすだ。ウィル旦那は奴めをギュッと掴めえさつしやつただよ——屹度その時喰ひ付きやがつたに違えありましねえだ。儂ら奴めの口つきが、えらく気に入らなかつただよ、決して指なんどで掴まねえでがす、紙つきれめつけて包みやしただよ。」

「では、お前は旦那どんが本当にあの甲虫に噛まれたお蔭で病気になつたのだと考へるんだね？」

「儂ら、何も考へましねえだ——儂ら知つてるだよ。若しあの黄金の甲虫が噛んだんでねえとしやしたら、何で旦那は黄金の夢なんど見さつしやる道理がありやすだ？　儂ら前にもそんな黄金虫の話きいたことがありますだ。」

「だが、どうしてお前は、旦那が黄金の夢を見ることを知つてゐるんだ？」

「何で儂ら知つてるかつて？　旦那眠つててさう言はつしやつただ。」

「ふむ、ジャップ、多分お前の言ふ通りかも知れないね。だが、ところで、今日はるぐ〳〵お前のお出かけを忝ふした用件と言ふのは何だつけな？」

「何でございます、旦那様？」

「お前、何かレグランドさんから言伝つて参じましたらう？」

「いんえ、旦那様、儂らこの手紙持つて来たらう？」

そしてジュピタアが私に手渡した紙片には次の如く認めてあつた。


何故に斯く久しく御拝顔を得ざりしか？　貴下は小生が過日の無愛憎なる振舞を御立腹なされたるにあらずや、恐惧に不堪候。

さて一別以来一方ならず焦慮到し居り候が、小生は貴下に或事に付きて懇談致し度く存じ候も、如何にして之を語る可きかを知らず且つ又之は果して他人に語るべき性質のものなるや否やも知り申さず候。小生は此処数日間健康勝れず洵に哀れなる状態に御座候が、ジュピタアは小生を気遣ふの余り、却つて殆ど堪へ能はざる程小生を苦しめ申し候。

貴下には信じられまじく候が、一日なぞは小生が彼を出しぬきて終日山を抜渉したるを懲しむるとて密かに大いなる棍棒を用意して小生を殴らんと謀り候。小生が運よく此の危難を逃れしは全く小生の風貌が病人らしかりし為とのみ信じられ候。若し何とか御繰り合はせ叶はば、ジュピタアと共に是非御来車下され度く、今夜は重大なる用件を貴下に御面談いたし度き考へに候。小生にとりては殊の外容易ならざる事柄に候へば、枉げて御光来の程希望致候。

ウィリアム・レグランド

この手紙の文句の中には何となく大きな懸念を私に感じさせるものがあるやうに思へた。その全体の調子が常のレグランドとは違つてゐた。彼は何事を夢想してゐるのであらうか？　如何なる奇想が彼の感じ易い頭脳を囚へたのであらうか？「殊のほか容易ならざる事柄」とは何事であらうか？　ジュピタアの言葉は洵に不吉なものと言はなければならない。私は重なる不運が遂に我が友の理性を害ねてしまつたのではあるまいかと懼れた。私はそれで、瞬時も躊躇せずに黒奴と共に出かける支度をした。

波止場に達した時に、私は私共が乗るべきボートの底に真新しい一挺の大鎌と三挺の鋤とが横つてゐるのを見出した。

「これはまた何としたことだ、ジャップや？」と私は訊いた。

「ウィル旦那の鎌で御座りますだよ、旦那様、鋤もさうで御座りますだ。」

「なる程、だが何のためにそんな物を使ふんだ？」

「ウィル旦那がどうしても町さ行つて買つて来いと言はしやつたでがす。それで儂ら滅法(めっぽう)高(たけ)え銭(ぜに)出して買ひましただよ。」

「解(わか)らないね。お前の旦那は大鎌を一体何にするつもりなんだらうな?」

「儂らとんと解りましねえだが、ウィル旦那にだつて解りつこねえでがすよ。何せこれもあの甲虫奴(かぶとむしめ)のしたことで御座りますだ。」

　私はすべてを「甲虫奴」に結びつけなければすまないジュピタアからは到底満足な答へを得(う)ることの難しいのを覚(さと)つたので、直(す)ぐにボートに乗つて帆を上げた。折からの順風を受けて我々は忽(たちま)ちの中(うち)にムウルトリイエ要塞の北方に当る小湾へ疾(はし)り込んで、それから約二哩(マイル)ばかり歩いて小屋に達するのである。我々が小屋に到着したのは午後の三時頃であつた。レグランドは熱心に我々を待ち受けてゐた。彼は私の懸念を一層深めるやうな並々(なみなみ)ならぬ熱情を以(もつ)て私の手を握りしめた。彼の顔色は蒼ざめ果てゝ、深く落ち込んだ眼は怪(あや)しく輝いてゐた。彼の健康について二言三言(ふたことみこと)質(たず)ねた後(のち)に、言ふべき言葉に迷ひながら、私は彼が若(も)しやG——中尉から金亀子(こがねむし)を取戻したかと訊いた。

「ああ、取つて来たとも。」と彼は答へた。「僕はあの翌朝直ぐに返して貰つたよ。どんな事があらうとあれを手ばなすわけにはゆかないのだ。それについてジュピタアの考へこそ全く正しいことを君は知つてゐるかね?」

「どんな風(ふう)なことがだね?」と私は悲しい予感に脅(おび)やかされながら尋ねた。

「つまりあれが本当の黄金であると言ふことだよ。」

　彼は重々しい真面目な調子でさう言つた。私はギョッとした。

「この甲虫は僕の身代を造つてくれるのだ。」と彼は誇らかな微笑と共に言葉を続けた。

「そして僕の一家の富を回復してくれるのだ。そこで、僕がそれを秘蔵するには何の不思議もないではないか？　幸運の神が僕にそれを与へることをふさはしいと考へたからには、僕は適当にそれを用ひて、甲虫が指標となるところの黄金に到達しなければならない。ジュピタア、あの金亀子を持つて来てくれ。」

「甲虫奴だつて‼　旦那様、とんでもねえ！　儂らまつぴら御免でがす——旦那御自分で取らしつやるがえゝだ。」そこでレグランドは立ち上がると、勿体ぶつた厳粛な様子で、硝子箱の中からその甲虫を持つて来た。それは美しい金亀子であつた、そして当時に於ては未だ博物学者に知られてゐない種類で、科学的見地からしても殊の外珍重すべきものに相違なかつた。

　背中の一方の端に近く二つの円い真黒な斑点があり、他の端に稍長目の斑点が一つあつた。甲殻は非常に硬く光沢を帯びて、磨きをかけられた黄金の如くに見えた。この昆虫の重量は甚だ著しいものであつたし、すべての点からして、私はあながちジュピタアの意見も無理のない気がしたが、併しレグランドまでがそれと相和するに至つては、私はまことに言葉がなかつた。

「で、君を迎ひにやつたと言ふのは」と彼は、漸く甲虫の観察を終へた私に向つて、大袈裟な調子で言ふのであつた。「君を迎ひにやつたと言ふのは他でもない、運命とこの甲虫との問題に関して君の意見と助力とが望ましかつたのだ――」

「ねえ、レグランド。」と私は彼を遮つて叫んだ。「君はどうも健康を害してゐるらしい。要心しなければいけないね。直ぐ寝た方がよくはないか？　僕は君が快くなる迄暫く此処に止まつてゐよう。君は熱がある、そして――」

「僕の脈をしらべてみてくれたまへ。」と彼は言つた。私はそれに触れてみたが、併し極く微な熱病らしい徴候も感じられなかつた。

「けれども、熱はないにしても、君は病気かも知れないぢやないか。今度だけ君に向つてこんな風に指図をするのを許してくれたまへ。先づ第一に寝床に入らなければいけない。それから――」

「君は考へ違ひをしてゐるんだ。」と彼は口をはさんだ。「僕は正気なればこそ、こんなに興奮したり苛々したりするんだ。若しも君が真実僕のことを気遣つてくれるのならば、何よりもこの興奮を静めてくれるべきだよ。」

「では、どうすればいゝのだ？」

「容易いことだ。ジュピタアと僕はこれから本土の小山の中へ探険に出かけるのだが、この探険にはもう一人我々の信頼出来る助手が必要なのだ。そして、この試みが成功しやうとも失敗しやうとも、どつち道僕のこの興奮は和らげられる筈だ。」

「何にせよ、僕は君の言ふ通りにし度いが、」と私は答へた。「併し君はまさか、この忌々しい甲虫が君の探険に何かの関係があるなぞとは言ひはすまいね？」

「大ありさ。」

「それでは、レグランド、僕はどうもそんな莫迦げた行動の仲間入りは御免蒙りたいね。」

「それは、残念だ――ひどく残念だ――それでは我々ばかりで試みなければならないことになる。」

「勝手にやりたまへ！　この男は正しく狂人だわい！　――待ちたまへ！　――それで君達はどの位留守にしやうと言ふのだね？」

「おそらく夜つぴてだらう。我々は今から直ぐに出発して、そして兎に角日の出迄には帰つて来る。」

「では、君は名誉にかけて、君の気紛れがをはつて、そしてこの甲虫の仕事が（いやはや！）君を満足させたときには、必ず直ぐに家へ帰つて、そして医者のそれのごとくに僕の忠告に従ふことを誓ふかね？」

「よろしい、誓はう。さあ、ぐづ〳〵してゐる時間はないのだから直ぐに出かけるんだ。」

私は浮かぬ気持で友に従つた。我々は四時頃に出発した――レグランド、ジュピタア、犬、それから私と。ジュピタアは自分から申し出てずつと鎌と鋤とを担ぎ通した。――それと言ふのは、お勤めや親切からではなく、つまりそれらの道具を一つでも、主人の手の届くところに置くことを怖れたためらしかつた。彼の態度は殊のほか強情で、そして例の「あのでかい甲虫奴」と言ふ語が途中で彼の脣を洩れる唯一の言葉であつた。

私はと言ふに、暗い提燈を一対持たせられて、そしてレグランドは金亀子を鞭紐の端に結んで、それを魔法使のやうな工合に前後に振り廻しながら、独り満足らしく歩いてゐた。私は遂に友のこの精神錯乱の兆候をまざ〳〵と見せつけられるに及んで危く泪の溢れるのを覚えた程であつた。私は、併し、この場合彼の妄想を楽しませ、そして根気よく機会を待つてあらためてよい方法を講ずるのが最善だと考へた。同時に私は、彼のこの探険の目的が何であるかとさま〴〵と探りを入れてみたのだが全く徒労であつた。彼は首尾よく私を同行させることが出来たにも拘らず、肝心な点については少しも喋らずに、私の質問に対して答へる言葉は決つてかうであつた。

「今に解るよ！」

我々は島の先の入江を小艇で渡ると、本土の海岸の高地を登りながら、人跡杜絶えて荒涼として廃れ果てた地方を抜けて、西北の方角へ向つて行つた。レグランドは、その路を、ほんの僅ばかり足を止めて前に予め憶えて置いたらしい目標を辿りながら、どん〳〵進んだ。

こんな工合で、約二時間ばかり歩き続けて、太陽が沈みかけた頃、我々はこれ迄よりも一層凄じく荒廃した地点に入つた。そこは一種の高台で、殆ど近づき難く見える丘の頂きが近間に聳えてゐる。その丘は麓から尖端に至る迄鬱葱たる茂みに蔽はれ、その間を点綴して危く樹々に依つて谷底へ顚落することを妨げられながら岩石が土から揺ぎかけて横つてゐた。深い渓谷はそれぞれの方角に開けてその辺の眺めに一入凄愴な光景を添へてゐた。

我々が攀ぢ登つた天然の高台は懸鉤子が隈なく生ひ繁つて、大鎌の助をかりなければ到底踏み入ることが不可能だつたので、ジュピタアは、主人の指図通りに丈高いゆりの木の根元まで道を切り開きはじめた。そのゆりの木は十本ばかりの槲の木の間に一際高くそそり立つてゐた。その枝を広く延ばしてこんもりと茂つた形は、私がこれ迄に見たどんな樹よりも美しく優れてみえた。さて、この樹の根元に達すると、レグランドはジュピタアを振り返つて、それに登ることが出来るか如何か尋ねた。老人はその質問には些か面喰つた様子で、暫く何とも答へなかつた。やがて彼は幹に近寄つて、ゆつくりとその囲りを歩きながら、念入りに眺めた。精密な吟味を終へると彼は言つた。

「さうでがす、旦那様、ジャップは今まで自分が見た木ならば如何な木でも登れるでござりますだよ。」

「それぢや大急ぎに登つてくれ。さもないと直きに暗くなつて四辺が見えなくなるからな。」

「何処まで登るでがす、旦那様？」とジュピタアは訊いた。

「先づ幹をどんどん登つて行け、それから先は教へてやる——ところで——待て待て！この甲虫を持つて上るんだぞ」

「か、甲虫でがすつて？　ウィル旦那様！　——」

黒奴は叫んで狼狽した。「何だつてまた甲虫なんど持つて上がらねばなんねえでがす？——だ、だ——儂ら、はあ、それをするよか地獄へ落ちた方がましでござりますだ！」

「怖いのか、ジャップ、貴様みたいな図体をした黒奴が、小つぽけな死んだ甲虫を、どうして糸で吊して持つて行けないのだ？　——だが、どうしても持つて行けないと言ふのなら、俺はこのシャベルで貴様の頭を叩き破るより仕方があるまい。」

「何でがすつて、旦那様？」とジャップは遉に極りの悪さうな顔をした。「旦那様は何時でも老寄りの黒奴を苛めさつしやるだが、あに、冗談でござりますだよ。儂らが甲虫めを怖がるかつて？　儂ら甲虫めなんど何でもねえでがす！」彼はそこで用心深く糸の一番端を持つて、出来るだけその昆虫を体から遠ざけるやうにして、木登りの用意をした。

若木の折ならアメリカの山林の樹々の中で最も壮大なるゆりの木の類は、横枝なくして屡々相当の高さに及ぶものがあるが、成熟期に達すれば樹皮は凸凹の節を生じて、やがて多くの短い枝が幹の表面に現れて来るのである。で、これに登ることは、見かけに比べて実際はさほど困難ではなかつた。巨大な幹に腕と膝とでしつかり抱きついて手懸りと足場を求めながら、ジュピタアは、一二度落ち損つた後で、漸く最初の枝の叉迄届くことが出来た。地上から未だ十六七呎のところだつたが、こゝまで来れば最早為事は事実上終つたも同じである。

「何つちの道、参りますべえか、ウィル旦那様？」と彼はきいた。

「一番大きな枝を伝つて行くんだ――此方側の奴だ。」とレグランドは言つた。黒奴はそれに従つて段々高く登つて行つて、遂にそのづんぐりした姿は枝葉のしげみの中に包まれてしまつた。彼の大声に叫ぶのが聞えた。

「どのくれえ遠くまで行くでがすか？」

「どこまで行つた？」

「えらく上でがすよ。」と黒奴は答へた。「木の天辺から空が見えてますだが。」

「空なんかどうだつて構はないから、俺の言ふことを気をつけて聴くんだぞ。幹の此方側を見下して、お前の下の枝の数をかぞへて見ろ。お前は幾つ枝を上がつたんだ？」

「一、二、三、四、五――旦那、五つ大きな枝を通つて来やしただ。」

「それぢや、もう一段、高い枝に移るんだ。」

しばらくして再び声が聞えて、七番目の枝に達したことを知らせた。

「いゝか、ジャップ。」とレグランドはかなり興奮した色を示しながら叫んだ。「さあ、その枝の上を何処までも行けるところまで行つてくれ。そして、何か変な物が見付かつたら、知せてくれ。」

　茲に至つて友の狂気に対する私の疑念は解決された。と言ふのは私は彼が精神錯乱の発作に襲はれてゐるものと見なしたのである。そして私は何とかして彼を家へ連れ帰らなければならないと焦慮した。私がさうした思案に暮れてゐる時に、ジュピタアの声がまた聞えた。

「この枝をあんまり遠くさ行くことは、とても怖かなくて駄目でがす。——この枝はすつかり枯れてゐるだに。」

「なに、枯れ枝だつて？　ジュピタア。」とレグランドは声を震はせて叫んだ。

「さうでがすよ、旦那様、枝めはすつかり息が絶えて、死んでゐますだ——」

「いやはや、どうしたと言ふことだ？」レグランドはいたく失望して言つた。

「見給へ！」私はこの時と許りにすかさず言つた。「いよいよ帰つて寝るんだぞ。さあ、行かう！　もう遅いし、それに、さう言ふ約束だつたのだからね。」

「ジュピタア」彼は私なぞには頓着せずに叫んだ。「聞えるか？」

「はい、はつきり聞えますだよ、ウィル旦那様。」

「その樹を、いゝか、お前のナイフで切つて、本当にひどく腐つてゐるかどうか験してみてくれ。」

「奴めはまるで腐つて居りますだよ、旦那様。」と、しばらくして黒奴は答へた。「だけんど、性無しちゆうほどでもねえでがす。儂ら、一人くれえなら、何とかしてもう少し先の方まで渡れねえこともねえでがすがね。」

「お前一人？　――何のことを言つてゐるんだ？」

「何つて、甲虫奴でがすよ。えらく重てえ甲虫だに、若し奴めを落つことしてしめえば、たかゞ黒奴一人くれえ乗つかつたところで、この枝は折れつこねえです。」

「碌でなしの悪党め！」とレグランドは救はれたやうな面持で叫んだ。「何だつて、貴様はそんな出鱈目を喋りやがるんだ？　その甲虫を落しでもして見ろ、貴様の首をへし折つてくれるから！　いゝか、ジュピタア、聞えるか？」

「はい、旦那様、可哀想な黒奴をそげんに怒鳴らんで下さりませ。」

「よし！　さあ、よく聞け！　――若し、お前が甲虫を落さずに、その枝を行けるところまで行つたなら、降りて来た時に一弗銀貨を褒美にやらう。」

「参りますだよ、旦那――さあ、」と黒奴は元気よく答へた。「もう、はづれの方さ行く処でがす。」

「端の方だつて！」とレグランドは鋭い声で怒鳴つた。「本当にもう枝の端の方まで行きかけてゐるのか？」

「直き其処が端でがすだ、旦那様――う、う、う、うあ！　神、神様！　この樹の上にあるものは何でがす？」

「よし。」とレグランドは叫んだ。「何があつたんだ？」

「何つて、髑髏に違えありましねえだ——誰かゞ自分の頭をこの樹の上さ置いて行つたで、烏奴が肉をすつかりほじくつて喰つてしまひやがつたんでがす。」

「髑髏か、おい！　——上等、上等！　——それはどんな風に枝に載せてあるんだ？　——何で留めてある？」

「しつかり見ますべえ、旦那様。やれやれ、訝しなことでがす——でかい釘が髑髏さ刺つて、それで樹さ留めてありますだ。」

「さうか、よしよし、ジュピタア、俺の言ふことをしつかり聴け——聞えるか？」

「へい、旦那様。」

「注意をして、いゝか！　——髑髏の左の眼を探してくれ。」

「旦那様、眼は一つも残つてゐねえでがすよ。」

「間抜けめ！　お前は自分の右手も左手も解らないのか？」

「はい、知つて居りますだよ——それならよく知つて居りますだ——こつちの木を切る方の手が左の手でがすよ。」

「違ひない！　お前は左利きだからな、それでお前の左の眼はお前の左の手とおなじ側についてゐる眼だ。さあ、そこで、お前は髑髏の左の眼か、或はもと眼のあつた場所を見つけることが出来るだらう。見つかつたか？」

しばらく答へがなかつたが、やがて黒奴が訊いた。

「髑髏の左の眼も矢張り、奴の左手の方について居りますだか？　――髑髏には手はちつともねえでがすが、――大丈夫でがす！　さあ、左の眼が解りましただ――これが、左の眼でがす！　それから、どうするでがす？」

「その甲虫を眼の中から落すんだ、延びるだけ糸を延ばして――だが、落つことさないやうにしつかり糸を摑んでゐるんだぞ。」

「それだけでいゝですか、ウィル旦那様？　眼玉から甲虫を下(おろ)すなんど造作ありましねえだ――下の方から見てゐて下さりませ。」

この対話の間ジュピタアの体は少しも見えなかつたが、彼が苦心して降(おろ)した甲虫は、漸(ようや)く糸の端に下(さが)つて、夕陽を返して磨きをかけられた黄金(こがね)の球(たま)の如(ごと)き光を放ちながら現れた。金亀子(こがねむし)は何(いず)れの枝にも少しも邪(さまた)げられずに吊り下(さが)つてゐたので、糸を放しさへすれば、真直ぐに我々の足下へ落ちて来るのであつた。レグランドは直ぐに大鎌をとつて、この昆虫の真下のあたりに三四碼(ヤード)の直径の円を画(か)いて、切りはらつた。そしてそれが済むと、ジュピタアに、糸を放して木から降(お)りて来るやうに言つた。

甲虫の落ちた個所に正確に木杭(ぼつくい)を立てて、さて私の友はその次にポケットから巻尺(まきじやく)をとり出した。この一端を、樹の幹の最も木杭に近い部分と結びつけて、それから巻尺をほどきながら木杭のところまで行つて、更(さら)に延ばして、この樹と木杭との二点が決定する方向に従つて五十呎──ジュピタアは大鎌ですつかり懸鉤子を刈り取つた。かうして到達した地点に第二の木杭を打つて、その周囲に直径四呎ばかりの円が画かれた。そこでレグランドは自分で鋤を取り上げると、ジュピタアと私にも一挺手渡して、出来るだけ早く其処を掘り返すやうにと頼むのであつた。

有体が私は、平常からそんな娯しみに特殊な趣味なぞは決してもつてゐなかつたのだし、ましてこの際、日は暮れてしまふし、既に体は充分に疲労してゐたし、甚だ迷惑千万なことには違ひなかつたのだが、今更それを逃れる方法もなく、また拒絶することに依つて哀れな友の感情をかき乱すのを懼れて已むなくそれに従はなければならなかつた。若しもジュピタアの助けさへ藉りることが出来たなら私は力づくにでもこの精神病者を家へ連れ戻すのに躊躇しなかつたのだが、併しどんな場合にしろ、その老黒奴が主人と争つてまで私の味方になつてくれる気性ではないことを私はよく知つてゐた。私はレグランドが疑もなく、南方におびただしく伝はつてゐる埋もれた財宝の迷信にとり憑かれてゐることを察した。しかも彼の妄想は、金亀子の発見により、若しくはジュピタアがそれを「純金の甲虫」と言ひ張ることに依つて、唆かされたのであらう。──甲虫が「富の手びき」になる、と言つた憐れむべき彼の言葉を思ひ浮かべた。私は悲しい当惑を感じながらも、すこしでもはやく納得の行くやうな証拠を目撃せしめて、虚しい彼の妄想を打ち壊すよりほか術がないと考へて、進んで土を掘り返した。

提燈が灯されて、我々は一心に働いた。灯影は我々の体や道具の上に映じてゐたが、若しひよつとしてこの場を通り合せた人があつたとすれば、我々の労働の光景は定めてこの上もなく奇怪なおどろくべきものに見えたに違ひなかつたであらう。

我は矻々として二時間あまりも掘つた。誰も殆ど口を利かなかつた。たゞ一番困つたのは、我々の仕事を面白がつて犬が吠え立てることであつた。それで遂にジュピタアは穴から出ると、漸くのことで自分のズボン吊りで犬の口を緊く縛ばり上げてしまつた。

さて、さうして我々は五呎の深さに迄達したのだが、更に宝物などの現れさうな徴もなかつた。で、一休みすることになつた時には、私はこの茶番も到頭おしまひになりかけたと思つて喜んだ。レグランドは併し、大分気が挫けたらしかつたが、ぢつと思案しながら額を拭ふと再び仕事にとりかゝつた。我々は四呎の直径の円を掘りつくして、更に少しくそれを拡げた上、尚二呎だけ深く掘り返した。けれども、何も現れなかつた。哀れな黄金探求者は、遂に痛々しいほどの失望の色を漲らせて穴の中から這ひ出ると、脱ぎ捨てゝ置いた外套を渋々拾ひ上げて、歩きはじめた。私は何事も喋らなかつた。ジュピタアは、主人の合図に従つて、道具をまとめにかゝつた。そして、それが済むと犬の嵌口具も除つて、我々は黙々として帰途についたのである。

恐らく十二三歩も行つたと思ふ頃であつた、突然レグランドは凄じい罵声とともにジュピタアに躍りかゝると、その胸ぐらをつかんだ。仰天した黒奴は眼も口も一ぱいに開けひろげながら、鋤を投げ出して、膝をついた。

「破落戸めっ！」とレグランドは歯の根をカチ〳〵鳴して言つた。「碌でなしの極道者め！——さあ言へ、いゝか！　ごまかさずに、真直ぐに返答しろ！　——何方が——何方が左の眼だ？」

「ど、どうぞ、ウィル旦那様！　此方が確にその左の眼でござりますだ。」すくみ上がつたジュピタアはさう呻めきながら、手を右の眼の上に置くと、今にも抉り出されるものと思つてか、必死にそれを抑へた。

「その位のことだと思つたのだ！　——それで解つたぞ！　万歳！」とレグランドは喚き立てると、黒奴を突き放して躍り上つたり跳ね廻つたりするのであつた。全く度胆を抜かれてしまつた従僕は、跪いたまゝひたすら呆れ果てゝ、主人の顔と私の顔とを代る〴〵見比べるばかりであつた。

「さあ！　引きかへすんだぞ。」とレグランドは言つた。「勝負は未だ終つちやゐないのだ。」そして彼は再びゆりの木の方へ取つてかへした。「ジュピタア」木の根方へ到つた時に彼は言つた。「此処へ来い！　髑髏は枝へ上向きに釘付けにされてゐたのか、それとも下向きになつてゐたのか？」

「顔の方が上向いて居りましただ、旦那様、それだに烏めは雑作もなく眼玉をほじくつてしまつたでがすよ。」

「ふむ、それでお前が甲虫を落した方の眼は、こつちか、それとも、こつちか?」――レグランドはさう言ひながら、ジュピタアの両の眼に触つた。

「この眼でござりますだ、旦那様――左の眼で――旦那様が言はつしやつた通りにしましただ。」そして黒奴が指した眼は正しく彼の右の眼であつた。

「さうだらう――我々はもう一度やり直さなければならないぞ。」

今や、私の思ひなしか、友の狂気も一定の正しい順序に従つてゐるやうに見えた。彼は甲虫が落ちた箇所に立てた木杭を其処から約三吋程西寄りへ移した。そしてさて、巻尺を出すと前の如くに、幹の小枝に最も近い部分から、五十呎の距離を測つて、我々が発掘した箇所より更に数碼距てたところに改めて位置を定めた。

新しい地点の囲に、前よりも少しく大きい円が画れた、我々は再び鍬をとつた。私はおそろしく疲れてゐたが、どうやら気持に変化を生じたと見えて、最早働かされることに大して嫌悪も感じなかつた。私は次第に説明し難い興味を覚えて、――いや、むしろ興奮さへ禁じ得なかつた。恐らく、レグランドの大袈裟な態度の中に――何事か予見するやうな素振りか、或はおどろくべき熱心さの中に私を圧服する何ものかゞふくまれてゐたのであらう。私は幾度となく、恰も、何か財宝でも期待するのに似た心持で穴を覗き込みながら熱心に掘り続けた。さうした妄想が最も甚しく私の心を占領した時に、そして我々が多分一時間半も働いたと思はれた時に、我々は再び犬のけたたましい吠声で妨げられた。最初に彼が吠えたのは嬉しがつて戯れてゐたのだが、今度はひどくむきになつて鋭かつた。ジュピタアがもう一度嵌口具をかませようとするのを烈しく振り切つて、穴の中へ飛び込むと、爪で狂暴に土を掻き立てた。忽ち犬は、金釦のついてゐるボロボロに腐れた毛織物に絡まつた二人分の人骨を掘り出した。それを鋤で一つ二つ返すと、大きな西班牙ナイフの刃が現はれて、さらに掘り起すと、三四枚の金銀の貨幣が灯の中へ出て来た。

これを見たジュピタアの喜びは抑へ切れない程であつたが、彼の主人の様子には甚しく落胆の色が溢れてゐた。彼は、併し、なほも我々をせき立てようとして、口を開きかけた、その時であつた。私は柔い土の中に半ば埋もれてゐた大きな鉄の輪に長靴の尖をとられて、よろめいて前へのめつたのである。

我々は今や懸命に働いた、私はこの十分間程烈しい興奮を身に覚えたことはなかつた。その中に我々は正しく長方形の木櫃を掘り返した。それは確に何か鉱化作用を、おそらく水銀の二塩化物でも施してあると見えて少しも害はれずにゐた。長さ三呎半、幅三呎、そして深さは二呎半あつた。全体を格子形に鉄の帯で厳重にしめられてあつた。櫃の両側に鉄の輪が三つづつ——つまり皆で六つ附いてゐて、六人の人間に依つて持ち運びの出来るやうになつてゐた。我々が精一ぱい力を合せてみたところで僅にずり動くぐらゐのもので到底これを運び出すことは難しかつた。併し倖にも、蓋の締め金には二本の閂がさしてあるだけだつた。我々は、それを、胸を躍らし慄へながら、引き抜いた。忽ち、価も知れぬ財宝の数々が我々の前に輝き渡つた。穴の中へ射し込む燈の光をはね返して、黄金と宝石の山が燦然として我々の眼を眩ますのであつた。

私が如何に眼を瞠つて驚嘆したかは御推察に任せやう。レグランドは感動のあまり殆ど言葉もない程であつた。ジュピタアの顔色は、数分間、その黒さが許す限り死人の如くに青ざめてしまつた。彼は全く茫然として我を忘れてゐた。やがて彼は穴の縁に跪くと裸の腕を肘まで黄金の中へ埋めて、しばらくは豪奢な湯にでも漬かつてゐるかの如くに、楽しんだ。そして、ついに深い吐息とともに、独言のやうに叫んだ。

「ほい、これは皆、あの黄金虫のお蔭だで！　可愛い黄金虫め！　可哀想なちつぽけな黄金虫め！　俺があんなに悪口ついた黄金虫！　やい、黒奴、手前は恥しくねえだか？　――返事しろ、やい！」

そこで、とにかく私はこの主人と下僕とを引き立て、宝物を運び出す手段を講じなければならなかつた。もう非常に遅くなつてゐたが、我々はすべての品を夜明けまでに家へ持つて帰へる必要があつた。これは甚だ困難なことであつたが、我々は様々に考へ抜いた挙句、到頭函の中味を先づ三分の二だけ移して軽くして置いてから、漸く穴の中から櫃を引き上げた。取り出した品々は懸鉤子の間に堆んで、犬にジュピタアが堅く言ひふくめて、我々が戻つて来るまで、それを張番させることにした。それから我々は急いで櫃を運んで家へ帰つたが、一方ならぬ苦心をして午前一時に着くことが出来た。二時まで息んで、晩飯をすませると、うまい工合に有り合せた丈夫な袋を三つ担いで、もう一度大急ぎで山の中へ引き返した。三時少し前に穴のところへ達したが、そこで戦利品の残りを等分に別けて、穴はその儘にして、再び小屋へ向けて帰つた。そして我々が黄金の荷物をやつと卸した時に、曙の最初の仄かな流れが東の木の頂に輝きそめたのであつた。

我々は何れも疲労の極に達してゐたが、とても落着いて休息などはしてゐられなかつた。三四時間も仮睡んだと思ふと、申し合せたやうに、皆起き上がつて、財宝の検分を初めた。櫃は縁迄満たされてゐたので、我々はそれを尽く検めるのにまる一日と一晩費やした。順序もなくたゞごちやごちやに堆み重ねてあつた。それを注意して部分して見ると、我々が最初考へたよりも遥かに巨額な値打のものになることが判つた。貨幣は、年代表に依つて出来るだけ正確に評価して見るなら、四十五万五千弗以上に計上された。銀貨は一枚もふくまれてゐなかつた。すべて古い時代の金貨で種々様々な——仏蘭西、西班牙、独逸、それに英吉利斯のギイニイ金貨が少しばかりと、我々の全く見かけた事もない種類の貨幣が混つてゐた。非常に大型で重い金貨で、得体の知れない文字の刻まれたのもあつた。アメリカの金はなかつた。宝石の価格を評価するのは一層難しかつた。ダイヤモンドは皆で百十五箇、その中には図抜けて大きな立派なものもあつて、小粒は一つもなかつた。十八個の紅玉は素晴しく耀いてゐたし——三百五十個の緑玉、二十一個の青玉、一個の蛋白石、悉く見事な粒揃ひであつた。これらの石はすべて、嵌込みの台から抜け出して櫃の中に散乱してゐた。その嵌込みの床を他の黄金の間から択び出してみると、何れも鑑定を眩ますために槌で潰ぶしてあつた。これらの他未だ数々の純金の装飾品があつた。二百個ばかりの大きな指輪と耳輪、——贅沢な鎖が三十掛け——八十三個のづつしりと重い十字架——五個の高価な黄金づくりの香炉——葡萄の葉とバッカスの姿を彫つた大きな黄金づくりのぽんす鉢、精緻な浮彫を彩した剣の欛が二本、その他夥しい数の細々とした品々があつた。これらの総重量は三百五十五封度を超えて、尚私はこの評価の中に百九十七個の立派な金時計を含めて置かなかつたが、その中の三個の如きは何れも五百弗からの価値をもつてゐた。その夜我々は櫃の中味全体の価格を百五十万弗と見積つたが、後にそれらの宝石や装飾品も整理するに及んで、（少しばかり我々自身の使用に残して）我々の評価が甚だ低きに過ぎてゐたことを発見した。

　遂に、この宝物調べも終つて、烈しい興奮も多少穏まると、さてレグランドは、私がこの驚くべき謎の解決にあがき苦しんでゐるのを察して、漸くこの事件を初から説明することになつたのである。

「憶えてゐるだらう。」と彼は言つた。「僕が君に金亀子のスケッチを描いてやつた晩のことだ。それから又、君がそれを死人の頭に似てゐると言ひ張つたので、僕がひどく慍つたことも忘れはすまいね。初め君がさう言ひ出した時、僕は君が巫山戯てゐるのだとばかり思つたのだが、やがて、私は昆虫の背中にある奇妙な黒い斑点を思ひ合せて、君の言葉にも多少理由をみとめられるやうな気がしたのだ。ところが、君は更に僕の絵の才能を軽蔑しだしたのだ。僕は我慢しきれなくなつて――何故と言つて僕は立派な藝術家だと自任してゐたのだからね――君が渡してくれた羊皮紙を、腹立ちまぎれにまるめて火の中へ投り込んでしまはうとした。」

「あの紙裂れのことを言つてゐるのかね？」と私は言つた。

「いや、あれは如何にも紙のやうに見えたが、そして僕もはじめはさう思つたのだけれども、絵を画いて見ると、あれは極く薄い羊皮紙であることが判つたのだ。ひどく汚れてゐたのを憶えてゐるだらう。で、僕はまさに丸めようとしながら、君が今まで眺めてゐた絵にふと眼を落すと、何と驚くではないか、僕が甲虫を描いたところにどうやら死人の頭の形が出来てゐるのだつた。僕はすつかり面喰つてしまつた。それは僕の描いた絵とは、鳥渡輪廓が似通つてゐると言ふだけで、全然異ふものであつた。僕はそこで直ぐに、蠟燭を取つて部屋の隅に行くと、一層念を入れてその羊皮紙をしらべはじめた。そして、裏返して見ると、僕の絵がそのまゝのこつてゐた。偶然にも僕の画いた金亀子と恰度背中合せに、輪廓ばかりでなく大きさ迄が非常によく似た髑髏の絵が画れてあつたのだ。僕はひたすらこの奇妙な暗合におどろかされながら、その間に何かの因果関係を見出さうと苦心した。だが、その中に、僕は暗合なぞよりも更に更に驚異すべき一つの考へに行き当つた。僕は確に、自分が黄金子をスケッチするまでは、その羊皮紙に何一つ画れてゐなかつたのを思ひ出すことが出来た――と言ふのは、僕は綺麗なところを探すために両面とも返して見たのだつた。髑髏があつたとすれば、勿論見落すわけはないのだ。僕には理解し難い不思議だつたが、早くも心の遠い秘な隅で、図らずも昨夜の素晴しい冒険に依つて立派な事実であることを証明された概念が蛍の火の如くにチラリと閃めいたのであつた。僕はそこで、羊皮紙を片附けて、たつた一人になるまでそのことについてはそれ以上考へないことにした。

「で、君が帰つて、ジュピタアが寝込んでしまつてから、僕はあらためて更に方法的な研究を初めた。第一に僕は如何にしてその羊皮紙が僕の手に入つて来たかを考へた。

「僕達が金亀子を発見した地点は、本土の海岸の島から半哩ばかり東へ寄つた、満潮標のほんの少し上のあたりであつた。僕はそれを摑まうとしながらひどく嚙みつかれて、取り落した。そこで例に依つて用心深いジュピタアは、自分の方へ近寄つて来た昆虫を捕へるために、先づあたりを見廻して木の葉か何かを探した。すると、その時彼の眼に留まつたのは、僕もまた等しく気がついたのだが、この羊皮紙だつたのだ。それは砂の中に半ば埋れてゐた。その附近には、帆前船用の大型ボートの破片らしいものが散らばつてゐたが、それはかなり久しいこと其処に曝されてゐたものと見えて船体の一部であることも殆ど見別け難いほどであつた。

「さて、ジュピタアは羊皮紙をつまみ上げると、それで甲虫を包んで僕に渡した。それから直ぐに僕たちは家の方へ帰りかけたのだが、途中で博物学研究家のG——中尉と遇つてその昆虫を見せると、彼はそれを是非要塞へ持つて行かしてくれと言ふので借してやつたのだ。その時、彼は甲虫を羊皮紙に包まずに胴衣のポケットへ入れた。それで、僕も要らなくなつた羊皮紙を無意識に自分のポケットに突つ込んだのに違ひない。

「君は、僕が甲虫の絵を画かうとして机に向ひながら、紙を探したのを憶えてゐるだらうね。抽斗をのぞいてもなかつたので、僕はなにか古手紙でも有りはしまいかと思つて、ポケットをさぐると指にふれたのが羊皮紙だつた。僕は、このやうにして、詳かにそれが僕の手に入つた径路を思ひ浮かべて見た。

「君は定めて僕を空想家と哂ふことだらうが——僕は併し既に一つの聯絡をたててしまつたのだ。僕はすべてを大きな連鎖の二つの環に当てはめた。海岸にボートが横つてゐて、それから余り隔てないところに羊皮紙——紙ではないのだ——があつて、それに髑髏が描かれてある。君は無論『どこに聯絡があるのだ？』と質ねるだらう。僕の答へは、その髑髏、若しくは死人の頭が海賊の紋章として知れ渡つてゐると言ふことだ。髑髏の旗はすべての海賊の交戦に於て必ず掲げられる。

「そしてまた羊皮紙だが、羊皮紙の耐久力は殆ど永久的なものだ。普通の絵や字を書きつけるのに羊皮紙を用ひる場合なぞは滅多にないと言つてもよい。これには、死人の頭と関聯して、何かの意味が含まれてゐさうな気がするのだつた。僕はまた羊皮紙の形も注意して観察した。一方の隅はちぎれてゐたが元は長方形なものであつたことがわかる。まことにそれは、恰も何か永い間保存される必要のある覚え書きのために用ひられたもののやうに思はれた。」

「併し、」と私は遮つた。「君が甲虫の絵を画く時には、その髑髏はなかつたと云つたぢやないか。若しも君が云ふ通りに、果してこの髑髏が、君が金亀子をスケッチした後に描かれたものとしたならば、ボートと髑髏との連絡はどう云ふことになるのだね？」

「さうだ、そいつが秘密の一番肝心なところで、僕も少々解くのに苦しんだ。僕は推理を一歩一歩最も着実にすゝめて行くことに依つて何時もたつた一つの結果に到達することが出来た。僕は、たとへばこんな工合に推論した――僕が金亀子を画く時には、羊皮紙の上に髑髏は現れてゐなかつた。僕は画き上げると君に渡したが、君がそれを返して呉れるまで僕はぢつと君を瞶めてゐた。ところで君は髑髏を画かなかつたし、他にもまたそんなことをする人間は全く居合せなかつた。してみれば、これは人間の手に依つて画かれたものではないことになる。それにも拘らず画かれてあつたのだ。」

「そこで僕は疑問の期間に起つたすべての出来事を能ふる限り詳かに正確に思ひ返してみた。陽気はうら寒かつた。（何と云ふ倖な偶然だつたらう！）そして炉に火が燃えてゐた。僕は運動の後で体が熱つてゐたので、卓子の傍に坐つてゐた。君は、併し、煙突の側近くへ椅子を引き寄せてゐた。恰度僕が君の手に羊皮紙を渡して、君がそれを眺めようとした時であつた。ニューウファンドランドの『狼』が這入つて来ていきなり君の肩に跳びついた。君は左の手で犬をあやしてゐたが、その間に羊皮紙をつかんだ右の手は膝の上に滑り落ちて非常に火と接近した。僕はそれに炎が燃え移りやしないかと思つて、君に注意を与へようとした折に、君は漸く手を引くと、さてそれを検分した。これらの総ての事情を考へ合せた時に、僕は殆ど直覚的に、熱が羊皮紙に作用して髑髏の形を現したものであることを信じた。君は勿論、紙や皮紙類に物を書いてその痕がただ火にかざす時にのみで現れて来る化学的方法を知つてゐるだらう。王水に不純塩化コバルトを浸して、それを四倍の重量の水で稀めたものを用ひれば、緑色になる。コバルトの鈹を硝酸に溶せば赤色のものを得る。これらの色は冷えた物の上に書くと間もなく消え失せるが、熱を加へる時には再び現れて来るのだ。

「僕は死人の頭を丹念にしらべた。その外側の線は——つまり羊皮紙の縁に近い方なのだが、他の部分に比べて一際はつきりとしてゐた。これは明かに火気の作用が不完全で万べんなく行渡らなかつた故である。僕は直に、火をおこして、羊皮紙をあらためて炎にかざしてみた。最初は髑髏の朧げだつた線が判然として来ただけであつたが、やがて髑髏と対角的に向ひ合つた隅に一匹の山羊の如き形のものが現はれた。だが、よく〳〵注意して見るならば、それは正しく期待を裏切ることなく小山羊だつたではないか。」

「は！　は！」と私は言つた。「たしかに、僕は君を笑ふ権利はないが——百五十万弗は冗談にしてはあまりに厳粛すぎるからな――だが、君は君の連鎖の第三の環をこしらへ初めたのかね――君の海賊と一匹の山羊との間にはどうも聯絡はなささうぢやないか。」

「併し、それは山羊の絵ぢやないのだぜ。」

「ふむ、それでは小山羊でもいゝが――どつちにしたつて大した違ひはないぢやないか。」

「大いに、非常な相違だ。」とレグランドは云つた。「君は船長キッドの名を聞いたことがある筈だ。僕はこの動物の姿を一目見るやそれが地口か絵判じに依る署名の類に違ひないと思つた。署名――と云ふのは、それのある位置から推してどうもさう考へるのが最も妥当であつた。そして髑髏はそれと対角的な隅において、同様にスタンプ若しくは印章の如くに思はれた。だが、僕は、それ以外になにものも――僕の予想してゐた証文の本文らしいものなぞは少しも現れて来なかつたので尠らず当惑した。」

「それでは君はその署名とスタンプとの間に文章を見つけるつもりだつたのだね。」

「まあ、そんなところだ。僕は実を云ふと、途方もない倖運がそれに懸つてゐるやうな予想がしてならなかつたのだ。おそらくそれは信念と云ふよりも寧ろ願望であつたのだらうが、併しあの甲虫を純金だと云つたジュピタアの言葉も意外に僕の空想に影響してゐるのだつた。それからまた色々な事件や暗合の連続はまことに驚くべきものであつた。君はこんなすべての事件が一斉に一年中のその日に限つて発生した事実を並々ならぬ偶然と考へることが出来るだらう。若しもその日に煖炉の火がなかつたとしたならば、またそのさし迫つた瞬間に犬が飛込んで来て邪魔をしなかつたならば、僕は決して死人の頭に気がつきもしないのだから、また従つてこの莫大なる財宝の所有者となれる道理もなかつたのではないか。」

「だが、まあ先を話してくれたまへ――待遠がらせるものではないよ。」

「よろしい。――君は勿論一般に伝へられてゐる、キッドとその輩下たちに依つて大西洋岸の何処かに金が埋められたと云ふ無数の漠然とした風説を聞いたことがあるだらう。これ等の事実に於て何等かの根拠をもつものに違ひない。そして又その噂が斯くも久しく消えずに語り伝へられるのは、埋もれた宝が未だそのまゝに葬られてゐる証拠のやうに考へられた。若しもキッドが暫くの間その掠奪品を匿して置いて、後に再び取り出したのならば、その噂は初から少しも変らずに我々まで伝はる訳がなかつた。君はそれらの物語がすべて、金を見出した人々の話ではなく、金を探し求める人々の話であることを知つてゐるだらう。思ふに、海賊は何か偶としたことで――たとへば、その地点を示した覚え書のやうなものを失ふかして、――それを発見する手段を奪はれてしまつて、それから左もなければ宝が匿されてあることなぞは決して聞くはずがなかつた乾分共の耳にも入り、そして彼等が闇雲に甲斐ない努力を繰り返しはじめたところから、やがて世間一般にひろまることになつたのであらう。君はこれまでに何か高価な財宝がこの海岸に沿つて埋没されてゐると言ふことを耳にしたことがあるかね？」

「一向(いっこう)に。」

「けれどもキッドの掠奪品が巨額のものであることは知れ渡つてゐる。それで僕は土のなかに未(いま)だそれが遺(のこ)されてゐるものと考へたわけだが、さて、さうしてみれば、そんな奇妙な工合に発見した羊皮紙にその見失はれた宝物の所在(ありか)が秘められてゐさうな望みをかけたところで、決して不合理でもあるまい。」

「だが、どう云ふ風(ふう)に取掛(とりかか)つたのだ？」

「僕は皮紙(ヴェラム)を再び火にかけて、前より熱を強くして試みたのだが、何も現れなかつた。僕はそこで、或はこのひどい汚れが邪魔をするのかも知れないと考へて、先(ま)づ温(ぬる)ま湯(ゆ)でよく羊皮紙を濯(すす)いでから、髑髏の方を下に向けて錫(すず)の鍋(なべ)に入れると、それを炭火(すみび)の炉にかけた。暫(しばらく)して、鍋が熱(あつ)くなつて来たので、羊皮紙を取り出して見ると、甚(はなは)だ嬉しいことにも、ところ〴〵に斑点が現はれて、しかもそれは幾行(いくぎょう)かの線をつくつて並(なら)んでゐるのであつた。僕は再びそれを鍋に入れて更に一分間ほど待つた。それから取り上げた時のものは、見給(みたま)へ、これなのだ。」

さう云つてレグランドは熱し返した羊皮紙を出してしめした。死人の頭と山羊との間に赤い色で次のやうな文学がおぼろげに並び綴(つづ)られてあつた。

53‡‡†305))6*;4826)4‡)4‡);806*;48†8¶60))85;1‡);:‡*8†83(88)5*†;46(;88*96*?;8)*‡

(;485);5*†2:*‡(;4956*2(5*-4)8¶8*;4069285);)6†8)4‡‡;1(‡9;48081;8:8‡1;48†85;4)485†
528806*81(‡9;48;(88;4(‡?34;48)4‡;161;:188;‡?;

「併し、」と私はそれをかへしながら云つた。「何が何やらとても僕には解りつこないよ。よしんばゴルコンダの宝石が全部この謎解きに懸けられてあるとしても、僕には到底その褒美を取る望みはないね。」

「けれども、この解決は君が一目ざつと見ただけで感じたほど困難なものではないのだよ。この文字は、誰にでも直ぐ察しがつく如く、暗号だ――つまり何かの意味を表はしてゐるものだが、併し僕の知る限りではキッドはそれ程複雑な暗号記号を作れる男ではない。僕は直ぐにこれが簡単な種類のものであることを見抜いた――とは云へ、粗雑な船乗り共の智慧では鍵がない限り全く解き難く見えたらうが。」

「それで君はそれを本当に解いたのか？」

「即座に、僕はこの一万倍も複雑な奴を解いたことがあるのだ。境遇や妙な嗜好のお蔭で、そんな謎の類に興味を抱くやうになつたのだが、併し人間の智力が組立てることの出来る判じ物を、人間の才能を適当に働かして解くことが出来ないと云ふのは疑はしいわけではないか。

「さて今の場合――凡そすべての秘密文字の場合に於てさうなのだが――第一の問題はこ

の暗号に依つて綴られた国語である。つまり解法の原則は、単純な暗号記号なら尚更、先づ特殊な熟語を見出すことにあるのだ。それには兎もあれ知つてゐる限りの国語を用ひて験めしてみるより方法はない。だが、今我々の前に置かれた暗号はその署名に依つて大方の困難を除かれてゐる。『小山羊』と云ふ字の地口は明かに英語以外の如何なる国語でもない。だが若しこの地口がなかつたならば、僕は西班牙メイン（カリブ海――訳者）海賊に依つて書かれたと云ふ点から推して西班牙語か仏蘭西語でこころみなければならなかつたらう。で、僕はこの暗号文が英語であることを察した。

「見らるゝ通り言葉の間には句切りらしいものは一向にない。句切りさへあつてくれゝば、短い言葉から比較し分析して、たとへばaとかIの如くに一字の言葉を得ることに依つて、仕事は非常に楽になるのだがね。併し何の句切りもないのだから、僕は第一段として先づ最も多く用ひられてゐる字から順々に最も少いものに至る迄それぞれ数へ上げてみた。そして次のやうな表をこしらへた。

8…………33
;…………26
4…………19
‡)…………16

*	……………	13
5	……………	12
6	……………	11
†1	……………	8
0	……………	6
92	……………	5
:3	……………	4
?	……………	3
¶	……………	2
—	……………	1

「ところで、英文の中で最も屢々出て来る字はeだ。それからaoidhnrstycbglmwbqxzと云ふ順序になる。凡そ長短如何なる文章に於ても、eが最も優勢をしめてゐない場合は殆どない。

「そこでさて我々は早くも単なる臆測以上のものに対する土台を得たわけである。この表が極めて一般的に用ひられることは明であるが、――併しこの特殊な暗号文に於てはほんの少し役立つ位のものであらう。今の場合最も多く出て来る記号は8だから、8をアルファベットのｅと仮定して始めて見よう。この仮定を確めるために先づ、８が度々二つ宛並んでゐるかどうか検べるのだ――と言ふわけは、英語にはｅの重なる言葉が非常に沢山ある。たとへば「meet」「fleet」「speed」「seen」「been」「agree」等々。この暗号文は短いが、五度もそれが重なつてゐる。

「で、８をｅと定める。次に英語の中で一番よく使用される単語は the であるが、この理由から、８に終る同じ配列の三つの記号が重複してゐないか、如何かを検べる。若しそんな風に配列された文字の重複を見ることが出来れば、それらの記号を the の代表であると見ても間違ひないだらう。果して ;48 と並べられたものを七つも発見することが出来た。これに依つて、；をｔ、４をｈと仮定することが出来るし、また８は愈々確実にｅであることが知れる。斯くして我々は大いに捗つた。

「だが、たつた一つの言葉が判りさへすれば、これは非常に貴重なことで、即ちそれに依つて、他の言葉の初めと終りとを作り上げることが出来るのだ。たとへば、暗号文の終から二番目のところに出て来る ;48 に就いて説明するなら、直ぐその後に続く；は一つの言葉の初まりであることが解るし、そしてまたこの the に連なる六つの記号の中五つだけは既に我々の知つてゐるものである。そこで、知らない記号の所は空けて、この五つを書き直して見よう。

t eeth

「だが、かうした th は t を以て初まる言葉に含まれるものではないから直ぐ切り捨てることが出来る。何故と言ふに、その空いてゐる箇所にアルファベットを一字宛尽く当てはめてみることに依つて、そんな言葉は作り得ないことが解るのだ。斯うして我々は次のやうに範囲を狭ばめて行く。

t ee

そして必要ならば前の如くにアルファベットを一々あてはめながら、唯一の読み得る言葉である tree に到達するのである。で、the tree と言ふ言葉とともに、r が（の記号に依つて表されてゐることを知る。

「次に、これらの言葉の直ぐ近くに見られる ;48 だが、それを前に続く言葉の尾につければ、次のやうになる。

the tree ;4(‡?34 the

若しくは、既知のものに、普通の字を代入すれば、

the tree thr‡?3h the

さて、未知の字の箇所を空けるか、点線を用ふるかすれば、かうだ。

the tree thr … h the

茲に於て through と言ふ字が即座に浮かんで来る。しかもこの発見は、更に新しい三つの文字を教へてくれる。即ち‡と?と3とに依つて表はされるo、u、g である。

「そこで、全文を精密に眺めて、既に解つただけの記号の組合せを探してみると、初めに近い所に次の如き配列を見出した。

83(88 つまり egree

これは明かに degree の結末で、そして†がdを表すものであることを示してゐる。

「この degree から四字さきのところに、

;46(;88*

判らないところは前の如く点を置いて書き更(か)へると、

th.rtee.

この配列は直(ただち)に thirteen を思ひ起させる。そして再びこれに依つて我々は6がiであり*がnであることを知る。

「次に、暗号の初(はじめ)の

53‡‡†

前のやうに訳して見れば

.good

疑もなく最初の字はAで、つまり最初の二つの言葉はA good となるのである。

「さて、混雑を避けるために、発見されただけの鍵(キイ)を表に作ることにする。

5……………a

† ………… d
8 ………… e
3 ………… g
4 ………… h
6 ………… i
* ………… n
‡ ………… o
(………… r
; ………… t
? ………… u

「斯く最も重要な記号が十一もわかつて見れば最早これ以上くどくどと同じ解決法を説明する必要はあるまい。君はこの種類の暗号が容易に解き得るものであることを充分に納得した筈だし、また斯うした暗号の発展の原理を多少なりとも理解することが出来た筈だと思ふ。だが、これに現れた暗号は最も簡単な類に属するものであることを承知して貰ひたい。そこで、この暗号はすべて解けたものとして、羊皮紙の上の全文を訳してみよう。

A good glass in the bishop's hostel in the devil's seat forty-one degrees and thirteen minutes northeast and by north main branch seventh limb east side shoot from the left eye of the death's-head a bee line from the tree through the shot fifty feet out.（良キ眼鏡僧正ノ館ニ於テ悪魔ノ座席ニ於テ四十一度十三分北東微北主ナル枝第七ノ小枝東側死人ノ頭ノ左ノ眼ヨリ射ル弾丸ヲ通リテ樹ヨリ蜜蜂ノ線五十呎）」

「併し」と私が言つた。「この謎は相変らず五里霧中ぢやないか。どうして『悪魔ノ座席』だの『死人ノ頭』だの『僧正ノ館』だのから一つの意味を摘出することが出来るのだ？」

「さう、僕にしても」とレグランドは答へた。「ひよつとそれを見たばかりの時には、未だ却々厄介らしく思はれた。で、先づ最初に、この謎の作者が考へた通りの、正しい句切りをつけることが必要だつた。」

「句読をうつんだね？」

「まあ、さうだね。」

「だが、どう言ふ工合にやるんだ？」

「解決を一層困難にさせるために、句切りなしに言葉を羅列したところが、思ふに、これを書いた男の上出来な点かも知れない。ところで、あまり賢くない人間がこんなことに凝り過ぎた末に屹度やることだが、彼がこの文章を綴りながら、句読を打つべき箇所に到ると、彼は殊更にそこを喰附けて書きたがる傾向が充分あつたに違ひない。で、羊皮紙の手記を検べるならば、果して目立つて混み合つてゐる処が五つもあるのだつた。僕はこの暗示に基いて次のやうな工合に区切つた。

「僧正ノ館ノ悪魔ノ座席ニ於ケル良キ眼鏡、北東微北四十一度十三分、東側ノ主(オモ)ナル枝ノ第七ノ小枝、死人ノ頭ノ左ノ眼ヨリ射ヨ、弾丸(タマ)ヲ通リテ樹ヨリ五十呎(フイート)ノ蜜蜂ノ線」

「この句切があつたところで、」と私は言つた。「僕にはやつぱり見当も付かない。」

「僕にも四五日の間は見当がつかなかつた。」とレグランドは言つた。「その間僕はサリヴアン島の界隈で、『僧正の館』として通つてゐる何かの建物でもありはしないかと熱心に探ね廻つた。勿論、僕は廃語の「館(ホステル)」を捨てたのだ。併し何の手懸りも得なかつたので、僕はこの捜索の範囲を拡げて、一層組織立つた方法で取りかゝらうとしたのだが、さて或る朝全く唐突(だしぬけ)にこの『僧正ノ館』(Bishop's Hostel) と言ふ語はひよつとすると Bessop(ベソツプ) なる古い家系(いえすじ)と何かの係(かか)りを持つてゐたのかも知れないと言ふ考へが心に浮かんだのである。ベソップ家は非常に古い昔、島の北方四哩(マイル)ばかりの所に壮大なる邸宅を構へてゐたのだつた。そこで僕は海を渡つて、その辺(あたり)で比較的年寄りの黒人達に、あらためて尋(たず)ねてみた。すると遂(つい)に、最も年長の女が、ベソップ城(カツスル)と言ふやうな名を何かの噂で聞いたことがあるやうな気がすると言ひ出した。そして、其処(そこ)へ僕を案内することも出来るだらうと思はれるが併(しか)しそれは城でも宿屋でもなく高い一つの岩であると言ふのだつた。

「僕が報酬を充分に出さうと言ふと、彼女は鳥渡(ちよつと)ためらつてから、そこへ僕を連れて行くことを承諾した。僕たちは大した難儀もせずにそれを発見する事が出来たので、僕は彼女を帰して置いて、さて仔細にその場所を調べてみた。その『城(カツスル)』なるものは崖と岩とが不規則に寄り集まつたもので——その中の目立つて高い一つの岩は著（いちじる）しく人工を加へられたやうな貌（すがた）をしてゐた。僕はその尖端まで登つたが、さてそれから如何（どう）したらい丶ものやら迷つた。

「様々に思案してゐる中（うち）に、僕はふと、僕の立つてゐる頂（いただき）から凡（およ）そ一碼（ヤード）ばかり下がつた所の岩の面に一つの狭い棚のあるのが眼についた。この棚は約十八吋（インチ）ばかりの出張（でつぱ）りだつたが、その直ぐ上の崖に何処（どこ）か我々の祖先が用ひた背中の窪（くぼ）んだ椅子のやうな形をした凹（へこ）みがあつたのだ。幅は一呎（フイート）以上なかつた。僕はこれこそ手記の中に仄（ほの）めかされてある『悪魔ノ座席』に相違ないと信じた。僕は既（すで）に謎の秘密を全部握つてしまつたやうな気がしたのである。

「『良キ眼鏡』が望遠鏡を意味するものに他ならないことを僕は知つてゐた、何故（なぜ）と言つて船乗が『眼鏡（グラス）』と言ふ言葉を他の意味に用ひることは滅多にないのだから。さて、望遠鏡が使はれるものとすれば、方角も正確に決定されてゐる筈である。即（すなわ）ち『北東微北四十一度十三分』が正にそれである。この発見に胸を轟（とどろか）した僕は急いで取つて返して望遠鏡を持つて来た。

「僕は岩の棚に腰かけるに及んで、それが全く体の位置を限定してしまふことに気がついた。この事実は僕の予想を裏書きするやうなものであつた。『北東微北』が水平の方位を示してゐるのだから、『四十一度十三分』は言ふ迄もなく水平線上の仰角（ぎようかく）である。僕は早速懐中円規で方位を測ると、略四十一度の仰角と思へる辺へ望遠鏡を向けて見た。そして注意深く上下さしてゐる中に、遥かな樹々の中で嶄然とそびえてゐる大きな樹の簇葉の円い裂け目が目に入つた。この裂け目の真中に、初めは何であるか見別けがつかなかつたが、一つの白い点が見えた。で、焦点を合せながら、再び眺めると、それは人間の髑髏であることが判つた。

「僕は、この発見でもう謎が解けてしまつたかのやうに勇み立つた。何故と言つて『主ナル枝、第七ノ小枝』の句は樹の上の髑髏の位置の説明に他ならないのだし、ただ『死人ノ頭ノ左ノ眼ヨリ射ヨ』だけ解ければ埋れた財宝を探す手懸りを得るのだ。僕はその手段が髑髏の左の眼から弾丸を落すことであらうと考へた。そして樹の幹の一番近い点から『弾丸』（若しくは弾丸の落ちた点）を通る蜜蜂の線、即ち直線を五十呎の長さまで引いて一定点が示めされ——且つその点の下に尠くとも高価なる品々が匿されてゐる筈だと考へられるのだつた。」

「なる程、これですつかり判つた。」と私は言つた。「素晴しく明快なものさ。それで『僧正ノ館』を出てから、どうしたんだ？」

「うん、気をつけてよく木の恰好をのみ込んでから、家へ帰ることにした。だが、僕が『悪魔ノ座席』を立つ途端にその円い簇葉の裂け目は消えてしまつて、どんなにしても見えなかつた。その岩の面の狭い棚の上からでなければ、この裂け目の輪を絶対に見つけることが出来ないと言ふのは、洵にこの全体の仕組みの中で一番素晴しいことだと思ふ。

「この『僧正ノ館』行きにはジュピタアが従いて来たが、彼はこの数週間の僕の態度に疑を抱いてどうしても僕を一人で出さなかつたのだ。併し、その翌日僕はひどく早く起きると、こつそり彼をだしぬいて、山の中へその樹を探しに行つた。一方ならぬ苦労をしてやうやくそれを見つけることが出来た。そして夜になつて僕が家へ帰つて来ると、僕の従僕は、僕をした丶か殴りつけようとしたのだよ。それからさきの冒険については君の知つてゐる通りだ。」

「なる程、最初に掘り返した時には、ジュピタアが愚かにも髑髏の左の眼ではなく右の眼から甲虫を落したために、君はその地点を誤つたんだね。」

「その通りだよ。お蔭で『弾丸』のところが二吋半も違つたんだ――『弾丸』の下に宝があるのならばこの誤は大したこともなかつたのだが、この『弾丸』と樹の最も近い点との二点を結ぶ線が方向を決するのだから、縦ひ初めはどんなに些細でも、その線を延ばして五十呎も末に行けば、まるで迷つてしまはなければならないのだ。若しも、宝が確に埋まつてゐると言ふ僕の深い信念がなかつたならば、我々はとんだ無駄骨を折らなければならなかつたのだ。」

「それにしても、君の大袈裟な言葉や、甲虫を振り廻したりする様子は――奇天烈至極だつたぜ！　僕は屹度君が発狂したのだらうと思つた。ところで、弾丸の代りに甲虫を髑髏から落したのは、また何う言ふわけなんだね？」

「うむ、真直に言へば、僕の正気を疑つてゐるやうな君の態度がひどく癪に障つたので、尤もらしく怪し気な振舞ひをして、君を少し懲しめてやらうと考へたわけだ。それで僕は甲虫を振つたり、また樹からそれを落したりもしたんだ。甲虫の重味が思ひつかせたのだよ。」

「それでは、もう解らないのはたつた一つこれだけだが、穴の中から出て来た人間の骸骨は何だらうな？」

「さう、僕にもはつきりとしたことは言へないがね、併し、それについてどうやら合点の行く、たつた一つの尤もらしい答がないでもない――それは想像するのも恐しい程酷ごたらしいものだ。キッドが――僕の信ずる如くキッドがこの宝を隠したものとすれば――その仕事を手伝ふ人間がゐたことは明かである。が、仕事が終つてしまふと、彼はそれらの協同者をすべて秘密の中に葬つてしまつた方が得策だと考へたかも知れない。手下共が穴を掘るのに忙しい隙に、果して鶴嘴の二撃ちで事足りたか、或はまた十二度も必要としたか――知る限りではない。」

モルグ街の殺人

サイレンがどんな歌を歌はうとも、アキリーズが女の間に身を隠した時にどんな名を名告らうとも難問とは云へ、全く推測の出来ないと云ふことはない。

トオマス・ブラウン卿

一千八百――年の春から夏にかけて、巴里に滞在する間に、私はC・オーギュスト・デュパン氏と懇意になつた。彼は名門の出であつたが――併し、重なる不幸のお蔭で、最早再び世に立つて家運を盛り返さうとする気力もなくなつてしまつたほどの貧乏に落ち込んでゐた。債権者の礼儀に依つて家産の中の僅ばかりのものが残されてあつたので、それから上る収入で、彼は切りつめた経済で、しがなくもどうにか暮すことが出来た。書籍、事実ただこれだけが彼の唯一の道楽であつたし、また巴里では容易く得られたのである。我々が最初に出遇つたのは、モンマルトルの名もない図書館で、偶然甚だ珍奇な一巻の書を探がし合つてゐたところから、段々親しく言葉を交はすやうになつたのである。我々はお互に幾度となく会つた。私は彼が仏蘭西人の率直を以て語る彼の家門の小史に深く興味をもつた。私は、また、彼の読書の範囲の広汎なのにも一驚したが、併しその想像力の比ない新鮮さにはわけて驚嘆した。私は巴里中に何かと漁るものはあつたが、かゝる男と交友を結ぶことは私にとつて価の知れぬ宝物を得たにも等しいと感じた。そして遂に我々は、私が巴里に逗留する間一緒に暮すことに迄なつた。彼に比べれば未だ私の方が多少財政的の余裕があつたので、私が一切の費用をもつて、サン・ゼルマンの場末の寂しい場所に何かの迷信から立ち腐れる儘に久しい間打ち棄てられてあつた一軒の時代喰んだ異形な邸を借りて、我々の共通な稟性に適ふやうに調度の飾りつけまで幻想的な陰鬱なものにした。

　此処に於ける我々の生活の課程を世間で知つたならば、我々は狂人——危険性こそないが、立派な狂人と思はれたに違ひない。我々は併し完全に遁世してゐた。我々を訪ふ者とては更になかつた。事実我々の隠れ家は私自身のこれ迄の知己には全く秘密にされてゐたし、またデュパンが巴里に知人を持つてゐたのも既に数年前の古いことであつた。

　我々はたつた二人きりでその中に住まつてゐたのである。

　デュパンが夜を、夜それ自身を慕ふことは全く気紛れな空想と言ふの他ないのだが、彼のするすべてに同感したかつた私もまたこの気紛れに耽つた。黒い女神は常に我々ともにあるのではなかつたが、我々は彼女を模倣することが出来た。空に黎明の光がさし始めるや、我々は家の頑丈な鎧戸を閉して、強い香のする、青ざめた弱々しい光を放つ小蠟燭を二本灯した。この光をかりて、我々は我の夢を——読書したり、物を書いたり、或は話し合つたりして、さて時計が真実の闇の来たことを告げるまで待つてゐるのである。それから、我々は街へ出て、腕を組み合ひながら、その日の話題を続けたり、或はまた静かな観察のみが発見することの出来る素晴しい刺戟を探し求めながら、この雑閙の都の放恣なる光や影の間を、夜更けるまで彷徨したりした。

さうした時に、幾度か、（彼の豊な想像力から推しても予期することは出来たのだが）デュパンの卓越した分析的才能に私は舌を巻いた。彼自身もまたそれを試みることに熱心な喜びを感じてゐるらしかつた。彼の眼から見れば、如何なる人も各の胸の真中に窓を持つてゐることを、誇しげに私に言つて聞かせながらクス〳〵低い声で笑つた。そして直ぐにも、私自身に就いて如何によく彼が知り尽してゐるか、その驚嘆すべき実証を示して見せるのであつた。こんな瞬間の彼の態度はむしろ冷淡な気抜けしたもの丶やうで、眼は虚に見開かれて、声は、常ならば裕な次中音なのだが、おそろしく甲高くなつて、落着きと明確さがなかつたなら、ひどく癇癖持ちのやうに響いたであらう。彼の斯うした様子を見まもりながら、私は屢々二重人格の古い哲学を考へさせられたが、二人のデュパン——創造的の彼と分析的の彼との——存在を想像することは尠らず興味深かつた、と言つても私は何かの神秘を詳述し、若しくは仮空譚を書き綴つてゐるものではもとよりない。私がこの仏蘭西人に就いて述べたところのものは、単に、興奮した或は恐らく病的な智力の結果に過ぎないのである。それらの一切は、これから此処に物語らうとする驚異すべき事件に依つて最もよくその性質を伝へることが出来るであらう。

或る晩、我々はパレイ・ロワイヤールに近い長い汚れた通りを散歩してゐた時、ゆくりなくも法律新聞の夕刊に次の如き記事を見出した。

「驚くべき殺人事件。――今暁三時頃サン・ロッシュ区の人々は続けざまに起つた恐しい悲鳴に依つて夢を破られた。正しくモルグ街にあるマダム・レスパネなる婦人と娘のカミイユ・レスパネ嬢とが借り切つてゐる家の四階から聞えたもので、駈けつけた八九人の近所の人々と二人の憲兵とは、門が開かぬため暫く手間取つてから、遂に鉄棒で打ち破つて中へ入つた。この時は既に叫び声は止んでゐたが、人々が最初の階段を駈け上る際に、上の方から二言三言何か言ひ争ふやうな荒々しい怒声が聞えた。だが二階の上り口に達するまでには、これもまた止んで全く静寂に返つた。人々は各々に部屋から部屋を走つた。所が四階の裏側の大きな部屋へ入つて、（そこの扉は内側から鍵がかゝつてゐたのを、押し開けたのだが）その場の光景を一目見ると、一同は驚駭よりも恐怖のために立ち竦んだ。

「部屋中滅茶々々にかき擾されて、家具は壊れて八方に散乱してゐた。たつた一つの寝台があるのだが、寝床は其処から床の真中に放り出されてあつた。剃刀が一挺血に塗れて椅子の上に載つてゐた。炉辺には灰色をした人間の毛髪の長い太い束が二つ三つあつて、根元から引き抜かれたもの丶如く矢張り血に染まつてゐた。床の上にはナポレオン金貨が四枚、黄玉の耳輪が一個、大型の銀匙と小型の洋銀の匙が各三本づつ、それに四千フラン近くの金貨の入つた鞄が二個見出された。部屋の隅にある箪笥の抽斗が開いてゐて、中に色々なものが残つてゐたが、強奪の形跡は明かだつた。小さな鉄の金庫が寝床の下（寝台の下ではない）に発見された。扉に未だ残つてゐた鍵束に依つてそれを開いて見ると、少しばかりの古手紙とつまらぬ書類しか入つてゐなかつた。

「レスパネ夫人の姿は見えなかつたが、壁炉に異様に沢山の煤が落ちてゐたので、直ぐに煙突の内部を探つてみると（恐しいことにも！）娘の死体が逆様になつてそこから下がつてゐた。それは狭い孔をかなりのところまで押し込んだものであつた。体は温かゝつた。あらためると烈しい力で押し込まれる時に受けたに違ひない擦り傷が幾つも認められた。顔面にはひどい掻痕が沢山あり、喉もとは黒ずんだ深い爪痕の刻まれた傷があつて、死人が手で縊り殺されたことを物語つてゐた。

「家の中を隈なく検べたが、それ以上何物も発見出来なかつたので、人々は建物の背後の石を敷いた小さな中庭に出て見ると、そこで老婦人の死体を発見したが喉をすつかり掻き切られてゐて、人々が彼女の体を起こさうとすると、首は落ちてしまつた。体も首も、無残に切り刻まれて——体などは殆ど人間らしいところを止めてゐなかつた。

「この恐るべき秘密に就いて、未だ何等の手懸もないものと信ぜられる。」

翌日の朝刊には更にこれらの事が附け加へてあつた。

「モルグ街の悲劇。この最も驚くべき且つ恐怖すべき事件に関して多数の者が取調べを受けた。併し光明を与へる程のものは些も得られなかつた。以下その陳述の主なるものを挙げてみる。

「洗濯女のポーリイヌ・ドイユブウルは二人の被害者を、三年越し彼女たちの洗濯物をして知つてゐたと陳べた。老婦人と娘とは仲睦じさうで――お互に殊のほか愛しみ合つてゐた。彼女達は気前よく支払つてくれた。彼女たちの暮し向きについては知らない。レスパネ夫人は生活するに困らない財産があると言つたので、さう信じてゐた。金を蓄へてゐると評判されてゐた。洗濯物のことで彼女が行つた時に家の中で決して誰とも出遇つたことはない。彼女たちが雇人を一人も使つてゐなかつたことは確である。建物の中の四階以外には少しも道具の飾りつけをしてないやうに見えた。

「煙草屋のピエル・モロオは、四年間に亙つてほんの少しの煙草と嗅煙草とをレスパネ夫人に売つたことがあると陳べた。彼はこの界隈に生れて、ずつと其処に住んでゐるのであつた。死んだ婦人と娘とは、その死体の発見された家に六年から住まつてゐた。その前にゐた人は宝石商で、彼は上の方の部屋を幾人かにまた貸してゐた。その家はレスパネ夫人の持ちものだつた。彼女はやがて借家人とのいざこざを嫌つて、誰にも部屋貸しなぞせずに、自分で移り住むやうになつた。老婦人は子供じみてゐた。証人は娘を六年間に五六度見たことがあつた。二人はひどく世間から遠ざかつて暮してゐたが——金があると言ふ噂だつた。レスパネ夫人が財産の事を語つてゐたと言ふ評判も近所で聞いたが——信じてゐなかつた。老婦人と娘との他には、門番が一二度と医者が十度ばかり来たのを除けば、誰も玄関から入るのを見かけたためしはなかつた。

「近隣の多くの人々が何れも同じやうな証言をした。その家を屢々訪れたやうな事を言ふものは一人もなかつた。レスパネ夫人とその娘とに関係のある人間がゐるか如何かは更に不明だつた。正面の窓の蔀は稀に開かれた。裏側は四階の背後の大きな部屋以外は常に閉されてゐた。家は相当良い造りで——あまり古くはなかつた。

「憲兵のイジドール・ミイユゼは、その朝の三時頃呼ばれてその家へ行つて、十二三人の人々が門から中へ入らうとして騒いでゐるのを発見したのであると陳述した。到頭それを銃剣を以て——鉄棒ではなく——こぢ開けた。開き戸で、上にも下にも閂がなかつたので、比較的雑作なく開けることが出来た。悲鳴は門を押し開ける時迄続いてゐたのだが——そこで急に止んだ。それは人の（若しくは人々の）恐しく苦しんでゐるらしい叫び声で——高く長延いて、短い早口の叫ではなかつた。証人は階段を上がつて行つた。最初の上り段に達した時に二声高い怒号が聞こえたが——一声は荒々しく、一声は非常に甲高く——甚だ奇妙な声であつた。さきの方の言葉はいくらか聞き別けられて、仏蘭西人らしかつた。確に女の声ではなかつた。『南無三』と『しまつた』と言ふ言葉が聞き別けられた。甲高い方の声は外国人だつた。男であるか女であるか殆ど見当もつかなかつた。何を言ふのか少しも解らなかつたが、併し西班牙語だらうと信じた。部屋や死体の状況に就いて、この証人の述べたことは昨日の本紙の記事と同じであつた。

「隣人なる銀細工人のアンリイ・デュヴァルは彼が真先にその家へ入つて行つた中の一人であることを申し立てた。ミイユゼの証言を大体に於て確証したものだつた。夜更けの遅い時刻だつたにも拘らず、たちまち大勢の者が駈け集まつた。入口は無理に押すと直ぐに開いた。甲高い声は、この証人の考では、伊太利人だつた。仏蘭西語でないことは確だつた。どうも男の声ではなく、女の声らしかつた。証人は伊太利語を弁へなかつた。言葉は解らなかつたが、併し語調に依つて伊太利人であると考へた。レスパネ夫人並びにその娘とは知つてゐた。屢々言葉を交したことがあつた。甲高い声が死んだ何方のものでもないことは確実だつた。

「――オーデンハイマア、料理店主人。この証人は自ら進んで証言を申し出た。仏蘭西語が喋れないので、通訳附の審問である。アムステルダム生れである。悲鳴の起つたとき恰度その家の前を通りかかつたのだつた。悲鳴は数分間――おそらく十分も、続いた。長い高い――甚だ怖ろしい苦痛の叫び声だつた。彼は家の中へ入つた一人であつた。これ迄のすべての証言は認めるが、たつた一箇所違ふところがある。甲高い叫び声は確に男で

――仏蘭西人の男だつた。その言葉を聞き別けることは出来なかつた。大声で早口に――不同に――怒つてはゐたが、明かに恐怖の声でもあつた。甲高いと言ふよりは凄惨な声だつた。荒くれた方の声は『南無三』と『しまつた』とを繰り返したが、また『困つた』とも一度言つた。

「ドロレイヌ街のミニヨオ父子銀行の頭取なるジュウル・ミニヨオ。父のミニヨオの方である。レスパネ夫人は多少の資産を有してゐた。八年前の春に、彼の銀行と取引を開いた。屡々小額の預金をした。これ迄一度も小切手を振出したことはなかつたが、死ぬ三日前に自分が来て四千フランだけ引き出した。全額を金貨で支払つて、書記が家まで金を持つて送り届けた。

「ミニヨオ父子銀行の書記、アドルフ・ル・ボンは問題の日の正午頃、レスパネ夫人に従つて、四千フランの金をつめた二個の鞄を持つて、彼女の住居まで行つたことを述べた。扉を明けるとレスパネ嬢が現れて一つの鞄を受取り、もう一つの方は老夫人が手に持つた。彼はそれからお時儀をして帰つて来た。その時通りに人影は全くなかつた。そこは非常に寂しい横町だつた。

「仕立屋のウィリアム・バードは彼がその家の中へ入つた者の一人であることを述べた。彼は英国人で巴里に二年間住んでゐる。真先に階段を上つた一人であつた。争ふ声を聞いた。荒々しい声は仏蘭西人の声だつた。いろいろの言葉が聞きとれたが、今は併し思ひ出せない。『南無三』と『困つた』とだけははつきりと聞いた。その途端に数人の人々が格闘――殴り合つたり組打ちをしたりするやうな物音がした。甲高い声は非常に大きく――荒々しい方の声よりも大きかつた。それが英国人の声でないことは確だつた。独逸人らしかつた。女の声かも知れなかつた。彼は独逸語を解せなかつた。

「上記の証人の中の四名は何れも彼等が死体を発見せられた部屋まで達した時には、その扉は内側から鍵が下りてゐたことを述べた。すべてが森と静まり返つてゐて――呻き声らしいものも何の物音も聞えなかつた。扉を無理に押し破つて入ると誰もゐなかつた。窓は表も裏も両方とも内側から固く閉ざされてゐた。二つの部屋の境の扉は閉まつてゐたが、鍵はかゝつてゐなかつた。表の部屋から廊下へ出る扉口は内側から鍵がかゝつてゐた。四階の正面の小さな部屋の廊下へ出る扉は細目に開いてゐた。この部屋には古い寝台や箱や色々の物が沢山積んであつた。これらの物をすべて丹念に除して探した。家の如何なる部分でも捜査の行届かなかつたところは一吋たりともない。煙突はすべて上から下まで掃除された。この家は屋根裏をもつた四階建であつた。屋根の揚蓋は非常に厳重に釘づけにされてあつて――何年も開けられたやうな痕は見えなかつた。言ひ争ふ声がしてから部屋の扉を押し破るまでにどの位の時間が経つたか、証人の言葉はまち〳〵だつた。或る者は五分もかゝつたらうと言つた。扉を開けるのは却々困難だつたのである。

「葬儀屋のアルフォンゾ・ガルチオはモルグ街に住む者である旨を陳べた。西班牙人である。その家に入つて行つた一人だつた。階段を上ることはしなかつた。気が小さくて、恐しかつたのだ。怒鳴り合ふ声なら聞いた。荒つぽい声は仏蘭西人だつた。何を言つたのか聞きとれなかつた。甲高い方の声は英国人――これは確だつた。英語は解らないのだが、語調でさう判断した。

「菓子屋のアルベルト・モンタニは彼が一番に階段を駈け上がつた一人であることを申し立てた。疑問の声は聞いた。荒々しい方は仏蘭西人の声であつた。幾つかの言葉が聞きとれた。甲高い方の言葉は理解出来なかつた。早口に乱れた語調で喋つた。露西亜語だらうと思つた。他の大体の証言は認めた。彼は伊太利人である。露西亜人とは一度も語つたことがなかつた。

「数人の証人たちが玆で、四階のどの部屋の煙突も全く人間の体が通るのには細過ぎることを証言した。掃除は、煙突掃除人たちが円筒形の掃除ブラシで、家中のすべての煙道を上下に通して擦つた。人々が階段を上がつて行く間に、誰かが下へ降りるやうな裏道は全然なかつた。レスパネ嬢の体は煙突の中にしたたかさゝり込んでゐて四五人の者が力を協せなければ落ちて来なかつた。

「医師ポオル・デュマは夜明け方にその死体検視のために呼ばれたことを陳べた。それ等は娘の発見された部屋の寝台の麻布の上に横へてあつた。娘の死体には多くの擦過傷と打撲傷とがみとめられた。これに依つて、煙突の中へ押し込まれたものであることは充分に頷けた。喉はひどく擦り剝けてゐた。喉の真下に深い搔傷が幾つもあつて、何れも指の跡を遺して鉛色の斑点が連続してゐた。顔面は凄じく変色して、眼球が飛び出してゐた。舌は半ば嚙み切られてゐた。腹部に、正しく膝で圧し潰されたと見える大きな痕が見出された。デュマ医師氏の説では、レスパネ嬢は何者かに（一人であるか、幾人かであるかは不明だが）扼殺されたものであつた。母親の死体は目も当てられない程無残だつた。右の足の骨も腕の骨も殆ど悉く粉砕されてゐた。左の脛骨はひどくひき裂けてゐた。左側の肋骨も同様だつた。体中全体が傷だらけで、恐しく変色してゐた。如何してこんなに傷を負はせたものか考へられなかつた。重い棍棒、或は太い鉄棒、椅子、何か大きな、どつしりした、鈍角の兇器をひどく力のある男が揮つたとすれば、そんな結果になつたかも知れない。女では、如何なる兇器を用ひたとて、それほどの打撃を加へることは出来ない。死人の頭は、証人の見た時には、全く胴から離れて、矢張り大方打ち砕かれてゐた。喉は明かに非常に鋭利な道具――多分剃刀で切断されたものであらう。

「デュマ氏と共に検屍に呼ばれた外科医、アレキサンドル・エティアンヌ氏はデュマ氏の証言並びに説を確証した。

「なほ多数の人々が審問されたが、それ以上重大なるものは何等得られなかつた。果して真実殺人が行はれたものとすれば、洵に巴里未曽有の不可思議錯綜を極めたる殺人事件と言はなければならない。事件のあまりに異常なるために、警察は全く途方に暮れてゐる。

未だ手懸りらしいもの、片影だに摑み得ぬ模様である。」

夕刊には、サン・ロッシュ区に於ける大騒ぎが未だ続いてゐること――問題の屋敷が再び念入りに捜索されたこと、並びにあらためて証人調べの始められたこと、そして全く得るところがなかつたことなぞを報道してゐた。併し、アドルフ・ル・ボンが、――既報の事実以上に何等有罪と認むべき点もないのに拘らず、逮捕収監されたことをつけ加へてあつた。

デュパンはこの事件の経過にいたく興味を感じてゐたらしかつた――彼が少しも註釈を加へないところから、尠くとも私にはさう思へた。ル・ボンの収監されたと言ふ記事が出て、初めて彼はこの殺人事件に関する私の意見を求めた。

私は、全巴里人と同様に全く解し難い秘密としか考へることが出来なかつた。私には、殺人犯人を探索すべき如何なる方法も見出せなかつた。

「我々は審査の外殼に依つて方法を断定してはいけない。」とデュパンは言つた。「巴里の警察は、ひどく鋭敏の誉高いが、ただ悪賢いだけに過ぎないのだ。彼等の遣り方は一時的の方法以上に少しも出でない。

「彼等に依つて獲られた結果に屢々驚くべきものがないでもないが、しかし、大方それは単なる勤勉と活動からもたらされたものである。で、かうした性質が無効であつた場合には、即ち彼等の計画は失敗する。ヴィドックなぞは、たとへば、殊の外すぐれた推理家で且つ辛抱強い男だ。だが、教養された思考を欠くために、却つてその研究の熱心さに依つて常に誤りがちである。彼は目的をあまりに近くに抱きすぎるために、想像を害ふことになるのだ。彼は、おそらく、一つ或は二つの点を非常に明確に観察するのだらうが、さうすることに依つて必然的に事実の全体を見誤つて了ふのである。真実は必ずしも万全ではない。実際、更に重大なことだが、真実は不断に皮相的なものである。我々の求むる物は谷底に於て発見されるので、山の頂きに於てではない。斯うした種類の過誤の形式や原因は、天体の場合によく例表される。ちよつと星を眺めるにしても――横眼に、網膜の外面を（内部よりも光りに対して感覚が弱い）その方向へむけることは、星をはつきり見ることであり――その輝きを最もよく観察することであるが――視覚を全くそれへ転ずるに従つてその輝きは次第に朧になるのである。後の場合に於ては眼は光の大量をまともに浴るのだが、前の場合では、観察により適当な分量を受けるわけである。過当な量は我々の思考を混乱薄弱ならしめるもので、そしてあまりに熱心にあまりに一途に、正面から見究めようとすることは、つひに太白星をさへ天空から消失せしめてしまふことになる。

「この殺人事件についても、それに関する意見を作り上げるに先だつて、まづ我々自身に対して或る審問をして見よう。却々興味あることに違ひない。それに、僕はル・ボンに曽て一方ならぬ厄介になつてゐる。我々自ら其処の屋敷へ出かけて行かうではないか。警視総監のG――を僕は知つてゐるから、必要な許可を得ることは困難ではない。」

許可が得られたので、我々は直にモルグ街へ出かけた。それはリシリュウ街とサン・ロッシュ街との間にある見窶しい通りであつた。我々の住む町から非常に距つてゐたので、二人が其処へ着いたのは午後遅くなつてからである。問題の家は容易に見つかつた。未だ幾多の人々が道路の反対側から、閉された蔀を当もない好奇心で見詰めながら佇んでゐた。ありふれた巴里風の構へで、門の片側には窓に引き戸をはめた一見門衛小屋とわかる番小屋が附いてゐた。中へ入る前に、我々は往来を通つて露路へ入ると、そこでもう一度曲つて、建物の背後へ抜けた――デュパンは、その間に、私なぞのまるで見当もつかない事物にまで周到な注意をとめて、建物並びに近隣の様子を観察した。

さて踵を返して、再び住居の表へ来ると、鐘をならし、信用状をしめして、係官の許諾を得た。我々は二階へ上つて――レスパネ嬢の死体の発見された、そして其処に現在なほ両方の屍骸が横へられてある部屋へ入つて行つた。室内の攪乱された状態はそつくりその儘にされてあつた。私は法律新聞に報道された通りの有様を見ただけである。デュパンは凡てのものを、被害者の屍骸は勿論のこと、丹念に調べた。それから、我々は他の部屋を一々検分し、さらに中庭へも出てみた。その間中憲兵が一人我々の後に附き従つてゐた。調査を暗くなる迄続けてから、さてやうやく引き上げた。家へ帰る途中、彼は或る新聞社へ鳥渡立寄つた。

彼がおどろくべき気紛れやであることは已に述べたが、今や彼は只管この殺人事件にのみ気を奪はれて、翌日のお正午頃までもその事件に就て喋つた。そして、唐突に彼は、私に向つて、若しか兇行の現場に於て何か異状な事実を発見しなかつたかと訊ねた。

彼が大袈裟な調子で「異常な」と言つた言葉の中に、何故ともなく私を慄然とさせる響があつた。

「いや、異常なつて、別に何にもなかつた。」と私は言つた。「少くとも二人で読んだ新聞記事以上の何ものも見なかつた。」

「どうやら新聞は、」と彼は答へた。「最も恐るべき事実に触れてゐないやうである。だが新聞の懶惰な説などはどうでもよい。僕の見るところでは、この秘密は、その解決を容易ならしむべき筈の一つの理由の故に、却つて不可解なものと考へられてゐるらしく思へる――つまり事件の真相にはもう一つの特異性があるのだ。警察は――殺人それ自体ではなく――殺人の残酷行為に対する動機の不明なために当惑してゐるのだ。そしてまた彼等は、争論に聞えたと言ふ声を一致させることの不可能らしいことや、また階段を上がつて行つた連中と出会せずに逃げる出口がないのにも拘らず階上には殺されたレスパネ嬢の外何者の姿も見られなかつたと言ふ事実なぞについて甚しく迷はされてゐるのである。部屋の中の惨状と言ひ、煙突へ頭を倒にして押し込まれてあつた死体と言ひ、はたまた老婦人の無残に切り刻まれた有様と言ひ、これ等の理由は、当局の力を、その御自慢の鋭敏さを全く誤らせることに依つて、麻痺せしめて了ふに充分だつたのである。彼等は粗雑なしかし有りがちな過失だが、異常なるものと難解なるものとを混合してしまつたのだ。だが、若しも真相を発見する條理をもとめ得るとするならば、それこそまことにこれらの尋常を外れた事実に依らなければならないのである。斯くの如き検討に於ては、我は『如何なる事件が起つたか』と言ふことよりも『曽て起らざりし如何なる事件が起つたか』と言ふことを質さなければならない。真実、僕の到達すべき、或は已に到達したところの、この不思議を容易に解決する手懸りは、警察の眼に不可解として映ることと正比例して見出されるのだ。」

私は唖然として話し手を凝視するばかりであつた。

「僕は今一人の男を待ち構へてゐるのだ。」と、彼は我々の部屋の扉へ目を遣りながら、言葉を続けた。――「その男は、この殺人の犯人ではおそらくあるまいが、併し彼等の兇行にかなりの関係を持つてゐることは確なのだ。この犯罪行為の最も悪い部分に関しては、彼は多分無罪だらう。僕は僕のこの想像が幸に中つてゐればいゝと思ふのだが、と言ふのは、僕はその全体の謎を読む仮説を立てたのだからね。僕はその男を――この部屋で――今か今かと待つてゐるのだ。彼は竟に姿を現さずにしまふかも知れないが、併しおそらくはおつつけ遣つて来るだらう。若し来た時には取り押さへる必要がある。此処にピストルがあるが、場合に依つては使はなければならないかも知れない。」

私はデュパンがまるで独言の如く喋り続けてゐる間に、その言葉の意味も信じ兼ねながら、戸惑ひしてピストルを取り上げた。かうした際に於ける彼の奇妙な振舞に就て、既に私は述べた筈である。彼は私自身に向つて話し掛けて居たのであつたが、しかし彼の声は、決して高くなかつたにもかゝはらず、まるで非常に遠くに居る人間に対して話しかけて居るやうな調子を持つて居た。彼の眼は意味ありげに大きく見開かれた儘、只管壁の上に注がれた。

「階段を上つて行つた連中が聞いた争論の声が」と彼は言つた。「女達自身の声でない事は、証言に依つて充分確証されて居る。この事は、老婦人が先づ娘を殺して、しかる後に自殺を遂行したのではあるまいかと言ふ総ての疑問から吾々を救つて呉れる。私はこの点主に手段に就て言ふのだが、レスパネ夫人の力が、その娘の死体を煙突の中へ逆様に押し込む仕事にはあまりにかけ離れて居るし、また彼女自身の体に受けた傷は自殺の疑問を全然否定するものである。で殺人行為は誰か第三者に依つて遂げられたので、この第三者達の声が即ち争論に聞えた声である。さて――此等の声に関して述べられた総ての証言に就てではなく――証言の中の特異なる点に就て考へてみようではないか。君は何かそれに関して特異なものを感じはしなかつたかね？」

　私は総ての証人達が、荒々しい声を仏蘭西人と想像する点に於ては一致してゐたにも拘らず、甲高い方の声は、或るものはそれを鋭い声とも言つたが、全く証言の一致を見られなかつたと言ふことを述べた。

「それは証言そのものであつて、」とデュパンが言つた。「併し証言の特異性ではない。君は明確なるものを認めなかつた。だが、認めるべき何物かゞあつたのだ。証人達は君の言ふ如く、彼等は荒つぽい声に就て、満場一致で同意した。ところが甲高い声に対しては、奇妙な事にも——彼等の不一致ではなく——伊太利人も英国人も西班牙人も和蘭人も仏蘭西人もそれ〳〵に尽くそれを外国人の声であると主張した。各々がそれは自分の国の人間の声ではないと信じて居た。仏蘭西人はそれを西班牙人の声と考へたが『もしも西班牙人と馴染があつたならば聞き分ける事が出来たであらう。』と言つた。和蘭人はそれを仏蘭西人の声だと言ひ張つたが、しかし『此の証人は仏蘭西語が分らないので、通訳付きで訊問された。』と報じられてあつたではないか。英吉利人はそれを独逸人の声だと考へた。そして『彼は独逸語を解さない。』西班牙人は英吉利人と『信じた』が『語調で判断したのである。』伊太利人は露西亜人の声と信じたが併し『露西亜人と話をした事はなかつたのである。』更に、第二の仏蘭西人は第一の仏蘭西人と違つてそれを伊太利人の声だと主張したが、これもその国語を理解したのではなく西班牙人と同じやうに語調に依つてさう信じたのである。さてかゝる証言の行はれ得るその声は真に此上もなく異常なるものと言ふべきではないか！　君はそれを亜細亜人の声——或は亜弗利加人の声と言ふかも知れない。亜細亜人も亜弗利加人も巴里には多く居ない筈だがこの推論を強ひずに僕は三つの点に就て君の注意を促すだけに止めよう。その声は一商人に依つて『甲高いよりもむしろ鋭い』と陳述された。また他の二人は『早口で且つ乱調子』であると言つた。如何なる証人に依つても、たつた一つの言葉さへも——言葉らしいものさへも供述されはしなかつたのである。

「君はどう考へるか知らないが」とデュパンは続けた。「僕は併しこの部分——二つの声に関する部分の、証言から演繹されたる正しい推定が、それ自体この秘密の研究を著しく捗らせる或るものを提供してゐると考へるのに躊躇しない。僕は正しい推定と言つた。だが、これでは充分に言ひ現せない。僕は推定が最も正しきものを意味し、そしてそれから唯一の結果として、必然的に不審が生ずるものである事を言はうとするのである。けれどもその不審が何であるかは未だ明言するのを控へる。僕はたゞ君が僕と共にその事があの室に於ける僕の不審に対して一定の形式——或る傾向——を無理にも与へるのに充分である事を考へて居て欲しいのである。

「で、試みに今我々自身がこの室に入つてゐるものと仮定しよう。こゝで第一に求めるものはなんであらうか。殺人犯人が用ひた逃走の手段である。もとより吾々は無稽なる事件を信じ得べくもないのだ。レスパネ夫人並びにレスパネ嬢は、幽霊に依つて殺されたのではなかつた。犯罪者は現実のものであり、そして現実に逃走したのである。それではどうしたと言ふのであらう。倖にもこの点に関してたつた一つの推理の方法がある。そしてそれは我々を確定的な結論に導くものである。——さて一つ一つの可能なる逃走の手段を検べて見よう。その虐殺がレスパネ嬢の発見された室、もしくは尠くともその隣りの室に於て町の連中が階段を駆け上りかけた時に行はれた事は明白である。で、我々はこの二つの室の内に出口を発見すればいゝのだ。警察は床も天井も石の壁もあらゆる方法で露いて見た。如何なる秘密の出口も彼等の周到なる眼を免がれる筈はない。だが彼等の眼を信じ兼ねて僕は自ら検べて見た。するとやはり秘密の出口などは更になかつた。室から廊下に出る扉は両方とも内側に確く鍵がかゝつてゐた。煙突も再度あらためて見た。いづれも炉の上方八九呎は普通の広さであるが、大きな猫の体もその中を通り抜けるのはむづかしかつた。斯くの如く逃走の不可能さは確実になつたので、従つて我々は窓に注意を向ける事になる。正面の室の窓からは往来の群衆に気付かれずには逃れられない。そこで殺人犯人は後の室の窓から出たに違ひないのだ。さてかゝる決定的な方法のもとにこの結論を得た上は単に一見不可能らしく考へられると云ふ理由に依つて片付けてしまふのは、推理者として妥当ではない。我々はたゞ此等の不可能とも見えるものが実際に於てはさうでないと言ふ事を証明すればいゝのである。

「その室には二つの窓がある。その一つの方は家具にさへぎられもせずにまる見えである。もう一方の方の下の部分はそれに押し付けられた大きな寝台で隠されてゐる。見える方の窓は内側からしつかりと閉されてゐた。これを持ち上げようと試みる者があつても、極めて困難である。窓枠の上方に錐の穴が左へ通つて居てそれに頗る丈夫な釘がしつかりと差されてあつた。もう一方の窓を検べて見たところがやはり同じやうな釘が同じやうな具合にさしてあつて、この窓枠を持ち上げようとひどく骨を折つたのだが無駄であつた。で警察はこの方面にも出口が全くない事を納得した。そこで彼等は釘を抜いて窓を開けるのは余計な事だと考へたのである。

「僕自身の捜査方法はもう少し特殊なものであつた。——と言ふのは総ての不可能らしく見えるものは実際に於ては、然らざる事を証明しなければならないのを知つてゐたからである。

「僕は斯く帰納的に考へたのである。殺人犯人は此等の窓の一つから逃げたものである。さうだとすれば彼等は窓枠を内側から再び閉める事は出来ない筈である——この明白な考察がこの部分に於ける警察官の吟味を中止させたのである。しかも窓枠は閉されてゐたのである。従つて彼等はそれを閉す力を持つてゐたのに違ひない。この結論に遺漏はない筈だ。僕はまる見えの方の窓枠の傍に寄るとかなり骨を折つて釘を抜き窓枠を押し上げようとした。ところが果して僕の努力は全く無駄であつた。そこで僕は隠れたバネのある事を知つたのだが、この思ひ付きは僕の前提の正しいものである事を確信せしめた。注意深く探して見ると容易に隠れたバネを発見ける事が出来た。僕はこの発見に満足を感じながらそれを押したが窓枠を上げるのを控へた。

「僕は釘を再度差してから気を付けてそれを観察した。一人の人間がこの窓を抜けながら再度閉めたとすれば、バネは元へ返るかも知れないが——しかし釘が元通りに差さる理由はない。結論は平明にして、再度僕の調査の領域を狭めた。殺害者は必ずや、もう一方の窓から逃れたのに相違ない。で、両方の窓枠に取付けられたバネが通例どほりに同一のものであると考へるなら、その両方の釘の間にあるには尠くともその取付けの具合に相違点が見出されるに違ひないのである。寝台の粗麻布を取除いて僕は頭板越しに第二の窓を仔細に眺めた。板の後に手を差込むと僕は容易にバネを見出して触れる事が出来たが、それは案の定初めのものと同一のものであつた。僕はさて釘をあらためた。それは前のやうに頑丈なもので、そして見たところ同じやうな具合に——天辺に近い辺りに差込まれてあつた。

「君は僕がさぞ迷つたことであらうと思ふかも知れぬ、それは推定の性質を誤解するものと言はねばならない。自慢ではないが僕はかつて一度も失策をしたためしがない。匂ひは鳥渡の間も途切れはしなかつた。連鎖の輪に切目はなかつた。僕は秘密を究極の結果に向つて辿つた——その結果たるや釘に他ならない、左様、それはまことに総ての外見がもう一つの窓のものと等しかつたが、しかし此の事実は此の一点に於て手掛かりを制限すると言ふ考へと思ひ合せる時には、全く無力なものである。『釘に就いて何か錯誤があるに違ひない。』と僕は考へた。で僕はそれに触れて見たところがその先、心棒の一吋程の部分が僕の手の中へ落ちて来た。心棒の残りの部分は錐の穴に差さつた儘折られてゐたのである。その折口は古いもので（何故なれば縁は錆び付いてゐた）そして金槌か何かで一撃されたかの如く釘の頭の部分が下の窓枠の頂上にめり込んでゐた。僕は注意してこの頭の部分を中半以前の凹みへ差し込んで見たが、するとそれは完全な釘の如くに折目は更に見えなかつた。バネを押しながら窓枠を静かにほんの少しばかり持ち上げて見ると釘の頭はその儘一緒に上へ上つた。窓を閉めると釘は再度元通り完全なものに見えた。

「かうして、謎は最早謎ではなくなつた。殺害犯人は寝台の上に見える窓から逃れたのに違ひないのだ。彼が抜け出すと同時に自然に落ちた窓枠が（或は故意と閉めたのかも知れない）バネに依つて固く閉まつたので、このバネの仕業が釘に対して警官の眼を誤まらしめた――即ちそれ以上の捜査は不必要と考へさせたのである。

「次の疑問は犯人が降りた方法である。この点に就いて僕は君と共に建築物の周囲を歩きながら既に納得してゐた。問題の窓から約五呎半ばかり離れたところに一本の外燈の柱があつた。何人といへどもこの柱からその窓へ入ることは愚か近付くことも不可能である。しかし僕は四階目の蔀は巴里の大工達がフェラァデと呼んでゐる――今日ではめつたに用ひられないがリヨンやボルドオなぞに於けるひどく古風い建築物にしばしば見掛けられるところの特殊なる種類のものであることを見て取つた。それはありふれた形態の扉で（一枚戸で折戸ではない）たゞ上半が格子になつてゐて――手で摑むのに甚だ具合よく出来てゐた。そしてこの蔀は幅三呎半は充分にある。吾々が建築物の裏から見た時にそれ等は両方共中半開かれてゐた――つまり壁と直角に開いてゐた理由である。警官は僕自身と同様家の裏から検べたであらうがそれにしてもフェラァデを見てその大きな幅を観察すること、尠くとも正しい考察を加へる事は出来なかつたであらう。事実この部分に如何なる出口もないものと思ひ込んでしまつたので彼等は自然極めておろそかな検査しかしなかつたのだ。だが僕の観るところでは、もしもこの寝台の上にある窓の蔀が壁の方へすつかり開いたとすれば外燈の柱から二呎以内の処にとどくことは明白であつた。そして又非常に並外れた動作と勇気とを以つてすれば外燈の柱から窓の中へ入ることは正しく可能な業である。――二呎半の距離に達しながら（蔀が全部開いたものと考へれば）賊は格子の上からしつかりと掴まることが出来たであらう。それから彼は柱を離して壁に足を突張つて勇敢に跳ね返すことに依つて蔀を振り、蔀の閉まるのと同時に自分の体を室の中へ躍り込ませたのであらう。

「このやうな危険且つ困難な仕業をやり遂げるには非常に並外れた動作が必要である事を心に止めて欲しい。僕は先づかうした仕業が可能である事を君に示し、――さてその次にそれを成し遂げた敏捷さが殆ど超人的な極めて驚くべきものである事を合点して貰ひたかつたのである。

「ところで君は法語に依つて『議論を立てよ。』と言ふであらうがしかし僕はそれよりもこの場合に必要とされた動作の充分なる検討をしてみたいのである。僕の究極の目的は只管真実にある。僕のさし当つての望みは、その恐しく並外れた動作と、そして恐しく特異な甲高い（もしくは鋭い）且つ乱調子な声――しかも一言も聞き分けられなかつたばかりでなく国籍さへも判別しない声とを並べ合せて考へて貰ふ事である。」

かう言はれて私の心の中には漸くデュパンの言葉の意味が茫然とした概念を形態造つた。私は理解する力もなく、理解の縁に置かれてゐるらしかつた――あたかも時として吾々が思ひ出す力もなくして記憶の端に置かれる場合があるやうなものである。友は再度推論を進行めた。

「さて問題は逃走口の事から遂に忍び込む方法に変つてしまつた。が、僕の考へでは両方共に同じ方法でなされたかも知れないのである。そこで今度は室の内部へ戻つて、現場の様子を調べて見よう。簞笥の抽斗はその中に様々な品物が未だ沢山残されてはゐるのだが、掠奪されたと言ふ事である。此処に於いて此の結論は不合理と言はねばならない。それは単なる推察――甚だ馬鹿らしき――以上の何物でもない。どうしてその抽斗の中に残つてゐたものが、最初から蔵つてあつた中味の全部でないと言ひ得やう？　レスパネ夫人並びに娘は殊の他世間を離れた生活をしてゐた――誰も訪ねて来なかつたし――滅多に外出した事もなかつたし、服装もあまり変へたりなぞしなかつた。発見された後は此の婦人達が持つてゐるものとしてはともかくも上等な品であつた。もし賊が何かを盗むとしたならば、何故最も上等な物を盗まないのか――何故残らず攫つて行かなかつたのであらうか？

例へば、何故彼は四千法の金貨を捨てゝ行つたのであらうか？　銀行家ミニヨオ氏の述べたほとんど全額の金貨が床の上の鞄に発見されたではないか。そこで僕は動機が物取りであると言ふ考へ、入口で金を渡したと言ふ証言に依つて警察の疑念を強めた、その考へを除き去る事が必要だと思ふ。かゝる著るしい偶然の一致は（金を手渡した事とそれを受取られてから三日間の内に殺人が行はれたと言ふ事の）吾々の実生活に於いては格別人々の注意さへも惹かずに幾度となく起きてゐる。凡そ一致なぞと言ふものは、適遇の理を学んだ事のない思考者にとつてはしばしば大きな障害となるものである。でこの場合にあつても、もしも金貨が奪はれてしまつて居たならば三日前にそれを受渡した事実は単なる偶然の一致以上のものとなつたかも知れない。だが事実に於てこの兇行の動機が金であると考へる時には、この犯罪は金貨及び動機の全部を見捨てゝしまつた程の愚かしい狼狽へ者と言はなければならない。

「僕が君の注意を促した総ての点――特殊な声、並外れた動作、そしてかゝる驚くべき惨虐な殺人行為に何等動機のないと言ふ不思議な事実――を心に止めて、さて、殺人そのものに就いて考へて見よう。一人の婦人が指先の力で縊り殺され、頭を逆様に煙突の中へ押し込まれてあつた。普通の殺人に於てかゝる方法は用ひられない。屍体を煙突の中へ差込むのには、非常に途方もない――縦ひ如何なる残忍な男であつたにせよ、とても当り前の人間業とは全く納得出来ない節がある。そして又それを発見した人々が精一ぱい力を合せて漸く引き出した程無理遣りに押し込んだ力は何と偉大なるものではないか！

「さて更に、最も驚くべき強力の痕を見よう。炉の上にあつた厚い髪の総――素晴らしく厚い灰色の人間の髪の総である。それは根元から毟り取られてあつた。君は十二三本の髪の毛すら一緒に頭から毟り取るのはかなりの力が要ることを知つてゐるであらう。君は問題の髪の総を僕と共に見たのだ。毛根には（恐ろしい事にも！）頭の肉の布が凝つてゐた――正しく無数の髪の毛を一時に引き抜いた途方もない力の証拠である。老夫人の喉はたゞ切られただけなのだが、しかし首は全く胴から千切れてゐて、しかもその兇器は一挺の剃刀に過ぎないのである。かうした行為の言語に絶する獰悪さに就いても心を止めて呉れ給へ。レスパネ夫人の体の傷の事は言ふ迄もなからう。デュマ医師とその良き助手であるエティエンヌ氏とはその傷が何か鈍器に依つて加へられたものであると述べてゐるが、この意見はまことに正しい。鈍器とは明らかに裏庭の敷石で、その上へ、被害者は寝台の上に見える窓から墜落したのである。この考へは今になつてこそ簡単に見えるけれども蔀の幅が警官の眼から見落されたと同じ理由で彼等に見逃された。――何故なれば釘の仕掛けに依つて窓はこれ迄全く開かれた事がなかつたものと信じさせたのであるから。

「此等の事に加へて室の中の奇妙な乱雑さを思ひ浮べ、そして驚くべき敏捷さ、超人的な強力、戦慄すべき惨虐さ、動機なき殺人、全く人間業とは思へぬ恐しき怪奇さ、そして人々の耳にそれぞれ様々な異国の言葉と聞こえ、しかも一語たりとも文句の聞き分けられなかつた言葉とを考へ合せたならば、如何なる結論が導き出されるであらうか？　君はどんな風に想像するかね？」

デュパンがかう聞いた時に私は竦然たるものを感じた。「狂人の仕業だらう――近所の瘋狂院から逃れ出た獰猛なる狂人だらう。」

「左様、君の考へは満更見当違ひでもない。」と彼は答へた。「だが狂人の声ならば最も激烈な発作にしても、決して階段の上で聞えたやうな奇妙な声ではあるまい。狂人とても何処かの国民である以上その言葉はたとへ辻褄の合はぬものにせよ何かの文句であるに相違ない。のみならず、狂人の髪の毛は僕が今手に持つてゐるこのやうなものではない。僕はこの一束をレスパネ夫人の確く握られたこはばつた指の間からほどいて持つて来たのである。君はこれをどう思ふかね。」

「デュパン！」と私は仰天して言つた。「この髪の毛は恐しく変ではないか――これは人間の髪ではない。」

「僕は敢てさうであると言ひ張るものではないが」と彼は言つた。「この点を決定する前に僕がこの紙の上に写したスケッチに就いて見て呉れ給へ。これは証言の中にレスパネ嬢の首の上の『黒ずんだ深い爪の痕』と述べられ、又デュマ・エティエンヌ両氏に依つて『明らかに指の痕である。蒼ざめた斑点の連続』と述べられた部分の模写である。

「ところで君はこの図が固くしつかりと摑んだ痕を示して居る事に気が付くであらう。」

と友はその紙を吾々の前の卓子の上に広げながら続けた。「少しも滑らせたらしい痕は見えない。どの指も——被害者の絶命する迄——ぎゆつと恐ろしい力で摑んで居たので尽く喰ひ込んでしまつたのだ。さて君の総ての指をそれぞれの痕へ同時に当てがつて見給へ。」

私はそれを試みたが無駄であつた。

「我々はしかしこれが困難である事をはつきりと言ひ得ないかも知れない。」と彼は言つた。「この紙は平面に広げられたものだが、しかし人間の喉は円筒形である。此処に木切れがあるが周囲は殆ど喉と同じ位である。この図をそれを周囲に巻き付けてもう一度試して見給へ。」

私はさうして見たが、しかし前の場合よりも一層困難であつた。

「これは人間の手の痕ではないね。」と私は言つた。

「ところでこのキビエの一節を読んで見給へ。」とデュパンは答へた。

それは東印度諸島の大きな黄褐色の猩々に関する解剖的及び概括的な詳述であつた。巨大なる体軀、驚くべき強力、野性的な狂暴さ、並びに此の哺乳類の物真似をしたがる性向はよく知られてゐた。私は即座に殺人事件の怖ろしい全部を了解した。

「指の説明は正確にこの図と適合して居る。」と私はすつかり読み終へて言つた。「この種の猩々を除いては如何なる動物も君がスケッチしたやうな傷痕を残す事は出来まい。此の黄褐色の毛の束にしても亦この獣物のそれと一致してゐる。しかし僕はこの戦慄すべき秘密を尽く合点する事は出来ない。何故と言つて争論に二つの声が聞え、そして一つは疑ひもなく仏蘭西人であつたと言ふではないか。」

「如何にもその通りだ。そして君はこの声――『困つた！』と言ふ意味の――に就いて証人達が殆ど満場一致で供述した事を覚えてゐるであらう。そしてまたそれは、証人の中の一人（菓子屋のモンタニ）に依つてあたかも反抗、もしくは忠告の言葉らしく聞き取れたと述べられた。そこで僕はこれ等の二つの言葉から謎をことごとく解決する希望をたてた。一人の仏蘭西人――十中八九、この血塗れ行為に関しては無罪であるらしい――が真相を知つてゐる。猩々が彼の手から逃げ出したのであらう。彼はそれを追つてその室へ入つたのだがその場に起つた驚くべき出来事の為に彼はそれを捕へる事が出来なかつたのであらう。そこでもしも問題の仏蘭西人が、僕の考へる如く、実際この虐殺に就いて無罪であるならば、この広告――昨日帰り路に僕がル・モンド（船に関係した新聞で主に船乗り達に読まれる）の発行所へ寄つて依頼したこの広告は彼を吾々の住居へ連れて来る事だらう。」

さう言ひながら彼の渡して呉れた新聞には次のやうに書いてあつた。――

捕獲――ブロオニュの森に於て本月――日早朝（殺人のあつた朝である）すこぶる大

なるボルネオ種の黄褐色猩々を捕獲せり。飼主（それは恐らくマルタ会社の船に属する船乗りと思はれる）は充分にこの獣物をたしかめ、尚ほその捕獲並びに保有に要したる費用を支払ひたる上にて引取られ度し。サン・ジェルマン――街――五へ紹介を乞ふ。

「どうして君はその男が船乗りで、しかもマルテーズ船の乗組員であることを知つてゐたのだね？」と私は訊ねた。

「知つてゐるのではない、」とデュパンは言つた。「さうに違ひないと信じたのだ。此処にリボンの小さい片端しがある。その形から言つても、また脂じみてゐる点から言つても、船乗りの好む長い弁髪を結ぶために用ひられたものであることが解る。しかもこの結び方は船乗以外にはあまりするものがなく、それも主にマルテーズ船員に限られてゐるのである。僕はこの片はしを外燈の下から拾つて来た。これは死人の何方に属する物でもあり得ない。縦ひ、リボンに関する僕の推定が誤つてゐて、その仏蘭西人がマルテーズ船の乗組員でなかつたにせよ、僕がこの広告に用ひた文句から如何なる差閊への起らう道理もない。若し僕が間違つてゐたとすれば、彼は何かの取るに足らないことで僕がさうした誤をしたものと考へる位のものであらう。しかし、若しも間違つてゐなかつたとすれば、僕は素晴しい収獲を得ることが出来るわけである。その仏蘭西人は、この犯罪に関して無罪にもせよ認知してゐると言ふだけで、広告を見て猩々を取戻すことに尠らず躊躇するであらう。彼はこんなふうに考へる――『自分は潔白だ、自分は貧乏で、猩々は莫大な値うちを持つてゐる――言はば、自分の場合では一財産だ――ただ冒険だと言ふくらゐの懸念からそれを失はなければならない理由は全くないではないか。今や、目の前に置かれてあるのだ。それはブロオニュの森――殺人の現場から遠く距つた場所で発見された。如何してこの猛獣があの殺人事件の犯人であることが知れやう。警察は全く五里霧中で、ほんの僅の手掛りさへも発見してゐないではないか。よし、獣を捕へたとしても、如何して自分がその犯罪を知つてゐること、或はそれに関係してゐることを証明し得やうぞ。そればかりではなく、自分は既に知られてゐるのだ。広告主は自分を獣の所有主と指摘してゐるではないか。自分は、彼が何の程度迄自分に就いて知つてゐるかはつきり知ることは出来ない。若しも自分がその莫大な価格の物の所有を拒んだとすれば、それこそ、あの獣に疑のかゝることがないとも言ひ得ない。自分自身或はその獣の上に疑ひを招くことは、どの道自分の望むところではない。自分はこの広告に答へ、猩々を取り戻し、事件が消えてしまふまでそつと隠して置くことにしよう。』」

　折から、階段を上る跫音が聞こえた。

「さあ、ピストルの仕度をしたまへ。」とデュパンは言つた。「だが、僕が合図をする迄それを見せたり使つたりしてはいけないぜ。」

家の正面の表扉は開け放されてあつたので、訪問者は鐘もならさずに這入つて来て、そのまゝ階段を数段上つた。併し、そこで、彼は鳥渡躊躇したらしかつた。直ぐに、彼の降りて行く音が聞こえた。デュパンは急いで扉の方へ近寄つたが、その時再び彼の上つて来る音が聞こえた。今度は引き返すこともなく、思ひ切つたやうに進み寄つて、我々の部屋の扉を敲いた。

「お入んなさい。」とデュパンは陽気な懇な調子で言つた。

一人の男が入つて来た。彼は明かに船乗りで——脊の高い、頑丈造りの、筋骨逞しい、如何にも向う不見らしい容貌をしてゐた。その顔はひどく日に焦けて、半以上髯に埋もれてゐた。彼は大きな樫の棒を携へてゐたが、併しそれ以上の武器を持つてゐるらしい様子もなかつた。彼は不恰好にお時儀をすると、生粋の巴里つ子らしい訛で「今晩は。」と挨拶をした。

「お坐んなさい。」とデュパンは言つた。

「多分、猩々の件でいらしつたのだと思ひます。僕も非常に羨しくつてならないのですが、また素晴しく立派な、滅法値打のある奴に違ひありませんな。ところで、あれは幾歳ぐらゐになるのでせうか？」

船乗は何か非常に堪へ難い重荷でも卸したかのやうに、ほつと長い溜息を吐くと、さてしつかりした言葉つきで答へた。

「さあ、はつきりしたことは解りませんが——確に四五歳以上だらうと思ひます。奴は此処に捕へてあるのですかい？」

「いやいや、此処には置く場所がありませんのでな、ドヴウル街の貸厩にあづけてあります。明日の朝になつたらお引渡し致しませう。勿論実物を見分けることが出来るでせうな？」

「大丈夫です、旦那。」

「どうも、あれと別れるのは鳥渡惜しい気がするなあ。」とデュパンは言つた。

「それあ勿論私にしやしても、旦那に無駄骨折らせるやうな真似は致しやせん。」と男は言つた。「そんなつもりはありません。獣を見付けて下すつたのに対する御礼は喜んで——先づ出来るだけの事は致すつもりで居りやす。」

「なる程」と友は答へた。「よく解りました。だが、待てよ——なにがい、かな？　おお、さう、さう！　報酬はかう言ふことに願い度いですな。つまり、モルグ街の殺人事件に関して君の知つてゐる限りのことを残らず話してくれ給へ。」

デュパンは最後の言葉を低い極めて静な調子で言つた。そして、矢張り静に扉口にさし寄つて鍵を下ろすと、その鍵をポケットに蔵つた。それから彼は胸からピストルを取り出して、少しも狼狽へる色もなく椅子の上に載せた。

船乗の顔色は、激しい息詰るやうな驚愕にサッと変つた。彼は飛び立つと、棍棒を引き摑んだが、併し次の瞬間には烈しく慄へながら死人のやうに蒼ざめて、椅子の中へ身を落としてしまつた。彼は一語も発しなかつた。私は心底から可哀想な気がした。

「君。」とデュパンは懇な語調で言つた。「君はどうも莫迦々々しく——余計な心配をしてゐるらしい。僕たちは君を如何しようと言ふのでもないのですよ。僕は、紳士として又仏蘭西人として、君に迷惑をかけるものでないことを誓ひませう。僕は、君がモルグ街の惨行について全く罪のないことをよく知つてゐるのです。だが、君が或程度迄それに関係のあることは否定するわけにはゆかない。かう言つてしまへば、君は僕がこの事件に就いて、君なぞの思ひも寄らない方法で探知してしまつたことを、認めなければなるまい、と言ふ次第ですよ。君はたしかに何一つ——全く、何一つ責められなければならないやうなことはしてゐないのだ。全く君は泥坊の罪さへ犯してゐないのだ。君は、何も隠さなくともい丶筈です。隠すべき理由がないのですからね。だが、それと反対に君は、是が非でも君の知つてゐるだけの全部を告白しなければならない義務がある。何故と言つて、君がその犯行者を指名し得べき犯罪のお蔭で、ある無実の人が投獄されてゐるのです。」

船乗はデュパンが斯く説明する間に、可なり落着きを取り戻したらしかつたが、それでもその持ち前の向不見な気色はすつかり消え失せてゐた。

「飛んでもないことになつてしまいました。」と彼は鳥渡ためらつてから、さう言ひ出した。「かうなれば、残らず打ち明けることに致しませう。——ですが、私は旦那に半分も信用して頂かうとは思ひません――信じて貰はうなんて、それこそ莫迦（ばか）の骨頂ですわい。私は、命にかけまして、全く罪のないことだけは、はつきりと申し上げます。」

　彼の述べたところは、ざつと次のやうであつた。彼は最近印度（インド）群島の航海から帰つて来たのである。彼は仲間の者と一緒に、ボルネオに上陸して、奥地へ楽しみ半分の旅を企てた。彼と一人の仲間とで、猩々（オランウータン）を捕獲した。この仲間が死んだので、猩々（オランウータン）は彼一人の所有物となつた。戻りの航海の途中幾度か手もつけられない狂暴を持てあましながら、到頭巴里の自分の住居（すまい）へ持ち帰へると、近所の人々の迷惑な好奇心を惹（ひ）くこともなく、甲板（かんぱん）の上で棘（とげ）をたてた脚の傷が癒（なお）るまで、用心深く監禁して置いた。彼はおつつけそれを売り払ふつもりだつたのである。

　その夜、と言ふよりも寧（むし）ろその殺人のあつた朝である。彼は船乗り仲間の遊びから帰つてみたところが、彼の寝室の中へ、直ぐ隣の部屋に厳重に閉ぢこめてあつた筈の猩々（オランウータン）が、隔（へだて）の扉（ドア）を破つて這入り込んでゐたのである。剃刀（かみそり）を手に持つて、一（い）つぱいに石鹼の泡を塗り立て、鏡に向ひながら、髭（ひげ）を剃らうとしてゐた。隣の部屋の鍵穴から覗（のぞ）いて主人のすることを見おぼえてゐたのに違ひない。そんな獰猛（どうもう）な動物が、そんな危険な刃物を持つて、しかもその使ひ方さへ知つてゐるのであつたから、男は恐しさのあまり、しばらくは呆然（ぼうぜん）としてゐた。彼は、併（しか）し、その動物が縦（たと）ひどんなに猛（たけ）り立つたときにでも、鞭（むち）一本でそれを鎮（しず）めることを心得てゐたので、直ぐ鞭を取つた。これを見るや、猩々（オランウータン）は忽ち部屋の戸口から飛び出して、階段を駈(か)け降りると、運悪く開け放しになつてゐた窓を抜けて街中へ走つた。

仏蘭西人は狂気の如くに跡を追つた。猿は未(ま)だ剃刀(かみそり)を摑んだまま、時々立止(たちどま)つて追跡者の方を振り返へり妙な身振りをして見せて、男が傍(そば)まで来ると再び走り始めるのであつた。こんな工合(ぐあい)に、この追撃は長いこと続いた。街は、朝の三時近い頃で、深い静寂の底にあつた。モルグ街の裏の横町へ入ると、逃げる者は偶(ふ)とレスパネ夫人の家の四階の窓から明りの洩(も)れて来るのに気がついた。猿は建物へ突進しながら、外燈(がいとう)の柱を見とめて、素晴しい敏捷さでそれへ攀(よ)ぢ登ると、壁(かべ)の方に開(あ)いてゐた蔀(しとみ)を摑んだが、さて一振り振つて寝台の上へ飛び移つた。実に瞬間の早業(はやわざ)であつた。蔀は猩々(オランウータン)が部屋の中へ躍り込む機(はず)みに再び蹴返(けかえ)されて開いた。

船乗りは喜び且(か)つ当惑した。矢張り外燈の柱を伝つて降りて来るより他(ほか)、先(ま)づ逃路(にげみち)はないのだからそこを遮(さえ)ぎりさへすれば、確実にこの猛獣を捕へる望みがあつた。が、一方、家の中の騒動を考へると甚(はなは)だ安心してはゐられなかつた。男はそこで苛責(かしやく)なく追跡を続けた。外燈の柱を登ることは、わけて船乗りなぞにとつては、左程(さほど)困難な業(わざ)でもなかつた。併(しか)し、彼は窓の高さまで達したが、窓はずつと距(へだた)つてゐたし、ただ部屋の中を覗(のぞ)いて見ることしか許されなかつた。彼は一目見るや、恐怖のために、危(あやう)く手を離して墜落(ついらく)するところであつた。モルグ街に住む人々の眠を破る凄惨なる叫び声が起つたのは此の時であつた。

レスパネ夫人とその娘とは寝巻きのまゝ、鉄櫃の中の書附の整理をしてゐたものらしい——鉄櫃が室の真中に投げ出されてあつたことは前に述べた。それは蓋を開けられて中味が床の上に散つてゐた。彼女たちは窓の方に背中を向けてゐたのに違ひない。獣が闖入したのは悲鳴との間の経過から推して、多分直ぐには気がつかなかつたものと思はれる。窓の蔀の反へる音は風のせゐ位に考へられたのであらう。

　船乗りが眺めた時に、巨大なる獣はレスパネ夫人の髪を摑んで（恰度櫛で梳かしてゐたところで、解いてあつた）剃刀を顔の上に当てがひながら、床屋の真似をしてゐた。娘は身動きもせずに突伏して、気を失つてゐた。老夫人の悲鳴と抵抗とは（髪の毛はその間に頭から毟りとられてしまつた）猩々の案外穏かだつたかも知れない目的を、致命的な結果に変へることとなつた。逞しい腕でぎゆつと一撫で横に払ふと、彼女の首は殆ど胴体をはなれた。血を見るや獣は猛然と怒り立つた。歯を嚙み鳴らし、眼から炎を閃めかし、娘の体の上に躍りかゝつて、恐るべき爪をその喉元へ突き立てながら遂に縊り殺した。獣の戸惑ひした物凄い眼は、この途端に、寝台の頭を越して覗いてゐる恐怖に硬直した主人の顔を認めた。野獣の激怒は、怖い鞭のことを思ひ出したのに違ひない、忽ち恐怖に変つた。身に受けなければならぬ罰を覚つて、その血塗れな所行をひたすら隠くさうと考へたらしく、部屋の中を物狂ほしく暴れまはりながら、手当り次第に家具を壊し、寝床を寝台から剝ぎ取つたりした。そして挙句の果が、先づ娘の死体を引きつかむと煙突のなかへ押し込み、続いて老夫人を窓から真逆様(まつさかさま)に投(ほう)り出してしまつたのである。
猿が切り刻(きざ)んだその死体をかゝへて窓際に寄つて来たとき、船乗りは真蒼になつて柱にしがみついたが、それから殆(ほとん)ど滑るやうに其処(そこ)から降りるや、一散に家へ逃げ帰つた――虐殺の結果を恐れたので、猩々(オランウータン)のことなぞは構(かま)つてゐられなかつたのだ。人々が階段の上で聞いた声と言ふのは、驚き怖れた仏蘭西人の叫びと、猛獣の悪魔の如き早口との入り混(まじ)つたものであつたのだ。

さてこれ以上は殆(ほとん)どつけ加へて言ふべき程のこともない。猩々(オランウータン)は人々が扉(とびら)を打ち破る前に外燈の柱を伝つて逃げ去つたのに違ひない。そして窓を抜ける時にそれを閉めたのであらう。猩々(オランウータン)はその後船乗自身の手に捕へられ、そして植物園へ巨額な値(あたい)で売り払はれた。ル・ボンは警視総監官房に於ける我々の陳述（デュパンの註釈と共に）に依つて、直(ただち)に釈放された。この役人は、併(しか)し、我が友に感謝したものの、直にこの事件に対する口惜しさが包み切れなかつたと見えて、一言二言、人は誰でも各々(それぞれ)の本来の仕事に心掛けることが肝要であると言ふやうな意味の諷刺(あてこすり)を弄(ろう)したものである。

「何とでも言はして置くさ。」と相手になる気のなかつたデュパンは言つた。「それで気が息(やす)まるものなら、どんな議論でも吐(は)くがいゝ。僕はただ、彼の本陣内(ほんじんない)で、彼を打ち負かしただけで満足だよ。だが、この解決に彼が失敗したのは決してこの秘密が彼の想像した如く不思議なものであるからではなく、真実のところが、我が総監殿は思慮深くあるべく少しばかり狡猾すぎたのだね。彼の智慧には雄蕊がないのだ。それはラベルナ女神の絵姿の如く頭ばかりで胴体がない――或は、せいぜい鱈の如くに、頭と肩ばかりだつたのだ。併し、ともあれ愛すべき人間さ。僕は彼がとりわけ尤もらしい口を利くのに妙を得てゐるので好きだ。そのお蔭で彼は手腕家なる名声を捷ち得たのだがね。つまり彼の遣り方は『在るものを否定し、在らざるものを説明する』のだつた。」

マリイ・ロオジェ事件の謎
――『モルグ街の殺人』後日譚

現実の事件の連鎖には、それと平行して理想的なる事件の連鎖があるものである。両者は滅多に一致しない。概、人間と様々な事情とが事件の理想的なる連絡を変へてしまふので、それは不完全らしく見えて来るし、その結果も又等しく不完全なものになる。宗教改革の場合にあつても同様で、新教の代りにルウテル派が現はれたのである。

――ノファリス「道徳論」

一見洵(まこと)に不可思議至極(しごく)、理智の力では単なる暗合とは受け取り兼ねる種類の暗合のために、最も冷静なる思索家でさへも、何か超自然的なものに対する漠(ばく)とした然(しか)も竦然(しょうぜん)たる半信半疑の気持に引き込まれる場合が屢々(しばしば)ある。さうした気持――私の言ふ半信半疑とは考へと言ふ程の強い意味を有つたものではない——さうした気持は機会の理、若しくは術語で言ふと適偶の計算法にでも依らなければ滅多に拭ひ去ることは出来ない。ところで、この計算法なるものは、本来純然たる数学上のものであつて、それに依つて我々は理論上最も合点し難き霊魂や霊性なぞに対しても極めて厳正なる科学上の異態として解決を与へることが出来るのである。

　私が今発表するべく求められたその異常なる事実の詳細と言ふのは、時の順序から考へて、或る納得し難い暗合の連鎖の源流をなし、そしてそれの第二の、或は終結の流れが先頃紐育に起つたメアリイ・セシリア・ロオジャース殺害事件であることは、容易に合点されるであらう。

　一年程前に、モルグ街の殺人と題する作品の中で、我が友C・オーギュスト・デュパン爵士の性格の甚だ著しい特徴に就いて描写しようと力めたのだが、その時には斯る問題を再び取扱はふなどとは思ひも寄らなかつた。この性格描写は私の意図だつたが、その意図はデュパンの特性を引き合に出したあの途方もない事件の全体を通じて完全に満たされたわけである。もつと他の例を引用することも出来たのだが、併し私はそれ以上証明するに及ばなかつた。ところが、最近の事件は、その意外な発展に依つて、私をおどろかし更に詳細に、厭でも告白めいたものさへ添へて、述べしめることになつた。私が最近耳に入れたやうなことを聞きながら、久しい以前に聞きもし見もした事柄に関して黙つてゐるのも洵に妙な次第である。

レスパネ夫人とその娘との死に絡はる悲劇が結末を告げると、我が爵士は直ちにこの出来事を心から追ひ除けて相不変の気むづかしい空想の中へ立ち戻つて了つた。始終放心状態に陥りがちの私は容易に彼の気持に引き込まれて、サン・ジェルマンの町端れなる部屋を領したまゝ、我々は前途を風に委ね只管現在の安穏を愉しみながら、懶い周囲の世界をば夢の中に織り込むことにのみ耽つた。

併し、この夢は全く妨げられないでもなかつた。我が友の、モルグ街に於ける悲劇で演じた役が、巴里警察界の好事連中に首尾よく印象を止めたことは想像するに難くない。デュパンの名は、家常茶飯の言葉の端にも上ぼる程になつた。彼があの謎を解決した帰納法の簡単な道理は、警視総監にさへも全く説明されてゐなかつたし、またその他にも私以外には誰にも説明されなかつたのだから、その出来事が殆ど奇蹟同然に見なされ、或は我が爵士的の分析才能が彼に直覚的才能の名声を与へたのも、もとより驚くには当らないのである。彼の率直さは斯る偏見の穿鑿家が抱く疑をすべて解いてやることも出来たであらうが、併し彼の懶惰な気質からして、既に自身永い事興味を失してしまつた話題なぞに依つてそれ以上煩はされることは堪らなかつたのである。斯くして、図らずも彼は警察の注目の的となり、そして警視庁から依嘱されやうとした場合も尠らずあつた。その最も著しい実例の一つが、マリイ・ロオジェと呼ぶうら若い娘の殺害事件なのである。

この事件は、モルグ街の惨劇より約二年後に起つた。マリイの姓名があの不倖な「煙草屋の娘」(紐育で殺された娘のこと)のそれとよく似通つてゐることは即座に気が付かれるだらうが、エステル・ロオジェなる孀婦の一人娘であつた。父親は、マリイが幼い頃世を去り、その後この物語の眼目をなす所の殺害事件の起る十八ケ月前迄、母子は共にサン・タンドレ街に住み、夫人は其処でマリイの助けをかりながら寄宿所を営んでゐたのである。こんな工合に歳月が経つ中に、やがてマリイは二十にもなつて、彼女の素晴しい美貌は偶々或る香料店の主人の目を惹いた。この香料屋はパレイ・ロワイヤールの地下室に店を開いてゐて、お客と言ふのは主に近所を荒し廻つてゐる手のつけられないやくざ者だつた。ル・ブラン氏は自分の店先に綺麗なマリイを坐はらせて置くことが商売繁昌のたしになるものと考へる点に抜け目はなかつた。そして彼は気前のいゝ条件でそのことを申し入れると、夫人の方は多少躊躇もしたが、娘は大喜びで承諾した。

店主の見込みは図に当つて、彼の店は陽気な別嬪売子の愛嬌で評判になつた。彼女は一年ばかり務めてゐたが、軈て不意に店先から姿を消して御常連を戸惑ひさせた。彼女の失踪はル・ブラン氏にも仔細が判つてゐなかつたので、ロオジェ夫人は不安と恐怖とのために気を顚動させてしまつた。新聞は直ちにその問題を報道し、警察も愈々真面目な探査に取り掛からうとした。ところが、一週間許り経つた或る朝、マリイはひよくりと、幾分愁しげな色も見えたが、無事な姿を再び香料店の帳場に現したものである。個人的な問題以外の凡ての不審は勿論直ぐに立ち消えになつてしまつた。ル・ブラン氏は前の通りに、全く知らないと申し立てた。マリイは、一切の質問に対して先週中田舎の親類の家にゐた旨を母親と共に答へた。斯やうにこの事件は鳬がつき、そして自然と忘れられたが、娘は併し不躾な好事連中を避けると言ふ表向きの理由で、間もなく香料店から身を引きサン・タンドレ街の母親の家に帰つてしまつた。

　彼女が家へ戻つてから五月ばかり後のことである。彼女の知己達は彼女の二度目の突然な失踪におどろかされた。三日経つても、何の音沙汰もなかつた。四日目にセイヌ河に浮かんだ彼女の死体が発見された。其処は恰度サン・タンドレ街の区域の向岸に近く、ルール関門附近の人家を遠く離れた辺であつた。

　この殺害（一目見て他殺であることが判つた）の残酷さと、被害者の若さと美しさと、また何よりも予々評判者だつた点などからして、感動し易い巴里人の心をおそろしく煽り立てた。私は同じ種類の事件で斯く迄旺に斯くまで広く世間を騒がせた例を思ひ出せない。幾週間もの間、当時の重大なる政治問題は忘れられても、この噂ばかりで持ち切りだつた。警視総監の異常な努力、そして全巴里の警察が最大能力を発揮して活動を始めたことは言ふまでもない。

　最初屍体が発見されるや、忽ち捜査に着手したので、そんなわづかの暇に加害者が逃げおほせ得るとは想像されなかつた。懸賞金の提出が必要と認められたのは一週間も経つてからで、しかもこの賞金は一千法と限定されてゐた。その間に、捜査は活潑にすゝめられて、よし当を得たものではなく且つまた幾多の人々が目的もなく取調べられたに過ぎぬとは言へ、依然この謎の手掛りが何一つとして見出されなかつた為に、世人の興奮は愈々唆られた。十日を過ぎるに及んで、懸賞金を最初の倍額にすることが決議され、そして遂に第二週が如何なる発見もなく経過すると、巴里に絶えたこともない警察に対する不信は容易ならぬ騒動に迄悪化して来たので、警視総監は進んでこの「加害者を告発した者」、或は一人以上の連累者があるものとされた時には「殺害者の中の誰でも一人を告発した者」に二万法を提供することにした。なほこの賞金増額の告示に於て、若しも連累者の一人で仲間を裏切つて自首して来た者に対してはその罪を全く赦すことが約束された。そして又その告示が掲げられた凡ての場所に、警視庁の賞金以外に市民の委員会から一万法を提出されてゐる旨が附け加へられてあつた。斯くて賞金の全額は正に三万法に達した訳だが、娘の取るに足らない身分や、大都会に於てならばその位の惨劇は極めて屢々繰り返へされてゐる事実などを思ひ合はしてみる時には、それは並々ならぬ巨額なものであると見做されるであらう。

そこで、今や直ちにこの殺人事件の秘密は明かにされるに違ひないと人々は疑はなかつた。ところが、一二度程解決の見込みのありさうな者が捕縛されはしたものゝ、何等疑ふべき仲間の連累と断定すべき点も認められなかつたので、そのまゝ放免された。不思議と考へられるかも知れないが、屍体の発見後三週間と云ふ時日が如何なる光明も投げられることもなく過ぎてしまつて、到頭その囂々たる取り沙汰はデュパンや私の耳に迄達することとなつた。我々は殆ど一月近くも外出もしなければ、訪問者にも接しないで、纔に一日刊新聞の主だつた政治記事に目を通す位のもので、只管注意を集中して色々な研究に没頭してゐた。この殺人事件に関する我々の最初の知識はG――自身に依つて齎らされた。彼は千八百――年の六月十三日の正午を過ぎたばかりの頃訪ねて来て夜遅く迄ゐた。彼は殺害犯人を狩り出すあらゆる計画に失敗したためにひどく腹を立てゝゐた。彼の名声は――と彼は特有の巴里人風に言つた――地に落ちかけたのであつた。世人の注目は彼の上に集まつてゐる。彼はまことに如何なる犠牲を払つてもこの謎を解決しなければならないわけであつた。彼はこの些か道化じみたお喋りを結びながら、彼の敢へてさう呼ぶところのデュパンのこつに就いてお世辞を述べた上、さてデュパンに対して直接にしかもかなり気前のいゝ条件を申し入れたが、その詳しい内容に関しては私は打ち明ける自由を持たないし、それに私の物語の本題とはあまり係りもないことである。

友はこの称讃の方は精一ぱい辞退したが、申し入れの方は、その利益はそれこそ全く仮定的なものにも拘らず、即座に受諾した。この相談が纏ると、警視総監は直ちに彼自身の意見に依る事件の説明を始め、それに挿し挟んで我々の未だ知るを得なかつた証拠を長々と註釈してくれた。彼は旺んに且つ云ふ迄もなく甚だ識見豊に論じ立てるのであつたが、徒に更けて行く夜は居眠を催すばかりだつたので、私は幾度かそれとなく仄めかさなければならなかつた。デュパンは、坐り慣れた肱懸椅子に凝と凭れたまゝ厳粛な注意の結晶そのものゝ如き様子であつた。彼はその間中眼鏡をかけてゐたが、偶とその緑色のガラスの蔭をちらりと覗いたことに依つて、彼が静かに鼾声こそなかつたが、その懶い七八時間の間をぶつ通して、総監の出て行くほんの鳥渡前迄すや〳〵と眠り続けてゐたものと私には信じられた。

朝になつて、私は警視庁で既にあげられた証拠の記録全部を手に入れ、それから各新聞社へ行つて当初から今日迄に報道されたほどの、この悲劇に関する一切の決定的な事項の控を取つて来た。総体から積極的に反証の上がつてゐる部分を除き去れば、事件の大略は次の如きものである。

マリイ・ロオジェがサン・タンドレ街なる彼女の母親の住居を立ち出でたのは一千八百――年六月二十二日日曜日の朝九時頃のことであつた。出しなに、彼女はジャック・サン・テュスターシュと云ふ男に向つて、しかもただ一人この男だけに、その日一日をドロオム街に住まつてゐる伯母と共に過ごすつもりだと告げて行つた。ドロオム街と云ふのは、短い狭隘な、その癖雑閙した往来で、河の堤から左程遠くはなかつたが、ロオジェ夫人の寄宿所からは、出来るだけ直線的に測つて二哩程もあつた。サン・テュスターシュは、マリイの許婚者で、そこの寄宿所で部屋も借りれば食事もしてゐた。彼は夕方になつて許婚者を迎へに行く筈であつた。だが、正午過ぎになると、ひどく雨が降り始めて、彼女はおそらく伯母の家に泊まること（前にも同じやうな場合に泊つて来た）であらうと想像されたので、約束を履行するにも及ぶまいと考へられた。夜が近かづいて来た時、ロオジェ夫人（彼女は七十歳の病身な老婦人であつた）は「再びマリイに会ふことが出来ないかも知れない」と恐ろしげに気に病んでゐたと云ふ話であるが、その時には誰の注意も惹かなかつたさうである。

月曜日になつて、娘はドロオム街へ行つてゐなかつたことが確められて、さてその日一日彼女から何の消息もなく過ぎてしまつたので、初めて遅ればせの捜索が市の内外の数個所に亙つて行はれた。併しながら、彼女が失踪してから、四日目迄の間には、彼女に関する満足な事情は何一つ確かめられなかつた。その日（六月二十五日水曜日）にボオヴェーなる人がその友人と共にマリイを探がして、セエヌ河のサン・タンドレ街に向ひ合つた河岸のルール関門に近い辺を歩いてゐると、恰度その時漁師たちが河に浮かんだ屍体を発見して、今曳網で岸へ上げたところだと言ふ報せに接した。その屍体を見て、ボオヴェー氏は幾分躊躇つてから、それが香料店の女と同一人であることを証した。彼女の友人は一層速かにそれを認めた。

顔は黝血に塗れて、その中には口から出された血もまぢつてゐた。普通の溺死体の場合に於けるが如き、泡は見られなかつた。細胞組織は変色してゐなかつた。喉のあたりには指の跡を止めた傷痕が遺つてゐた。両腕は胸の上に屈げられたまゝ硬ばつて、右手は握りしめられ、左手は半ば開いてゐた。左の手頸が二個所ぐるりと擦りむけて、明かに二本の綱の痕、それとも一本の綱で二周り縛るかして生じた痕であることが判つた。右の手頸の一部分もかなりに擦り剝けて、それからずつと背中へかけて傷は延びてゐたが、とりわけ肩胛骨のあたりは一番ひどかつた。漁師たちが死体を岸へ引き上げる時には綱を結びつけたのだが、併しほんの僅かの擦過傷もそれに依つて生じはしなかつた。頸の肉はおそろしく膨れ上がつてゐた。切り傷らしいものや、打撲傷の類は見られなかつた。頸の周囲にレースが緊く、肉に喰ひ込んで鳥渡見には判らない位に緊く縛ばつて、恰度左の耳の下のところで結んであるのが発見された。単にこれだけでも充分に致命傷となり得べきものであつた。医者は死者の貞操的問題に就いて断定的な証言をした。彼女は野獣的暴行を加へられたものであることを述べた。屍体が見出された時は、斯う云ふ模様であつたのだから、知り合ひの者がそれを認識することは困難ではない筈であつた。衣類はおびただしく引き裂かれ、また取り乱されてあつた。上衣の裾から腰の辺にかけて幅一呎ばかりのきれが裂けてゐたが、併しち切れてはゐなかつた。その切れ端しは腰を三周り巻いて背中でちよつと留めてあつた。上着の直ぐ下に着てゐた着物は綺麗なモスリンで、十八吋ばかり全く裂きとられて——非常に真直にしかも殊の外念入りに裂きとられてあつた。その切れ端しは、頸のまはりに緩く巻きつけて、併し結び目を固く結へてあるのが発見された。そしてモスリンの片れとレースの片れとの上から、帽子の紐が帽子もろ共結びつけてあつた。この紐の結び方は、婦人のそれではなくて、船乗り結びであつた。

屍体の身許が判明すると、それは普通の時のやうに死体置場へ運ばれることもなく（さうした常例は無用だつたので）それが引き上げられた岸からあまり遠くない辺へ大急ぎで埋葬された。ボオヴェー氏の努力に依つて、この事実は出来るだけ用心深く口留めされてゐたために、数日間はまつたく世間に喧伝されることもなく済んだ。併し、ある週刊新聞が遂にこの問題を掲載したので、死体は発掘されて再検査が行はれたが、すでに述べられた以上の何事も判明しなかつた。だが、今や着物を被害者の母親や知人たちに示して、それは娘が家を立出る際着てゐたものと同一であることが充分に確められた。

その間にも、騒ぎは刻々と拡まつて行つた。幾多の人物が逮捕されたり放免されたりした。サン・テュスターシュはわけて疑を受けたのだが、彼は最初マリイが家を出た日曜日中何処で何をしてゐたか判然と申し開きすることが出来なかつたのである。併し、その後、彼はG——氏に宣誓書を差し出して、それに依つて問題の日の凡ての時刻に関して満足に説明した。時日は過ぎる計りで、何一つ発見もなく、夥しい矛盾した風説が流布され、新聞記者たちは様々な献策に忙しかつた。これ等の中で最も注意を惹いたものは、マリイ・ロオジェは未だ生きてゐる——即ちセイヌ河で発見された死体は誰か他の不運な犠牲者のものではないかと云ふ説であつた。この献策を代表すべき幾つかの記事を転載して読者諸君にお目にかけることは適当であると私は考へる。茲に引用する記事は一般に最も有力とされてゐるエトワール紙の逐語訳である。

「ロオジェ嬢は一千八百――年六月二十二日の日曜の朝、ドロオム街にある伯母か何かに当る親戚を訪ねると云ふ表向きの理由で母親の家を出た。その時から、誰も彼女を見かけたと言ふ者がない。彼女の行方も知れず消息も全くなかつた……。当日彼女が家を出てから彼女に会つたと申し出る者は一人もなかつた……。そこで、我々はマリイ・ロオジェが六月二十二日の午前九時以後この世に生存してゐた形跡を認めることは出来ないのだが、その時刻迄彼女が生きてゐたと云ふ証拠は残つてゐるわけである。水曜日の正午十二時に及んで、一婦人の死体がルール関門に近い河岸に沿うて浮かんでゐるのが発見された。よしマリイ・ロオジェが母親の家を出て三時間以内に河の中へ投げ込まれたものと仮定したところで、彼女が家を出た時から僅か三日間――きつかり三日間である。併し、縦ひ彼女が果して殺されたとしても、殺害者が彼女の体を真夜中前に河へ投ずることが出来る程、早く殺害を遂行し得たと想像するのは愚かしい次第である。そんな恐るべき犯罪は明るみよりも暗黒を択ぶものだ……。斯くて、若しも河の中に見出された死体がマリイ・ロオジェのそれであつたとすれば、それは水中に二日半、或はせいぜい三日しか入つてゐなかつた筈である。これ迄の凡ゆる実例の示すところに依れば、溺死体が、若しくは暴力を以て殺害された直後に水中へ投げ込まれた死体が、水面へ浮び上つて来る迄には六日乃至十日の時日を要するのである。死体に大砲を射つたところで、尠くとも五六日水中で経過したものでない時には、その儘放つて置けば直ぐにまた沈んでしまふ。ところで、この場合に限つてそれが一般の道理と懸け距れてゐるのは如何したわけであらうか？　……若しもその死体が、惨殺されたままで、水曜日の夜迄岸に置いてあつたものとすれば、陸上に何か殺人者共の証跡が見出されなければならない。そしてまた、殺されてから二日後に投げ込まれたとしても、死体がそんなに早く浮かび上るか如何かは甚だ疑はしい。それに、今想像されてゐるやうな殺人を遂行する程の悪漢が、大して難しい用心でもないのに、錘りもつけずに死体を投げ込むなどと言ふことは甚だ有りさうにもないことである。」

　編輯子は、死体が「僅か三日ばかりではなく尠くともその五倍もの間」水中に沈んでゐた筈だと説いてゐるが、その理由は、ボオヴェー氏がそれを識別するのに尠からず困難を感じた程死体が腐敗してゐたからだと云ふのである。その点については、併し充分に反証が上げられてゐる。更に飜訳を続ければ——

「ところで、ボオヴェー氏をして、この死体がマリイ・ロオジェと信じせしめた事実は何であるか？　彼は彼女の寛衣の袖をまくり上げて、正しく識別出来る幾つかの徴を見出したと言ふのであつた。世人は何れもこの徴なるものを何か傷痕のやうなものでもあるかと考へた。だが、彼は腕を擦つて、それに毛の生えてゐることを見付けたのに過ぎないのである——それこそ、袖の中に腕を見付けた位の、極めて覚束ない決定であることが容易に想像されはすまいか。ボオヴェー氏は、その夜帰宅しなかつたが、水曜日の夕方の七時頃、ロオジェ夫人に彼女の娘の検屍が未だ続行してゐる旨を伝言して寄こした。ロオジェ夫人がその老年と悲嘆からして出向いて行けなかつたと譲歩しても（これはかなりな譲歩である）若しそれがマリイの死体と信じられてゐたことなら、誰か一人位は出かけて行つて検屍に立ち会はうと考へた者があつたに相違ない。が、誰も出かけて行きはしなかつた。サン・タンドレ街に於ては、同じ建物内の間借人の耳にさへ、何一つ届かずにしまつたのである。マリイの愛人であり且つ未来の夫であるサン・テュスターシュ氏は彼女の母親の家に下宿してゐたのだが、翌朝ボオヴェー氏が部屋に入つて来てそれに就いて語るまで、許婚者の死体の発見されたことを知らなかつたと証言した。斯の如き報せが殊のほか冷淡に迎へられたと云ふことは、我々の洵に意外に感ずる所以である。」

　こんな工合にこの新聞は、マリイの縁者たちの冷淡さは、彼等がそれをばマリイの死体であると信じてゐたと言ふ仮定と甚だ矛盾することをしきりに主張した。その推測はやがて、マリイが自分の貞操問題に関する理由などに依つて、友人達の黙許を得て都から姿を消したので、友人達はまたセイヌ河で多少彼女と似通つたところのある婦人の死体が発見されたのを幸ひに、彼女が死んだものと世間に信じ込ませようと力めてゐるのだと論ずるまでに至つた。併しエトワール紙は再び早まつてゐる。想像されたやうな、そんな冷淡なものでなかつた事が——即ち、老夫人は非常に老衰してゐる上にひどく興奮してゐたので、如何なる義務をも果せなかつたと言ふ事実、またサン・テュスターシュ氏はその報せを受けた時には冷淡どころか悲嘆のあまり狂気せんばかりの有様だつたので、ボオヴェー氏は友人の一人と親類の者とに言ひ含めて、彼の見張りをさせ、屍体が発掘されても検屍に立ち会はせぬやうにしたことが、明かに証明されたのである。それに又エトワール紙は、死体が公費で再び埋葬されたことや、内輪の埋葬の都合のよい申し出があつたにも拘らず家族に依つて全然拒絶されたことや、また葬式に家族の中から一人も参列した者がなかつたことなどを述べてゐるが——斯うした種類の記事は凡てエトワール紙がその伝へんとする印象を深めるために強調してゐるのであつて——それ等は皆充分に反証が上げられた。同紙はその後の号に於て、ボオヴェー自身に嫌疑も向けしめようと企てた。記者は斯く言ふ——

「今や、事件は一変した。我等の聞くところに依れば、B——夫人がロオジェ夫人の家に居合せる際恰度外出しようとしてゐるボオヴェー氏が、B——夫人に向つて、おつつけ憲兵が来る筈だが、自分が戻る迄は何も憲兵に言はぬやうに、そして凡て自分のする儘に任せて置いて貰ひたいと言つたのである……。現在のところ、ボオヴェー氏が事件の全部を自分一人の頭の中に蔵ひ込んでゐるらしく見える。我々が立ち向はうとする何れの方角にもボオヴェー氏が立つてゐるのだから、ボオヴェー氏なくては我々は一歩も進むことが出来ないのである……。彼は何等かの理由で、彼以外の者には誰にもこの処置に関与せしめぬと決心してゐるらしく、且つ又、男性の縁者たちを（彼等の言ふところに従へば）甚だ奇妙な遣り方で事件から押し除けてしまつたのである。彼は縁者達に死体を見せる事をおそろしく厭つてゐたらしい。」

斯うしてボオヴェー氏の上に投げかけられた嫌疑は次の事実に依つて或る程度まで色づけられた。マリイ・ロオジェが姿を晦す数日前、彼の留守にその事務所を訪れた一訪問客は、扉の鍵孔に薔薇の花が一輪さしてあつて、そして直ぐ傍に懸つてゐた石板に「マリイ」と言ふ名の記されてあるのを見たのであつた。

世間の印象は、我々が新聞から拾ひあつめることの出来た範囲では、マリイが破落戸の一団の犠牲となつた――河を越して運び去られた上、酷い目に遇はされ、そして殺害されたと云ふことになるらしい。然るに、相当勢力を有つた新聞であるコムメルシェル紙は、この一般的な想像に躍起となつて反対した。その記事の一二を引用すれば――

「我々はこれ迄の捜索がルール関門の方に向つて遂げられたところでは、全く何等の手掛りも嗅ぎ出し得ずにしまつたことを信ぜざるを得ない。この娘の如くに多数の人々に知られた人間が、誰にも見咎められずに、三つもの町内を通り過ぎることは不可能だし、また、何人にしろ彼女を見かけたならば、彼女を知つてゐる程のすべての人々に興味ある女のことだから、必ずやそれを記憶してゐたに違ひない。彼女が家を出た時は、街中の雑鬧してゐる時分である……。彼女がルール関門若しくはドロオム街迄行く間に、十二三人位の人に認められぬ道理はないのだが、それにも拘らず、今迄のところ彼女の姿を母親の家の外で見かけたと申し出た者は一人もなかつたのだから、彼女が自分で「出かける」と言つた意思表示以外には、彼女の家を出た証拠は全くないわけである。彼女の寛衣は引き裂かれて体の周囲に巻いて結ばれてあつた。つまり、彼女の死体は荷造りして運ばれたのである。若しもルール関門のところで、この殺害が行はれたのなら、決して斯様な荷造りなどの必要はなかつた筈である。死体がルール関門のほとりに浮かんでゐたと言ふ事実は、それを投げ込んだ地点に関する何の証拠にもならない……。この不運な娘の下袴の一枚から、長さ二呎幅一呎の片れを裂きとつて頤の下から後頭部へかけて結へてあつたが、多分それは悲鳴を妨げる為であらう。これは正しくポケット手巾を持ち合はせぬ輩の仕業である。」

ところが警視総監が私達を訪れる一両日前に、少くも「コムメルシェル」紙の論拠の主だつた部分を覆へすかとも思はれる重要な情報が警察へ届いた。ドリュック夫人と云ふ女の二人の幼い男の子がルール関門近くの森林中を遊び歩いてゐると、どうした機かよく茂つた叢林へ迷ひ込んで了つた。その叢林の中には三四個の大きな石があつて、それが背附きの椅子と踏台のやうな形に配置されてあつた。そして上の方の石には女の白い下袴がのせてあり、その次の石には絹の頸巻がのせてあつて、日傘、手袋、手巾などもその場で発見され、手巾には「マリイ・ロオジェ」といふ名前が記してあつた。周囲に生えてゐる苺の木には着物の切つ端しが散らばつて、地上は足で踏み躙られ、草木の小枝は折れ、その場で格闘が行はれた形跡は歴然としてゐた。この叢林からセエヌ河まで行く途中にある垣は壊され、その間の地面には何か重い物を曳きずつていつた跡がまざ〳〵と残つてゐた。

　週刊新聞「ソレイユ」紙はこの発見について次のやうな推理を下した。——この推理は巴里の新聞と言ふ新聞の意見をそのまゝそつくり反覆したものに過ぎなかつた。

「これ等の品物は、総て、尠くも三四週間発見された現場にあつた事は明白である。これ等の品物は雨にうたれてひどくつゆかびが発生してゐて、その為にべつとりたまつてゐた。これ等の遺留品の周囲には、既に草が生えてをり、ある物はその上にさへも草が生えてゐた。日傘は丈夫な絹張の品であつたが、その糸地は内側にふやけてゐた。二枚張りになつて襞のついてゐる上部は、すつかりつゆかびに依つて腐つてをり、ひろげるとぼろ〳〵に裂けてしまつた。……茨のために引き裂かれた彼女の上衣の切つ端しは、ほゞ幅三吋、長さ六吋位であつた。一つの切つ端しは上衣の縁襞で、それにはつぎがしてあり、もう一つの切つ端しはスカートの一部を裂き取つたもので、これは縁襞ではなかつた。これ等の切つ端しは、まるで細長い帯形に裂きとつた切地のやうで、地上一呎ばかりと茨のしげみにひつかゝつてゐた。……かうしたわけであるから、此処が恐るべき兇行の現場であることは疑ふ余地がないのである。

此の発見に引きつづいて、更に新らしい証拠が現れた。ドリュック夫人はルール関門の反対側の岸の近くに腰掛茶屋を出してゐる旨を証言した。その界隈は寂しい――格別に寂しい場所である。そこは日曜毎に町の方から小舟で河を越えてやつてくるならず者共の集まる巣窟なのだ。問題の日曜日の午後三時頃に、一人の若い娘が色の浅黒い若者につれられて、件の腰掛茶屋に着いて、しばらく休んでゐたが、二人はこの茶店を出るとその近辺にある樹立の密生した森の方へ通ずる道を進んで行つたと言ふ事である。ドリュック夫人は娘の着てゐた着物に注意を惹かれた。それは死んだ娘の近親の者が着てゐた着物とよく似てゐたからである。特に夫人の眼に止つたのは頸巻であつた。二人の出て行つたすぐ後でならず者の一団が現れて騒ぎながら飲み食ひした上、金も払はずに二人の若い男女と同じ道を行つたが、夕方になつて帰つて来て大変急いでゐる容子で、河を渡つて行つてしまつた。

　その晩、暗くなつてから間もなくドリュック夫人の腰掛茶屋の近傍で、女の叫び声を聞いたのである。夫人の長男もその声を聞いたと言ふ事である。叫び声は鋭い声であつたが短かいものであつたと言ふ。ドリュック夫人は叢林の中で発見された頸巻も、屍体が着けてゐた着物も見覚えてゐた。ついで乗合馬車の馭者のヴァランスといふ男も、問題の日曜日に、マリイ・ロオジェが色の浅黒い若者につれられて、セエヌ河を渡つてゆくのを見たと証言した。このヴァランスといふ男は、マリイを知つてゐたのであるから、この男の見た眼に間違ひのあらう筈はないのである。それから叢林の中で発見された品物は、みんなマリイの持物に相違ないと言ふことが、マリイの近親者達によつて充分に確証された。

デュパンにすゝめられるまゝに私が新聞紙から蒐集（しゅうしゅう）した証拠や情報の箇條の中（うち）にはこれ以外にもう一つの事項があるだけであつた。けれどもこの事項は、一見極めて重大な事項であつた。つまり前記の衣類が発見された後で、マリイの許婚者（いいなずけ）のサン・テュスターシュの屍体、或（あるい）は殆（ほとん）ど屍体同様の身体（からだ）が、現在では兇行のあつた現場だと凡（すべ）ての人々が想像してゐる場所の附近で発見された。彼のそばには『阿片剤』といふレッテルのはつた中味の空（から）つぽな薬瓶が発見された。彼の呼気（いき）によつて毒薬を嚥下（えんげ）したものであることが判つた。彼は一言も物を言はずに絶命してしまつたが、マリイに対する恋と自殺の決心とを簡単にしるした一通の手紙が傍（かたわら）から発見された。

私の書き記した覚え書を丹念に読んでしまつてから、デュパンは口を開いた。「君には言ふ必要もない事だが、この事件はモルグ街の事件よりずつとこみ入つてゐる。あれとこれとの間には実に重大な相違点がある。この事件はかなり残酷ではあるが、ありふれた普通の犯罪だ。これには特に並はづれた点がない。そのためにこの事件は易々（やすやす）と解決出来ると思つたのだが、その実、それであるからこの事件の解決は容易ではないと考へなければならないところであつたのだ。それは君にも判（わか）るであらう。何しろはじめには、犯人を探すのに懸賞金を出す必要もないと考へられたくらゐだ。警視総監G——君の部下の連中は、この殺人は、何うい風にして行はれたかも知れない、どういふ理由で行はれたかも知れないと言ふことをすぐ呑み込んでしまつたのだ。あの連中は、殺人の方法や動機やを種々様々に頭の中で思考する事が出来たのだ。そしてこの沢山の殺人の方法と動機とは、いづれにしてもそれが実行された方法であるし、動機でもあり得るのは不可能ではないのだから、奴等はその内のどれか一つが必らず実際に行はれたところの方法又は動機に違ひないと確信してしまつたらしいのだ。が、そのやうな種々な想像を易々と抱きえて、尚その凡てが事実らしいと言ふのは、この事件の解決がたやすいと言ふ証拠ではなくて、逆にこれは容易ならぬ至難な事件だと言ふ証拠であると考へるべき筈だつたのではなからうか。だから僕は理性が真理を探究してゆく場合には尋常な水準がもう一段ぬきんでてゐるものを眼あてにして進んでゆくものだと言ふ事に感づいたのだ。で、今度の事件のやうな場合には「何が起つたか？」といふ問題よりも「この事件で嘗て起つたことのない点は何か」と言ふ方を考へて見るのが妥当である事に気がついたのだ。レスパネ夫人の住居を臨検した時には（「モルグ街の殺人事件」参照）G——君の部下の連中はあの事件があまりに普通の場合と隔りがあるので、がつかりして途方に暮れてしまつたのだが、頭脳の確実な者なら、あんな事件は、ちやんと解決出来ると言ふ事が一目瞭然の筈なのだ。ところがこの香料屋の娘の事件と来ては、よく見る普通尋常な事のみなので、相当頭のしつかりした者でも、取付くしまもなく途方に暮れてしまつたかも知れないのだ。それだのに、警視庁の愚しい、役人共の眼には、この事件などは雑作なく解決出来るとしか映らなかつたと言ふのだから厄介な次第だ。

「レスパネ夫人母子の殺害事件の時には、吾々が調査に手を染めた最初から他殺であることに一点の疑念もさしはさまず自殺と言ふ考へを即座に排斥してしまつたのであつたが、この事件でもはじめから自殺の懸念は全くない。ルール関門で発見された屍体の模様で見ると、この重要な問題について、吾々が思ひわづらふ余地は少しもない。がこの屍体はマリイ・ロオジェのではないと言ふ説が提出されてゐるのだ。しかも一方ではマリイ・ロオジェを殺害した一人又は一人以上の犯人が懸賞付きで捜索されてをり、吾々と警視総監との間にはマリイ・ロオジェを殺した下手人について、しかも専らその下手人の事のみについて協定がとりきめられてゐるといふわけなのだ。吾々は二人共に警視総監の人格はよく知つてゐるが、この紳士はあまり信頼出来ない。そこで仮りに吾々がセエヌ河で発見されたあの屍体から取調べを進行させて、あの女を殺した下手人を発見したとて、あれがマリイの屍体でないときには誰か別の女のになる。又生きてゐるマリイはみつかるかもしれないが、見つかつたマリイは誰にも殺されてゐないことになる。——さうなるとどつちにしても吾々は無駄な努力をするわけだ。——吾々の相手が警視総監のG——君だから。で司法当局の目的のためにはさうでないかも知れないが、吾々の目的のためには、何よりも先きに、どうしてもあの屍体が行方不明になつたマリイ・ロオジェのであるかないかを確定させておく必要があるのだ。

「エトワール紙の主張は一般読者には重要視されたし同紙自らもあれを重要な意見であると確信してゐるのは、同紙がこの問題についての冒頭に書いた論説の一つの書きやうから見ても察しられる――『当日発行の朝刊諸新聞は、日曜日発行のエトワール紙上の断定的な記事を論評してゐる』と同紙は書いてゐるが、この記事はちつとも断定的ではないやうに僕には見える。尤も筆者の熱心さは別だ。一般に現代の新聞紙の目的は、真理を明白にするのよりも世間を騒がせること――問題の種を蒔くこと――だと云ふことを吾々は銘記しなければならない。第一の目的は、第二の目的と合致してゐさうな場合にのみはじめて追及されるのだ。尋常一様な意見（その意見が縦ひどんなに理由のあるものでもだ）ばかり書いてゐる新聞は決してそれだけ民衆に受けがよくなるものではない。民衆と言ふものは一般の人の意見と著しく矛盾した意見を説へる者を偉い人間だと考へるものだ。推理の場合でも、文学に就ても、一番直接に一等広く人気を博するものは警句といふ奴だ。がこの警句といふやつは推理に於ても文学に於ても最下等な代物なのだ。

「僕の言ひたい事はかうなのだ。マリイ・ロオジェがまだ生きてゐると言ふ考へをエトワール紙が敢へて主張してゐる所以は、この考へに実際らしい処があるからではなくて、それよりむしろ警句の要素とメロドラマの要素とが混同して含まれてゐるからだと言ふことだ。これからエトワール紙の主張してゐる項目を一つ一つ検討して見ようではないか。尚エトワール紙の主張に含まれてゐる矛盾を指摘して見ることにしよう。

「筆者の第一の目的はマリイが行方不明になつてから漂流屍体が発見された時までの時間が短か過ぎると言ふので、これはマリイの屍体ではあり得ないといふことを示すのにあるのだ。そこで直ちに筆者の目的となる事はこの間の時間を出来るだけ短縮する事なのだ。筆者はこの目的を追ふのにあまり早急であつたゝめに、最初からたゞの仮定に盲進的に首をつゝこんでしまつてゐるのだ。つまり彼は『縦ひ彼女が果して殺されたとしても殺害者が彼女の体を真夜中前に河へ投ずることが出来るほど、早く殺害を遂行し得たと想像するのは愚しい次第である』と言つてゐるが直ちに吾々は、それは何故か？と反問する。この反問はまことに自然だ。あの娘が母の家を出てから五分間以内に殺害されたと想像しても、何故それが愚しい次第なのだ？　その日の何時に殺害が行はれたと想像したつて何故それが愚しい次第なのだ？　どんな時刻にだつて殺人はあるではないか？　しかもこの殺人は日曜の朝の九時から夜中の十二時十五分前までの間なら、その間のどの時刻に行はれたとしても『彼女の屍体を真夜中前に河へ投ずる』余裕はまだ充分にあつた訳だ。でこの仮定は厳密に言ふと――あの人殺しは決して日曜に行はれたのではない――と言ふことになる。でエトワール紙にこんな仮定を許す程ならどのやうな気儘な仮定を許してもいゝ筈だ。だから『縦ひ彼女が果して殺されたとしても……』で始まつてゐる一節は、エトワール紙上で見たところではどう見えるにしても筆者が頭の中で実際に考へてゐたことはかうだと想像してもいゝわけだ。縦ひ彼女が果して殺されたとしても殺害者が彼女の体を真夜中前に河へ投ずることが出来るほど、早く殺害を遂行し得たと想像するのは愚しい次第である。で吾人は言ふ。『以上のことをすべて仮定しながらそれと同時に（吾人が仮定せんと決心するやうに）屍体は真夜中までは河へ投じられないと仮定するのは愚しい次第である』と。――此の文句もそれ自身でかなり辻褄の合はぬものだが、エトワール紙の推論の自家撞着ほどとんでもない不条理はない。

「僕の目的が、」とデュパンは言葉をつゞけた。「唯単にエトワール紙のこの記事に表れた主張を論駁するに止まるのならばこの程度で差閊へないかも知れない。だが吾々はエトワール紙を相手にしてゐるのではなくて真相を探究しようとしてゐるのだ。問題の文句はその儘では唯一つの意味しか持つてゐないしその意味なるものも僕が公平に述べた通りだ。併し吾々は単なる言葉に捉はれるよりもその言葉に依つて、筆者が言及しようとして不可能だつたに相違ないと思はれる意向を見抜くことが肝腎だ。エトワール紙の記者の意向は、あの殺人が日曜日の如何なる時刻に行はれたにしても加害者が真夜中にあの屍体を河まで運んで行つたといふのは多少不自然だと言ふ考へにあつたのだ。そして実のところ僕にはこの仮定が不満なのだ。こゝでは屍体を河へ運んでゆく必要のあるやうな事情のもとに、またさうした必要のある地点で殺人が行はれたと仮定されてゐるが、あの殺人はセエヌ河の河岸で行はれたか、若しくは河の上で行はれたかも知れないではないか。とすると屍体を河の中へ投ずる位(くらい)の事は昼でも夜でも、如何(いか)なる時刻でも出来たわけだし、又さうするのが屍体を処分するのに一番雑作のない手近な方法であつたのだ。僕は今こゝで事実がさうらしいとか、僕がさう考へてゐるとか云ふ事を喋(しゃべ)つてゐるのではない事は、君にも分つてゐるであらう。僕は今のところでは、この事件の事実などは問題にして居ないのだ。たゞエトワール紙の臆測(おくそく)の全体の調子が初めからすこぶる自分勝手なものであることに君の注意をよび起して、警戒を促さうと思つただけなのだ。

「こんな風に、自分で用意した先入観に寸法通りあてはまるやうに範囲を限定して、若(も)しこの屍体がマリイのであるとすれば、この屍体は極(ご)く短時間しか水中に漬(つか)つてゐなかつたわけであると仮定した上で、エトワール紙は続いてかう言つてゐる。

『凡(あら)ゆる実例の示すところに依れば、溺死体(できしたい)が、若(も)しくは暴力を以(もっ)て殺害された直後に水中へ投げ込まれた屍体が、水面へ浮び上がつて来るまでには六日乃至(ないし)十日の時日を要するのである。死体に大砲(たいほう)を射つたところで尠(すくな)くとも五六日水中で経過したものでない時にはそのまゝ放つて置けば直ぐにまた沈んでしまふ。』

「この主張を全巴里(パリー)の新聞紙は挙(こぞ)つて黙認してゐるが、たゞ一つモニトウル紙だけはその例外だ。同紙は、溺死者として知られてゐる屍体でエトワール紙の主張してゐるよりも短時間内に水面に浮き上つた例を五つ六つもあげてこの一節の『溺死体』に関する部分に反駁をこゝろみてゐる。けれどもモニトウル紙がエトワール紙の一般的な断定を反対するためにそれと矛盾する特別な場合をあげたやりかたには何処か非学問的な事がある。二三日の内に浮き上つた屍体の例を五つばかりでなく縦ひ五十もあげることが出来たところで、エトワール紙の言明してゐる原則そのものが打破されない限り、この五十の例は永遠に例外としか見做す事は出来ない。この原則を認める以上、エトワール紙の論拠は少しも効力を減じないわけだ。（そしてモニトウル紙はたゞ例外を固執してゐるのみで原則を否認してはゐないのだ）何故なれば、エトワール紙の論拠は、三日以内に屍体が水面に浮び上る適偶の問題に他ならないのだ。それだからモニトウル紙のあげてゐる馬鹿々々しい例がエトワール紙のあげてゐる原則と正反対の原則を立証するに足るほど多数を算しない限りは、この適偶はエトワール紙に有利なわけだ。

「で苟くもこの問題を論駁するなら、原則そのものに鋒先を向けなければならないと言ふことは君にも直ぐ分るだらう。そのために吾々はこの原則の存在理由を研究して見なければならない。一体人間の身体といふものは一般にセエヌ河の水よりあまり軽くもなく、重くもないのだ。言ひ換へれば、人間の比重は自然的状態では、これが押しのける分量の淡水との比重とやゝ同じなのだ。骨骼が小さくて肥満した肉の多い人や、女の体は、概して痩せた骨の太い人や、男の体よりも軽い。そして河水の比重は海から流れ込む潮汐のために多少の影響は受ける。が潮汐は問題外にすると、人間の体で自然的に淡水の中で沈むのは極めて少ないものだ。大抵の人なら河へ落ちても、水と身体の比重を公平に釣りあはせるやうにさへすれば、つまり、自分の体をすつかり水中へ浸して水面から出てゐる部分を最少限度に減じさへすれば、浮き上れるのだ。泳ぎを知らない人にとつて最も適当した姿勢は、陸上を歩く場合のやうに直立して、頭をぐつと後へ反せて水中につけ、口と鼻孔とだけを水面に露出しておくことだ。かうすれば、吾々は大して困難を感ぜず、そんなに努力も要さないで浮いてゐられるのだ。が人体の重さとそれが排除してゐるだけの水の重さとは非常に精密に平衡してゐるのだから、ちよつとしたことでも、これが破れて平均を失ふことは判り切つてゐる。例へば、水の外へ片腕を上げて、宙に支へてゐると、それで体の重味が加はつて頭部全体が水中に没してしまふであらうし、小さな木片にでも偶然に縋りつくと、頭を上げて辺りを見廻せるやうになる。が、水泳を知らない者がもがく場合には十人が十人とも、上の方へ腕をさし上げて、平常のやうに頭を直立させようとするものだ。で、その結果口も鼻も水につかつてしまひ、その上水中で呼吸しようとあせるので肺の中へ水を吸ひ込んでしまふ。そして胃の中へも沢山の水が入つて来てしまふ。そこで初めから肺や胃の中に入つてゐた空気と、新にこれらの体腔に充満して来た液体の重さとの差だけ、全身の重味は増加するわけである。そしてこの差は一般に申し分なく体を沈ませるのだ。けれども、骨骼が小さく、筋肉や脂肪質の異常に多く含まれてゐる体質の人はそれでも沈まない。かやうな人は溺死しても浮いてゐるものだ。

「今、屍体が河の底に沈んでゐると仮定すると、この屍体はなにかの手段に依つてその比重が、もう一度その屍体の為に押し除けられてゐる水の比重よりも小さくなるまでは、いつまでも沈んだまゝでゐるのだ。ところで屍体の比重が水のそれよりも小さくなるには腐敗によることもあるし、其の他の原因に依る事もある。腐敗の場合はそのために瓦斯を発生し、それが細胞組織と凡ゆる体腔とに満ちその結果屍体は膨張して恐しい形相を呈してくるものだ。瓦斯の発生が愈々進んでくると、屍体の容積は事実上増加してゐるのに質量、若しくは重量はそれに相応して増しては来ないものだから、屍体の比重は、それが排除してゐる水の比重より小さくなつて、やがて、屍体は水面へ浮んで来ることになるのだ。併し、腐敗の仕方は様々な事情によつて色々に変化し、——無数の要因によつて腐敗の時期には遅速が生じるものだ。例へば、気候の寒暖にも依るし、水が鉱物質を含んでゐないことにも依るし、水の深浅にもよるし、水が流れるか溜つてゐるかにもよるし、屍体の体質にも依るし、屍体が生前病気にかゝつてゐたかゐないかにも依ると言つた工合だ。して見れば吾々は、屍体が腐敗のために浮き上る時期を正確になど示せやう筈がないではないか。殊によると一時間以内にでも浮き上るであらうし、或る場合にはいつまでも水面にあらはれないかも知れたものではないのだ。動物の体形を化学作用で永遠に腐敗させずに保存する薬品が色々ある。昇汞の如きもその一種だ。が、腐敗以外にも植物性の食物の醋酸醗酵のために、胃の中に瓦斯が発生することが有り得るし、事実時折発生する。（また別の原因で、別の体腔に瓦斯が発生する事もある）そしてそのために身体がぶく〳〵と膨んで水面に浮び上つて来るやうになるのだ。大砲を射つたのでは、たゞ振動するだけであるから、若(も)し、屍体が軟(やわらか)い泥つまり柔泥(ウーズ)の中へ固着してゐるやうな場合には、屍体を浮き上らせる他の条件さへ揃つてゐれば、この泥をゆるめて屍体を浮き上らせることになることはあるかも知れないし、また振動の力が細胞組織の腐りかゝつた部分の粘着力に打ち克つて、そのために瓦斯(ガス)の力で体腔を拡げさせることになるかも知れない。

「このやうに、これ等(ら)の学理が総て判明してしまへば、吾々(われわれ)はそれによつてエトワール紙の主張を容易に吟味して見られるわけだ。いゝかね。この新聞は『凡(あら)ゆる実例の示すところに依れば溺死体が、若(も)しくは暴力を以て殺害された直後に水中へ投げ込まれた屍体が水面へ浮び上がつて来る迄には六日乃至(ないし)十日の時日を要するのである。死体に大砲を射つたところで尠(すくな)くも五六日水中で経過したものでない時にはそのまゝ放つて置けばまた沈んでしまふ』と言つてゐるのだ。

「今になつて見るとこの文章全体が矛盾と横着の連鎖と見えざるを得ない。『溺死体』が『水面へ浮び上つて来る迄には六日乃至(ないし)十日かゝる』ことなどは凡(あら)ゆる実例の示すところなどではない。学理も実例も共に屍体の浮び上る時期は不定であり、且(か)つ必らず不定でなければならないことを示してゐるのだ。又屍体に大砲を射つて、それを浮かび上らせると、腐敗が非常に進行して、一たん屍体の中に生じた瓦斯(ガス)が逃げてしまふやうになつて来る迄は『そのまゝ放つて置けばすぐ又沈んでしまふ』などはしない。だが僕は『溺死体』と

『暴力を以て殺害された直後に水中へ投げ込まれた屍体』との区別に君の注意を喚起したいと思ふ。エトワール紙の推理者は此の区別を認めてゐながら、矢張り両者を同一範疇に入れてゐるのだ。僕は溺死者の比重が、どうしてそれだけの容積の水の比重よりも大きくなるかはさつき説明した。溺れた人は、腕を水面の上に差し出してもがいたり、水の中へ沈んでゐる時に呼吸しようとして喘いだりして、その為に今まで空気の入つてゐた肺の中へ水を入れるやうな事さへしなければ、決して沈むものではないと言ふ事を説明した。ところが『暴力を以つて殺害された直後に水中へ投げ込まれた』屍体は、決してこんな風にもがいたり喘いだりなどするものではない。だから後者の場合には屍体は一般的原則としては沈まないのだ――エトワール紙は明白にこの事実に気が付いてはゐないのだ。腐敗が非常に進んだとき、――肉の部分がかなりひどく骨から離れたとき――その時こそ、はじめて屍体は表面から見えなくなるが、それまでは決して沈まないのだ。

「で、吾々はマリイが行方不明になつてから三日しかたゝないのに件の屍体は水面に浮んでゐたのだから、あれはマリイ・ロオジェの屍体ではあり得ないと言ふ議論をどう解釈したらいゝのだ？　若し、溺死した人間が女である場合には屍体は全然沈まなかつたかも知れない。或ひはひよつとして沈んでも二十四時間若しくはそれ以内に再び浮き上つて来たかも知れないのだ。併しあの女が溺死したなど、想像するものは一人もない。そこで若しも河の中へ投げこまれる前に既に死んでゐたのだとすれば、その後ずつと浮きつきりでゐたかも知れないではないか。

「ところがエトワール紙は『若しもその死体が、惨殺されたまゝで、水曜日の夜まで岸に置いてあつたものとすれば、陸上に何か殺人者共の証跡が見出されなければならない』と書いてある。かうなると、一寸見たゞけでは筆者がこれを書いた意志が奈辺にあるかを知るに苦しむではないか。彼は自分の理論と矛盾することを見越して先手を打たうと思つたのだね――彼の想像と言ふのは、屍体が二日間陸上に置いてあつて急速に腐敗してゐると言ふ想像だね――水の中に漬つてゐる場合よりも急速に腐敗してゐるといふのだ。若しさうだとすると、屍体は水曜日に現れたかも知れないと彼は想像したのだ。そんな場合に限つてはじめて屍体は水面に浮び得ると考へたのだ。そこで彼は大急ぎであつたのではないといふことを示したのだ。何故さうかと言ふと若し陸上においてあつたとすれば『陸上に何か殺人者共の証跡が見出されなければならない。』からと言ふのだ。この断定には君も思はず笑ひ出してしまふだらう。単に屍体が陸上においてあつた時間の長短だけでどうして殺人者共の証跡が増へるのか、君にも合点がゆかないであらうが僕にもさつぱりわからない。

「更にエトワール紙はかういつてゐる。『それに今想像されてゐるやうな殺人を遂行する程の悪漢が、大して難しい用心でもないのに、錘りもつけずに屍体を投げ込むなどと言ふことは甚だ有りさうにもないことである』と。この思想の混乱は笑ひたいほどではないか。

誰でも――エトワール紙でも――あの発見された屍体が殺害を受けた屍体であつたのに異論はないではないか。暴行の証跡が実に明かだからね。いゝかね。彼等推理者の目的は、この屍体がマリイのではないと言ふ事を、たゞそれだけを示したいのだ。彼はマリイは殺害されはしないと言ふ事を――あの屍体がマリイのではないといふ事を証拠立てようとしてゐるのである。が、彼の説は、只あの屍体がマリイのではないといふことを証明してゐるのに過ぎないのではないか。例へば此処に錘りのつけてない一つの屍体があるとして、若しこれが他殺屍体ならば犯人は其の屍体を投げ込む時に必然的に錘りを付けたに違ひない。で、これは決して犯人が投げ込んだ屍体ではない。エトワール紙の今あげた文章の中で、若し何かゞ証明されてゐたとしたならばこれが全部なのである。あの屍体が誰のであらうかなどゝ言ふ事は考へないで、エトワール紙は、自ら認めたばかりの事柄を打ち消すのに骨を折つてゐるのだ。『発見された屍体は惨殺された女の屍体であることを完全に確信する』とエトワールは言つてゐるのだからね。

「エトワール紙の記者が、無意識の内に自家撞着に陥つてゐる個所はそれだけではない。この問題を取り扱つた部分のみについてもまだあるのだ。記者の目的は、僕がたつた今述べたやうに、マリイが行方不明になつてしまつてから、屍体が発見される迄の時間の隔りをなるべく短かくすることであるのは明白だが、彼はマリイが母の家を出発してから後で、彼女の姿を見た者が少しも居ないと言ふ事を熱心に主張してゐる。『吾々はマリイ・ロオジェが、六月二十二日の日曜の午前九時以後にこの世に生存してゐた形跡を認めることは出来ない』と言つてゐる。一体彼の推論が自分勝手なものである事は明瞭であるから、このやうな問題には尠くも触れなければよかつた。何故と言ふならば、若しも、月曜日か火曜日にマリイを見た人が分れば、僕が言はうとする時間の隔りは大変短縮される為に、従つて彼の推理から言ふと、あの屍体が香料屋の娘のものだと言ふ適偶がかなり乏しくなつてくる理由である。それだのにエトワール紙が、この点だけを同紙の主張の論拠を強めるものだと確信して、一生懸命に説いてゐるのは面白いではないか。

「まあもう一度ボオヴェー氏の屍体鑑別に就いての部分の議論をよく読んで見給へ。屍体の腕に毛が生えてゐたと言ふことに就いては、エトワール紙の言明が誠意を明かに欠いてゐる。ボオヴェー氏としても馬鹿ではないのだから、単に屍体の腕に毛が生えてゐたと言ふだけで、あれをマリイのであると主張しやう理由はない。毛のない腕なんてありはしない。エトワール紙の大づかみな言ひやうは、証人の言葉をわざと曲解したものに他ならない。証人（ボオヴェー）はこの毛に何か特異なものがあつてそれを言つたのに相違ない。それは、色か、分量か、長さか、位置か、が何か他人と変つてゐたのであらう。

「又、同紙はかう言つてゐる。『彼女の足は小さかつたといふが——小さい足は珍しくはない。彼女の靴下止めなどは何の証拠にもならない——靴だつて同じだ——何故なら、靴や靴下止めは、同じ型のものがいくらでも一揃ひになつて売つてゐるからだ。帽子の花についてもまた同様である。ボオヴェー氏があくまで固執してゐる事柄は、靴下止めの金具をづらして短かく縮（ちぢ）めてあつたと言ふ点だが、これは何の理由にもならない。何故（なぜ）かと言ふに、大抵の婦人は靴下止めを一足買つて家に帰つてから足に合（あわ）せて見るもので、買つた店ですぐ合せるやうな真似（まね）は、殆どしないからである』と。かうなつて来ると記者は果して真面目（まじめ）で言つてゐるのかどうか考へるのに苦しむ。若（も）しボオヴェー氏が、マリイの屍体を探してゐる内に、あらましの顔形（かおかたち）や体の大きさが行方不明になつたマリイと似通つてゐる屍体を発見したら、服装などを全く度外視しても、彼の探索は成功であると考へて大丈夫ではないか。万一、大体の大きさは容貌以外に、彼が生前マリイの腕に見覚えてゐた特殊な毛の生えかたを発見したなら、彼の考へは益々（ますます）確かなものになる。そして此（こ）の毛の特異さが著（いちじる）しければそれだけ、確実性が増加する筈だ。それに、若（も）し、マリイの足が小さく、屍体の足も同じやうに小さかつたら愈々（いよいよ）マリイの屍体だと言ふ適偶（プロバビリティ）は、算術級数的ではなく、幾何（きか）級数的、または等比（とうひ）級数的に増加して来るのだ。しかも、その上にマリイが行方不明になつた当日に穿（は）いて出たと言ふ靴であると分つて見給へ。たとへその靴がいくらでも一揃ひになつて売つてゐる品（しな）にしても、それで適偶（プロバビリティ）は尚更（なおさら）激増して殆ど確実の域（いき）にまで達するではないか。単独では鑑別の証拠にならないものでも、或（あ）る証拠を確認する地位に置き変へると、尤（もつと）も確実な証拠になるものである。次はマリイがかぶつてゐた帽子と同じ帽子に付いてゐた花だ。これさへあれば、吾々（われわれ）は何も探（さ）がす必要はないのだ。

たゞ一つ花があつてもそれだけで探さなくても良いのに——二つ、三つ、またはそれ以上の花が発見されたらどうだらう？　証拠が一つみつかる度毎に証拠は倍加してゆくのだ——証拠が加はつてゆくのではなくて、何百倍いや何千倍にも倍加してゆくのだ。その上にマリイが生前身に着けてゐた靴下止めが屍体の足から発見されたとしたら、それ以上に捜査を進行させるのは生気とは言はれない。しかも、この靴下止めは、マリイが行方不明になる前に、彼女がしてゐたと同様に止め金具をづらせて短くしてあつたのだ。これでまだ疑はうと言ふのは狂人か白痴だ。このやうに靴下止めを短くするのは極めて稀れだから、この点に関するエトワール紙の推論は出鱈目の推論の他の何物でもない。止め金具のある靴下止めは伸縮自在だと言ふことが、これを短くする必要の多くないことを、自ら立証してゐる。自然にその弾性に依つて加減されるやうに出来てゐるものをわざ〳〵他の手段で加減しなければならないのは珍しい。マリイの靴下止めを今言つたやうに短縮する必要があつたのは厳密に言へば、偶然であつたのだ。これだけでも、あの屍体がマリイのであると立証するには充分だ。けれど、問題はあの屍体がマリイの靴下止めを付けてゐたと言ふ事ではない。また彼女の靴を穿いてゐたからでもなく、彼女の帽子をかぶつてゐたと言ふ事でもなく、帽子に花をつけてゐたと言ふ事でもなく、大体の大きさや容貌が相似してゐたと言ふ事でもなく——問題は、あの屍体が此等のものを総て一緒に合せ備へてゐたと言ふ事だ。エトワール紙の記者がこんな事実に関して実際に疑念を持つてゐたと言ふ事が証明されたならば、彼が実際の狂人であると言ふ事は精神鑑定をしなくとも明瞭だ。ところが彼は弁護士達のくだらない弁論をそつくりそのまゝ口真似してゐるのが最も利口な手段だと考へてゐる。がその弁護士と言ふ代物の多くは裁判所のしかつめらしい命令書の真似をして得意になつてゐるのだ。僕は敢て指摘するが、裁判所が証拠として問題にしないもの、中に、識者の眼には何よりの証拠に映るものが沢山あるのだ。一体裁判所といふ所は証拠といふもの、一般的な原理――一般に承認された書物に書いてある原理だ――を一生懸命に守つて、特別な例でこの原理を歪められるのを嫌つてゐるのだ。このやうに原理と矛盾する例外を全然無視して、あくまで強情に原理一点張りで押し通してゆくのは、長期間には、到達し得る真理の最大限に接近する確実な方法なのだ。その為に裁判の判例は、総括的には正しいのだが、それはかなりの誤謬を造るものだと言ふ事も、確実なのだ。「ボオヴェー氏一人を敵にして皮肉とも何ともつかない説を並べ立ててゐるのを、君だつて信じはしまい。この立派な紳士の実際の性格は君にも分つてゐる筈だ。あの男は単に世話好きなのだ。しかも浪漫的で気転の利かない世話好きなのだ。かうした人間は、本当に興奮すると、神経の過敏過ぎる人間や悪意を持つてゐる人間の疑念を招くやうな態度になるものだ。ボオヴェー氏は（君の覚え書で見たところでは）エトワール紙の記者と直接に逢つて、あの屍体に就いて同紙の記者が何と言つても、マリイの屍体である事は動すべからざる事実だと主張して、記者を怒らせたと言ふ事だね。エトワール紙の記事に依ると

『彼は頑強にあの屍体をマリイのであると主張するにもかゝはらず、吾人が注解を加へた証拠以外には、他人を信じせしめるに足るものを何一つ上げることが出来なかつた』と書いてある。で、あれ以上に『他人を信じせしめるに足る』有力な立証物を探し出すのは、人力では不可能である事は改めて言ふ必要もないが、このやうな場合に於ては、相手を信じさせる程の理由を一つも上げられなくとも、相手に信じて貰へるものだと言ふ事を指摘出来るのだ。個体鑑定の時にあれがあの人だと言ふ印象は事実に取り止めない漠としたもので、誰でも自分の隣人を知つてはゐても、何故さうであるかと訊かれてみると、さて即座にその理由を述べられる人はさうあるものではない。エトワール紙の記者は、ボオヴェー氏が信じてゐながら理由が言へなかつたのを怒る権利は持てないのだ。あの男を取り巻いてゐる色々な疑念を生むやうな情況証拠はエトワール紙の記者の有罪説よりも、あの男が浪漫的な世話好きだと言ふ僕の仮説に符合してゐる。もつと寛大な解釈をするならば鍵穴の薔薇の花も、スレートの『マリイ』と書かれた文字も『近親者を押し除けた』事も、『彼等に屍体を見せるのをいやがつた』のも、彼が自分の帰るまで警官と話してはならないとB——夫人に注意したことも、最後に彼が『自分以外は何人にもこの事件に干渉させまい』と心を決めてゐたらしいことも、雑作なく氷解する。僕の考へに依ると、ボオヴエー氏はマリイを愛しており、マリイの方でもそんなにいやではないやうな風情を示してゐたので、マリイが彼に最も強い親みと大きな信頼とを捧げてゐたと他人から思はれたい心を持つてゐた事であらう。この点に就いては僕は何も言はない。それから、母や近親者達が冷淡であつたと言ふこと——彼等があの屍体をマリイだと信じてゐればこの冷淡さは自然的ではないといふこと——に就いてのエトワール紙の言ひ分は、証拠に依つて充分に論駁されてゐるから、吾々はこれであの屍体の個体鑑別の問題は、納得の出来るやうに鳧がついたとして話を進める事にしよう。」

「それでは」と私は訊ねた。「コムメルシェル紙の意見を君はどう言ふ風に考へてゐるのかね？」

「あの意見の言はうとする処は、種々様々この事件に就いて発表された意見のどれよりも、一層注意してい丶と僕は考へてゐる。前提から演繹してゆく方法は、実に筋がよく通つてゐて正確だ。けれど前提が、尠くとも二つだけは、不完全な観察の上に樹立してゐる。コムメルシェル紙が人々に知らせようとしてゐるのは、マリイが母親の家から大して離れない処で、下等な無頼漢連中の一団に捕つたと言ふ事だ。それについて同紙は『多くの人々に見知られてゐるマリイ・ロオジェのやうな娘が、三ケ町内通る間誰にも見られない筈はない』とかう言つてゐる。これは長年巴里に居住した者の意見だ——しかも公けの人間の意見だ——。その上、大抵公けの役所の近くだけを歩き廻つてゐた人の意見だ。この人間は、自分の主観を尊重しすぎて、自分が誰にも顔を見られず、物も言はれずに、事務所から十二町内も離れた遠方まで行つた事がないのを念頭においてゐるのだ。そして彼自身が他人を知つてゐる程度、他人が彼を知つてゐる程度が分つてゐるので、自分の有名さとあの香料屋の娘の有名さとを同じ程度に考へ、それからすぐに、あの娘が街を歩いてゐれば、自分が歩いてゐる中(うち)に逢ふのと同じ位に知己(しりびと)に逢ふだらうと言ふ結論に達した理由(わけ)なのだ。それはマリイが、この記者みたいに毎日規則的に外出し、しかも彼が歩くやうに同じやうな種類の一定した地域内を歩く場合に限つてさうなるのだ。彼は時間も一定して、自身達の職業と彼等の職業とがや丶似てゐるので彼に気のつく人が沢山ゐると限定された圏内を歩き廻つてゐるのだが、一方マリイは多くの場合目的を持たずに漫然と歩いてゐると見てい丶。ましてあの場合は、いつも歩かない道をマリイは行つたものと考へてもい丶と思ふ。コムメルシェル紙の記者が頭の中で考へてゐたらしい比較は、この二人が巴里(パリー)の町全体を歩く時に限つて成立するわけだ。その時には知人の数が同じであれば、知人に逢ふ機会も同様になる理由(わけ)だ。僕としては一定の時刻にマリイが自分の家と伯母の家との間の道を、知つてゐる人、又はこつちで知らなくとも、向うで知つてゐる人に少しも逢はずに歩いてゆく事は可能であるばかりでなく、きつとさうではないかと思ふ。何しろこの問題を充分正確に考察するには、巴里(パリー)で最も有名な人でも、その知己(ちき)の数と巴里(パリー)全市の人口の総数とはまるで比較にならないと言ふことを心に止めておかなければならない。

「併(しか)し、それでもまだコムメルシェル紙の意見に多少の根拠が残されてゐるとしても、あの娘が外出した時を考へてみると、大分この根拠は微弱になつて来る。コムメルシェル紙は『彼女が家を出た時は、市中に人出の多い時刻である』と言つてゐるが決してさうではない。あの娘が家を出たのは午前九時であつた。九時と言へば、一週間の内のどの日も市内の街は大勢の人が往来してゐる。だが日曜は例外だ。日曜日のその時刻は、大抵の人々が家の中で教会に行く仕度をしてゐる時だ。日曜日の朝八時頃から十時頃までは市中は実にひつそりしてゐる事を、多少でも注意して物を見てゐる人には気のつかない筈がない。十時から十一時にかけて通りは雑閙するが、九時といふ早い刻限にそんなことはない。

「コムメルシェル紙の観察に不完全な点がもう一つある。同紙は『この不幸な娘の下袴の一枚から布を裂き取つて、それが後頭部から頤にかけてまきつけてあつたが、これは多分声を立てさせないためであらう。これは手巾を持つてゐない連中の為業である』と言つてゐる。この考察に根拠があるなしに関してはあとで調べて見よう。が、『手巾をもつてゐない』と言ふのは記者は最下等の無頼漢を指してゐるのであらう。だが、かうした手合は、シャツを着てゐない場合でも必ず手巾だけは持つてゐるものだ。玄人の無頼漢には最近手巾と言ふものが絶対必需品であることを君も気がついてゐるであらう。」

「では、ソレイユ紙の記事はどう思考したものだらう。」と私はたづねた。

「あの新聞記者が鸚鵡に生れてゐなかつたのを僕は気の毒だと思ふね——もし鸚鵡に生れてゐれば、その仲間では一番幅をきかしてゐるだらう。彼は他人が今迄に色々と述べた意見を繰返してゐるに過ぎない。方々の新聞の意見を熱心に集めた勤勉振りは賞讃するが、て此処が恐るべき兇行の行はれた現場であるといふことは疑ふ余地がないのである』と同紙は言つてゐる。ソレイユ紙がこゝでくど〳〵と述べてゐる意見は、到底この問題に就いての僕の疑ひを取除いてはくれない。だから、それは、後で別の事を調べる時にもつと新らしく調査をする考へだ。

「今のところは、別の問題を調べなければならない。君もあの屍体の検査が、ひどく粗雑だつたのに気づいてゐるであらう。個体鑑別の問題は、確かに易々と定められたし、またそれが当然であつた。が、それ以外にもたしかめて置かなければならない事があつたのだ。あの屍体は何等かの点で掠奪されちやゐなかつたゞらうか？　死人は家を出る時宝石のやうな類のものでも身につけてはゐなかつただらうか？　さうだとすれば発見された時に屍体の附近に何かそのやうなものがあつたかどうか？　かうした重大な問題に就いては何一つ証拠があがつてはゐないのだ。それからこれと同様に重要な問題で少しも人々の注意をひいてゐないものが未だある。吾々は仕方がないから自ら色々調べなければならない始末だ。サン・テュスターシュのことは、もう一度調査し直さねばならない。僕は、少しもこの男を疑つてはゐないが、兎も角順序を追つて捜査してゆかう。あの男の日曜日の動静を記した供述書は不当ではなく妥当であることは疑問の余地がないとして置いて、あゝ言ふ性質の供述書はどんなにでもごまかせるものだが、あの供述書に少しも間違つた個所がなければ、サン・テュスターシュを吾々は、これからの調査で除外してもいゝわけだ。あの男の自殺は、供述書にごまかしがあれば、愈々嫌疑を深める材料になるけれども、供述書が正当なものであれば、そんなきづかひもないわけだし、吾々は当り前の分析方針から外れる必要もないのだ。

「今直面してゐる問題としては、吾々は此の悲劇の内面的な部分には触れない事にして、事件の外廓に専心注意を集中しよう。こんな問題の時には、傍系的とか、附随的とか言つて、直接事件に関聯しない事柄を全く認めないために取調べに間違ひがよく起るものだ。裁判所が、証拠、弁論などを、外見に関係のある圏内だけに限定するのは良い習慣とは言はれない。真理と言ふものは、多く、いや大部分、ちよつと見たところでは全然無関係と思はれるものゝ中にひそんでゐる事は、先づ経験が証明するし、実際の哲学もきつとこれを証明するであらう。近代科学が未知のものを計算しようとするのは、この原則の精神を奉じてゐるからだ。尤も文字通りの意味でこの原則を信頼してゐるわけではないけれども、併し、おそらくは君には僕の言葉を了解出来まいが、人知の歴史が絶えず吾々に示したところに依ると、大多数の最も価値のある発見は、傍系的な、想像もない、偶然な事件の為になされたので、その結果、将来の進歩も少なからず、否大部分、偶然な、想像もしない発見に依つて行はれるであらうと考へておく事が必要になつて来てゐるのだ。今日では、過去の事柄に依つて未来を断ずるのは哲学的とは言へない。偶然と言ふものは目に見えない地下構造の一部と認められてゐるのだ。偶然の一致は正確に計算されてゐるのだ。予想外のことや、思ひがけないことは学校で数学の式になつて教へられてゐるのだ。

「再び言ふが、大部分の真理は傍系的なものから出てゐるのだ。そして僕が今、これまで多くの人々が何度も調べて、一向に判明しなかつた方面より、調査方針を変へて、その当時の周囲の事情からしらべて見ようと考へてゐるのは、たゞこの事件に含まれてゐるこの原則の精神に従ふのに過ぎない。君は君で供述書が不当なものか妥当なものか調べて見給へ。その間に僕は、君が調べたよりもずつと広く新聞の方をしらべて見る事にする。これまでゞは、僕等は単に、如何なる方面を調査したらいゝと言ふ範囲の下検分をしたのに過ぎないのだが、僕は今後決行しようと思つてゐるやうな広い範囲に渉つて新聞紙をしらべて見て、それで調査方針を確立するやうな詳細な事項が獲得出来ないとすれば、それこそ不可思議ではないか。」

私は供述書の内容をデュパンの言葉に従つて入念に調べて見た。それで、私は例の供述書が妥当なものであること、そのためにサン・テュスターシュが無罪であることをかたく信じるに至つた。その間にデュパンは、様々な新聞の綴ぢ込みを熱心に調べてゐた。私には、彼が何の目的もなしに新聞を見てゐるやうに思はれた。一週間経つてから、彼は私に次のやうな切り抜きを示した。

「約五ケ月前、パレイ・ロワイヤールのル・ブラン氏の香料店から、マリイ・ロオジェの姿が見えなくなつたために、目下の騒ぎと同様な騒ぎが起つたことがある。けれどもその時は、一週間後に、いつも彼女が坐つてゐた帳場へ再び、元通りの彼女の姿が突然現れた。たゞ、いつもと多少変つた点はほんの少しばかり、顔色が蒼ざめてゐた点である。ル・ブラン氏とマリイの母親とは、ほんのちよつと田舎の友達のところへ遊びに行つてゐたのだとマリイが言訳けをしたので、事件はそれきりでおさまつてしまつた。吾人は今回のマリイの失踪も、前回と同様な気紛れな性質のものであつて、一週間か一箇月も経てば、彼女は再び帰つて来るであらうと想像する」夕刊新聞、六月二十三日、日曜日。

「昨夕発行の一夕刊新聞は、マリイ嬢が以前に不可解な失踪をした事件に言及してゐるが『彼女が、ル・ブラン氏の香料店にゐなくなつた一週間、彼女が若い海軍士官と一緒にゐたと言ふことは周知の事実である。この海軍士官は有名な放蕩者であつた。幸にして、二人の間に仲たがひが起つたために、マリイは帰つて来たのだと考へられてゐた。この問題の女たらしは今巴里にゐる。彼の本名は当社には分つているがそれを公表は出来ない。その理由は言ふ必要もあるまい』――メルキュウル紙、六月二十四日、火曜日、朝刊。

「一昨日当市の附近で、ひどい暴行が行はれた。細君と娘を連れた紳士が、黄昏時、セエヌ河の岸の近くで短艇を漕ぎ廻つてゐる六人連れの若者に向う岸まで渡して貰へまいかと頼んだ。この三人の旅人は向う岸に着くと、短艇から飛び降りて、ずん〳〵進んで行つた。短艇の影が見えない程遠くまで行つた時に、娘が短艇の中に日傘を忘れて来た事に気づいたので、それを取りに引返したところが、件の一団に捕まつて、河の中へ連れてゆかれ、猿轡を嵌められて、暴行を加へられた上、遂に、最初この娘が両親と共に短艇に乗つた所からあまり遠からぬ地点へ船から降された。悪漢等は今のところ行方を晦ましてゐるが、警察では彼等の行方を厳探中であるから、まもなくその中の誰かは捕へられるであらう」

――朝刊新聞、六月二十五日発行。

「吾社は、最近行はれた暴行をマンネエ（註、この男は、はじめに嫌疑を受けて拘引された者の一人であるが、証拠が全くないので放免されたのである）の為業にしようとする一二の通信を受け取つたがマンネエ氏は、その筋の訊問に答へて全く無罪である事が判明した事でもあり、又吾社へこの通信を寄せた人の論拠は熱心なものであるが、正鵠を得てゐないやうに思はれるから、吾社は、これを公表しまいと考へてゐる」――朝刊新聞、六月二十八日。

「当社は、種々の方面から探査したらしい有力な通信を受け取つた。これに依ると、マリイ・ロオジェは、不幸にも、日曜日に当市の附近を荒し廻つてゐる多数の悪漢団の一味のために危害を加へられたものである事は殆ど確定的である。当社の意見もこの仮定に賛してゐるから、今後機を見てその理由を述べるつもりである」――夕刊新聞――六月三十日、火曜日。

「昨月曜日、税関所属の一巡邏船の船長が一隻の空短艇がセエヌ河を流れて行くのを見た。帆布は船底に横つてゐた。件の船長は、それを巡邏船事務所まで曳いて行つたが、翌朝になると、事務所の役人が何人も気の付かぬ間に短艇は消え失せてゐた。舵は目下同事務所に保管してある」――ディリジャンス紙、火曜日。六月二十四日。

以上の切抜きを私は読んで見たが、それ〴〵のあひだに何の関聯もないばかりでなく、そのうちの一つにも目下の事件との関係が認められなかつたので、私はデュパンが何とか説明して呉れるのを待つてゐた。

「この切抜きのうちで、第一のものと第二のものとには、現在のところ、かゝり合つてゐる必要はないのだが」と彼は言つた。「僕がこれを写し取つたのは、主に、警察の愚鈍さを君に示す為なのだ。警視総監の話しやうから察すると、警察は僅だが言及してゐる海軍士官の取調べに、一指も染めようとしてゐないではないか。だが、マリイの第一回と第二回の失踪の間に何の関係も考へられないと言ふのは狂気の沙汰だ。こゝで仮りに第一回の駈落が、喧嘩別れに終つて、裏切られた方が家に帰つて来たとして見ようではないか？するとと第二回の駈落は、（若し二度目も駈落だと判然して居れば）別の男が新しく言ひ寄つた結果ではなくて、裏切つた以前の恋人が、前の関係を復活させたものと見たくなるではないか。――新しい恋が改めて始まつたと見るよりも、単に恋の「和解」と見たくなるではないか。一度マリイと駈落をした男が再び駈落の相談を持ち込む可能性は新規の道行の可能性に比べるとずつと大きい。十と一の割合だ。こゝで君に注意して貰ひたいと思ふのは第一の確定的な駈落と、第二回目の仮定的な駈落との間に経過した時間は、米国の艦隊の一般の巡航期間よりも数箇月多いだけだと言ふことである。マリイの恋人は第一回に野望を遂げようとしたが、航海に出る必要に妨げられて遂行出来なかつたのではなからうか？　そのために、航海を了へて帰ると、何よりも先にまだ遂げられない野望を満たす機会を捕へたのではあるまいか？　――まだ遂げられない野望と言ふのは、男の方だけの野望だつたのかも知れないが、併し、それが事実かどうかに就いては吾々は一切分らない。

「しかし、男は、第二回には駈落などはしなかつたらうと言ふかも知れない。たしかに、二回目には駈落はしてはゐない――が、吾々は、駈落の計画に失敗したのだと言つてはいけないであらうか？　サン・テュスターシュ、それにもしかするとボオヴェー君を除くと、天下晴れてのマリイの求婚者は他には見つからない。又他の人の事に就いては何も分つてはゐない。然らば、近親者へ少くも近親者の大部分が少しも知らないで、例の日曜日の朝マリイに逢つた秘密の恋人は一体何物であらう？　ましてこの男は、夜の帳がおりるまでも、ルール関門の淋しい森の中で二人きりでゐるのを、マリイが拒まぬ程マリイの信任を得てゐる男なのだ。この尠くも近親者の多くが何も知らない秘密の恋人が、何誰であるかゞ僕には疑問である。それからロオジェ夫人が、マリイの出て行つた朝口に出した――『もう二度とマリイに逢へないかも知れない』と云ふ不思議な予言は何の意味であらうか？

「けれども、吾々はロオジェ夫人が駈落の計画を内々気付いてゐたとは想像出来ないにしても、尠くも、マリイの方ではその計画を立ててゐたと仮定出来ないであらうか？　家を出る時に彼女は、これからドロオム街の伯母さんの家へ行くのだと言ひ、サン・テュスターシュに夕方迎へに来るやうに頼んでゐる。なるほど、ちよつと見るとこれは、僕の意見とはひどく矛盾するやうだが――併し熟考して見給へ。いゝかね。あの娘が誰か知人に逢つて、その男と共にセエヌ河を渡り、その日の午後三時にもなつてからルール関門に着いた事は分つてゐるのだ。所がこの男と共に行くのを承諾したときに（どのやうな目的でかは――彼女の母が知つてゐたかは分らないが）マリイが家を出る時に家で言つた行先の事や、許婚者のサン・テュスターシュが約束した時刻にドロオム街へ迎へに来てマリイが来て居ないのを発見した時、そして、彼がこの驚くべき報せを持つて下宿に帰つて来て、やつぱりそこにも彼女が帰つて来てゐない事を発見した時に、どんなに驚き、どんなに疑ふであらうと言ふことを思考したに相違ない。必ず彼女はそれを考へたに違ひない。サン・テュスターシュの悲嘆や、皆の者の疑念を予期したに相違ない。そこで彼女は、そのたゞ中へ帰つて来ようなどゝ思ふ理由がないが、初めから彼女が帰つて来る意志を持つてゐなかつたとすれば、疑はれる事などは、彼女には全く問題外のわけだ。

「あの娘はかう考へてゐたと僕は思ふのだ。――『或る人と駈落の相談をするために自分は逢ふ事になつてゐる。駈落でないにしても、それは自分以外の人間は知らない或る目的のためだ。そのためには、どんな事があつても周囲から邪魔をされたくない――追跡を受けても、それまでに行方をくらませるだけの時間の余裕を作つて置かなければならない――だからドロオム街の伯母さんの家で一日中遊んで来ると皆に告げておく事にするーーサン・テユスターシュには、暗くなる迄に迎へに来なくてはいけないと言つておくーーさうすれば、出来るだけ長い間、誰にも心配をかけずに、疑はれもせずに、家を留守に出来ると言ふものだ。時間の余裕を作るには何よりもこれが最もい丶方法だ。サン・テュスターシュに暗くなつてから迎へに来て下さいと言つておけば、あの人はきつとそれよりも早く来る気遣ひはない。けれど、何とも言つておかなければ、自分の逃げる時間の余裕が少なくなつてくる勘定だ。何故かと言ふと、みんなの者は自分がもつと早く帰るものと思つて、少しでもおくれると心配するからだ。でも、兎も角自分が帰つて来るつもりならば――あの人とぶら〳〵歩いて遊んで来るつもりならば――自分はサン・テュスターシュに迎ひに来てくれなんて言ひはしない。そんな事をすれば、あの人は迎ひに来て、自分があの人をごまかしたのに感づくに定まつてゐる。ところが、何処へ行くとも言はないで家を出て、暗くならない内に帰つて来て、ドロオム街の伯母さんの家で遊んでゐたと言へば、いつまでもこの事をあの人に知らせないで置けるわけだ。けれど、自分は決して二度と家には帰らないつもりであるから――又はこ丶何週間かは家をあける考へであるから――或ひは人に言へない或る用件を片付けるまでは帰らないつもりであるから、自分にとつては、たつぷり時間の余裕を作つておく事が肝腎なのだ』まああの娘の腹の中を想像して見るとかうだと思ふ。

「君は、君がこれまでに書き抜いた新聞の抜萃を読んで、この惨劇は、一般には最初からあの娘が無頼漢の一団の手にかゝつたと考へられてゐたし、又現在でもさう考へ続けられてゐることに気付いたであらう。この公衆の輿論といふものは、或る条件づきでならば、必ずしも無視する事は出来ない。即ちそれが自然に生じたものならば――厳密に自発的にあらはれたものならば、公衆の輿論は天才に独特の直覚と同様である。この場合には百中の九十九までは輿論の判決に僕は従ふ。で、この輿論には、多少なりとも外部からの使嗾が混入してはならないのだ。厳密に公衆そのものゝ輿論でなければいけないのだ。この両者を区別すること、両者の区別に気付くのは殊の外至難な場合が少なくないものだ。今の場合では、この悪漢の一団に就いての輿論には、僕が抜き書きした三番目の抜萃に詳しく書いてある傍系的な事件が附随してゐる。いゝかね。マリイと言ふ若い美しい、有名な娘の屍体のために巴里全市が大騒ぎをしたのだが、この娘の屍体には明かに暴行を加へられた痕があつたのだ。が恰度この娘が殺されたと想像されてゐる時に、又はその時と前後して、無頼漢達の一団が、もう一人の娘に、あの娘が受けたのと同じやうな暴行を加へたことが今では判明してゐるのだ。尤も、この方は暴行と言つても程度が大分違ふけれど、既に知られてゐるこの兇行がまだ真相の判らない別の兇行についての公衆の判断に何等かの影響を与へることは、少しも不可解ではない。公衆は何とか判断するめやすを期待してゐたのだ。そこへ恰度うまい工合に別の暴行が行はれたので、このめやすが出来た訳なのだ。マリイの屍体が発見されたのもセエヌ河だし、もう一人の娘が暴行を受けたのもセエヌ河だ。この二つの事件の関聯は実に歴然としてゐる。公衆がこの関係に気付いて、それをつかまへなかつたなら、それこそ反つて不思議と言ふものだ。が、実際のことを言ふと、こんな工合に一つの暴行が如何なる方法で行はれたのか判つてゐて、それが殆ど同時に行はれた他の暴行に関して何等かの証拠になるとすれば、むしろ他の暴行はそれと同じ方法で行はれたのではないといふ証拠になるのだ。或る悪漢の一団が、或る地域で、前代未聞の兇行を犯してゐる時に、それと同一方法で、同じやうな事情で、同じ町の同じ地域で、同じやうな別の悪漢団が、紛れもしない同時刻に、全く同一な犯罪を演じたとしたら、これは全く奇蹟ではないか。しかも、偶然に使嗾されたこの輿論を吾々が信じたくなる理由は、この不思議な一聯の暗合に他ならない。

「考察を進行させる前に、殺人の行はれた現場だと確信されてゐるルール関内の叢林に就いて考へてみようではないか。この叢林はかなりよく繋つてはゐるのだが、大道からたいした隔りはない。林の中には三四個大きな石があつて、それが背附き椅子と踏台とのやうな恰好をしてゐたのだ。上の方にある石には下袴がかけてあり、二番目の石には絹の頸巻がかけてあつたのだ。そして日傘や手袋や手巾も発見され、手巾にはマリイ・ロオジェと名前が印してあつたのだ。周囲(あたり)の茨(いばら)の枝には着物の切れ端が引つかゝつており、地上には沢山の足跡が認められ、小枝は折れてゐて、烈(はげ)しい格闘の行はれた形跡が明瞭であつたと言ふのだ。

「新聞紙は一斉(いつせい)に此(こ)の叢林が発見されたのを喜んでゐるし、多くの人々は異口(いく)同音に、此(こ)処(こ)こそ兇行の現場(げんじよう)だと言つてゐるが、これには甚(はなは)だしい疑念の点がある事とみとめなければならない。この叢林が兇行の現場だと言ふ事は、僕は否定するとも肯定するとも言へないが――それを疑ふ理由は立派に存在してゐる。コムメルシエル紙が言つたやうに、サン・タンドレ街附近が事実兇行の現場だとすると、犯人がまだ巴里(パリー)に居住してゐるとすれば、この犯人は、公衆の注意が、完全に正当な方向へ向けられて来たのに恐怖したに違ひない。そして犯人の性向如何(いかん)に依つては、その犯人は、注意を再び脇道へそらす方法を講じなければならない、と考へたかも知れない。さうすればルール関門の叢林は、すでに疑問の場所となつてゐたのであるから、色々の物品(ぶつぴん)を後(あと)からそれが発見された場所へ置いて来やうと言ふ考へを起す事もありさうな事だ。ソレイユ紙はあの物品が、叢林の中に置(お)かれてあつた日数は五六日やそこらではないと想像をしてゐるが、それには何の証拠もない。これに反して、兇行の行はれた日曜から、あの物品を子供等が発見した日の午後までには二十日(はつか)も日数が経(た)つてゐるのに、その儘(まま)、元の通りに残つてゐる筈がないと言ふ意見には多くの情況証拠があるのだ。ソレイユ紙は、以前にその事を報(しら)せた諸新聞の意見をそのま、用ひて『これ等の品物は雨に打たれてひどくつゆかびが発生してゐて、その為にべつとりとかたまつてゐた。これ等の遺留品の周囲には、既に草が生えてをり、ある物はその上にさへも草が生えてゐた。日傘（パラソル）は丈夫な絹張の品であつたが、その糸地は内側にふやけてゐた。二枚張りになつて襞（ひだ）の付いてゐる上部は、すつかりつゆかびに依つて腐つており、ひろげるとぼろ〳〵に裂けてしまつた』と書いてゐる。が、草が『遺留品の周囲に生えており、或る物にはその上にさへも草が生えてゐた。』と言ふ事は二人の小さい子供の言葉――つまり子供の記憶に依つて確定されたものに過ぎない事は判り切つてゐる。それに草などと言ふものは、とりわけ蒸し熱い天気の日には（あの殺人のあつた頃は恰度（ちようど）蒸し熱かつた）一日の内でも二三吋位（インチぐらい）は伸びるものだ。芝生を敷きつめたばかりの地面に日傘（パラソル）をつぼめて横に捨て、置いて、一週間も経てば、伸びた草に依つて全然かくれてしまふかも知れない。それからソレイユ紙の記者はつゆかびの事を頑強に主張して、今引用した短い文句の中に三度もつゆかびといふ言葉を用ひてゐるが、一体その記者はほんとに、つゆかびと言ふものがどのやうなものだか知らないのかも分らない。あれは二十四時間の内に生えて枯れてしまふ事を、最も普通な特色としてゐる数ある菌類（きのこるい）の一種である事に気付いてはゐないのかも知れない。

「かうしたわけであるから、あの遺留品が少なくも三四週間叢林（そうりん）の中に置いてあつたと言ふ意見を裏書きするために、ソレイユ紙が得意になつてあげてゐる事柄は、この事実を立証するものとしては、全く役に立たぬ反古同然だと言ふ事が一目瞭然である。又、あの物品が、叢林中に一週間以上——或る日曜から次の日曜までのより長い間——そのまゝになつてゐたといふことは信じられない。巴里の郊外の地理を多少でも心得てゐる人ならば、町はづれから余程隔りのある処まで行かなければ、容易に人の行かない場所は発見出来ない事を知つてゐる。人の行つた事のない場所は勿論、人のめつたに行かない場所さへも巴里近郊の森や林にあるなどとは到底想像も出来ない。今此処に真底から自然に憧れてゐても、勤務のために余儀なくこの大都会の埃にまみれ、暑熱に悩まされてゐる人があるとする。——いゝかね。誰でもかまわない。かう言ふ人が、日曜以外の日に、巴里近郊の美しい自然に親しく抱擁されて、日頃の渇をうるほさうと思ひ立つたとするのだ。すると折角湧き上つたこの男の感興は、無頼漢や、のんだくれが出て来たり、又はその声が聞えたりして、一歩毎に追ひ散らされてしまふだらう。どのやうに茂つた樹立の中へ入つて行つて新鮮な心になつて楽しまうとしても駄目だ。どこか物蔭を探して行つてみると、そこには鼻持ちのならぬ連中がうよ〳〵してゐる——祠へ行つて見れば此の上ない冒瀆が行はれてゐると言ふ始末だ。そこで、此の散歩者は胸が悪くなつて、腐敗した巴里の町へ逃げるやうにして帰つて行くだらう。いくら巴里の町々が汚なくても、これ程ひどくはないから、まだ辛抱出来る。所で、巴里の近郊は、平常の日でこの通りだとすると、日曜にはどの位ひどいかゞ思ひやられるではないか。一週にたつた一回の日曜日には、町の無頼漢連は町の中では仕事も休みだし、いつもやりつけの悪い事も出来ないので、我れ先にと郊外に集つて来るのだ。それは別に自然を愛してゐるからではないのだ。自然の景色などは実は嫌ひなのだ。たゞ社会の制裁や慣例を逃れるのが目的で集つて来るのだ。こんな連中の希望は新鮮な空気でも、緑の樹々でもなく、たゞ田舎へ行けば勝手なしたい放題な真似が出来ると言ふ事なのだ。道傍の腰掛茶屋へ行つたり、森の中の樹蔭に行つたりして、奴等は景気のいゝ仲間の者にだけしか発見からないで、性質の良くない歓楽の限りをつくすのだ──したい放題の事をして、ラム酒でぐでん〳〵に酔つぱらふのだ。そこで、例の遺留品が或る日曜から次の日曜までより長い間、巴里近郊の如何なる叢林の中にあつて人に発見されずにゐるなど、は、実に奇蹟同然だと言ふ事を僕がわざ〳〵繰返して言明するまでもなく、冷静な観察者には判り過ぎた事なのだ。

「だが、例の物品は、兇行の現場から他へ注意をそらさうとして、わざとあの叢林内へおかれたかも知れないと言ふ嫌疑には、これ以上に根拠があるのだ。いゝかね。先づ第一に、あの品物が発見された日附に注意して見給へ。そして此の日附と、僕が新聞から抜萃した五番目の抜萃の日附とを照合して見給へ。さうすれば、あの遺留品が発見されたのは、あの夕刊新聞に至急通信が発送されたすぐ後だと言ふ事が判然として来るであらう。この通信には種々な事件が報道してあるし、又それは多くの方面から聞き込んだもののやうだが、それ等は、皆同じ目標へ向けられてゐる。つまり兇行の犯人は悪漢団であり、兇行の場所はルール関門の附近だと言ふ点へ注意を向けさせようとしてあるではないか。で、勿論どう思考しても、あの子供達が、この通信に依つて、或ひは公衆の注意があの叢林へ向けられた為、その品々を発見したものとは思はれない。だが、子供達がそれ以前にその物品を発見しなかつたのは、その品物がそれ以前にはあの叢林内に置いてはなかつたのではなからうかと言ふ事は充分疑念の原因になる。例の通信を新聞社へ投書した男が犯人で、その犯人が通信を送つた日、又はその少々前になつて、初めてその物品を、叢林内に置いたのだと。

「この叢林は妙な叢林なのだ。——大変妙な叢林なのだ。樹の繁りやうが一通りではない。そして、この自然の囲壁の中に三つの変な形をした石があつて、それが背附き椅子と踏台の形をなしてゐるのだ。しかも、この実に美術的な叢林は、ドリュック夫人の住居から数ロッドの個所にあるのだ。さうしてドリュック夫人の子供等は、黄樟の皮を探し求めんが為に、この叢林のまはりの灌木を念入りに調べてまはる習慣をもつてゐたのだ。この子供等が、尠くも例の品物の一つでもが樹蔭の広間に置いてあり、自然の玉座の上にのせてあるのを発見せぬ日は一日でもないと賭をしたら——千と一の賭でも良い——これをあまりに向う見ずな賭だと言へるであらうか？　かうした賭に逃げ腰になる者は、かつて子供であつた事のない人か、又は子供そのものゝ性質を全く忘れてしまつてゐるか何方かである。繰返して僕は言ふが——その遺留品が、この叢林の中に一日か二日以上、どうして発見されずに済むかと言ふ事を信じるのは至極困難だ。だから、ソレイユ紙はまるでそれに気付いてはゐないのだけれども、その品物は、比較的後(のち)になつてから、発見された場所に置かれたものだと疑ふ理由は立派にあるわけだ。

「けれども、その品物が、そんな風にしてあそこに置かれたのだと信じるには、今までに僕が述べたどの理由よりももつと有力な別の理由があるのだ。あの品物の排列の仕方にひどく技巧を弄(ろう)してあるのに注意して貰ひたい。上の方にある石には白い下袴(ペチコート)、二番目の石には絹の頸巻(スカーフ)、そして日傘(パラソル)や、手袋や『マリイ・ロオジェ』と言ふ名入りの手巾(ハンカチーフ)などが辺りに散らばつてゐたのだ。このやうな排列の仕方は、あまり敏感ではない人間が、品物を自然そのまゝに排列しようと考へる時に、自然になりさうな方法だ。が、これは、決して自然な排列とは言へない。僕なら、あの総ての品々が、地上に落ちて足で踏みにじられてゐる光景を期待する。あの狭い樹蔭で沢山の人間が入り乱れて格闘してゐるのに、下袴(ペチコート)や頸巻(スカーフ)が、ちやんと石の上に乗つたまゝでゐるなどはちよつと有り得ないではないか。『地べたは足で踏みにじられ、草木(そうもく)の小枝は折れて、その場で格闘が行はれた証跡は歴然たるものがあつた』と言ふのだ――しかるに下袴(ペチコート)や頸巻(スカーフ)が、恰(あたか)も衣裳戸棚に並べてあるやうな工合になつてゐたではないか。「茨(いばら)の為に引き裂かれた彼女の上衣(うわぎ)の切れつ端(ぱ)しは、ほゞ幅三吋(インチ)、長さ六吋位(くらい)であつた。一つの切れつ端しは上衣の縁襞(へりひだ)で、それにはつぎがしてあり――まるで細長い帯形に裂き取つた布地(きれじ)のやうであつた』とソレイユ紙は書いてゐるが、こゝで、同紙は不注意なことに、真実に疑はしい文句を用ひてゐるのだ。成る程あの切れつ端しは、ソレイユ紙が書いてゐるやうに、細長い帯形に裂き取つた布地のやうに見える。しかし、それは故意に手で裂き取つたもの〻やうに見えるではないか。今問題になつてゐるやうなどんな着物からでも、茨のために布地が『裂き取られる』といふ事はめつたにない偶然の暗合だ。かういふ着物に釘や茨の棘のやうなものが引掛ると、かうした織物の性質上、直角に裂けるものなのだ。棘の引掛つたところを頂点とする九十度の角を作つて、両方へ直線に裂けてゆくものだ――が、布地が『裂きとられる』と言ふ事は殆ど考へられない。そんな事は君も知らなかつたであらうし、僕だつて知らなかつた。かう言ふ織物から布地を『裂きとる』ためには、殆ど総ての場合に別々の方向に働く二つの力が必要なのだ。若し、件の織物に二つ端があれば――例へばそれが手巾であつて、その手巾から細長い切れを裂き取らうと思ふならば、その時だけは、一つの力でも間に合ふが、今問題になつてゐるのは端の一つしかない着物なのだ。端のない着物の中程から茨の棘で布を裂き取るなど〻言ふ事は奇蹟の力にでも俟たなければ出来ない事だし、そんなことは一本の棘では出来る道理はない。けれども、端のある場合にでも二本の棘があつて、一つは二つの別々の方向へ力を及ぼし、一つは一方の方向に力を及ぼす事が必要なのだ。しかも、これは端に縁襞がとつてないと仮定しての話なのだ。縁襞などがあつた日には、まるで問題にはならない。かくの如く、吾々は、茨の棘だけに依つて切れつ端しが裂き取られると言ふことには、数限りない大障害がある事を知るのだが、しかも尚、吾々はこんな風に裂きとられた切れつぱしが、一つではなくて沢山あると信じる事を要求されてゐるのだ。おまけに『一つの切れつぱしは上衣の縁襞であつた』のだ。もう一つの切れつぱしは『スカアトの一部を裂きとつたもので、これは縁襞ではなかつた』と言ふのだが――これはつまり、端のない、着物の、中程から、茨の棘ですつかり切れつぱしが裂き取られたと言ふ事なのだ！　こんな事は信じなくてもとがめられはしまいと僕は思ふ。そければども、かう言ふ事を皆一緒にしたよりもこれを疑ふもつと有力な理由があるのだ。それは、屍体さへも他の場所へ運び去る程の注意深い下手人共が、苟くも、あんなものを、叢林の中へ遺しておいたと言ふ驚くべき事実なのだ。だが、僕の意図があの叢林を兇行の現場である事を否認するにあるのだなど、想像してゐるなら、君には、僕の言ふことが了解出来まい。此処でも何かの間違ひがあつたのかも知れない。ドリュック夫人の家では更に不慮の出来事があつたらしい。が実を言ふとそんな事は大して大切な事ではないのだ。吾々は兇行の現場を発見しようとしてゐるのではなくして、下手人を探し出さうとしてゐるのである。僕が今迄、随分細かい事を殊更細かに丹念に言つたが、それは第一には、ソレイユ紙の断定的な、頑固な主張が馬鹿げてゐる事を示すためだつたのだが、第二には、この殺害が一団の仲間の為業であるかないかと言ふ疑ひを、一番自然な径路に依つて、もつとよく考へて貰ふ為であつたのだ。そして第二の目的の方が主な目的であつたのだ。

「先づ手始めに検屍に立会つた外科医の検案なるものが出鱈目だと言ふ事をちよつと断つて置かう。それにはたゞこれだけの事を言つておけば良い。あの外科医が、下手人の数について発表してゐる推定なるものが、巴里の一流所の解剖学者連中から、不当な全く根拠のないものだと一笑に附せられてゐると言ふ事を。事実は彼の推定が間違つてゐるかも知れないと言ふのではなくて、あのやうな推論を下す根拠が全然ないと言ふのだ。――然らば、それ以外の推定に関する根拠も乏しかつたに違ひないのである。

「まあ『格闘の形跡』についてよく考へて見よう。一体この形跡が何を証明するかに就いて僕は訊ねる。それは一団の悪漢の為業だと言ふ事を立証してゐるのだが、それよりもこれは、一団の悪漢のではないと言ふ事を証明してゐるではないか？　いゝかね。相手は弱い、抵抗力などは全くないと言つてもいゝ小娘だ。こんな小娘と、想像されてゐるやうな悪漢の一団との間にどのやうな格闘が行はれ得るであらう？　――其の辺一面に『形跡』を残すやうな、激しい、長時間に渉る格闘が、どうして起り得るか？　二三人の荒くれ男が物をも言はず抱きすくめてしまへば、それでお終ひではないか。被害者は、彼奴等の思ひ通りに絶対に無抵抗だつたに相違ない。こゝで一考をわづらはせたいのは、あの叢林が格闘の行はれた場所ではないと言ふことを証明する為に用ひられた論拠の主要な部分は、単に一人以上の兇漢によつて犯罪の行はれた現場ではないと言ふ事の証明にだけ適用され得ると言ふことだ。これに反して、兇行者がたゞ一人であると想像すれば、その場合にのみはじめて明白な『形跡』を残すやうな猛烈な格闘の行はれた事が理解出来るのだ。

「次に僕は例の遺留品が、第一発見された場所に置き忘れてあつたと言ふ事実それ自体に疑念を抱いてゐると言つておいたが、こんな犯罪の物的証拠が、偶然にあの場所に捨て丶あるのは、殆どあり得ない事のやうに思はれる。（推理によれば）犯人達は、他方へ屍体を運び去る程入念な注意を払つてゐるのだ。それにも拘らず、屍体以上に有力な物的証拠（屍体の顔形などは腐爛し易いものだ）が、あの現場に故意に目立つやうに遺棄してあつたのだ――今僕が言つてゐるのは殺されたマリイの名前の入つた手巾の事なのだ。若しも、これが偶然な手落ちにしても、それは決して徒党を組んだ悪漢団の手落ちではない。一人の人間がやつた偶然の手落ちとしか考へられない。い丶かね。或る一人の兇漢が殺人をしたとする。彼はたつた一人で死人の亡霊と対立してゐるのだ。自分の眼前に身じろぎもしないで横つてゐる屍体を見て、彼は恐怖する。既に狂暴な昂奮は去せて、自分の行為に対しての畏怖の念が自然的に湧き上つてくる。同類でも居ればまだ気は確かだが死人の傍にたゞ一人でゐるとさうはいかない。彼は身も慄へて来てどうしたらい丶かわからなくなつてくる。が、屍体を始末する必要があるのだ。彼は他の物的証拠はそのま丶にして屍体だけを河縁へ運んでゆく。何故なれば他の証拠品を同時に持ち去るのは不可能ではないが少し困難だし、再びそこまで引き返して来ようと簡単に考へてゐる。が、懸命になり骨を折つて屍体を河まで運んでゐる内に、心の中に恐怖は段々拡がつて来る。生物の音が辺りに聞える。誰か見てゐる人の跫音が幾回となく聞える、或ひは彼には聞えるやうな気がする。街の灯影さへも彼をびく〳〵させる。けれども遂にかなりの時間を費して、途中で幾度も激しい苦しさの為に立止り、漸くの事で河岸まで辿りつき、恐しい荷物を処分する——恐らく短艇で処分しただらうが、ところが今となるとこの単独の殺人犯人を、難渋な、危険な道を引き返してあの叢林まで帰らせ血の凍るやうな追憶に浸させるには、世界中のどのやうな宝物の数々を積み重ねても、如何なる恐るべき復讐で脅してみたところで、到底及びもつかない話さ。結果の如何を問はず彼は断じて引き返せないのだ。彼の唯一の考へは逃走である。彼は恐怖すべき苺の繁みに永久に背を向けて、襲ひかゝる天罰を避けるやうに逃走するのだ。

「もしもこれが徒党を組んだ一団の場合ならばどうであらうか？　彼等は大勢の為に、前者程恐れはしまい。無頼の徒でもびく〳〵する事があるとしてもだ。でこの想像されてゐる一団はさうした悪漢団以外のものではない。加害者が単独なら今僕が想像を廻らしたやうにわけもなく恐怖するだらうが同類が大勢ゐればそんなことはなくて済むわけだ。最初の一人が見落しても次の一人がそれを補ふ。二人目、三人目のものが注意を怠つても四人目のものが気づくと云つた具合に彼等は一つとしてどじをふむやうな真似はしない。何しろ仲間が大勢ならば総ての物を一度に運び去れるであらうから、後で引き返してくる必要はなくなるわけだ。

「今度は屍体が発見された時その上衣(うわぎ)から『幅一呎(フイート)程の切れが裾から腰の辺まで裂いて腰にぐるぐると三重に巻きつけ、背部でちよつと結んであつた』それを検討して見ようではないか。これは屍体を持ち運ぶのに都合いゝやうに把手(とつて)を作る考へである事は判然としてゐる。で兇行者が多数の時にこんな手数の掛る手段に訴へようなどとは誰も考へまい。三四人も仲間が居れば屍体の手足を持つて運べば雑作ないばかりでなく、それが一番簡便な方法である。このやうな下らない面倒な工夫は犯人が一人の場合に考へる手段なのだ。さうすれば『叢林からセエヌ河まで行く途中にある垣(かき)は破壊されてをり、その間の地上には何か重いものを曳(ひ)きずつて行つた跡が歴然と残つてゐた』と言ふ事実も了解出来る。が、仲間が多い場合なら垣などは屍体をさし上げて通越(とおりこ)すのは簡単な仕事であるのに、わざわざその屍体を曳(ひ)きずつてゆく為に垣を壊すやうな馬鹿な努力を費(ついや)す奴があるであらうか？　同類が大勢あるのに曳(ひ)きずつて行つた跡が歴然と残る位仰山(ぎようさん)な真似をしたであらう？

「こゝで吾々(われわれ)はコムメルシェル紙の観察を少しばかり引用しなければならない。これに就いては以前にちよつと註解したが、コムメルシェル紙は『この不幸な娘の下袴(ペチコート)の一枚から長さ二呎(フイート)幅一呎の片(きれ)を裂き取つて、それが頤(あご)の下から後頭部にかけて結んであつたが、多分それは悲鳴を妨(さまた)げる為であらう。これはポケット手巾(ハンカチーフ)を持ち合せぬ輩(やから)の仕業(しわざ)である』と書いてゐる。

「前に僕は本当の悪漢は決して手巾を持つてゐない事はないと言ふ意見を述べたが、こゝで特に僕が言ひたいのはその事ではない。兇漢が下袴の布を用ひたのはコムメルシェル紙が推察してゐる目的を果すために手巾がなかつたからではないことは、あの叢林内に手巾が置き忘れてあつた事実に依つて明かである。それからあの布を頸に巻きつけた目的が『声を立てさせないため』でないことも、声を立てさせない為にならば他にそれ以上いゝ方法があるのにも拘らず特にあの切れを用ひた事実を見ても判明する。然るに屍体検証に、問題の切れについてはかう書いてある。『頸の周りに巻き付けてあつた。巻き方はゆるかつたが結び目は強くしつかりと結んであつた。』これはかなり曖昧な言語だが、コムメルシェル紙の記事とは根本的に異なつてゐる。この切れは十八吋も幅があつたのだから、たとへモスリンの切れであつてもこれを畳むか縦に皺をつくれば立派に丈夫な紐になる。ましてこれはさういふ風な皺をつくつてあつたのだ。で僕の推定はかうである。殺害者は、屍体を現場からやゝ離れた処まで一人つきりで運んだ。（現場と言ふのは例の叢林か、それとも別の場所でもいゝのだ）其処までは屍体の胴中を紐で縛り、結び目をつくつてさげて来たが、それでは彼の力には重過ぎるのが判つた。で今度は思ひ切つて曳きずつてゆくことに定めた。——曳きずつたことは証言で明瞭だ。ところで、さうしようと思ふと、屍体の一端に縄のやうなものを結びつける必要が生じて来た。それには頸のまはりに結びつけるのが何よりも便利だ。かうすると縄が頭にひつかゝるから中途で辷り落ちる不安がない。で彼はきつと、腰に巻きつけてある紐を使はうかと考へたに違ひない。若し此紐が屍体のまはりに巻き付けてあつて結び目のために縺れてさへゐなかつたら、又この紐は着物から『全く裂けとれて』ゐるのではないといふ事を思ひ返さなかつたら、彼はこれを用ひたであらうと思ふ。がさういふわけでこの紐は使へない。それに下袴から別の切れを裂きとるのは雑作もないことなので彼はそれを裂きとつて緊く頸のまはりにまきつけて結で、さて屍体を河岸まで曳きずつて行つたのだ。この紐を手に入れるのは面倒でもあり、暇もとれるし、屍体を曳きずつてゆく目的には完全でないといふこと——それにも拘らずとも角も犯人がこれを使用したのは、使用の必要を生じたのは、もう手巾を手に入れる事が出来なくなつたからだと言ふこと——つまり、今僕が想像したやうに、例の叢林（現場が叢林だつたとすれば）を去つて、セエヌ河との中途まで来たときだと言ふことを証明してゐる。

「が、ドリュック夫人（！）の証言に依ると殺害のあつた時刻又はその前後に叢林の近傍へ無頼漢の一団が現れた事が特に指摘してあるではないかと君は言ふだらう。僕もそれは認める。僕はドリュック夫人が言つたやうな悪漢団が、ルール関門若しくはその近くにあの惨劇のあつた時刻かその前後に十二組もうろついてゐたかも知れないと思ふ位だ。が、ドリュック夫人の証言は少々時期がおくれたし、それに甚だ疑はしいものだが、夫人の鋭い非難を蒙つた悪漢団と言ふのは、あの遠慮深いそして正直な老夫人の店の菓子を食つたりブランデーをがぶ〳〵呑んだりして勘定もしないでいつてしまつたと言ふ一団のことだけなのだ。かやうな理由あればこそ此の怒りあり、ではないか？

「併し正確にドリュック夫人の証拠を言へば何かと言ふと『ならず者の一団が現れて騒ぎながら飲み食ひした上、金も払はずに二人の若い男女と同じ道を行つたが、夕方に帰つて来て大変急いでゐる容子で河を渡つて行つてしまつた』とそれだけなのだ。

「でこの『大変急いでゐる』といふのはドリュック夫人の眼に事実より以上に急いでゐると思へたのに違ひない。何故なれば、この女は店の品々をたゞ食ひされたのが口惜しくて――もしかしたら帰りには代金を貰へるかも知れないと言ふ頼りない希望を抱いて、ぼんやりと待つてゐたからだ。でなければ夕方になつてゐるのに、どうして急いでゐる事などに眼をつけるものか？　ならず者の一団がこれから小さい舟で広い河を渡り、かてゝ加へて近づいてゐる夜と今にも荒れさうな空模様では、急いで家に帰らうとするのに少しもあやしむ理由はない。

「僕は近づいてゐる夜と言つたが、それはまだ夜になり切つてはゐなかつたからだ。この『悪漢』どもが不作法に急いでゐる姿がドリュック夫人の生真面目な眼にふれて彼女を怒らせたのは、まだ夕方であつたのだ。然るに吾々はドリュック夫人とその長男の二人が『腰掛茶店の近くで女の叫び声を聞いた』のはその晩のことだと聞いてゐる。しかもドリュック夫人はその夜叫び声を聞いた時刻をどんな言葉で証明してゐるかと言ふと『暗くなつてから間もなくだ」と言つてゐるのだ。で『暗くなつてから』と言へば少くも暗くなつてからだ。そして『夕方』と言へば、まだ確実に日中の事だ。で悪漢の一団がルール関門を去つたのは、ドリュック夫人が女の叫声を聞いた（？）よりも以前といふことになる。そして多くの証言にはこの点について、僕が君に今言つたと同様な言ひ現し方が、どれもこれもはつきりとしてゐるのに、各新聞や、警察のどの役人も、この突飛な矛盾に少しも気づいてはゐないのだ。

「僕はもう一つだけ犯人が一団をなした者ではないと言ふ論拠をあげておく。しかもこの一つの論拠は、尠くも僕の推理するところでは動せないものだ。いゝかね。懸賞金は莫大だし、連累者を密告した者は無罪にすると言ふ事になつてゐるのだ。こんなうまい条件がついてゐれば、下等なごろつき団の内の誰かゞとつくに連累者を裏切つてゐるであらう。たとへごろつき団でなくても誰でもさうするに相違ない。かうした立場にある連累者どもは懸賞金よりも逃走よりも先づ何よりも自分が裏切られることが恐しいのだ。でそれを恐れて、吾れ勝ちに仲間を裏切るものだ。秘密が洩れなかつたといふことこそそれが秘密である事の何よりの証拠だ。この暗黒な恐怖すべき行為を知るものは唯一人しかありはしない。いや唯二人と言へるかも知れない。一人は生きた人間で、一人は神だ。

「さて随分長々と分析して来たが、その結果をこの辺でしめくくつて見ようではないか。尤も結果と言つても貧弱なものではあるが、でも確実ではある。吾々はマリイの恋人が、或ひは尠くも人に秘密な昵懇者の手にかゝつて、ドリュック夫人の家の屋根の下で不幸な間違ひが起つたか、又はルール関門近くで殺人が行はれたか、二つの内の一つであると云ふ処まで考察は到達した。そしてマリイの連れは色の浅黒い男なのだ。この浅黒い顔色といふこと、紐の『結び方』帽子のリボンが『水兵結び』だつたことは、その男が海員である事を証明してゐる。元来マリイはきさくな娘ではあつたが決して下品ではなかつた――だからこの男が彼女と交際してゐたのは、普通の水兵よりも身分の高いものであるといふことを示してゐる。各新聞社へ上手な筆蹟で至急報で寄せられた通信も大分この点を確証してゐる。でメルキュウル紙がちよつと書いた第一回の駈落の記事は、あの不幸な娘をはじめて邪道へ誘惑した相手として知られてゐる『海軍士官』と今度の事件の海員とが同じ男ではなからうかと言ふ考へを起させるではないか。

「さてそこで、この色の浅黒い不思議な男の行方が容易に判らない理由を考察してみよう。先づこの男の顔色が陽に焼けて浅黒いといふ事に注意しなければいけない。ヴァランスと言ふ男と、ドリュック夫人とが二人とも異口同音に色の黒かつたことを言つてゐるところに依ると並大抵の黒さではなからうが、この男は何故姿を見せないのであらう？　悪漢団の手にかゝつて殺されたのであらうか？　さうだとすれば何故娘の殺された形跡のみが残つてゐたのであらう？　二人の殺害された現場は同じ場所だと考へるのが自然だからね。それから死体は何処にあるであらう？　殺害者は必然的に二つの死体を同一方法で処分したであらうではないか。が、この男はまだ生きてゐると言へる。そして殺人罪で告訴されるのが恐しさに姿を見せないのだ。しかし、かうした心配は今でこそ――兇行当時から大分日数の経過した今でこそ――彼がマリイと一緒にゐたのを見たと言ふ証人が現れてゐる今でこそ、心配にもなるかも知れないが、兇行当時にはそんな心配は無用であつたとも言へる。一体罪のない人間なら、先づ兇行のあつた事を自ら訴へ出て、進んで加害者の捜索に助力する筈だ。必ずさうした術策を考へつくであらう。いゝかね。あの男はあの娘と一緒に居る処を見られてゐるのだ。屋根のない渡舟でセエヌ河を渡つてゐるのだ。して見れば自分が嫌疑から逃れるために、加害者を訴へ出る事が、此の際最も確かな唯一の手段である事は馬鹿でもわかるであらう。あの犯罪の行はれた日曜の晩にあの男が自分も罪を犯さず、犯罪のあつた事をも知らなかつたなどとは、吾々にはとても想像出来ない。然るに、あの男が生きてゐながら加害者を訴へ出ないとすれば、それは自分も犯人ではなく犯罪の行はれた事も知らないといふ場合にのみ有り得るのだ。

「さて、それなれば吾々は如何なる手段に依つて真相をつきとめるか？　といふに色々な証拠を集めて追々事件を判然とさせてゆく事によつて真相をつきとめるのだ。第一に第一回の駈落ち事件を根柢から調べ上げよう。それから例の『海軍士官』の経歴や現在の境遇とあの殺人のあつた時刻に彼が何処で何をしてゐたかといふ事を充分に捜査して見る。それから悪漢団に冤罪をきせるために夕刊新聞に投書された色々の通信文を一々入念に比較して見る。次ぎにこの通信文の文体や筆蹟を、その以前に朝刊新聞に投書して、激しくマンネエの有罪を主張した通信文とを照合して見る。それが終ると、再びこれまでに知られてゐる例の士官の筆蹟と比較して見る。それからドリュック夫人母子や、馬車の駁者のヴァランスによくきゝただして『浅黒い顔をした男』の容貌や風体について何かもう少したしかめて見る。巧みに質問を向けさへすれば、此の点（若しくは他の点）――について彼等自身でも知らないと思つてゐた事さへもきゝ出せぬ事はないであらう。その次に六月二十三日の月曜日の朝、巡邏船の船長が拾つて来たのを、当番の役人が気づかない内に、巡邏船事務所から死体の発見されるより少し前に舵もなしに何処かへ持ち去られた短艇の行方をたしかめる。よく注意して、根気よく探索すればきつとこの舟の行方は判明する。例の巡邏船の船長にはその舟の判別は簡単だし、それに舵が手元にあるのだから。帆のある小舟の舵だから後暗くない人間なら一応取調べもしないでこれをすてゝしまふ筈がないではないか。こゝでちよつとやすんで、一つ疑問を仄めかして置きたい。それはこの短艇を拾つたと云ふ事がちつとも広告されなかつたと云ふ事だ。黙つて巡邏船の事務所へ運ばれ、黙つてそれから何処かへ持つて行かれたのである。で、この短艇の所有主又は使用者だが――月曜日に拾ひ上げられた舟のあり場所を広告もしないのに、すぐ翌日の火曜日の朝などに一体どうして判るであらう。これにはどうしても海軍との間に何等かの聯絡があると想像しなくてはならない――こんな些細な事柄――微々たる地方的の出来事が分るには日頃から余程海軍に縁故のある人でなくてはならない。

「殺害者がたつた一人で厄介な荷物を河辺まで曳きずつて行つたのを語つたときに、僕はその男が舟を手に入れたかも知れないと推理しておいたが、今度は、マリイ・ロオジェが舟から河中へ投げ込まれたのだと云ふことを理解しなくてはならない。これは自然な事なのだ。岸辺の浅いところへ死体をうつちやらかしておくわけにはいかないからね。それに屍体の背中や肩に、船底の肋材の痕らしいものがついてなかつた事も、舟から投げ込んだものとすれば自然だと思ふ。岸から投げ込んだものとしたならば必ず錘りをつけたに違ひない。錘りがつけてないといふことは、犯人が、舟を出す前に錘りの用意を忘れたと考へれば、はじめて説明がつくわけだ。愈々死体を水中へ投ずる時になつて彼はきつと恐しい手抜りに感づくだらうが、さうなつてはもうどうしやうもない。どのやうな危険があつたとしても再び岸辺まで後戻りするよりはいゝと思ふであらう。この嫌な仕事を終ると彼は大急ぎで町の方へ舟を漕ぎ付けて、あまり人の知らない何処かの波止場から慌てゝ上陸したに相違ない。で、彼はその舟を波止場に繋いでおいたであらうか？　大急ぎのをりだから到底そんなに落着いてゐる余裕はあるまい。又波止場に舟を繋いでおいたりしては却つて不利な証拠を残すやうなことになると考へたに違ひない。此の際自分の犯した罪に関係あるものは総て出来るだけ遠方にふり払つておくに限ると考へるのは無理もないことだ。彼はたゞ自分が波止場から逃げ出すだけでは得心がゆかず、その舟をも波止場へその儘にはしておかなかつたであらう。きつとそれを沖の方へおしやつて、水に従つて流れさせたであらう。それから先きどうしたかを思考して見よう――翌朝になつて、その兇漢は、毎日自分が行きなれてゐる場所――恐らく職務上行かなければならない場所であらう――にその舟が拾ひ上げられ繋留してあるのを発見して、名状し難い恐怖に襲はれたのだ。でその夜舵の有り場所も聞きたゞさずに彼はその舟を事務所から持ち去つたのだ。で、その舵のない舟は何処に今あるか？　これが第一に吾々が発見しなければならないものだ。その舟の姿をちよつとでも見たらもう安心である。その舟の出所を捜査し詰めてゆけばあの犯罪のあつた日曜の晩に、それを使用した男は自然的に判明する。我々自身でさへも驚歎する位敏速に事件は解決してゆくに相違ない。確証が連続的に現れて、殺害者の行方が直ちにつきとめられる事は請合だ。」

敢へて管々しく申し上げる迄もなく大方の読者諸子には明白であらうところの理由に依つて、デュパンが一見取るに足らなさうな手掛りを捕へてそれを巧みに追つて行く詳細なる條をば、本社に寄せられた原稿の中から勝手に省略させて頂く。我々はただ、希望された結果の齎されたこと、並びに警視総監は爵士との契約の条件を嫌々ながらも几帳面に履行したことを掻い摘んで申し上げて置くのに止めたい、ポオ氏の文章は次の言葉で完結してゐる。――編輯局（訳者註、本篇が初めて発表されたスノオデンス・レディスカムパニアンの編輯局である。）

私の語るところのものは、暗合に就いてであつて、それ以外の何物でもないことを了解されるであらう。私がこの物語の冒頭に言つたことで充分でなければならない。私自身の胸の中には超自然に対する信仰は些も巣喰つてはゐない。自然とその神とが別個のものであることを、否定しようとする者はあるまい。後者が前者を創造し、意の儘に加減し変更し得ることも、また疑ふべくもない。左様、洵に「意の儘」なのである。問題は意志のことで、気違じみた論理で主張される力の問題などではない。神がその法則を変化させることが出来ないと言ふのではなく、変化の必要が有り得べきことと想像するのは神を蔑にすると言ふのである。元来これ等の法則は未来に横る程の一切の偶然を包含するべく定められてゐるのである。神にありては一切が現在である。

私は、そこで、この物語をただ暗合の話として語つたことを繰り返して言ふ。そして更に、私の述べた中に於て不倖なメアリイ・セシリア・ロオジャースの今までに知られた運命と、マリイ・ロオジェなる娘のある時期迄の運命との間に、類似せる平行線が存在し、その類似の驚くべき正確さは理性を困惑せしめることに気が付くであらう。併し私が、マリイの悲しい物語を今言ふ或る時期より先に進めて、彼女を取り巻く謎の大団円まで辿つて行つたことに対して、この二つの平行線の延長を仄かすための、若しくは巴里で美人売り子の殺害者を発見するのに適用された方法または何か類似の推理に基く手段が同様な結果を生むであらうといふことを暗示するための下心であるなどとは鳥渡でも想像して頂きたくない。

何故と言ふのに、この想像の第二の流れに関しては、二つの場合に於ける最も些細な事実の変化でも、それ〴〵の進路を変ずることに依つて、最も重大なる誤算を生ぜしめるかも知れないからだ。恰も、算術にあつて、一個として考へれば言ふに足らない誤かも知れないが、計算の度毎にそれを重ねて行けば、遂には真実甚だ重大なる相違となるものがある。そして第一の流れに関しては、私が既に述べた適偶の計算が平行線延長の凡ての考へを禁ずる――既に引かれた平行線の長さ正確さに比例して、頑にきつぱりとそれを禁ずるのであつた。これは、ちよつと考へると数学などには一番縁遠い奇妙な提議のやうだが、併し事実は数学者のみが完全に抱き得るものなのである。たとへば、普通一般の読者に、骰子の勝負をする際、一人に依つて六が二度続いて出された時には、三度目には六が出ないだらうと言ふ方に最高額を賭けるべき充分なる理由のあることを信ぜしめる位難しいことはない。そんな献策を提出しやうものなら、先づ智慧者に依つて早速刎ねつけられてしまふに決まつてゐる。二度投げた骰子の目は既に済んでしまつて、今は全く過去のことだから、未来に懸る三度目の骰子の目に何等の影響も及ぼし得るとは見えない。六の目を投げる機会は普通の場合と些も変らないやうに思へる。そしてそれに抗論でもしようものなら傾聴されるどころか、忽ち嘲笑に依つて葬り去られてしまふことは明白である。包含されたる誤謬――禍とも言ひたい程の大きな誤謬であるが――を暴露することは最早紙面も許さないし、それに哲学的聡明さをもつた人々にはその必要もあるまい。

茲(ここ)ではただ、さうした誤謬は、理性が真理を求めて行く道程に於て過失の無限なる連鎖を形成するものなることを言ひ置けば足りるであらう。

窃(ぬす)まれた手紙

賢者にとりて、あまりに怜悧すぎたること程厭(いと)はしきものはあらず。

――セネカ

一千八百――年の秋、風の吹き荒(すさ)ぶ夕暮れの暗くなつて間もない頃、私は友のオオギュスト・デュパンと共(とも)に、フォオブウル・サン・ゼルマン・デュノオ街三十三号の家の三階の稍(やや)奥まつたところに彼の書斎で黙想と海泡石(かいほうせき)の煙管(パイプ)との二重の愉楽(たのしみ)に耽(ふ)けつてゐた。一時間あまりも我々は深い沈黙を続けてゐたが、偶(ふ)と見た眼になら我々が如何(いか)にも、ひたすら部屋の中に立罩(たちこ)めた煙の渦(うず)に心を奪(うば)われてゐるかのやうに見えたかも知れない。併(しか)し、私にしてみれば、夕刻早い頃二人の間に上(のぼ)つた或る話題について、さまざま思ひ廻(めぐ)らしてゐたのであつた。即(すなわ)ちそれは、モルグ街の事件と、マリイ・ロオヂェ殺害に絡(まつ)はる秘密とである。それで我々の部屋の扉(ドア)が開いて古馴染(ふるなじみ)の巴里(パリー)警視総監、G――氏が入つて来た時には、私はまるで何かの暗号のやうな気がした。

我々は彼を心から歓迎した、と云ふのもこの男を疑殆したい気持に半ばして軽蔑の気持も手伝つてゐたので、また数年間会はずにゐたからでもある。我々は暗がりのなかに坐つてゐたので、デュパンはさて燈をつけようとして立ち上つたのだが、Gが公用の或る非常に厄介な出来事に就いて、我々に相談、と言ふよりも寧ろ私の友の意見を問ひに来たと言ふのを聞くと、彼はそのまゝ再び坐つてしまつた。

「何か考察を要することであつたなら。」とデュパンは燈心に火を灯すのを控へて言ふのであつた。

「暗がりの中の方が効果があるからね。」

「それもまた君らしい奇妙な意見だね。」と警視総監は言つたが、彼は自分の理解以外のことはすべて「奇妙」と呼ぶならはしで、したがつて、この上もなく「奇異」の世界の真中に住んでゐるわけであつた。

「本当のことさ。」とデュパンは言つて、客に煙管をすゝめながら、かけ心地のよい椅子を押しやつた。

「で、その厄介な事件と言ふのは何だね?」と私が訊ねた。「暗殺位のところぢやあるまいね?」

「いやいや、どうして、まるでそんなことではないのだ。実のところ、事件は恐しく単純で、無論我々の手で充分に解決が出来るのだ。併しデュパンが屹度その詳しいことを聞きたがるだらうと思つたのだが、何しろ滅法奇妙な事件なのだからね。」

「単純で奇妙、か。」とデュパンが言つた。

「うむ、で、また必ずしもさうではない。事実は、あんまりそれが単純すぎるために我々は甚だ当惑してゐる始末なのだ。」

「恐らくその事件の殊の外単純だと言ふ点が君達のやり損ふところなのだね。」と私の友は言つた。

「莫迦言つちやいかん！」と総監はげら〳〵笑ひながら言つた。

「おそらく、その秘密はあまりに明白すぎるのだらう。」とデュパンは言つた。

「いやはや！　空前の思ひつきだ！」

「少しばかり自明の理に過ぎたのさ。」

「ハツ、ハツ、ハツ、ハツ、ハツ――ハツ、ハツ、ハツ――フツ、フツ、フツ！」我々の客はひどく可笑しがつて笑ひ痴けた。「デュパン、君にかゝつては、命がないよ！」

「併し、ともあれ、実際の事件と言ふのは何だね？」と私が質ねた。

「うむ、話さう。」と総監は答へると、考へ込みながら長々と一服煙草をふかし、さて椅子に身を落ち着けた。「簡単に話さう、だが、その前にちよつと断つて置かなければならないが、これは非常な秘密を要することで、若し僕がこれを人に洩らしたことが知れたなら、僕はおそらく現在の地位を失つてしまはなければなるまい。」

「始めたまへ。」と私は促した。

「さもなければ止すか。」とデュパンが言つた。

「よろしい。さて、僕は先頃さる高位の筋から、この上もなく重要な或る書類が宮廷から窃み出されたと言ふ秘密の通知を受けとつた。それを窃んだ人物は知れてゐる、彼がそれを取るところを見られたのだから、疑問の余地はないのだ。それに又、それが未だ彼の手の中にある事も知れてゐるのだ。」

「どうして知れたのだ？」とデュパンが訊いた。

「それは明白に解るのだ。」と総監は答へた。

「書類の性質から言つても解るし、またそれが盗んだ奴の手から他の手に移れば直ぐに現れる筈の或る結果が未だ現れない——つまり、彼がそれを目的通りに行使することに依つて現れる結果が未だ現れないのだ。」

「も少し明白に言つてくれたまへ。」と私が言つた。

「よろしい、その書類はそれを持つてゐる人に或る方面で非常に貴重な勢力を与へるのだ。」

「僕には未だどうもよく解らん。」とデュパンが言つた。

「解らん？　では、その書類を或る第三者に、名前は言ふわけにいかんが、見せると、或る最も高位の方の名誉に拘(かか)はることになるので、それのことはこの書類の所持者にその高貴の方に対する優越権を与へると同時にその高貴の方の名誉並びに平和が極めて危(あやう)くなつて来るのだ。」

「だが、その優越権たるや……」と私は遮(さえぎ)つた。

「盗んだ者を盗まれた者が知つてゐるのを盗んだ者が知つてゐることに依るのではないかな。誰が敢(あ)へて――」

「盗人(ぬすびと)は、」とG――が言つた。「大臣のD――だ、あの男は、為(し)て良いことであらうが悪るいことであらうが、何でも敢行するのだ。問題の書類と言ふのは――手紙だが、打ち明けて言へば――その盗まれたお方が宮廷の後房(こうぼう)にひとりでゐられる時に落手(らくしゆ)されたのだ。その婦人がそれを読んで居(お)られる最中に、彼女がとりわけ見られては困るもう一人の高貴な方が入つて来られたのだつた。彼女は狼狽(ろうばい)して抽斗(ひきだし)の中へ入れる暇もなく已(やむ)を得ず開いたまゝで卓子(テーブル)の上に載せた。だが、その宛名の方が一番上になつてゐて、中味は隠れてゐたので、その手紙は眼に触れずに済んだ。そこへD――大臣が入つて来た。彼の山猫のやうな眼は忽(たちま)ちその紙片(かみき)れを見つけると、名宛の筆蹟を認めたが、更(さら)にその方(かた)の狼狽を見て取り、彼女の秘密を看破した。彼は何時(いつ)ものやうに大急ぎで用事を済ませた後、彼はその問題の手紙と鳥渡(ちよつと)似た一通(いつつう)の手紙を取り出して読むやうな風をしたが、やがてそれをもう一つの方の直(す)ぐ傍(そば)に接近させて置いた。再び彼はものゝ十五分も公務について話を交(かわ)した。

さて愈々退出と言ふ時になつて、彼は卓子の上から自分の取る権利もない方の手紙を持つて来てしまつたのだ。その正当なる所有者は見てゐたのだが、彼女の直ぐ肱のところに立つてゐられる第三者の方の面前でそれを咎める勇気は勿論なかつた。大臣は、自分の手紙――反古にも等しいのを卓上に残したまま退き下つて来たのだ。」

「なる程、そこで。」とデュパンは私に向かつて言つた。「優越権に関する君の意見が満たされたことになるね――盗んだ者を盗まれた者が知つてゐることを盗んだ者は知つてゐる。」

「さうだよ。」と総監が答へた。「そして斯の如く得られた勢力は、この数ケ月に亙つて、甚だ危険な程度まで政治的目的に発揮された。盗まれた方は日毎にこの手紙を取りもどす必要を切実に感じた。だが、勿論大びらにやるわけには行かない。で、絶望のあまり、到頭僕にこの事件を依頼することになつたのだ。」

「それは何と言つても君より他には。」とデュパンは煙の綺麗な渦の中で言つた。「頼み甲斐のある代理者は、先づ見当るまいからなあ。」

「お世辞を言つちやいかんぜ。」と総監は答へた。「しかし、そんな意見が行はれても、満更不当でもあるまいて。」

「確に君の考へるやうに、」と私は言つた。「それを使用することではなく、所持してゐることがその権力を授けるものとすれば、その手紙が未だ大臣の手にあることは確だね。手紙の使用と、権力とは別のものだ。」

「その通りさ。」とG――が言つた。「で、僕はこの確信のもとに取りかゝつた。僕は先づ第一に大臣の邸を隈なく捜索しなければならなかつた。が、さて僕の最も当惑したことは彼に気取られずに捜す必要のあることだつた。何と言つても、彼に疑はれるやうなことでもあれば、それこそ容易ならぬ危険な結果になるのだから。」

「だが。」と僕は言つた。「君なぞはさうした捜索には熟練したものだらう。巴里の警察が始終やつてゐることだからね。」

「大きに、さう云ふわけだから僕は絶望しなかつた。それに、大臣の習慣は僕に非常に便宜を能へてくれた。彼は屢々一晩中家をあけるのだ。召使だつて大したことはない。彼等は主人の部屋から遠く離れたところに眠つてゐるのだし、それに主にナポリ人ばかりだつたから容易に酔つぱらはすことが出来た。僕は、御承知の如く、巴里中の如何なる寝室、如何なる小部屋をも開けることの出来る数々の鍵を持つてゐる。三月の間一晩と雖も、殆ど夜もすがら僕自身でD――の邸の探索に費さなかつたためしはなかつた。僕の名誉をかけてのことだし、内秘だが、報酬も莫大だ。だから僕はこの盗賊が僕自身より利口な男だと云ふことを充分納得させられる迄は、この捜索を放棄なかつた。僕は屋敷中の凡そその紙片が隠くされ得るすべての凹み、すべての隅をしらべ尽したつもりだ。」

「併し、手紙が大臣の手にあることは事実だらうが。」と私は注意した。「彼がそれを自分の屋敷以外の場所に匿すことは有り得ないのかね？」

「それは恐らくないだらう。」とデュパンが言つた。「現在の宮廷に於ける特殊な状態、わけてD――が係り合つてゐると言ふ評判の様々な陰謀からして、その手紙を即座に利用し得ることが――二つ返事で提出され得ることがそれを所持してゐることゝ同じやうに重要なのではあるまいか。」

「提出され得ることだつて？」と私は言つた。

「つまり破滅させられることだ。」とデュパンは言つた。

「違ひない。」と私は言つた。「その紙片は正しく屋敷内にあるわけだ。だが、大臣がそれを身につけて持つてゐるとすれば、また別問題だね。」

「絶対に。」と総監が言つた。「追剝とみせかけて、二度も待伏せさせて、僕の目の前で容赦なく捜索させたのだ。」

「その骨折りは先づ無駄だつたらう。」とデュパンが言つた。「思ふに、D――だつて満更馬鹿でもあるまい、馬鹿でなければ、待ち伏せ位は当然の事と予期してゐた筈だよ。」

「満更、馬鹿ではないさ。」とG――は言つた。「併し彼は詩人だからね、僕に言はせれば、詩人も馬鹿も五十歩、百歩だ。」

「大きにさうだ。」とデュパンは海泡石の煙管から長い煙を思案深く吹き出して言つた。

「僕なぞも下手糞な詩で大いにその誹をまぬかれないな。」

「詳しく捜索の模様を聞かしてくれまいか。」と私が言つた。

「要するに、気長に、あらゆる場所を探してみたと言ふことだ。僕は斯うした事には長い経験を持つてゐる。先づすべての部屋毎に、それ〴〵まる一週間を費した。第一に我々は各室の家を検査した。我々は抽斗らしいものは残らず開けた。御承知でもあらうが、よく訓練された警察官にとつて、秘密の抽斗などと言ふものは有り得ない。これらの捜索隊に対して秘密の抽斗などを信じてゐる者があつたら、そいつは大莫迦だよ。簡単なことだ。どんな簞笥にでも一定の容積――空間――があるのだから、我々はそれを精密に計ればいゝ。我々は微塵の狂ひも見落しはしない。簞笥が終ると、椅子にかかつた。クッションは細長い針で探つて見た。卓子は上の板を外して検めた。」

「何故だね？」

「卓子とかその類の家具はすべて上の板を外して、その脚を刳抜いてそこの空洞に品物を匿して、ふたゝび上の板を元通りに直しておく場合があるのだ。寝台の柱の底や頭も同じ方法に利用されるものだ。」

「だが、空洞ならば音を聞いただけでも解りはしないかな？」と私は訊いた。

「全く駄目だよ、若し何かを匿くす時にその品物の代りに綿でも塡めれば充分だ。それに、我々の場合は、何しろ音を立てることが禁じられてゐるのだからね。」

「併し君は、G――君の言ふところに従へば、どんな家具も物を匿す場所があるわけだが、とてもその凡ての部を尽く取り外して検めると云ふことは出来なかつたらう。手紙の一通位ならば大きな編針と形も量もあまり違はない程細い棒に巻きちゞめて、たとへば椅子の段の中へでも嵌め込むことが出来るからね。まさか君は椅子迄みんな細々にして見はしなかつたらう？」

「それはしてみなかつた、だが、我々はもつといゝ方法を択んだ——我々は邸中のすべての椅子の段やそれからすべての家具の継ぎ目を、すぐれた拡大鏡を使つて検べてみた。若しも最近侵した痕跡があつたとしたなら、我々は直ちにそれを発見することに失敗るはずはなかつたのだ。たとへば錐の屑の一粒にしても、林檎ほどに明瞭に見えただらう。膠にせよ継ぎ目の切口にせよ——容易に確めることが出来る。」

「それでは鏡も、板と硝子の間を、覗いたことだらうね、それから寝台や夜着やカーテンや絨氈も尽く吟味しただらうね。」

「言はずもがな、そして、斯んな工合に邸中の家具のあらゆる部分を終はると、さて家そのものを検査した。我々はその全面を区分して、それに見落しがないやうに番号をうつて、それから、それに隣の二軒の家も含めて、前の通りに丹念に拡大鏡を使つてしらべた。」

「隣の二軒の家？」と私は叫んだ。「これはまた恐しく骨を折つたものぢやないか。」

「だが、報酬は莫大だ。」

「家の周囲の地面も残さなかつたらうね？」

「地面はすつかり煉瓦が敷きつめてあつた。お蔭で比較的容易に済んだ。我々は煉瓦の間の苔を検べて見たが、少しも乱された痕はなかつたよ。」

「君はむろんD――の書類も、書斎の本の中まで覗いてみたね？」

「確に、我々はあらゆる荷物や包を開いた、本は残らず開いてみたばかりでなく、たゞ振るだけでは満足出来なかつたので、警察官風に一枚一枚めくつて見た。我々はまた凡ての本の表紙の厚味を最も精密にはかり、疑深く拡大鏡で検査した。若し最近にいじられたものがあつたとすれば、到底我々の眼を免れることは出来なかつた筈である。製本屋から届いたばかりの五六冊の本なぞは、針で縦に探つてみた。」

「君は絨氈の下の床も探つたらうな？」

「勿論さ。絨氈を剝いで、床板を拡大鏡で検べたよ。」

「壁紙も？」

「うん。」

「地下室も見たね？」

「見たとも。」

「それぢや。」と私は言つた。「君は見込違ひをしてゐたので手紙は屋敷中にないのだ。」

「さうかも知れん。」と総監は言つた。「ところで、デュパンの意見はどうなのかね？」

「屋敷をもう一度探がすことだ。」

「全然無駄な話さ。」とG――は答へた。手紙が邸にないと言ふことは、僕が息をしてゐることと同様に確実だよ。」

「それ以上僕には助言のしやうがない。」とデュパンは言つた。「君は無論手紙の正確な形状を知悉してゐるだらうね？」

「勿論！」――そして総監はそこで手帳を出すと、失はれた書類の中味と、わけて外見について精密な記述を読み始めた。そして、それが済むと、すぐに私が曽てこの人には見たこともないほど落胆した様子で帰つて行つた。

一月ばかりの後、彼は重ねて我々を訪ねて来た。我々は殆ど前の時と同じやうな状態にあつた。彼は煙管を持つて椅子に坐りながら、何か有りふれた雑談を始めた。

で、到頭、私は言つた――

「ところで、G――、あの窃まれた手紙はどうなつた？　あの大臣をだし抜くなんて云ふことは到底出来ぬと諦めたらしいな？」

「大きに、御尤だ。併し、デュパンの忠告通りもう一度検査してみたのだが――果して、無駄骨を折つたばかりだつた。」

「褒美の額は幾らだと言つたかな？」とデュパンが訊いた。

「それあ、とても大したものさ――おそろしく豪勢なものだ――幾らとは、どうも言ひ兼ねるがね、併しともあれ、誰でもあの手紙を僕に呉れる人があつたら、僕はその人に対して五万フランの小切手を書くことだけは明言してもいゝよ。実のところが、日に日に重大になつて来るので、賞金は最近倍額にされたのだ。だが、縦ひ三倍に増やされたところで、僕にはこれ以上手の下しやうもないのだ。」

「ふむ、成る程。」とデュパンは海泡石の煙管を吹かしながら、ゆつくりと言つた。「僕はどうも――思ふに、G――、君はこの事件に対して――充分に努力してゐないらしい。もう少し――やつて然るべきだと、思ふね、ええ？」

「どう？　――どんな風に？」

「それは――パフ、パフ――君は先づ――パフ、パフ――この事件について助言を仰ぐんだね。え？　――パフ、パフ、パフ。君はアバアニシイ（一七六四―一八三一、英国の奇人外科医。――訳者）の話を憶えてゐるかね？」

「アバアニシイもへちまもない！」

「御尤だがね。が、或る時一人の金持の吝嗇家がアバアニシイに病気について質ねるのに、一つのさもしい計画を思ひついた。そこで、彼は何気ない普通の話をしながら、仮想の人物にかこつけて病体を仄めかしたのだ。

『多分この男の容体は』と吝嗇家は言つた。『斯々、斯の如きものだと思ふのですが、そこで、さて先生はその男にどうしたらよいと仰有いますか。』」

「『勿論！』とアバアニシイは言つた。『医者に質ねよ、と言ひますな。』」

「併し」と総監は些か不安になつて答へた。「僕は勿論大いに喜んで助言を受けるし、また謝礼も出すよ。僕は必ず僕を助けてくれた人に五万フラン与へるつもりだ。」

「それなら。」とデュパンは答へて、抽斗を開けると、小切手帳をとり出した。「それだけの額の小切手を僕のために書いてもよからう。君が署名をしたら、僕はその手紙を君に渡さう。」

私は仰天した。総監はそれこそ雷に打たれたやうな有様だつた。数分間、彼は言葉もなく、身動きもしないで、口を開け、飛び出すばかりの眼で友を疑ひぶかく瞶めてゐたが、やがていくらか我に返つたらしく、ペンを摑むと、幾度か息をやすめて茫然としたすゑに、やうやく五万フランの小切手をつくり署名して、卓子越しにデュパンへ渡した。デュパンは丁寧にそれをあらためてから紙入れにしまつて、それから書物机の錠をはづして一通の手紙を取り出すとそれを総監にあたへた。すると狂喜した役人は、その手紙をひき摑んで、慄へる手で開いて中を一瞥したが、さて蹣跚きながら戸にたどりつくと、先刻デュパンに小切手を書けと言はれてから一言も口を利かぬま、、やにはに戸外へ走り去つた。

彼が行つてしまふとデュパンは説明を始めた。

「巴里の警察は。」と彼は言つた。「あれで却々達者なんだがね。辛抱強くて、巧妙で、狡くて、主として必要な職務上の知識は充分にのみ込んでゐる。それで、G――がD――の邸を捜索した方法を詳しく聞してくれた時には、僕は彼の検分が実に申分なく行き届いてゐるものと殆ど信ずることが出来た——尠くとも彼が力を尽した範囲に於ては。」

「彼の力を尽した範囲で？」と私が言つた。

「左様。」とデュパンは言つた。「彼等の手段はさうした種類の中で最上なるのみならず、しかも非常に完全に遂行されてゐる。若しもあの手紙が、彼等の探した圏内にあつたとしたなら、彼等は必ず見つけ出してしまつたに違ひない。」

　私はただ笑つたばかりだつたが、彼は全く真面目に見えた。

「で、方法はその類のものとしては最上、且つ申し分なく遂行されたわけだが、彼等の欠点と言ふのは、その事件並びにその人間を見る力がなかつたことに他ならないのだ。総監はプロクルステスの寝床（プロクルステスは雅典の不思議な盗賊で、その俘囚たちを或る定められた寝台に寝かして、若し彼等が長すぎた場合には四肢を切り取り、短か過ぎた場合にはその長さまで引き伸ばしたと伝へらる。——訳者）に自分の計画を当がふことが何よりだ。彼の致命的な過失は物事を、あまりに深か過ぎて、若しくはあまり又浅過ぎて、考へることで、小学校の子供だつて彼よりましなものがある。僕は八歳ばかりになる子の『偶数奇数』を言ひ当てる遊戯が非常に上手なので名高い小学生を知つてゐた。石弾でやる簡単な遊戯だ。一人がその玩具を幾つか手の中に持つて、そして相手にそれが奇数か偶数か質ねる。もしうまく言ひ当てられたら一つ遣り、間違つてゐたら一つ取るのだ。僕の言ふその子は学校中の石弾をみんな取つてしまつた。勿論この子供は言ひ当てるのに一つの秘訣を知つてゐるので、つまりそれは相手の賢さを観察し測ることに他ならないのだね。たとへば相手があまり利口でない子供で、握つた手を出して『偶数か奇数か?』と聞く。この子は『奇数』と答へて負けたとするが、併し二度目には勝つと言ふのは彼は斯う考へる『この馬鹿は第一回に偶数を持つてゐたが、奴の智慧ではせい〴〵第二回に奇数に更へる位のものだらうから、奇数と言つてやれ。』彼はそこで奇数と言つて勝つ。さて、もう少し相手が気の利いた子供である時には彼は斯う推理する『此奴は初め奇数と言はれたので、今度は偶数から奇数に持ち更へようと鳥渡思ふだらうが、併し直ぐさまそれではあんまり変化がなさ過ぎることに気がついて、矢張り前通り偶数を持つことにするだらうから、偶数と言つてやれ。』彼は偶数と言つて勝つ。この子はこの推理法を『まぐれ当り』と言つてゐるが、併し結局これは分析してみれば、何だらうな?」

「それは要するに。」と私は言つた。「推理者の智力と、相手のそれとの一致だ。」

「さうだ。」とデュパンは言つた。「そして、彼の成功の秘訣であるこの一致を如何にして得たかと、この子に聞いてみたところが、次の如く答へた。『若し僕が、誰でもその人が利口か、馬鹿か、また良い人か、悪い人か知りたいと思ふ時には、僕は出来るだけその人と同じ顔つきをしてみて、そして自分の胸や頭にその顔つきがふさはしいどんな考や気持が浮かんで来るか待つのです。』この小学生の答こそ、まさしく、かのロシフコオやラ・ブリュエルやマキアベルリやさてはカムパネルロなぞに依る一見深遠該博らしきあらゆる推理法の根柢をなすものなのだ。」

「そしてその推理者の智力と相手のそれとの一致は。」と僕は言つた。「若し僕の考へ違ひでなければ、相手の智力を測ることの精確さに左右されるのではあるまいか。」

「事実は全くさうだ。」デュパンは答へた。「そして総監連中が失敗を繰返すのは、第一にこの一致を欠くため、第二に測り方の悪いため、或はむしろ測るべきものを測らなかつたためである。彼等はひたすらに彼等自身の巧妙さの程度から考へて、何か隠されたものを探すのにも、自分たちがそれを隠す場合にとるであらうやうな方法ばかりを思ひ浮べるのだ。事実彼等自身の巧妙さが衆愚の忠実なる代表者であることは往々にして正しいが、しかし奸智にかけて彼等と程度を異にする悪党があつたとすれば、彼等は必ず裏をかゝれなければならない。相手が彼等以上の者であつても、また以下の者であつても、等しく失敗する。彼等は決して捜索方針を変化させることはしないで、せい〲何か緊急な事情に迫られて、莫大な賞金に依つて、彼等はその方針そのものには触れずに、ただ有り来たりの実行方法を拡大し大袈裟にするに過ぎない。たとへば、このD——の場合にしても、如何な風に実行の方針を変へたであらうか？　孔を穿けたり、針で探つたり、音をためしたり、拡大鏡で検べたり、或はまた建物の面を一吋四方に区劃してみたり——総監が久しい職務の間に慣れきつてしまつた人間の智力に関する一定の意見に基く捜査の方針を大掛りに適用した以上に如何なるものがあるであらうか？　総監は誰でも手紙を隠す時には、縦ひ椅子の脚に錐で穿けた孔でなくても、兎に角そんな場所へ隠したがるのと同じ気持から思ひついた、奇妙な穴や隅つこを択ぶものと決めてかゝつてゐるのだね。だが、そんな苦心して探し求めるやうに隅に匿すのはただ極くありふれた場合で、そして又ありふれた智力に依つて択ばれるのだ。何故と言ふのに、如何なる場合でもそんな方法は真つ先に考へつかれることで、それを発見するのにも、すぐれた智力に依るのではなくして、全く捜索者の注意と忍耐力と決断とに依るばかりだ。――要するに僕の言ひたいのは、窃まれた手紙が総監の検査した範囲内に、――言ひ更れば、それを隠くす方針が総監の方針の中に包含されてゐたならば――その発見は問題ではなかつたと言ふことである。しかし、この役人は全く瞞着されてゐたので、それに彼の失敗の遠因は、大臣が詩人として知られてゐる故を以て馬鹿だと推測してしまつたことにあるのだ。すべての馬鹿は詩人なり、と総監は感じた。しかも彼は媒辞不拡充を知らなかつたばかりに、すべての詩人は馬鹿なりと結論してしまつたのだよ。」

「だが、詩人と言ふのは本当かね？」と私は質ねた。「なんでも二人兄弟があつて、二人とも文筆に声名を得てゐるとは聞いたがね。大臣はたしか、微分に深いはずだよ。彼は数学者で、詩人ではないだらう。」

「それは違ふ、僕は彼を知つてゐるが、彼は両方なのだ。詩人にして且つ数学者なのだから彼の推理はすぐれてゐる。単なる数学者だつたのなら推理は不能だつたらう、そしてお蔭で総監は助つたに違ひない。」

「これはどうも驚いたね。」と私は言つた。「天下の奇説と言ふべきだよ。昔から数学の推理こそ、最上の推理と考へられてゐたではないか。」

「すべての有りふれたる観念。」とデュパンはシアムオルの句を引用して答へた。「すべての因襲は、尽く愚しきものと思へば間違ひは少し、何となれば其は衆人を喜ばせたればなり、さ。——で、若し大臣が一個の数学者に過ぎなかつたなら、総監は僕にこの小切手を書く必要は更になかつたことだらう。僕は、しかし、彼が数学者であり且つ詩人でもあることを知つてゐたので、僕の方法は、彼の周囲の状態も考慮して、彼の能力を測る事であつた。僕はまた彼が廷臣であり、大胆な権謀家であることをも知つてゐた。斯の如き男が、普通の警察の遣り口を気づかなかつたとは思へない。彼は待ち伏せされることを予期したに違ひない——今やすべての事情から、彼がそれを予期してゐたことは明瞭になつてゐる。彼はまた、案ずるに、己の邸の秘密捜査も見越してゐたに違ひない。彼が屢々家を明けたことは、総監はお蔭で大いに助かつたと悦んでゐたが、実は僕の考へではそれは、G——の確信（事実到着したところの）——邸に手紙がないと云ふ確信に、より早く到着させるための奸計だつたのだ。それからまた、僕が今君に詳しく語つたやうな考へ、警察の一律な捜査方針に対する考へも必然的に彼の頭に浮んだことだらうと思ふ。そこで、彼は嫌が応でも、すべての有りふれた隠し場所は軽蔑しなければならなかつたらう。彼はまた、彼の邸の内部の最も込み入つた辺鄙な部分と雖も、警察の錐や探針や拡大鏡にとつては、極く普通の戸棚と等しく明け放された場所であることが解らないほど間抜けでもあるまいと僕は考へた。つまり、僕には、彼が慎重に考へて択ぶまでもなく当然の理として、単純へ赴かなければならないことがわかつた。最初に総監が訪ねて来たとき、彼を苦めるこの不思議は全く、そのもの、明白の理に依るのではないかと言つた時、彼がどんなに笑ひ痴けたかを君は憶えてゐるだらう。」

「さう。」と私は言つた。「彼の馬鹿笑ひをよく憶えてゐる。僕は彼が痙攣てしまふのではないかと思つたくらゐだ。」

「物質界は。」とデュパンは続けた。「非物質と極めて重要な類似を持つてゐるものである。たとへば惰力の法則の如きも形而下に於ても形而上に於ても一致するらしい。前者に於ては大きな物体を動すのはより小さな物体を動すよりも困難であり、またそれに伴ふ動量の率はこの困難に比例するが後者に於ても全く同様に、偉大な智力はより劣等なものよりも運動に於て一層力強く不変であるが、運動を開始することはむしろ遅く、最初の踏み出しに於て甚だ迷ひ躊躇するものである。ところで、君は町のどの店の看板が最も人目を惹くか気をつけて見たことがあるかね？」

「一向にそんなことは考へたことはないがね。」と私は言つた。

「地図でやる斯う云ふ考へ物の遊戯がある。」とデュパンは続けた。「一方が相手に、言葉を見つけさせるのだ――町とか、河とか、州とか、帝国とか――何でも、地図の錯雑した表面にある地を言ふのだ。この遊戯の初心者は大概相手を迷はすために最も細い字で書かれた名前を言ふものだが、熟達した者は地図の端から端へ延びてゐるやうな大きな文字を択ぶ。これは恰度、街のあまりに大きな看板と同じやうに、極端に明瞭すぎるために却つて見落されるものであるが、この道理は精神界に於ても同様で、人間の智力はあまりに明瞭すぎる明白に禍されて屢々それを見逃すことがある。併しこの点はどうやら総監の理解では測り得ぬものらしい。彼は、総監が他人の眼を逃れるためにこの世の中で最も適当なる場所として、直ぐ鼻の下にその手紙を置かうなぞとは一度だつて想つてもみなかつたのだ。

「だが、D――の大胆で、思ひ切つた、しかも抜け目のない綿密さを考へ、即座に役立たせるために書類は常に手元になければならない事実を考へ、また総監の失敗を考へれば考へる程、――僕は愈々大臣がその手紙を全然匿さうとしない周到な且つ怜悧な手段をとつたものに違ひないと言ふ結論に達したわけだ。

「で、斯うして結論の末、僕は緑色の眼鏡をかけて、或る晴れた朝全く突然に、大臣の邸を訪れた。

「D――は何時もの如く、欠伸をしたり、のらくらしたりしてゐて、如何にも退屈で堪らないと云ふやうな風をしてゐた。彼は恐らく実際は精力絶倫の男なのだらうが、――併し、それは誰も見てゐない時に限るのだ。

「僕も彼に張り合つて、自分の弱い眼のことを溢し、眼鏡の必要なことを歎きながら、その蔽ひの下から、ひたすら主人と談話してゐるやうに見せかけて、注意深く部屋の中を観察した。

「僕は彼の傍にある書物机に特別の注意を払つた。その上には様々な手紙やら書類やらが薬や書物なぞと一緒くたに乱雑に置かれてあつた。併し、長いことかゝつて、非常に仔細に吟味したにも拘らず格別疑はしいものはなかつた。

「到頭、室内を見廻してゐる中に、僕の眼は炉柵の真下の小さな真鍮の引き手に暗青色のリボンで吊してあるつまらない厚紙細工の状差にとまつた。それには三つか四つの仕切りがあつて、名刺が五六枚と手紙がたつた一通入つてゐた。この手紙はひどく汚れて皺だらけになつてゐた。そして真中から殆ど二つに引き裂かれて——恰も、極く下らないもののやうに破られかけたのを、また思ひ返されたかのやうな工合であつた。そして大きな黒い口——と言ふ印が恐しく判然と押されてゐて、小さな女文字でD——即ち大臣自身の宛名が記されてあつた。そして、しかも極めて無頓着らしく一番上の仕切りに突込まれてあつた。

「これを一見するや僕は直ちに、これこそ自分の探しもとめる手紙だと決めてしまつた。たしかにそれは、総監が詳細に読んで聞せてくれた外観とは似もつかないものであつた。

これには――の組み合せ文字が真黒く大きく押されてあるが、あれにはS――公爵家の紋章が赤く小さくついてゐるはずだつた。また、これにはD――の宛名が小ひさな女文字で認められてあるのだが、あれの表書は宮中の高位の方へ宛て、明瞭に書かれてあつた筈だ。たゞ符合するのは大きさだけである。しかし、これらの相違の極端さは、紙がよごれて破かれてゐることなぞは、D――のまともの性癖とはなはだ相容れないものだし、また見る人の目に如何にも取るに足らないものと映りさうにしてあること、及びすべての訪問客にまる見えになるやうな大袈裟な出しや張りが、僕のすでに到着した結論にすつかり適合してゐたのだ。つまり、これらの点は疑ふ意思を以て来たものにははなはだしく疑を強める点なのである。

「僕は出来るだけこの訪問を長引かせて、そして、大臣がいたく興味を感じるに違ひない話題について熱心に論じながら、その実はその手紙へ注意を集中し続けた。かうして検べてゐる間に、僕はその外観及び状差しの中の配列などを記憶に刻み込み、そして、また遂にその手紙が僕の想像を少しも外れてゐないものであることを確めた。紙の縁を検べてゐると、必要以上の擦り痕が目についたのだ。それは厚紙を一度折つてその時ついた痕が、再び反対側に折り返されてから現れたものに他ならなかつた。この発見で充分である。この手紙は手袋の如くに裏返しをして、さて再び封印をしたものである。僕は大臣に暇を告げると、卓子の上に黄金の嗅煙草の函を残して、直ちに帰つて来た。

「翌朝、僕はこの嗅煙草の函にかこつけて、重ねて訪れると、我々は再び昨日の会議を殊(こと)の外(ほか)熱心に続けた。すると、突然邸の窓の直(す)ぐ下の辺(あたり)で凄(すさま)じいピストルの響らしいものが聞え、続いてけたゝましい叫び声と、驚かされた群衆の喚声(かんせい)が起こつた。D——は窓際に駈け寄つて、それを開いて戸外(おもて)を眺めた。その間に僕は状差しのところに歩み寄ると、手紙を取つてポケットに収め、その代りに予(あらかじ)め宿で丹念に用意して来た模写（外観だけの）を置いたのだ——僕は——の組合せ文字を麺麭(パン)の判(はん)で見事に真似ることが出来た。

「通りの騒ぎは、小銃を持つた男の狂気の行為で、偶然にやつたものだつた。彼はそれを女や子供の群れの中で発砲した。併(しか)し、弾丸(たま)が入つてゐなかつたので、狂人か酔漢(すいかん)かとして放免された。僕は間もなく大臣に別れを告げて去つた。偽(にせ)狂人は僕が雇つたものに他ならないのさ。」

「だが、また何と思つて君は。」と僕は質(たず)ねた。

「その手紙の代りに模写なぞを置いて来たんだい？」

「D——は恐しく無謀な、しかも大胆な男だ。それに邸内には彼の為を思ふ従者たちも居ないわけではない。若(も)し君が言ふやうな乱暴な真似を敢(あ)へてしたとすれば、僕は到底生きて邸(やしき)を出ることは出来なかつたらう。巴里(パリー)の良き市民たちは再び僕の名を聞かなくなつたことだらう。だが、僕はこの他に未(ま)だ一つの目的があつたのだ。御承知の僕の政治的贔屓(ひいき)目(め)だが、この事件では僕はその貴婦人の味方になりたい。十八ケ月もの間、大臣は彼女をその手中に抱き込んでゐた。今度は彼女の番だ――彼は手紙を失つたことに気がつかない限り、今迄の如くに振舞ひ続けるだらう。さうして、忽ち政治的破滅を来すに違ひない。しかも彼の失脚はこの上もなく不恰好なものに違ひない。僕は彼の失墜に対して、何等の同情をも――尠くとも憐憫などは、感じ得ない。彼は恐しい怪物だ。併し、実を言ふと、彼が総監の所謂「さる貴人」に裏を掻かれた果に、さて状差しの中に僕の遺して来た手紙を開けてみるに及んで、はたして如何な風に考へるか、その胸の中を僕は詳かに知りたいのだよ。」

「何故？　君はその中に何か入れて置いたのか？」

「なあに――白紙を入れて置くのも妥当ではなささうだつたのだ――無礼になるからね。D――は曽て維納で僕を酷い目に会せたことがあつたのだが、その時僕は全く上機嫌で、憶えてゐろ、と言つた。そこで、彼は自分に一杯喰はせた男を思ひ当るのに好奇心を感ずるのに違ひあるまいから、僕は手掛りを彼に与へないのは気の毒だと考へたのだ。彼は僕の手蹟を知つてゐるし、僕はたゞ白い紙の真中に次の句を写しておいた――

　　こんな不吉な趣向は、アトレでなければ、テイエストにふさはしい。

「これはクレビヨンの『アトレ』の中の文句だ。」

（アトレとテイエストは兄弟だが、テイエストがアトレの妻を奪ったので、アトレはその復讐にテイエストの二人の息子を殺してその肉を彼に饗応した——訳者）

メヱルストロウム

神の御業（みわざ）は「摂理」の世界に在りてはもとより、「自然」に於てもまた、吾等（われら）人間の工（たくみ）と異る。神の御業は、その余りに広大無辺にして探るを許さざる吾等人間の之に擬（なぞら）へて作り得（う）べくもあらず。洵（まこと）、神の御業は「デモクリタスの井戸」よりも弥（いや）深し。

ジョゼフ・グランビル

私達は漸（やうや）く、空に懸（かか）るその断崖（きりぎし）の上に迹（たど）り着いた。老人は始め暫（しばらく）の間、黙つてゐた。彼は余りに疲れてゐるやうに見えた。然（しか）しややあつて彼は口を開いた。

「これが三四年前なら、私は、自分の末つ子と同じ位（くらい）の元気で貴方（あなた）を此処（ここ）に御案内する事が出来たでせう。だが今から約三年ほど前に、凡（およ）そ人間には到底起（おこ）るべきでない事——いやよし起（おこ）つたとしても生き残つてその話を語ると云ふやうな事の全く有り得（え）ない——そのやうな事件がこの私の身に起つて来たのです。その時私が経験した死にも増る恐怖の六時間の為に私の軀も、精神もすつかり壊れてしまひました。あなたは私を大変年寄と思ふでせうが、実際は、さうではないのです。漆黒の髪を白髪にし、手足を曲げ、神経を狂はせるのに、ものの一日とかかりませんでした。私は一寸した事にもすぐ昂奮して五体が慄へます。僅かな物の影にも怖えます。たかゞこれしきの崖縁でも下を見ますとすぐと目が眩む始末です。」

　そのたかゞ『これしきの崖』の上に彼があまり無造作に腰を下したので軀の重味で前のめりになるところだつたが、その突端の、滑こい崖縁に両肘を張つて辛うじて辷り落ちずにすんだ――この小さな崖は全く何の障ぎる物もない黒光りする巌であつて、吾らの足許にある累々たる岩原から、約千五百乃至千六百呎程の高さに聳え立つてゐた。如何なる誘惑も私をその崖縁から五六碼の所まで引張りこむのは難しい。実際、私の道連の危なつかしい状態に私はすつかり圧倒れて了つてゐた。私は身近かに生えてゐる灌木をしつかり握つてぴつたり腹這ひになつた儘空さへ見る気がしなかつた。風が荒れるとこの山そのものが根こそぎにゆすぶられやしないかと言ふ考を、振り切る為に私は空しく闘つた。坐り直して、遠くを見るだけの勇気を得るまでに落着くのは容易ではなかつた。

「たわいもない考は追払ふんです。私が貴方を此処に御案内申したのは外でもない。私のこれから申上げる事件の場面が、そつくりその儘手に取るやうに此処から見えるからです。現場をまのあたりに眺めながら御話がしたいとかう思つたからです。」

「私達は今。」と案内者はその持前らしい念入な仕方で更に続けた。

「私達は今諾威の海岸に近いところ、北緯六十八度の地点、広大なノルドランド州の一部、ロホテン群島の荒れ果てた地域にゐるわけです。吾々が今頂上に坐つてゐるところのこの山をヘルセゲン――『雲の峰』と言ひます。もうちつと軀を伸して、目が眩むやうなら草に摑つて、さうです。さうやつて御覧なさい。下の海を、霧の帯の向うを覗き込むのです。」

私は眩みさうになりながらも見た。海洋の尨大な拡りがあつた。海の水はインキそのままの色で私をしてすぐにヌビアの地理学者の『暗黒の海』に就いての記事を想起せしめた。これ以上に傷ましい暗澹たる展望を人は想像し得ない。目路の続く限り右にも左にも、まるで此の世の城塁であるかのやうに、憎々しげに黒い、峨々たる断崖が列を作して続いてゐるのであつた。この断崖の陰鬱な感じは、それに激して高く飛沫を揚げながら永久に咆哮と悲叫を続ける、純白な、幽霊めいた波頭に依つて一層深刻にされてゐた。吾々の坐つてゐる岬角の真向うに、六、七哩沖の方にあたつて小さな荒涼たる姿をしてゐる島が見られた。いや、もつと適切に言へば、その位置は澎湃たる荒浪に包まれ僅かにそれと見別けられるに過ぎなかつた。そこから二哩許りこちらに近づいて、更にもつと小さな島がもう一つ見えた。それは無気味なまでに巌角だらけの不毛な島で、更に様々な距離に於てぐるりを暗灰い一群の岩礁で取り巻かれてゐた。

海の様子は、陸地とこの遠い島とに挟まれた区域に入ると非常に変つて見えた。もつとも、この時、強烈な疾風が陸に向つて吹いてゐて、沖合の帆船は斜帆だけに縮めてもなほ船体全部がひよい〳〵と始終波間に呑まれてゐた。然し、規則正しい濤の紆があるかと言へば決してさうでは無かつた。たゞ切れ切れの、喰ひ違つて狂奔する流水の衝撃が風向きとは無関係に到る所に起つてゐるのであつた。而も水泡らしいものは岩礁のある附近以外には殆んど見えなかつた。

「向うの遠い島は」と老人は再び言葉の穂をついだ。「ありや諾威人がヴァルと呼んでゐるところのものです。真中にあるのがモスケヱです。北方一哩の所にアムバアレンがあります。向ふにはイスレーゼン、ホトホルム、カアイルドヘルム、シュアルベン、ブックホルム等があります。更に遠く、モスケヱとヴァルの間に、オッタアホルム、フィルメン、ストックホルム、があると言ふ訳、此等はみんなどれもこれも真実の地名ですが、何故こんな名前を附けるのが必要であるのかは私やあなたの理解できない所です。さて何か聞えますか、水流の変化がわかりますか。」

　吾等は、ヘルセゲンにロホテン島の内側から登つて来たのであつて、頂上に達するまでは海の片影すら見えなかつたが、頂に辿りつくと海の眺望がいきなり展開して来た。吾らはかうして十分間ほど坐つてゐたが老人に訊かれた時、私はまるでアメリカの牧場の牛の夥しい群が咆哮するやうな、漸層的に高まつて行く響を耳にしたのである。同時に、此処の海特有の、水夫たちの所謂『逆流』が忽ち潮流となつて東の方へ進み始めるのに気がついた。それは見る見る中に凄じい速さを加へて今にも前のめりに崩れるかと思はれるほど性急に突進するのであつた。五分間の内にヴァルの辺まで全海一面どうすることも出来ない怒りに沸騰するに到つた。然し最も中心的に猛り立つてゐるのはモスケヱと海岸との間である。此処では茫漠たる水の寝所が今や裂かれ、刻まれ、抉られ、無数の相剋する水流と変じて猛り哭き、犇めき、遂には巨大な、数知れぬ渦巻となつて、直下する急湍以外何処にも見られぬ速さで東方へまつしぐらに旋転して行くのであつた。

更に数分経過すると、またもや全景が根本的に変つた、海面全体がいくらか凪ぎはじめた。渦巻が一つ〳〵消えて行つた。然し、今まで全く見たこともない巨大な泡の斑紋があらはれ始めその斑紋が遠く遠く拡がつて互に相結び、一旦静まつた渦巻の旋回的運動を再び引継で、更に一層大きなものを生み出さうとするやうに見えた。突然、――実に突然――これは全く明瞭な決定的な形を示すに至つた。それは直径一哩以上の一個の円であつた。この渦巻の周辺は煌く水煙の幅広な帯に依つて描き出されてあつた。然しこの帯は何の部分も全くこの恐しい漏斗形の口の内側までは辷り込んでゐなかつた。その内側は、目の計り得るかぎりでは、滑々した、光沢のある、黒玉のやうな真黒な水の壁であつて約四十四度の傾斜をなして、熱気を発する恐しい速さで目眩しく廻転してゐた。為に風を生じて、悲叫とも怒号ともつかぬ、凄まじい唸が聞えてゐた。ナイヤガラの大瀑布といへど、これほどの苦悶の呻を天空に向つて揚げはしないであらう。

　全山は根こそぎに揺ぶられた。巌は巌と共に激しあつた。私はうつぶせになつたまま神経がすつかり惑乱して地面の乏しい草に懸命にしがみついてゐた。

「これが例のメヱルストロウムの大渦巻なんだ。さうでせう？」私はやつと老人に訊いて見た。

「ええ。ある場合には、さうも言ひます。吾々諾威人は、しかしあの真中にあるモスケヱ島から取つてモスケヱストロウムと言ひますよ。」と老人は答へた。

　一般に流布してゐるこの大渦巻に関する記事は私がいま眼の辺り見るところのものに取つては何の参考にもならなかつた。ヂョナス・ラムスの記事は、群書中おそらく最も丁寧なものであらうけれど、この情景の荘厳や、恐怖や見る者の度胆を抜く奇観の無気味な、惑乱する感じに就いてはほんの微な概念すら示すことが出来ないのである。ラムスがどう言ふ位置から、また如何なる時に、これを観測したのか私は判断に苦しむのであるが、とにかく彼が見たのはこのヘルセゲンの頂からでもなく、また渦乱の起つている最中でもないことは確である。しかしその詳細な部分を知るために数章此処に引用しておかう。勿論その描く所は現状の印象を伝へるべく極めて薄弱なものであるが。

「ロホテンとモスケヱ両島間ニ於ケル水深ハ三十六尋乃至四十尋ナリ。サレドヴァル島ニ近ヅクニ従ツテ水深著シク減ジ最モ静穏ノ日ト雖モ坐礁ノ危険アリテ船舶ノ航行容易ナラズ。満潮ニ際シテハロホテン、モスケヱ間ニ水流一時ニ奔溢シ来ル、マタ退潮時ノ天地ドヨメク波濤ノ叫号ニ到リテハ豪壮誇ルベキ急湍飛瀑ノ鳴動モ言フニ足ラザルベシ。ソノ殷々タル咆哮ハ十数哩ヲ距テ、ナホ聞クヲ得ベク渦淵ノ深クシテ広キコト、一舟ノソノ引力圏内ニ来ルトキハソノママズルズルト吸引サレ海底ニ運ビ去ラルルヲ常トス。而シテ海底ノ岩礁ニ衝撃シテ千々ニ引裂カレシソノ姿ハ流水ノ一時和グトキ再ビ海面ニ浮ビ上ゲラルルニヨリテコレヲ知ルベシ。カク流水ノ平静ニ帰スル時間ハ干満ノ交代時ニ於テ僅ニコレヲミルノミ。而天候順良ノ日ニカギリ、コノ平静状態ハ僅ニ十五分ヲ持続スルニスギズ。カクテ再ビソノ狂奔ニ帰スルナリ。潮流最モ激昂シ、更ニ天候険悪ニシテ一層猛威ヲ振フ時ハ（諾威風ノ里程ニシテ）一浬内ニ入ルヲ危険トス。一浬内ニ来ラザル中ニ早クコレニ対応スルトコロナキ時ハ小船快走艇ハ無論、汽船ト雖、次第ニ吸引サルルニ到ルベシ。鯨魚ノ類コノ潮流ニ触レソノ狂激ナル水勢ニ圧倒サルルコト尠カラズ。彼等ノ逃レントシテ得ザルトキノ叫喚、怒号ハ洵ニ筆舌ノツクスベキニアラズ。嘗ツテ一匹ノ熊、ロホテンヨリモスケヱニ泳ギ渡ラントシテ偶々コノ潮流ニ囚ハレ押流サレユクソノ咆哮ハ遠ク陸地ニ聞エ来タリテ聞クモノノ心胆ヲ寒カラシメタリ。

樅、松等ノ大樹、潮流ニ捲キ込マレシ後、挫ケ千切レテ漂流シ来タルコトアリ、此等ハソノ樹肌一面ニ刺毛ノ密生シ居ルガ如ク見ユルマデ散々ニ苛ナマレ来レルモノナリ。カクノ如キハ総テ渦巻ノ底ガ峨々タル岩礁ヨリナルコトヲ明示スルモノト言フベシ。

コノ潮流ハ六時間毎ニ交代スル海水ノ干満ニヨリテ規則的ニ支配サルルモノナリ。紀元一六四五年大斎前第二主日ノ朝未明ニ、潮流ノ狂瀾怒号殊ニ激シク海辺ノ人家ノ瓦石為ニ崩落スルニ到レリ。」

私は渦巻を作つてゐるその区域に就いて、直接の深さを確知する方法を全く知らないのである。「四十尋」と称するのは、モスケヱ或はロホテンの陸地に近い部分にのみあて嵌るのであらう。このモスケヱストロウムの中心部に到つては洵に量り知るべからざる深さを有するに違ひない。ヘルセゲンの最も高い懸崖からこの渦巻の深淵を斜に覗き込んだだけでこの事実を十分に知り得るのである。この尖端から見る時は、最大級の戦艦ですらこの渦巻の死力的な吸引力の影響範囲内に這入るや否や狂風の中の羽毛のやうに全く無力になつて忽ち波間に没して仕舞と云ふ事実を自然に首肯しなければならなくなるのである。

渦巻の現象を説明せんとする諸種の企——読んでゐる時は尤もらしく思はれるものもあるにはあるが——は今や全く見当外れの不満足な点を持つてゐる事がわかつた。一般に信じられてゐる考はかうである。——此処の渦巻もかのフヱロ諸島中のより小さな渦巻と同様に「満潮、並ニ干潮時ニ於テ暗礁岩層等ノ隆起部ニ対スル波濤ノ衝突ガソノ原因ニ外ナラヌノデアル、コノ隆起部ガ水勢ヲ阻止スル為ニ遂ニハ溢レテ飛瀑トナツテ奔逸スルノデアル。カクテ満潮ノ上昇ガ高ケレバ高イホド干潮ノ下降モソレダケ深イモノトナル。

コレラノ原因ニ依ツテ必然的ニ渦巻ガ生ズルニ到ルノデアル。カクノ如キ渦流ノ吸引力ノ絶大ナルコトハ、小サナ渦巻ニツイテ実験シテミテモ充分ニ判ルコトデアル。」以上は大英百科全書から引用して見たのである。キルヒヤー其他はメヱルストロウムの潮流の中央には地球を貫通する深い穴が開いてゐてその一端は非常に遠く、例へばバルト海の北方ボスニア湾辺の——海底に出てゐるのではないかと考へてゐる。この議論は其自身として根拠ないものであるが、私もそれを見た時は或は然うではないかと想せられたところの議論であつた。そこで私は案内者にさう言ふ考を話して見たのであるが、その種の考は諾威人の殆ど総てが抱いてゐるけれど、併し彼の自説は全く異つてゐると聞いて私は一層驚いた。前述のやうな考を彼は全く理解しかねると告白した。何故ならば紙上に於て如何にかゝる考が決定的であるにしても、現実にメヱルストロウムの慟哭の唯中に在る時に、全くそれらの議論は理解し難い、むしろ荒唐無稽なものと変つてしまふからである。——私も此の点彼に承服したのである。

「これであなたもあの渦巻をすつかり見ることが出来たから、さあこれからこの断崖を廻つて風下に出ませう。其処で私はあなたにお話をしてあげますが、その話を聞くとなるほどメヱルストロウムに就いてならこの私が多少知つてゐてもいい筈だとお思ひになるでせう。」

私は彼が言ふままにした。で、彼は語り始めた。

「昔私と私の二人の兄弟とで約七十噸積のスクーナー型の漁船を一艘持つてゐました。それを出してはよくモスケヱの向ふ、ヴァルに寄つた島々の間で漁をしてゐました。少々大胆にやつてのける気さへあれば激い浪が小渦を巻いてゐる辺を狙ふと必ず良い漁が出来るのです。然しロホテン全島の漁師中この辺に出て魚を取るのを毎日の仕事にしてゐるのはこの私等三人だけでした。漁区は広くて遠く南の方まで延てゐました。かう言ふ取置きの場所は岩だけの間にありますが、魚は素晴しく種類が多く、量が比較にならぬ程豊富でした。だから私たちは外の気の小さい連中が、一週間かゝつても取り蓄められないだけのものを、ほんの一日で取つて仕舞ふことは始終でした。実際私達はこれを命がけの運否天賦の仕事にしてゐました。骨折りの代りに、命を資本の代りに勇気を賭してやつてゐました。

「私たちは舟を此処から五哩ばかり上へ行つた海岸の入江に繋いで置きました。さうして晴れた日には、いつもモスケヱストロウムの主流を例の十五分の滞潮を利用してその渦巻の中心を避けつつ乗切つてゆき、それからオッタアホルムかサンドフレゼン辺まで行つて――そのあたりが他の場所ほど小渦が激くないので、錨を下すことにしてありました。私たちは其処に次の滞潮が再びやつて来るまで止つてゐます。その滞潮を見計らつて家路につくと云ふ風にしてゐました。私たちは行くにしても帰るにしても、確実な横風がないと見た時には決して舟を出しませんでした。――私たちが確信した時は帰りつくまで殆ど大丈夫でした。――私たちのこの点に就いての観測は滅多に失敗るやうなことはなかつたのです。ただ六年間に二回、歎息ほどの風もない為に、海の上で夜明したことがありました。そんな事はこの界隈の海ぢや全く珍らしいことなのです。それから一度は、私たちがいつもの漁場に着くと間もなく吹き出した強風の為に、海峡が途方もなく荒れてしまつて一週間と云ふものは飲まず食はず死ぬばかりになつて、其処に残つてゐなければなりませんでした。あの時などは、どんなに骨折つて見たところで（なにしろ渦巻く水勢でぐる〳〵廻されて錨は纏らかるし、どうにも手の出しやうがなかつたので）外海へ押流されてしまつたに相違なかつたのですが、いい塩梅に無数に入乱れてゐる逆潮の一つに乗り入れて、今日は此処明日は彼処と云ふ具合に漂流しながらも、フリイメンの風下まで運ばれて来ました。で幸ひ其処に船を着けることが出来ました。

「いや、全く、漁場で味つた難儀を、せい〴〵二十分の一程でもおしらせ出来るといいんですが、とにかく私達の漁場と来たら、どんなに好い御天気の日でも洵に無気味な場所でした。然しどうにかかうにか大した怪我もなしに、モスケヱストロウムの鼻面で、きはどい藝当をやつて退けてゐたんですが、そのストロウムの滞潮と一分でもかけ違つて遅れたとか早過ぎとか云ふ場合には、思はず胆を冷しましたよ。風が出始めの時ほど強く吹いて呉れないので思ふやうに舟足が捗らないし、一方潮流が意地悪く舟に絡んで来る――そんな時に私たちの子供がゐたら（一番上の兄貴が十八になるのを一人、私も自分の頑丈な奴を二人ももつてゐましたが）、漁場ではもとより、そんな時にはことに一生懸命になつて長櫓を押して手伝つて呉れるだらうと思ひましたよ。然し自分等だけは命賭けの仕事はしても子供たちまでその危険に引摺り込まうと言ふ気は全く持つてゐませんでした。なんのかんの言つても正直な所、その仕事は結局、危険極まるものでしたからね。

「私がこれから御話しようとする事件が起つてから今日でやつと三年になるかならないかです。それは一八――年、八月十日の事でした。その日はこの地方一円の人たちが決して忘れることのできない日です。と言ふのは、これまで空から吹いて来た強風の中で、一番凄い風が吹いた日だからであります。而も朝から午後もおそくまで、静かな確実な軟風が南西から吹いてゐて、太陽が麗かに輝いてゐたほどでしたから、漁師仲間のどんな年功者でも、これからどんな事が起るか全く見わけが付かなかつたのです。

「私達三人――私と兄弟二人――は午後二時頃、例の島々に向つて漕ぎ渡りました。私たちの舟は忽ち素晴しい魚で一杯になりました。実際この日ほど漁のあつたことはかつて知りませんでした。私の時計の、恰度七時に私たちは帰路につきました。さうしてメエルストロウムの最難所を滞潮の時――それは八時だと知つてゐました――を利用して通り抜ける寸法でした。

「私たちは右舷四十五度に新しい風を受けて極めて軽快に疾走して行きました。危険の事などは夢にも想はずに、さうしてまた危険を気遣ふ理由は、これつぱかしもなかつたんですから。

「ところが、ところがです。全く不意にヘルセゲンの峰越しに吹いて来た風に依つて、私達の舟は忽ち裏帆になつて了ひました。こんな事は全く珍しい。私たちの嘗て経験しないところでした。私たちはその理由が判りかねて一寸薄気味が悪くなりました。仕方なく帆を直して風上に間切るやうにしました。が小渦の為にどうにも舟が進まないのです。で、元来た所へ引返さうかと思つて艫の方を見ますと、水平線一杯に恐しい速さで、妙に赤銅色をした雲がみるみる拡つてゆくのでした。

「と思ふと今しがた不意に吾々の真向ふに吹き廻つた風の奴がパッタリ止んで、同時に舟足は全く停つてしまひ、ただその辺をぐるぐる漂つてゐるだけでした。だが、この状態も、なんとか対策を考へ出す余裕を与へるほど長く続きませんでした。一分と経たない中に暴風です。二分と経たない中に空一面雲が張り渡つてしまひ、それに飛沫が四辺を封じ籠めて、舟の中のお互の顔がわかりかねるほど暗くなつてしまひました。

「その時の狂風の猛烈さはとても御話になりませんでした。諾威のどんな老人の漁夫でもそんな甚いのを見たことがなかつたのです。狂風がやつて来る前に帆索を弛めて置いたのですが、最初の一吹きで手もなくまるで鋸で挽き倒したやうに吾々の帆柱は挫けて海中にけし飛んでしまひました――私の末の弟は用心深く主檣に体をくくり付けてゐたのですが、そいつも諸共にやられました。

「吾々の舟は、これまで海上にあつたものの中の一番軽いもの、いはば一筋の塵毛のやうなものでした。それでも全通しの立派な上甲板があつて、艙口が舳の近くに附いてゐました。この艙口はストロウムを乗り切らうとする時は逆波を用心していつでも閉めることにしてありました。実際かうでもしてゐなかつたならば、私たちの舟は浸水して危く沈んでしまふところでした。なにしろ暫の間全く浪を冠つてしまつたんです。私の兄貴につ いちや、一体どうしてこの難場を切り抜けたか分りませんでした。何が何やら確める機会など無かつたからです。自分はと言ふと、前檣の縮帆の帆索を突放すや否や、べつたりと甲板の上に腹這ひになつて、舳の上縁に足を突張つたなり、前檣の根つこにある環付釘をしつかりと握つてゐました。これは何もかも考へての仕事ではありません。夢中でやつたことなのです――然しこれがこの場合としては吾ながら適宜の処置でしたよ。

「かくして数分の間、私たちはすつかり水の下にゐました。私は息を耐えて、ボルトにしがみついてゐました。もはや耐へられなくなつて、半身を半ば擡げると頭だけがやつと水の上に出ることが出来ました。と、舟の奴も、恰度水から上つた犬がブルブルッと一振ひやるやうに、ひと揺れ揺れて浸水した水をある程度まで、自然に払ひ出しました。私は虚脱したやうな状態から出来るだけ早く回復して、何とかこの場の策を考へ出さうと努めました。その時、誰やら私の腕を握つたらしく思つて見ると兄貴です。私の心臓は悦びで跳ね上りました。私は彼がてつきり海に落ちたと信じてゐましたからね――然し次の瞬間その悦びが悉(ことごと)く恐怖に変りました。――と言ふのは兄貴の奴、私の耳元に口を寄せて一声悲しく喚(わめ)きました――

『モスケエストロウムだぞ‼』

「この場合、どんな気持ちがしたか誰だつて判りつこないのです。あの瘧(おこり)の一番猛烈な発(ほっ)作(さ)の時のやうに私は頭から爪先(つまさき)までガク〳〵と震へました。兄貴が此(この)一語は何を意味したのか私にはよく判りました。舟足を追うて来た風と一緒に私たちは『ストロウム』の渦の圏内に吸ひ寄せられてゐました。もうかうなると何物も私たちを救ふことが出来ないのです！」

「これまで、私たちがストロウムの潮流(ちようりゆう)を乗り越えてゆく時はどんなに静穏の日でも出来るだけ渦の中心から遠ざかつて、而(しか)も、その滞潮(よどみ)の時間を注意に注意して見計(みはから)つて行つたのです。ところが今や舟はその渦の中心に驀地(まつしぐら)に駛(はし)つて行くのです。而(しか)もこんな凄い狂風(ハリケン)の日に。『いい塩梅(あんばい)に滞潮(よどみ)の時刻に乗入れることになると、ちつとは望みもあるぞ』と思つてみましたが、次の瞬間、自分がかりにもそんな望みを抱くなんてどんなに阿呆(あほう)らしいことかがわかり、望みを抱いた自分が呪はしくなりました。今となつてはこの舟が九十門の大砲を載せた軍艦の、よしんば十倍あつたところで、運命はきまつてゐるのです。

「この時、暴風の狂ほしい怒りはそれ自身の力を使ひ尽してしまつたのか、或(あるい)は、私たちがそれほどに感じなくなつてしまつたか、いくらか軟(やわら)いだやうであつたが、然(しか)し、海は、初は風に依つて抑へ付けられ、平く騒めいてゐたのが、今度は巨大な山となつて膨れ上つて来ました。空にも、一つの変化が起りました。依然として四辺は漆黒のやうに真黒でありましたが、突然私たちの頭の上あたりに雲切れがして澄み渡つた空の円い切れ目が覗かれました。そんなにも清らかに澄み切つた、そんなにも深い藍碧の空がまたとこの世にあるものでせうか。さうして満月が、その中に今まで見たこともないやうな光沢を帯びて皎々と冴えてゐるのです。彼女は非常な明かさで私たちの周囲の総てのものを照し出しました。然し、神よ。彼女が照し出したその光景は如何なるものでしたらう！

「私は一、二度兄貴に話しかけようとしました。けれどどう言ふものか海鳴が激しく高まつて来ていくら甲高い声を搾つても一向話が通じないのです。すると兄貴は死のやうに蒼ざめてかぶりを振りました。さうして指を一つあげて『聴け』と言つてゐるもののやうな素振をしました。

「初の中、彼が一体何を意味してゐるのかさつぱり分りませんでした。然し、不意にある不吉な考へが頭に閃きました。私は衣嚢から時計を引張り出しました。そいつは停つてゐるのです。私は月の光で時計の面を見詰めてゐましたが、いきなりそいつを遠く海の中に抛り出してワッと泣き出してしまつたのです。時計は七時の時にすでに止つてゐたのです。私たちは滞潮の時間に立ち遅れてしまつたのです。さうして今やストロウムの渦の狂ふ最中に来たのです。

「舟が丈夫作られてあり手入れが届いてゐて、あまり荷物を積んでゐないと、強風の場合の浪は追風の時ならいつも舟の下を滑り抜けて行くのです。海の素人には一寸不思議ですがね――これは海の言葉で『乗る』と言ふんです、で、私たちの舟もこれまでは旨くこの浪の紆りに『乗つて』やつて来たのですが、ところが今度は素晴しく巨きな濤が船尾突出部を狙つて来て、船体諸共に高く高く、斯も高く上がることが出来るものと私はそれまで信じてゐなかつた――私たちを掬ひ上げて行つて、更に其処からまた私たちを滑りこかすのでありました。私たちはくら〳〵と眩暈を感じて胸が吐き上げてくるのを覚えました――まるで夢の中で高い山の頂天から一気に顚落るやうな気がしたのです。然しながら、それでも高く差上げられた時は、敏捷くあたりを見渡しました。まつたくたゞ一目ちらつとさせるだけで充分でした。一遍に吾々の今の位置が明瞭と判りました。モスケヱストロウムの渦巻は私たちの真正面四百メートルと離れてゐない所にあるのです――然し見たところではモスケヱストロウムの渦巻は日頃見慣れたものとは違つてむしろ水車の用水溝のやうでした。若し私が自分が今居る所を知りもせず予期もしなかつたならば、それがメヱルストロウムの本流だとは気が付かなかつたでせう。然し、今の場合、私は吾れと吾が眼を恐しさのあまり閉ぢました。瘂攣でもしたかのやうに両瞼がぎつしりと固着いて離れないのです。

「それからものの二分と経たない中に、急に濤が無くなつて一面の泡に包まれました。さうすると舟は左舷の方に急角度に折れてその新しい方向に稲妻のやうに走り出しました。同時に咆えるやうな潮鳴が止んで、今度は数千の汽船が水管から一斉に蒸気を押し出したと想はれるやうな鋭い叫喚に変つて来ました。私たちは今渦巻の周囲をいつも繞つてゐるあの寄波の圏内に這入つて来たのです。私は勿論、この次の瞬間には例の深淵へ真逆様に落ち込むことを覚悟して居りました。その下の方はあまりに舟が速く走つてゐるので、ただ漠然と見ただけでした。舟は少しも水の中へ沈まないらしくただ濤の上を気泡のやうに掠めて走つて居りました。右舷は渦巻へ紙一重と言ふ処に来てゐて左舷の方には今越えて来た満々たる水面が聳えてゐました。それは水平線と私たちの間に捻くり曲つた巨大な壁のやうにそゝり立つてゐました。

「かくして私達がいよ〳〵この深淵の入口に這入ると、不思議なことには、遂今しがた此処に近づきつゝあつた時よりも心が変に落着いて来ました。いよ〳〵往生だと観念してしまふと、最初私を慄ひあがらせた恐怖が非常に薄らぎました。妙に大胆に想はれますが、実際私は譃を申すのではありません。こんな風にして死ぬと言ふ事がとても荘厳な事ぢやないか。かくも霊妙な神の御力の啓示に際して、自分一個のケチな生命などを問題にするのはなんと愚しくも小さな事だと言ふふうに思ひ直して来たのです。かう言ふ考へが心に浮んで来ると今までの自分と言ふものが恥しくなりました。やがて私は渦巻そのものに対して、なんとも言へない強い好奇心が湧くのを覚えました。たとへ死ぬにしても、この渦巻のどん底を探険してみたいと言ふ希望を強く胸に感じました。たゞ私の一番大きい悲しみは、眼の前にみるこの神秘を陸に居る人間達に知らせる事が出来ないと言ふ事のみでした。これらの考へは疑もなくこの極端な窮迫に置れた男の心に浮ぶべく余りに妙な観念でありました。私はそれ以来屢々考へるのですが、渦巻の周囲を舟がぐるぐるあまりに急転した為にひよつとしたら可愛想に私はあの時気が狂つてゐたのぢやないかと想ふのです。

「私を落着かせるやうにしたもう一つの原因は風の音が止んだ事がありました。たとへ、あつたにしてもその位置まで聞えて来やうがなかつたのです。と言ふのは、今しがた、あなたが御自分で見たやうに、寄波の圏内は一般の海面よりも遥かに低いのです。で、その海面が高い真黒な山脈のやうに私たちの上に聳え立つてゐるのでした。あなたが酷い暴風の日に海上にあつた経験がないと風や飛沫が一緒くたになつて人間の心をどんなに惑乱せるものであるかを考へては頂けない訳ですが、此奴が全く人間を盲目にし、聾にし、果ては緊付けにかゝるのです。さうして体を動かしたり物を考へたりする一切の能力を捥ぎ取つてしまふのです。

「然し、今のところ大体この風や飛沫の苛みから免れて落着くことが出来たのです。――恰度いよいよ死刑と定つた極悪人がまだ刑の確定しない中は全然禁じられてゐた些細の慰みをその執行に先立つて許されるやうなものでありました。

「一体何回この寄波の圏内を繞つたものかとてもお話できない程です。ものの一時間もぐるぐる廻つてゐました——恐しい速さで、水面に浮んでと言ふよりはむしろその上を飛び掠めた。さうしてだんだん寄波の中心に近づき、それから更に深淵の落口の内側へと次第に迫つて行くのでした。この間も始終、私は例の環付釘を放しませんでした。私の兄貴は艫の方に居て、船尾突出部の籠の下に安全に押しやられてあつた一つの水樽に縋つてゐました。先刻狂風に襲はれた際に、海中に攫はれずに残つてゐるものと言へばたゞこの水樽だけでありました。ところがいよいよその大渦巻の穴の縁まで近づくと、兄貴はこの水樽から手を放して私の捉つてゐる環付釘にしがみついて来たのです。然し環付釘は二人が一緒に握れるほど大きくはなかつたので兄貴の奴は恐怖の余りに遮二無二私の手をそれから払ひ退けようとするのです。私はこの時程情けなく感じたことはありませんでした。いや、もとより兄貴がそんな事をするに到つたのは彼が気が狂つたからだ、余りの恐しさに錯乱してしまつたからだとは思つてゐましたが、それで、私は兄貴と争ふことをやめました。結局そのボルトを誰が摑んでゐやうと同じ事だとわかつてゐましたからね。私は手を放しました。さうして艫の方に進んで行つてその水樽に摑りました。かうするのは別に難しいことは無かつたのです。と言ふのは船が極めて安定した形で水面と平行したまま——渦巻の熱気を発する激しい速力の為に少々揺れるけれど——廻つてゐたからです。私がこの新しい位置に迹つくか着かない中に舟は突然激しく右舷に傾いで、そのまま深淵に真逆様に突進したのです。私は慌てて短い禱を神に献げました。もう万事終れりと思ひましたよ。

「くらくらつとする激しい落下の速力を身に受けた時、私は樽にしがみついた手に思はず力を入れて眼を閉りました。さうして数秒の間眼を開けることが出来なかつたのです。今死ぬか今死ぬかと待つてゐたのですが不思議なことには水中での断末魔の足掻がなかなかやつて来ないのです。一刻一刻と過ぎて行きました。俺はまだ死なずにゐると思ひました。墜落の感じが止みました。さうして舟は先刻、泡の圏内にゐた時と殆んど変らない状態で相変らず駛つてゐました。たゞその時よりは船体が一層傾いでゐると言ふだけでした。で、私は勇気を取戻して、再びその周囲の情景を見渡しました。

「一渡り周囲を見渡した時の、畏怖の、戦慄の、讃歎の、激情を私は死ぬまで忘れる事が出来ないでせう。舟は、広漠たる円周と巨大な深さをもつた漏斗形の水壁の内面に、その中程辺りと見ゆる辺にさながら魔法ででもあるかのやうに掛つてゐるのでした。それに満月――先程お話した雲の只中に開いた空の切れ目に照つてゐたあの満月――その光が金色の溢れるばかりの輝きとなつて真黒な水壁を伝つて深淵の奥底遠く降つて来るのです。実際その水壁は真黒でした。若し、それがこの満月の光を吸つてキラキラと妖しい光を発しもせず、またそのやうに狂ほしい速さで廻つてもゐなかつたならば、人はきつとその水壁を黒檀だと思つたことでせう。

「最初はあまりに驚歎して何が何やらハッキリと見別けることが出来ませんでした。最初に見たところの総ては、この俄に眼前に出現した怖るべき壮大さ――唯それのみでした。

然し次第に吾に帰へるに及んで、私は本能的に下の方を見たのです。渦巻の傾斜面に舟が懸つてゐるので下の情景は何ものにも障られずに見ることが出来ました。舟は全く平に、即ち水面と平面を保つてゐるのでした。但しこの水面が四十五度以上の斜面を作してゐましたから、言はば、私たちは横様に立つてゐた訳になるのです。然しです。こんな位置にありながら、私達の足場が、さながら全くの平面上にあるやうに楽である事に注意せずにゐられませんでした。これは、多分、舟の旋転する速力が余りに激しかつた為でありませう。

「月の光はこの深い淵の遠い奥底までも届いてゐるやうに見えました。然し私は何も明瞭と見ることが出来なかつたのです。と言ふのは一切が霧に包まれてゐたからです。さうしてその上に虹が——かの回々教徒が、現世と永遠の国とを結ぶ唯一つの通路と言ふところの狭い危げなその懸橋のやうに、世にも壮麗な虹がかかつてゐるのでした。即ち霧飛沫は、疑ひもなく、この漏斗形の水壁が底の方に到つて相合し相激し合ふが為に生じたのであります。——然しその霧の底から天空に向つて湧き上がる叫声を、私は一体何に喩たらいいものでせう。

「最初、泡の圏内からこの深淵に吸込まれた時は此斜面を入口から、かなりの距離の処まで滑り落ちて来たのです。然しそれから先きは進み方が全く不規則でありました。ぐるぐる廻つてゐることはゐましたが一定の進み方でなくて、眩暈のする程速くなつたり、急にぐいと小突かれたり、時にはせいぜい一碼、また時によると殆んど完全に渦巻を一周したり、と言つた工合でした。とにかく下降の速力は一周する毎に次第に遅くなり、四辺がはつきりと眼に映るやうになりました。

「私は自分たちの捲込まれてゐるこの液状の黒檀層の茫々たる広りを見廻した時に、私共の舟ばかりがこの渦巻の抱擁の中にあるのではないと言ふことに気がついたのです。私たちの上にも下にも、船舶の破片やら、建築用材やら、生木の幹やら、それから細々しい切れつ端、たとへば家具、破れ箱、樽、桶板などの断片が夥しく眼につきました。私は自分の異常な好奇心が既に最初の恐怖心に取つて代つた事を先程申しましたが、それが私の最後の運命に近づけば近づく程いよいよ増大して来るのでありました。私は並々ならぬ興味をもつて私達と一緒に漂うてゐる種々雑多の物を見詰めました。私は気が変になつてゐたに違ひはありません。――と言ふのは下の方の泡立ちの中へ墜ち込んで行く物体の速さの比較を観察することがとても面白くて堪らなくなつたからです。ある時などは到々独言を言つてしまひました――『この樅の木が此度は恐しい勢で落ち込んで見えなくなる番だ』などと。けれど此予想が外れて、オランダ商船の破片がそれを追ひ越して御先きに見えなくなつてしまつたのには落胆しました。で、何回もこの予測をやつてみて悉く裏切られたのですが最後に、この事実、私の予想のすべてが外れたと言ふ事実からして、私はふと或る考へ――私の五体を再び震はせ私の心臓を再び跳び上らせた或る考へに思ひ当つたのでありました。

「かくも私を戦慄させたものは新しい恐怖ではありません。一層感動的な希望——希望の影が浮かび始めたからです。この希望は半分は記憶から、半分は現在の観察から浮んで来たものです。私は、ロホテンの沿岸で、モスケヱストロウムに捲き込まれては再び海上に巻上げられた多くの漂流物をよく見かけたことを思ひ出したのです。大部分の物は酷く打砕かれ、搔毟られ一面に刺立つてゐるやうに見えました。然しまたかう言ふ事も明瞭と思ひ出したのです。——中には、何処も全く傷んでゐないものも確にあつたと言ふ事をです。この違ひは一体どうしたものかと私が考へましたが、刺立つてゐるのは完全にどん底まで吸込れた物であつて、また少しも傷んでゐないのは潮時を大分遅れて渦巻に捲き込まれた為か、或はまた、他の理由で渦巻に吸込れてからの落ち方が非常に緩かである為に、まだどん底まで達しない中に、潮が変つてしまつたものであらうと思ふより外、説明がつきかねたのです。然しいづれにしても、此等のものは、早く吸ひ込まれたもの、または落ち方の速力の大なるものと同じ悲惨な運命に遭遇することなしに、再び潮が淀み、海が平になる時また表面に捲き上げられることが出来ると考へられるのでした。それから私は三つの重大な観察をしました。第一は、一般的にその物が大きければ大きい程、下行の速力もまた大であると言ふこと。第二は円体とそれ以外の形の同じ面積の二個の物体に就いては、円体の方が大であると言ふこと。第三には円壔形とそれ以外の形の、同じ大きさの二個の物体に就いては、円壔形の方が吸引され方が比較的遅いと言ふこと、でありました。

「私は助かつてから、此地方の学校にゐる老人の先生とこの問題に就いて二三度話したことがありますが『円壔形』とか『円体』と言ふ言葉はその先生から教はつたのです。その先生は、私に説明して――説明そのものは忘れて仕舞ひましたが――とにかく私の観察したことは、すべて浮漂物の形に依る自然の結果に外ならないと言ひました。さうして、また彼は、渦の中に這入つた円壔が同じ大きさの他の如何なる形状のものよりも、渦巻の吸引力に対して強く抵抗を試み、容易に吸込れないのは、どう言ふ訳かと言ふことを説明して呉れました。

「この観察を裏書きする一つの驚くべき状態が眼に這入りました。水壁を一周する度に、私たちは樽や、帆桁や、檣などが浮んでゐる間を通り過ぎて来ましたが、ところが先刻、私が初めてこの渦巻の奇観に眼を瞠つた時、私たちと同じ位置にあつた其等の物が今では遥かに上の方に見えてゐて、いくらも元の位置から動いてゐないやうに思はれたのです。

「其処で、私は最早躊躇しませんでした。今まで摑まつてゐた樽に緊切と自分の体を縛り付け、船尾突出部からそれを切り放して樽諸共水の中に飛び込むことに心を決めました。で、私は先づ舟近くに漂ひ流れて来た桶や樽などを指さして、手真似で兄貴の注意を惹いて見たのです。私がこれからやらうとする事をあらゆる苦心をして兄貴に理解させようと試みたのです。最後に彼もどうやら分つたらしい様子でしたが、然し、どうしたものか絶望的に頭を振つて、環付釘を放さうとはしないのです。この場合其処に行つて引張つて来るなどと言ふ事は出来ませんでした。なにしろ寸時も猶予することを許されないからです。それで私は激しく心を痛ませながらも兄貴をその運命に任かせることにしました。さうして船尾に樽を結へつけてあつた縛索を解くと、それで自分の体を手早くその樽に縛り付け、そのままいきなり水中に飛び込みました。

「結果はそつくり目論見通りに行きました。この話を話してゐる私がその当人である以上、とにかくも『助かつた』ことはもう御判りになつたらうし、これから先きの話も聞かずと知れてゐることでありますから——早く大団円に急ぐことに致しませう。私が舟から飛び下りてから一時間かそこら経つたと思ふ頃、舟は、遥か遥か下の方に落ちて行つて、三、四回くるくると猛烈な廻転を続けざまにやつたかと思ふと私の最愛の兄貴をのせたまま忽ち逆落に泡立ち狂ふ奥底に吸ひ込まれて、それなり永久に消え去つてしまひました。私の摑つてゐる樽はと申しますと、先刻の位置からどん底までの距離のほぼ真中頃まで降りて行くか行かない内に忽ち渦巻の様子が変つて来ました。漏斗形の水壁の勾配が見る見る中に緩かになつて、同時に廻転の速力も次第次第に鈍くなつて来ました。やがては泡も無くなり虹も消え、渦巻の底が次第に押上つて来るやうな気がしました。空は霽れ、風も止み満月が西の方に傾きつゝありました。と思ふと私はもうロホテンの海岸が一望の中に見える海上に浮き上つてゐたのです。実にこの位置にかのモスケエストロウムの渦巻が

『在つた』のですが。その時が恰度例の滞潮の時刻であつたのです。然し濤は狂風の余勢で、まだ山のやうに高く紆つてゐました。私はストロウムの潮流に乗せられて瞬く中に普通の漁夫達の漁場に押し流されて来ました。そこで一艘の舟が私を救つて呉れました。私はぐつたりと疲れへたばつて、怖しさの挙句――怖しさが去つたにも拘らず――舌が廻らなかつたのです。私を舟に救ひ上げて呉れた者たちは昔からの親しい毎日顔を突き合せてゐる連中でしたが、まるで幽霊の国から流れついた者のやうに、誰一人として私を見別ける者が無つたのです。私の頭は、以前は濡羽色の真黒な髪でしたが今は御覧の通りの白髪です。彼等はみんな、私の人相がまるで変つて仕舞つたと言つてゐますよ。私は彼等にこの話をしてやりました。――けれど誰一人真実にしません。私は今貴方にこの話を致しましたが、もとより貴方がロホテンの気さくな漁師達さへ信じなかつたこの話を信じて呉れやうなどとは夢にも思つてゐません。」

壜(びん)の中に見出された手記

如何なる人と雖(いえど)も生きるべき一瞬の命しか残されなかつた時に於いて、敢(あ)へて己を偽(いつわ)る何物をも遺(のこ)さうとはしないであらう。

キノオの「アテイス」

私は自分の国や家族に就いては殆(ほとん)ど語るべきことを持たない。虐遇(ぎやくぐう)と永い星霜(せいそう)とは、私を国から追放し家族から遠ざけてしまつた。親譲(おやゆずり)の財産に依つて、私は普通程度の教育を受けることが出来たが、思慮深い私の性質は弱年(じやくねん)の頃矻々(こつこつ)として築き上げた学問の貯(たくわ)へに順序を立てることを可能ならしめた。その中(うち)でも独逸(ドイツ)の倫理(りんり)学者の著作は私に最も大きな喜びを与へた、と言ふのは彼等の素晴しい雄弁に対する私の浅はかな驚歎(きようたん)の故(ゆえ)にではなく、賦性(もちまえ)の手厳しい思考力から私には容易に彼等の虚言(きよげん)を見抜き得た故(ゆえ)にである。私は屢々(しばしば)自分の稟性(ひんせい)の潤(うるおい)なき事に就いて非難された。私の想像力の欠乏は恰(あたか)も罪悪ででもあるかの如くに詰責(きっせき)された、そして私の持説(じせつ)の懐疑的であつたことは常に私を有名ならしめた。まことに物理学に対する旺(さか)んな興味は、私の心を此年(この)頃に甚(はなは)だ有りがちな過(あやま)ちで染めてしまつたらしい――と言ふのは私は総ての出来事を、斯(か)かる論及なぞは到底許さるべくも見えないものであつても、その科学の原則に論及したがる習慣に陥(おちい)つてゐたのである。ともあれ私程、怪詭妖譚(かいきようたん)の類に依つて、厳粛なる真理の境域から誘(おび)き出され難(がた)い者はなかつたであらう。私が斯(か)く多くの前置(まえおき)を述べる所以(ゆえん)は、これから物語らうとする、たあひもない仮作譚(つくりばなし)なぞはこれに比べたら徒(いたず)らな死文字(しもんじ)に等しかつたに違ひない程の不思議な物語が、正真正銘な心の経験とは考へられずに粗雑な空想の戯言(たわごと)の如く思ひちがひされることを虞(おそ)れたからである。

外国に数年を過ごした後(のち)、一千八百――年私はジャバの中でも富裕(ふゆう)な人口も多いバタヴィア島の港を出帆(しゅっぱん)してサンダ群島へ向かつた。私がその船の船客となつたのは、仇敵(きゅうてき)の如くに私を追ひ立てる神経の不休息から逃(のが)れたかつたのに他(ほか)ならない。

我々の乗船はボンベイで造られた四百噸(トン)許(ばか)りの美しい銅を張つたマラバア・チークの船であつた。そしてラッカディヴ諸島からの棉花(めんか)と油とを積み込んでゐた。また甲板(かんぱん)には椰木皮(コイーアー)繊維、椰子糖(やしとう)、乳酪油(にゅうらくゆ)、椰子(やし)の実(み)、及び阿片(あへん)の箱少数を載せてゐた。積込(つみこ)み方が不器用だつたので船体はその為に屢々(しばしば)ぐらついた。

我々は僅(わずか)の順風に乗つて出帆して、幾日かの長い間をジャバの東海岸に沿(そ)つて進んで行つたが、航海の単調を紛らすものと言つては、僅かに我々の目ざしてゐる群島から来た船脚の軽い小船と時折出遇ふ事位であつた。

或る夕暮れ時であつた。私は船尾の欄杆に倚れてゐたのだが、ふと西北の方角に当つて、非常に際立つてぽつつりと浮かんだ雲を見出した。色なり形なりが、確にバタヴィア出港以来初めて見る雲であつた。私はそれを注意深く、日の沈むまで見守つてゐたが、見てゐる中にそれは東へ西へ、一つぱいに延び広がつて行つて、まるで低い陸地の長い線とも思はれる程に、霧の細長い帯をもつて水平線を囲んで了つたのである。間もなく私の注意は朱黝い月の出と、唯ならぬ海の気配とに驚かされた。海には急速な変化が行はれてゐて、水は常よりも余程透明に見えた。海底まで私の眼ははつきり見ることが出来たので、測鉛を引き上げてたしかめると、船は今五十尋の処にゐた。やがて大気は堪へ難く熱して来た。あたかも灼熱された鉄からでも発するやうな螺旋状に立ちのぼる瘴気がこもつてゐるのであつた。夜に入ると風の吐息は悉く死んでしまつて、更に何ともたとへ難い全き静寂がやつて来た。船尾の高甲板に灯された蠟燭の炎は微かなそよぎさへも見せずに燃えてゐたし、拇指と他の指との間に懸つた長い髪の毛すら揺らぐことがなかつた。併し、船長は何等の危険の兆候も見えないと言つて、それに船はそのまゝ陸の方に流されてゐたので、帆をたゝみ、錨を卸ろすやうに命令を下した。そして一人の見張りも置かれずに、殆ど馬来人ばかりの水夫等は甲板の上にごろごろ寝そべつてしまつた。私は襲ひかゝつて来る不気味な予感を打消すことが出来なかつたので――下へ降りて行つた。実際、私には総ての様子が、どうしても毒熱風の兆候らしく思はれてならなかつたのである。私は船長にその恐怖を訴へたのだが、船長は些の注意も払はぬどころか、返事すらしてくれなかつた。併し不安の余り到底眠る事の出来なかつた私は真夜中頃起き上つて甲板へ出て行つた。後甲板階段を上り切らうとした時、私は何かがぶんぶん唸るやうな凄じい物音に驚かされた。それは恰度水車の輪が烈しく廻転する時に起こるやうな響であつた。ところが、その物音の原因をたしかめ得るよりもさきに、私は船の中心が慄へ戦いてゐるのを発見した。次の瞬間、逆巻く白浪が危く船を覆へすばかりに襲ひかゝつて来ると、どつと縦ざまに掠めて、甲板の上を船首から船尾にかけてを洗ひ去つた。

この突風の極度の兇暴さは却つて船を救つた。全く水に浸つてしまつたにも拘らず、マストが船外に落ちたために、暫く海面から起き上ると、鳥渡の間暴れ狂ふ嵐の下によろめいてゐたが、遂に正しい位置になほることが出来た。

如何なる奇蹟のお蔭で私が破滅を免れたのか説明することは不可能である。私は気を失つてゐたのだが波に打たれて我に返つて見ると、自分の体が船尾材と舵との間に押し込まれてゐたことを知つた。眩暈を感じながら、非常な苦心で足を踏みしめて四辺を見廻すと、船は凄じい白浪の真只中にゐるのであつた。船を呑み込んだ山の如き泡立つた大海の渦巻は、到底如何なる想像も及び難い恐しいものであつた。

間もなく私は年老いた瑞典人の声を耳にした。彼は出帆の間際にこの船に乗り込んだのであつた。私があらん限りの声で呼びかけると、彼は直ぐに蹌踉きながら船尾の方へやつて来た。我々はそこで、自分達二人だけがこの災厄の生残者であることを知つた。我々を除いて甲板の上の一切の物が洗ひ浚はれてしまつたのだ。船長を初め船員共は眠つてゐる間にやられたに違ひない。船室にはすべて水が奔注してゐた。何の援助もなくして我々の手で船を救ふ見込みはなかつたし、それに刻々と沈みつつあると言ふ意識は我々の努力を痲痺させるに充分であつた。錨綱は勿論最初の颶風で捆索の如く切断されてしまつたが、左もない時には船はひとたまりもなく覆へされてゐたであらう。我々は恐しい速力で海上を疾つてゐた。波は砕けずに船の上を越えて行つた。艫の骨組は無残に打ち砕かれて、その他の部分も大概ひどく傷はれてしまつたが、併し非常に嬉しかつたことにも我々はポンプが未だ塞がれてゐないのと底荷がそのまゝであることを発見した。暴風の頂上は已に吹き過ぎてゐたので、風の危険は少くなつたわけだが、我々のこんな覚束ない船体では、風の凪いだ後に来る大浪に依つて微塵に打ち砕かれてしまふことは明かであつた。とは言へ、この極めて正しい意見は直ぐには実証されなかつた。まる五日五夜の間——その間の我々の生活は非常な困難のもとに水夫部屋から取つて来ることの出来た椰子糖に依つて保たれた——船体は、最初の毒熱風程狂暴ではなかつたにせよ、私がその以前に出遇つた如何なる暴風にも勝る短い矢継早やに起る疾風を受けて、測り難い速力で飛走してゐた。

航路は、初めの四日間は少し変つたのみで東南微南の方角をとつてゐたので、ニューオランダ（オーストレリアの事）の岸に沿つて下つてゐた筈である。五日目になると、風は更に一点だけ北に変つたのだが、俄に寒気が烈しくなつた。太陽は鈍い病的な黄色い輝きを帯びて、水平線よりほんの僅かしか上らなかつた。雲の姿は見られなかつたが、風は次第に募つて間歇的に定りなく吹きすさんだ。どうやら正午時分と思はれる頃、我々の注意は再び太陽に奪はれた。それは恐らく光が気極したとでも言ふのであらう、反射もなく懶く陰鬱に昏くなつた。そして脹れ上つた海に沈みながら、恰も途方もない力に依つて突然かき消されたかの如く、その中心の閃光を失つた。幾尋とも測り知れぬ大洋の中へ落ち込んで行くそれは、たゞ朦朧たる銀の輪であつた。

　我々は甲斐なく六日目の日の明けるのを待ち憧れた——その日は私には未だ来なかつた——また瑞典の男には永遠にやつて来なかつたのである。それ以後我々は真黒な闇にのみ込まれて、船から二十歩先のものをも見ることが出来なかつた。我々を包む永劫の夜、熱帯の海で屢々見慣れた燐光にも最早や頼ることが出来なかつた。風は不滅の狂暴さを以て荒れ続けてゐたが、今まで我々に従いて来てゐるやうな普通の寄波や泡は既になくなつてゐた。我々を取り囲くすべては、恐怖と、重々しい憂鬱と、それから真黒な気の遠くなるやうな黒檀の沙漠とであつた。迷信的の恐怖は次第に老瑞典人の心に這ひ込んで行つた。また私自身の 魂 は無言の驚異に包まれた。我々は、船が最早や役に立たぬ以上に毀れ果てゐることも忘れて、たゞ後檣の折れ残つた根にお互の体を固く結びつけたまゝ、悲しく海の世界を眺めるばかりであつた。我々は時を計る術もなかつたし、位置の推測すら不可能だつた。併し、我々が、どんな航海者も曽て来たことのない遠い南方にゐることだけは解つてゐたので、普通にある氷の障碍に出遇はぬことにおどろいた。だが、我々は絶えず破滅に脅かされてゐた――すべての山の如き巨浪が我々を顛覆させようとあせつた。それらの大濤は我々の想像し得る如何なるものよりも遥かに尨大で、我々が忽ちそれに呑み込まれてしまはないのは洵に奇蹟であつた。友は私に船荷の軽いことを語つて、この船のすぐれた出来を憶ひ出させてくれたが、併し望みそれ自身全く望みないものであることを感ぜずにはゐられなかつた。ひたすら、何者の力を以てしても一時間と延ばすことは不可能であらうところの死を陰鬱に待ち受けるより他なかつた。黒い茫漠たる海は愈々凄愴として来た。ある時には信天翁の飛び上がるのに息を塞まらせた――またある時には、眩暈のする程の速さで水地獄へ落ち込んで行つたが、その底の空気は澱み全く静まり返つて海魔の眠を妨げるものは些もなかつたのである。

我々がこの深淵の一つの底にあつた時である、突然友のけたたましい叫び声が凄じく夜を引き裂いた。「見ろ！　見ろ！」私の耳許で彼は喚いた、「全能の神よ！　見ろ！　見ろ！」彼の言ふが如く、私は一つの懶い陰気な赤い燈火の閃きが、我々の落込んでゐた宏大な裂け目の面を流れ下ちて来て、我々の甲板に気まぐれな光を投げかけてゐるのに気がついた。ふと眼を上げて眺めると、私の血は凍りついてしまつた。我々の真上のゾッとする程の高さのところに、恐らく四千噸もあらうかと思はれる巨大な船が、将に驀地に落ちかゝつて来やうとしてゐたではないか。それは、彼自身の高さの百倍にも超ゆる波の頂に押し上げられてゐるのであつたが、なほその姿は世にある如何なる軍艦も、また如何なる東印度貿易船も及ぶべくもなかつた。尨大な船体は煤けた黒色で、しかもありふれた彫刻などは施されてゐなかつた。砲門から一列の真鍮の大砲が突き出て、索具にゆらめく無数の戦闘用の燈火は磨き上げられた砲身に輝り輝いてゐた。併し、我々に何よりも深い驚きと恐怖とを覚えさせたものは、その船がこの滅法な海の只中を、しかもこの逆ひ難い颶風を衝いて、総帆を張り切つて進んでゐることであつた。最初に我々がその船を見出した時には、彼女がそのさきの暗い恐るべき深淵から緩やかに上りかけたところであつたため、我々は船首だけを見ることが出来たのである。慄然たる一瞬間、彼女は眩むばかりの頂上で恰もその壮大なる船体で沈思するかのやうに立ち止つたが、さて烈しく身震ひし、よろめいたかと思ふと――落下して来た。

　この咄嗟のひまに、如何なる突然の沈著が私の心を支配したのか。私は出来るだけ後方へ身をたじろがせながら、真向から襲ひかゝつて来る破滅を、恐れることなく待つた。我々の船は遂に身悶えをやめると、頭から沈みはじめた。それで、落下した巨塊は殆ど水中に没した部分と激突したのだが、その結果として、私は抵抗し難い猛烈さをもつて、その見知らぬ船の索具の上へ投げ出されたのであつた。
その時、この船は船首を風上へ廻しかけてゐたので、そのどさくさ紛れに私は乗組員達に気取られずに済んだ。そして私は容易に彼等の眼をぬすんで前船艙まで行きつくと、少し開かれてゐた艙口から船艙の中へ忍び込むことが出来た。どうしてそんな真似をしなければならなかつたのかは私にも殆ど解らない。恐らく最初この船の航海者等を見た時に、私の心を囚へた漠とした畏れが、私にさうさせたものであらう。私は一瞥したときにそんな不思議な不安を与へられた人々を俄に信じ兼ねた。私はそこで、船艙の中で隠場所を見つけようと考へたのだつた。仕切板の小部分を動かすと、大きな船骨の間に甚だ適当な避難所が見出された。

私の仕事が未だ終らない中に、跫音が聞えて来たので、私は已なく其儘それを用ひなければならなかつた。一人の男が私の隠れてゐる前を、弱々しい覚束ない足どりで通り過ぎた。顔は見えなかつたが、大体の様子を見ることは出来た。甚しい老齢と羸弱の徴が現はれてゐた。彼の膝は老年の重荷のために蹌踉き、全身は苦難のために戦いてゐた。彼は私には理解出来ない国語で、彼自身に破れた低い声で囁いて、さて船艙の一隅に堆み重ねられた単純らしい器械や朽ち果てた海図の間を手探つた。その様子には、老いほうけた気むづかしさと厳かな神の如き気品とを無造作にまぢへたやうなものが見られた。彼はやがて甲板に出て行つて、それつきり帰つて来なかつた。

名づけやうのない一つの感じが私の心に行き渡つた——分析することも許されぬ感情、既得の知識ではあまりに不充分であり、また恐らくこの先も私にそれを解く鍵を与へられることはあるまいと思はれるところのものである。私自身の如き心を持ち合せた者にとつて、この後の考へは堪へ難いことであつた。私は決して——私は知つてゐる——決して、自分の概念について納得することは出来ないであらう。併しそれらの根源が全く奇怪千万な原因から出てゐる以上、斯うした概念が漠然としてゐることは不思議ではない。一つの新しい感覚——一つの新しい現実が私の心に加へられたのである。

私がこのおそろしい船の甲板を初めて踏んでから既に永い時が経つた。そして私の運命の光は、次第にその焦点をあつめて行くやうに思はれる。不可解な人々！　私の見抜くことの出来ない黙想に包まれながら、彼等は常に私の存在を気づかずにとほり過ぎるのであつた。いまや、身を隠すのなぞはまつたく無用な莫迦げたこととなつた。人々は決して私を見ようとしないのである。私が運転士の目の前を真面にとほりすぎたのはつい先刻のことである。私が現に記しつゝあるものを書くのに必要な品は、此頃勇を鼓して船長の私室から持つて来たものである。私はこの日記を絶やすことなくときどき書記して行くつもりだ。これを世に伝へる機会は真実得られないまでにも、それをこゝろみることだけには失敗しないであらう。最後の時が来たならば、私はこの手記を壜に封じ込んで海中へ投ずるのだ。

　思ひがけない出来事が私に熟考の余地を与へた。そんなことが図り得べからざる機会を生むのであらうか？　私は誰にも見咎められずに甲板に出て、小短艇の底に堆まれた段索や古い帆布の中に身をよこたへてゐた。そして不思議な自分の運命についてかんがへ沈みながら、私は知らず知らずタール刷毛で、傍の樽の上にきちんとたたんで置かれてあつた副横帆の縁を汚してしまつた。その帆は今船の上に張られてゐる。そしてなに心なく触れた筆の痕は「発見」と言ふ言葉になつて広がつてゐた。

　私は最近、この船の構造について多くの観察をとげた。よく武装はされてゐるが、思ふにこれは軍艦ではないらしい。索具の造りなり、全体の艤装なりに依つて軍艦でないと言ふことは容易に認め得たが、さてそれでは何であるかと言ふのに、恐らくそれは私にも測り難い。併し、その不思議な船体の型、奇妙な形の円材、覆ひかぶさつてゐる巨大な帆布、単純な船首、古びた船尾、それらのすべてに、私の心をかすめて何故とも知らない懐しい感情が閃めく、それは常にぼんやりとした思出の影と説明し難い古い異国の年代記と逈かなる昔の記憶とをまぢへてゐた。

私は船骨を眺めてゐた。船は私の見も知らぬ材料で造られてあつた。その木は船材としては甚だ不適当な特殊な質のものであるのに私はおどろかされた。と言ふのは、非常に孔だらけなもので、それはたゞ歳月に伴ふ腐蝕ばかりではなく、航海中に虫に喰はれたものと考へられるのだつた。多少穿鑿好き過ぎるかも知れないが、若し西班牙樫か何かが不自然な作用に依つて膨張されるものとしたならば、これは正しくスペイン樫のすべての特長を具へてゐた。

上の一節を記してゐる中に、老練な和蘭の老航海者の奇妙な格言が思ひ出された。彼の誠実に誰か疑をはさむ者がある時に、彼は口癖のやうにかう言つた。「真実だとも。船の体が、まるで生きた水夫の体のやうに大きく膨れて行く海のあることが真実のやうに。」

一時間許り前に、私は大胆にも乗組員の群れの間に自分の身を割りこませた。彼等は私に少しも注意を払はぬばかりではなく、私が彼等の真中に立つてゐるのにも拘らず、彼等は全然私の出現に気づかないかのやうに見えた。彼等は尽く、初め私が船艙で見かけた一人のやうに、白髪の老人達であつた。彼等の膝はよわ〳〵しく慄へ、肩は老いくちて二重にまがり、皺だらけの皮膚は風にカサカサと鳴り、声は嗄れて低く震へ、眼には老い呆けた泪がかゞやき、そして灰色の髪は嵐の中になびいてゐた。彼等の周囲には、甲板の到るところに、異形な古めかしい構造の数理学の器械がとりちらされてあつた。

少し前に私は副横帆の結びつけられたことを述べて置いた。船はその時から風を真後から受けるやうになつて、檣冠から副横帆の下桁にいたるまで、総帆を張りつくして、まつしぐらに南に向つてその恐るべき航行をつゞけてゐた。そして中檣帆の桁端をば絶えず、人間の心が想像し得るかぎりの最も凄じい波の地獄の中にまろばしてゐるのであつた。私は急いで甲板を降りた。船員たちは少しも不便を感じないらしかつたが、私にはとても立つてゐることが出来なかつたのである。波のためにこの尨大な船体がひとたまりもなく呑み込まれずにゐることが、まことに私には奇蹟中の奇蹟とも思はれた。我々は正しく深淵の中に最後の突入をすることもなく、常に永劫の際辺をさまよひつづけるべく運命づけられたのであらう。我々は、私が曽て見た如何なる波よりも千倍も巨大な波濤から、矢の如く飛ぶ鷗よりも軽々しくすべり落ちたかと思ふと、水は深海の悪魔の如く、破壊を禁じられて単に脅すことのみにとどまる悪魔の如くに、その頭を我々の上に擡げかゝるのであつた。私は、幾度となく繰り返される危難脱出を、実にさうした結果を齎し得る自然の法則に帰因するやうになつた。この船が或る強い潮流か、若しくは猛烈な海底の逆流の作用を受けてゐるものと思ふの他なかつた。

私は船長を、その船室で、まともに見た――併し果して彼は私に何の注意も払はなかつた。ふと見た目にも、彼が人間以上の何者にも映りはしなかつたが、彼の様子には不思議な感情をまぢへて、包みきれぬ威厳と畏れとが漂つてゐた。背丈は略私と似て、約五呎八吋位である。そしてよくひきしまつた均勢のとれた体格をしてゐたが、逞しいと言ふ程でもなくまた他に著しく目立つたところもなかつた。併し彼の面に漲つてゐる表情は異様なものであつた――それは烈しい、不思議な、竦然たる老年の徴で、そして私の心の中にある説明し難い感情を惹き起すのに充分なものがあつた。彼の額には皺こそ少なかつたが、恐るべき永い星霜の姿が刻まれてゐた。その灰色の頭髪は過去の記録であり、更に灰色の眼は未来を占ふ巫女であつた。船室の床には、奇体な鉄鋲でとめた一折判の本や、黴だらけの科学器具や、廃れて長い間忘れられてゐた海図などが散らばつてゐた。彼は両手の上に頭を屈めて、一枚の紙を落着かない燃えるやうな眼ざしで瞶めてゐた。それは見たところ委任状らしく、兎に角、君主の署名がしてあつた。彼は――恰度私が最初船艙で見かけた船員のやうに――彼自身に向つて、低く何か不平らしい語調で異国の言葉を呟いてゐたが、その声は一哩もの遠方から私の耳に響いて来るやうに思はれた。

船及び船中のすべての物が、古い昔の気分で仕立てられてあつた。船員たちは幾世紀もの昔の幽霊の如くにあちらこちらと跳び歩いてゐた。彼等の眼には熱心なしかも穏かならぬ気配が溢れてゐた。そして戦燈用の燈火のぎらぎらした耀きの中に私の行途を遮つて彼等の姿が落ちるのを見る時、私は、一生を骨董商として過して、バルベックやタドモアやペルセポリスの朽ちか、つた円柱の影ならば幾度も見なれてゐたにも拘らず、曽て感じたこともない、今は魂それ自身が廃墟になつてしまつたかの如き感じに打たれるのであつた。

私は四辺を見廻した時、以前の私の不安を恥しく思つた。私が若しこれまで我々につき纏つて来た迅風に慄へるくらゐでは、小旋風とか毒熱風なぞの言葉はまつたく取るにも足らない無効なものであることを理解するであらうところの、大洋と風との戦にはおそろしさのあまり到底堪へ切れなかつたのではあるまいか？船を取りまく一切の外景は、永劫の夜の暗黒と、泡のない茫漠たる水であつた。しかし、船の両側約一リーグの辺には、ぼんやりと此処彼処に宏大なる氷の城壁が、物寂しい中空に屹り立つてゐるのが見られた、恰も宇宙を覆ふ壁のやうに。

私の想像通りに船は果して潮流の中にあつたのだ――若しもさうした名が、白氷に咆哮し叫び狂ひ、恰も瀑の中へ真逆様に突進するやうな激しさで南方に轟き渡つてゐる潮に与へられるのに適当なものであるとしたなら。

私の心の恐怖を言ひ表はすことは全く不可能だと言ふに憚(はばか)らない。だが、この恐るべき天地の秘密に向けられた私の好奇心は、絶望さへ超越してゐた。そしてまたそれはこの最も戦慄すべき死の相(すがた)をさへ服従せしめた。我々が非常に心をそゝりたてる或る知得——その到達は死滅であるところの或る知り得(う)べからざる秘密——へ向つて急ぎつつあることは明白である。多分この潮流は我々を南極そのものに導いてゐるのであらう。この甚(はなは)だ狂気じみた想像はたしかに当つてゐるのだ。

乗組員たちは甲板を落着かぬ慄(ふる)へる足どりで歩いてゐる。併(しか)し彼等の面(おもて)には絶望に対する冷淡よりも、更(さら)に希望の激しい感動の色が漲(みなぎ)り渡つてゐた。

この間(あいだ)に風はなほ船尾の高甲板を襲ひつゝあつた。そして船は無数の帆を張りきつてゐたために、幾度となくそつくり海から引き上げられるではないか！　おお、恐怖は恐怖に重(か)さなる！　——氷が突然、右と左とに開かれれば、我々は眩(まぶ)しく廻転し初める、無数の同心円の中(うち)に、ぐるぐると巨大な壁の頂(いただき)は逈(はるか)な暗(やみ)の中(なか)に消えてゐる円戯場(えんぎじょう)の縁(ふち)をめぐつて。だが、最早(もは)や私の運命について思案してゐる暇(いとま)はなくなつた！　円は急速に小さくなつて来た——我々は物狂ほしく渦巻の力の中へ落ち込んで行く——そして大洋と暴風の叫喚と咆哮と轟(とどろ)きの中に船は戦(おのの)いてゐる——おお神よ！　そして——まつしぐらに！

附記──「罎の中に見出された手記」は一千八百三十一年初めて発表されたのだが、これは私がマアケイタアの地図に親しんでから間もない時分で、それには大洋は四つの口に依つて、（北）極湾に突進して、地殻の中へ吸収されてしまふやうに記されてあつて、また極そのものは恐しく高く聳え立つた黒い岩として出てゐた。

長方形の箱

数年前のこと、私は南カロリナ州のチャールストンから紐育市へ向けてハアデイ船長の上等な郵船「インデペンデンス号」に乗船を申し込みました。船はお天気さへよければ、当月（六月）の十五日に出帆する筈だつたので、私は十四日に自分の船室を鳥渡ばかり整理しておかうと思つて船へ出かけて行きました。

私は我々の船が、何時になく大勢の婦人客を混へて、可也沢山のお客を載せることを知りました。名簿の中には私の知己も幾人かゐましたが、それらの間に、私の殊の外懇にしてゐる若き藝術家コルネリウス・ワイヤット氏の名を見出して、私は喜びました。私のC——大学時代の親友なのです。彼は優れた才能を与へられてゐましたが、また嫌人症と感受性と熱狂とを併せ持つてゐました。それに最も思ひやりの深い信実な心を胸の底に蔵つてゐました。

私は彼の名札が三つの客室の上に貼られてゐるのを見たので、再び船客名簿についてしらべると、それは彼自身と妻と二人の妹のために取つたものであることがわかりました。

客室はゆつたりとしてゐたし、上下に重なつた寝床があります。寝床は確かに一人しか寝られぬ幅のものでしたが、それにしても何だつて四人の人間に対して、三つも客室を取らなければならなかつたのかと、私は合点がゆきませんでした。私は恰度この頃、どんな些細なことでも極端に気に懸つてならないやうな気むづかしい心持になつてゐた時なので、実を言へば恥しいことにも、私はそこでこの多すぎる客室について、様々と不躾な臆測に耽りました。勿論余計なことには違ひないのですが、それでも私は執拗くこの謎を解かうと努力しました。つひに私は一つの結論に到着すると、何故もつと早くその事に気がつかなかつたものかと我ながら呆れた程でした。「召使だよ、当り前さ。」と私は言ひました。「こんなことが解らないなんて、馬鹿だなあ。」そこで私は再び名簿を繰つて見たのです——が一行の中に召使は正に一人もゐません。尤も、本当は連れてくる筈だつたと見えて、——「及び召使。」と言ふ字が一度書かれてまた消してありました。「さうだ、屹度特別な手荷物があるのに違ひない。」と私は改めて自分に言ひ聞かせたのです。——「何か特に船艙に置き度くないものだ——何か自分の目の届くところに置き度いもの——ああ、成る程——絵だらう——伊太利猶太人のニコリイノから手に入れた、あれだ。」この思ひ付きは私を満足させてくれたので、私はひと先づ好奇心を追ひ払ひました。

　ワイヤットの二人の妹ならば、私も非常によく知つてゐるのですが、大さう優しい賢い娘たちでした。彼の妻と言ふのは新しく迎へたばかりで、私は未だ一度も会つたことがなかつたのです。併し彼は私の前で幾度となく彼女の事を例の熱心な様子で話してくれました。彼は彼女を比ひなく美しく利口な申し分のない女だと言つて聞かせました。それで、私は早く彼女と知己になれることをねがつてゐました。

私が船を訪れたその日（十四日）にワイヤットの一行も矢張り其処へ来る筈になつてゐたので――私は、是非花嫁にお目にかゝりたいものだと、予定よりも一時間も永く待つてゐたのですが、やがてそこへお断りを言つて来ました。「W夫人は少し加減が悪いので、船に乗るのは明日の出帆の時まで延ばすこととなりました。」

翌朝になつて、私はホテルから波止場へ出かけて行つたのですが、さてハアデイ船長に会ふと、船長は言ひました。「色々な事情で」（莫迦げてはゐるけれども重宝な文句です）「どうも『インデペンデンス号』は一日二日出帆出来ない模様です。すつかり用意が出来ましたら使を上げてお知らせしませう。」これは奇妙なことだと私は考へました。何故と言つて安定した南の微風があつたし、「色々な事情」も現はれさうもなかつたのです。私は根気よくせがんで見たのですが、併し矢張り諦めて帰つて来るより他に途がありませんでした。

殆ど一週間も待ちぼうけてから、漸く船長の知らせが来たので、私は早速船へ乗り込みました。船は乗客で溢れ、またすべて出帆の用意のために混雑してゐました。ワイヤットの一行は私自身よりも十分後れて到着しました。二人の妹と花嫁と――画家はいつもの厭人症（じんしょう）の発作に襲はれてゐるやうでした。併（しか）し、彼は私に自分の妻を引きあはせることすらしてくれなかつた程だつたので——そこで已（やむ）を得ず彼の愛らしい怜悧（りこう）な妹のマリアンが、いそいで言葉少なく我々を近づきにしてくれたわけでした。

　ワイヤット夫人はすつかりヴェイルを下げてゐたのですが、私のお辞儀（じぎ）に答へてそれを褰（かか）げた時には、私は正直のところびつくりしてしまひました。併（しか）し、前に友の画家から、その女（ひと）の美しさについて幾度も幾度も聞かされる度毎（たびごと）にそれを闇雲（やみくも）には信じ難く思ふ習慣をつけてゐなかつたなら、私は屹度（きつと）もつと驚いたことに違ひありません。

　まことに私はワイヤット夫人を極（ご）くつまらない容貌（きりよう）の女としか考へることが出来なかつたのです。縦（たと）ひひどく見つともないとまでは行かなくても、何（いず）れにしろ余りそれと隔（へだた）りがないのです。彼女は併（しか）しすぐれた趣味の装（よそお）ひをしてゐました——そこで私は思ひ返しました。これは屹度（きつと）彼女の智力や気質（きだて）の優美さが友の心を囚（とら）へたものであらうと。彼女は殆ど口数をきかずに、直（す）ぐにＷ氏と共に自分の客室（ステエトルーム）へ這入つてしまひました。

　私の持前の穿鑿好（せんさくず）きがまた頭をもち上げたものです。召使はゐない——これは已（すで）に解つてゐることとです。そこで、私は特別な手荷物を探しました。遅ればせに、長方形の松の木造りの箱を載せて二輪荷馬車が波止場に着きましたが、それが特別な手荷物に他（ほか）ならないわけです。その積込みが終ると、船は直（すぐ）に帆を上げて海へ出ました。

　問題の箱は、左様（さよう）、長方形でした。長さが約六呎（フイート）、幅が約二呎半——私は精密と言へる程、気をつけて観察しました。さてこの形は甚だ特異なものであつたので、一見して私は自分の臆測の正しかつたことを信じました。私はすでに述べた如くに、友の特別な手荷物がおそらく幾枚かの、若しくは一枚の、絵であらうと結論したのでしたが、それと言ふのは私は彼が数週間に亙つてニコリイノと取りひきしてゐたのを知つてゐたからです——そしてさて此処にある箱は、其形から言つて、レオナルドの「最後の晩餐」の模写とそれから同じ「最後の晩餐」の小ルビニの模写とを入れるのに何よりも応はしかつたのです。この点は、そこで、充分に私を落着かせました。私は自分の聡明さを考へて、上機嫌にクスクス笑ひました。

こんなことについて彼が私に隠し立てをした事は蓋し初めてでしたが、併し彼は明かに私を出し抜いて、私の鼻の下でこつそり、素晴しい絵を紐育へ密輸入しようと企てゝゐるのです。私は、おつつけ彼を揶揄つてやらうと思ひました。

ところが、私ははたと当惑しました。その箱は余分の客室へは運び込まれなかつたのです。それはワイヤットの自分の部屋に入れられて、しかも殆ど床の全部を占めたまゝ置かれてありました——画家と妻とが一方ならぬ不自由を感ずるのは言ふまでもないことです——そしてなほその表面に大きくのさばつた字がペンキかタールかで書かれてあるのですが、それはしつつこい不愉快な、私の気のせゐか、ひどく厭らしい臭ひを放つてゐたのです。蓋の上に斯う書いてあります——「紐育アルバニイ街アデレイド・カーティス夫人行──コルネリウス・ワイヤット出。此面を上方に向けるべし、取扱注意。」

さて私は、アルバニイのアデレイド・カーティス夫人が画家の夫人の母親であることを知つてゐたのですが──私は不思議な気持になつてその宛名全体を眺めました。私は、そしてその箱並びに内容が、紐育チェムバー街にある我厭世画家の画室よりも北へ運ばれることはないと、こゝろにきめました。

最初の三四日は良い天気で、風が北に変ると、我々は忽ち陸を見失ひました。船客は至つて上機嫌で、お互に睦じく話し合ひたがりました。併し、ワイヤットと妹たちは例外で、(もう一人の人については私はつい無作法に考へたのですが、)──まことに頑なに振舞ひました。私にとつて、ワイヤットの態度はあまりに気になりません。彼はいつもの場合よりもまた一層陰鬱でしたが──事実彼は気むづかしかつたのですが──併し、私は彼の奇矯に対しては既になれてゐたのです。けれども、その妹たちに至つては、私は何とも合点が行かなかつたわけです。彼女達は殆ど船室の中に閉ぢこもつたきりで、私が重ね重ね甲板へ出て誰かと話でもするやうに勧めるのも、ひたすら拒みました。

ワイヤット夫人自身はもう少し愉快でした。言ひ更へれば彼女はおしやべりなのですが、おしやべりは海に於いても決してふさはしいものではありません。彼女は大抵の婦人達と非常に親しくなりましたが、併し私の驚いたことには、彼女の様子には男に対する魅力なぞは少しも見られなかつたのです。彼女は我々を甚だ面白がらせてくれました。左様、

「面白がらせた」――と言ふより他なささうです。つまり、W夫人は笑ふことよりも、笑はれることの方がづつと多かつたのです。紳士達はあまり言ひませんでしたが、婦人連は忽ち、「お人好しで、あまり器量のよくない、無教育な、野卑なもの」と呼び合ひました。何だつてまたワイヤットはそんな配偶を背負ひ込まなければならなかつたのか、大きな不思議でした。富は一般にその理由になります――併し、これはこの際理由にはならないと言ふのは、ワイヤットが曽て、彼女は、持参金なぞは一弗も持つて来なかつた、と私に語つた事があるのです。「私は愛のために結婚したのだ。」と彼は言ひました。「ひたすら愛のためだ。然も花嫁は私の愛よりも迥かにまさるものだ。」私は友のこの言葉を思ひ合せて、愈々迷はざるを得ませんでした。彼が気が変になるなぞと言ふことがあり得るでせうか？　他に如何考へやうがありませう。彼はそれ程洗練され識見が高く、気むづかしい男で、欠点に対してもそれ程精密な感覚を持ち、また美に対してそれ程鋭い観察力を持つてゐたのでしたから！　確にこの婦人は彼を好いてゐるやうに見えました――特に彼が居合せない場合には――彼女が幾度となく繰返して口にする「愛する夫、ワイヤット氏」といふ言葉はまことに笑止なものでした。ところが、やがて、彼が彼女を著しく避けてゐるらしいことが知れ渡りました。彼は大部分船室の中にたつたひとりで垂れこめてゐて、如何にも妻を彼女の勝手放題に任せてあるやうな風に見えました。

　私は自分の見聞きした点から考へて、画家は何か途法もない運命の気紛れに依るか、或は熱狂的な取りとめもない熱情の発作にあるかして、何の値打もない女を妻に迎へてしまつた、その当然な結果として、全く堪へ難い嫌厭に陥つてゐるものと思ひ込みました。私は心の底から彼を哀れに思つたのですが——併し尚彼の「最後の晩餐」に関する隔意は矢張り許す気にはなれませんでした。これに対して私は必ず仇を打つてやらうと決心してゐたのです。

　或日彼が甲板に出て来たので、私はこれまでのやうに彼と腕をくんで、あちらこちら歩きまはりました。彼の憂愁は、併し、(無理もないと私は思つたのですが）全く少しも晴れません。彼は不機嫌にしかも強ひて僅ばかり喋りました。私が力めて一つ二つ言つた冗談に対しては、彼は大儀さうに微笑しようとしました。可哀想な奴め！——私は彼の妻の事を考へて、彼がそれでも愉快らしく佯はうとする気持さへ訝しく思つたのです。私は到頭急所を突いてみました。私はそれとなく、例の長方形の箱について探りを入れ始めたのです——私が彼の小ひさな楽しい隠し事に依つて嬲られはしないことを纔に仄めかしながら、私は先づ先手を打つて置いて観察しようと思つたのです。私は「あの箱の特異な形」のことを言ひかけて、したり顔に微笑しながら目くばせをすると、人差指で、彼の胸のあたりを軽くつゝきました。

　私のこの悪意のない串戯に対してワイヤットのしめした態度は、俄然彼が狂気してゐたことを私に信じさせました。最初彼は私の言つた洒落がよく呑み込めないらしく眼を瞠つて私を瞶めてゐたのですが、段々それが解つて来るに従つて彼の眼玉は殆ど飛び出さんばかりになつたものです。彼の顔は真赤になつて——それから恐しく蒼白になつて——そして、恰も私の仄かしたことがひどく可笑しかつたかの如くに、途方もない声で笑ひ出すと、おどろいたことに、いよいよはげしく、十分もそれ以上もの長い間哄笑を続けたではありませんか。そして挙句の果が、甲板の上にどつさりと打ち伏してしまつたものです。私が駈け寄つて彼を抱き起した時には、彼の顔は全く死人のやうでした。

　私は助けを呼んで、骨を折つて、彼を気づかせました。彼は我に復りながら、しばらくわけの判らないことを喋つてゐました。翌朝になると彼は体だけは全く回復したやうでした。勿論精神について言ふのではありません。私は船長の忠告に従つて、それから以後その航海中は一切彼と会ふことを避けてゐました。船長は私と同じやうに彼の発狂を認めてゐたのですが、この事は船中の何人にも言はぬやうにと私に注意しました。

　ワイヤットのこの発作につゞいて、私の性来の好奇心を唆るやうな種々な事件が起りました。その一つは、こんな事でした。私は強い緑茶を飲んだために、眠れなくて夜中苛々してゐたのです——事実、私は二晩も碌々眠らないことがありました。さて、私の客室は、単身の船客に普通なやうに、中部船室、或は食堂へ通じてゐました。ワイヤットの三つの部屋は、後部船室にあるのですが、其処と中部との仕切りは、ちよつとした引き戸があるだけで、それは夜でも鍵がかゝらないのです。殆ど始終、かなりの軟風が吹いて船が著しく風下へ傾いでゐたので、その引き戸は半ば開きかゝつてゐたのですが、誰もわざわざ起きて行つて閉める者はなかつたのです。ところが、私の寝台の位置からは、部屋の扉が問題の扉と等しく開いた時には、（しかも私のところの扉は熱度の加減で絶えず開いてゐるのでしたが）後部船室が手にとるやうに見えるばかりではなく、また恰度其処がワイヤット氏の客室に当つてゐたのです。で、二晩（続けてではないが）起きてゐる間に、共に十一時頃でしたが、W夫人がこつそりとW氏の客室から出て来て余分の室へ入つて行くのを判然と認めました。彼女は其処に夜明けまでゐて、夫に呼ばれた時に再び戻つて行くのでした。彼等が事実上別居してゐることは明かでした。つまり余分な部屋の謎はこゝにあつたのです。

更にもう一つ私の興味を惹いたことがありました。それは、私が眼をさましてゐた問題の二晩の間、ワイヤット夫人が別室へ姿を消すと間もなく、私は彼女の夫の部屋から洩れて来る或る奇妙な、用心深い、静かな物音に気がついたのです。私は彼女の夫の部屋から洩れて来る或る奇妙な、用心深い、静かな物音に気がついたのです。気をつけてしばらく耳を澄ました末に漸くその音の意味が読めました。図らずもそれは、画家が例の長方形の箱を鑿と木槌とを持つて開ける音だつたのです——木槌は明かに何か軟い毛か綿の類で頭を包んで音を殺してあるやうでした。

こんな風にして、私は彼がそつと蓋を開けるのを、詳しく聴き別けることが出来るやうに思ひました——そしてまた、彼がそつくりそれを取り外して部屋の中の下の段の寝床へ載せるのもわかりました。それは、たとへば、寝床の木の端へ蓋がぶつかつたらしく微かにコツンと鳴る音に依つてもわかつたし――それに床の上にはそれを置く余地がないのです。その後は、森と静まつて、最早や夜明け近くまでは何も聞えて来ませんでしたが、ただひよつとして、若しも私自身の妄想から生まれたものでないとしたなら――低いすゝり泣き、或は殆ど聴きとりがたく圧しつぶされた呟き声のやうなものが聞えたやうな気がしました。啜り泣きか吐息に似てゐるのですが――併し勿論どつちでもあり得る道理がありません。私はむしろ自分の耳鳴りだつたと思ひます。ワイヤット氏は疑もなく、例によつて、彼の十八番を初めて――その藝術的熱狂の発作に耽つてゐたものに違ひありません。彼は箱の中なる絵画の宝に自分の眼を楽しませるべく、その蓋を開いたのでした。そこには併し、何一つとして彼をすゝり泣きさせるやうな物は入つてゐなかつた筈です。それで、私はそれが単に、ハアデイ船長の心尽しの緑茶にそゝのかされ私の気まぐれな幻聴に過ぎなかつたことを重さねて言ひたいのです。明け方間際に及んで、その二晩とも、ワイヤット氏が長方形の箱の蓋をして、再び音を消した木槌に依つて釘を元通り打ち込むのを、私ははつきり聞きとりました。これが済むと、彼は正装した姿で部屋から出て来て、別室の夫人を呼びに行くのでした。

　海上に七日の日数が過ぎて、船はさてハッテラス岬を過ぎたばかりでしたが、その時恐しい疾風が南方から襲つて来たのです。併し、前々から天候の険悪を予想することが出来たので、船は多少その準備がととのつてゐました。上から下まですつかりきちん、、とし てゐたので風が烈しくなると遂に、二重に縮帆された後檣縦帆と前檣中檣帆とを用ひることにしました。

この艤装で、船は四十八時間安全に――申し分ない上等な船であることを証明しながら、殆ど浪をかぶることもなく進んで行きました。ところがそれが過ぎると疾風は颶風に変つて、我々の後檣縦帆は細紐の如くに引き裂け、次から次へ続けざまに凄まじい大浪をかぶりました。これに依つて我々は三人の男を浚はれ、また厨房とすべての左舷の舷檣を失ひました。そしてあなやと思ふ間もなく前檣中檣帆を滅茶々々に裂かれてしまつたので、我々は荒天支索帆を上げたのですが、それでやうやく持ち返へして、船は前よりは一層しつかりとして進みました。

併し、疾風は尚ふきつのるばかりで却々やみさうな模様も見えなかつたのです。索具は外れてひどく張り切つてゐることを発見されました。そして暴風の第三日目の午後五時頃に至つて、我々の後檣はおそろしく風上に傾きながら甲板の外へ落ちました。そのために船が凄じく横揺れするので、一時間以上もか、つてそれを直さうと甲斐なく努力したのですが、それが果されぬうちに、船匠が来て船艙の四呎も水の入つたことを告げました。この窮境に加へて、更に我々はポンプが殆ど役に立たない程塞がつてゐるのを発見したのです。今や全く狼狽し絶望したのですが――たつた一つ残つてゐる試みと言ふのは、船荷を海へ投げ棄てることと、残つた二本の檣を切ることに依つて船体を軽くすることでした。我々は到頭これを為し遂げました――併し、それでポンプをどうすることも出来なかつたので、その暇に水はどんどん侵入して来たのです。

日暮れ方に及んで、疾風は心持烈しさを減じて、海もそれに従つて静まつて行くやうだつたので、我々はなほボートに乗つて助かることに薄い望みをかけてゐました。八時頃になると、雲が風に飛んで、我々はそのお蔭で満月を見ることが出来ました――この吉運のかけらは我々の挫けた心を不思議にはげましてくれたものです。

信じ難い程の努力の後に、遂に我々は大型ボートを無事に舷側へ出すことに成功しました。そしてそれへ乗組員の全部と船客の大部分とが群がり乗りました。この一団は直ぐに本船を放れましたが、非常な艱難の末、難船後三日目にオクラコオクの浦へ無事に着くことが出来たのでした。

十四人の乗客及び船長が、船尾の小形短艇と運命を共にする覚悟で船に残りました。我々はそれを容易く下ろすことが出来ましたが、併し水面に触れる時にそれが顛覆しなかつたのは全く奇蹟と言ふの他ありません。これへ乗つた人々は、船長夫妻と、ワイヤット氏の一行と、メキシコの官吏夫妻とその四人の子供たちと、それに私及び一人の黒奴の従僕とでした。

勿論我々は絶対的に必要な道具類と、いくらかの食料品と、身につけた衣服の外には、何一つ持ち込む余地もありませんでした。誰だつてそれ以外の如何なる物も助けようなぞとは考へなかつたのです。ところが本船を幾間か離れた頃、ワイヤット氏は船尾座に立ち上ると、船長に向つて冷然と、自分の長方形の箱を取つて来るために、もう一度ボートを戻してくれと要求したものです。

「お坐んなさい、ワイヤット氏！」船長は逭に厳しく答へました。「ぢつとして温なしく坐つてゐて下さらぬと我々は皆引繰返へされてしまひます。上舷が危く水に入りかけてゐるではありませんか。」

「箱だ！」とワイヤット氏は矢張り立つたまゝ喚き立てるのです――「箱だと言ふのに！ハアデイ船長、君はまさか嫌だと言ひやしまいね。大した重さではない――ほんの些細なものだ。君の生みのお母さんの名に依つて――上帝の愛に依つて――救の望みに依つて、後生だから箱のところへ戻してくれ！」

船長は鳥渡の間、画家の熱心な哀訴に心を動かされたものゝやうでしたが、併し再び厳粛な態度に復つて、言ひ切りました。

「ワイヤット氏、あなたは狂気して居られる。私はあなたの言ふことを聞くわけにはいかん。お坐んなさい、さもなければボートは顚覆してしまひます。待ちたまへ――彼を止めて――彼をつかまへて下さい！　――彼は飛び込むつもりで！　そら――到頭、やつてしまつた！」

船長の言つたとほり、ワイヤット氏は本当にボートから身を躍らせました。そして、難破船の風下にゐたのにも拘らず、殆ど超人的な努力に依つて、船首錨鎖から下つてゐる綱へ縋りついたのです。それから直ぐに甲板に飛び上ると、物狂ほしい勢で船室へ駈け下りて行きました。

その間に、我々は本船の艫の方へ流されてしまつて、漕ぎ戻さうとこゝろみたのですが、我々の小さなボートは暴風の息吹の中の羽毛にも等しかつたのです。我々は不幸な画家を見捨てなければなりませんでした。

本船と我々のボートとの距りが急速に大きくなつた時に、漸くその狂人（さうとしか考へやうがなかつたのです）の姿があの長方形の箱をそつくり引きずりながら、甲板昇降口に現はれるのが見へました。我々が驚きの眼を瞠つて眺めてゐる中に、彼は素早く三吋綱を以て箱を自分の体へぐるぐる巻に縛りつけました。それからさて、箱諸共海へと飛び込んだのですが――急に、そのまゝ永遠に消えてしまひました。

我々は、しばらく櫂を息めて、愁はしくそこの一点を瞶めてゐました。やがて、我々は漕ぎ去りました、一時間も沈黙が続きました。到頭、私は思ひ切つて言ひました。

「ねえ、船長、どうしてあんなに急に沈んでしまつたのでせう？　甚く訝しいぢやありませんか？　実のところ僕は、彼があの箱に体を結びつけたのを見て、ひよつとしたら助かるかな、とさへ思つたのですがね。」

「沈むのが当然です。」と船長は答へました。「弾丸のやうに沈むわけです。併し、直ぐにまた浮かんで来るでせう――塩が溶けさへすればね。」

「塩！」と私は叫んだ。

「しッ！」と、船長は死んだ男の妻と妹とを指して言ひました。「こんな話は、もつと他の適当な時にするものです。」

　我々はそれでも運命の味方を得て、遭難の四日の後に命辛々ローノーク島へ着くことが出来ました。我々はそこで一週間を過してから、遂に紐育へ向ふ便船を得ました。「インデペンデンス」沈没後一月程経つて、私はブロオド・ウェイでゆくりなくもハアデイ船長と出会ひました。我々の会話は自然、遭難当時のこと、とりわけ哀れなワイヤットの悲しい運命の上に落ちて行きました。そこで、私は初めて、次のやうなおどろくべき事実を知りました。

　画家は彼自身と妻と二人の妹と召使とのために船室をとつたのでした。彼の妻は、実際、彼の言つた通り最も愛らしい最もすぐれた婦人だつたのです。六月十四日（即ち私が船を訪れた日のことです）の朝、突然彼女は病気になつて死んでしまひました。若い夫は悲しみのために気も狂はぬばかりでしたが――紐育行の航海は如何しても延ばせない事情にあつたのです。彼はいとしい妻の亡体をその母親のもとへ届けなければならなかつたのですが、併し世間一般の僻見は、彼が大びらにさうする事をもとより許してくれるわけもなかつたのです。船客の九割は、死骸と共に乗船することを拒んでくるに違ひありません。この板挟みにあつて、ハアデイ船長は先づその屍体に香料を塗つてから沢山の塩と共に適当な大きさの箱につめて、そして一個の商品の如くに装つて船へ持ち込むやうに計つたのでした。妻も死んだことは何も言つてゐないし、またワイヤット氏が妻の乗船を契約してゐることは既に知れ渡つてゐたし、それでその航海中誰か身代りの者が必要になつたのです。亡つた夫人の婢がそれには最も適当でした。余分の客室はもともとこの娘のために用意されたものですが、そこでこの偽の花嫁は毎晩別に寝ることにしたのです。そして昼間はせい一つぱい彼女の女主人の役をつとめました――船客の中に夫人の姿を知つてゐる者のないことは気をつけて確められてあつたのです。

　私の誤りは畢竟するに、あまりに不注意な、あまりに穿鑿好きな、またあまりに軽はずみな気質のお蔭に他ならないのです。併し、私はこの頃の夜、熟睡の出来たためしは滅多にありません。絶えず私につき纏ふ顔があるのです。そして、ヒステリカルな笑ひ声がいつまでもいつまでも私の耳の底で鳴つてゐるのです。

早過ぎた埋葬

興味津々として人に迫るけれど、さて普通の物語とするには余りに凄すぎると言ふやうな材料が幾らもある。したがつて世の常の物語作者は、怖毛を顫はせたり胸をむかつかせたりしたくない限り、かう言ふ材料は避けなくてはならない。然し此等の材料が事実としての厳粛さと権威とを以て是認され支持される時、初めて物語として正当に織り出されるのである。例へば、ベルゼナア河の殺戮、リスボンの大地震、ロンドンの悪疫、セントバアソロミュウの虐殺、カルカッタの地獄窟に於ける囚人百二十三名の窒息死等々に就いての記事を読むならば、何人も押へ切れない強烈な快苦感に戦慄するのである。然し、此等の記事、それも特に魂を顫はすやうな所はことごとく事実、正真正銘の現実の姿、歴史そのものである。これが唯の作話であつたなら私達は単に嫌悪の情のみを感じて面を背むけるであらう。

私は歴史上の比較的著名な大規模の惨禍を此処に挙げて見たのであるが、此等の記事が人の感情にかくも活々と印象されるのは、惨禍そのものの特質に因るのは勿論の事として、更にその広汎性にも基くのである。それで私が今長い、不気味な人間の惨苦の型録の中から、是等の大規模の広汎的な災禍には屈してゐない、而もそれよりは一層根深い苦痛に満ちてゐる個人的な不幸の例を記述するのを選んだ訳は読者も御分りであらう。真個の惨さ、全く、どうにもならない最後的の恐怖――それは個別的なものであつて、広い範囲に行き渡つてゐるものではない。最も凄い極端な苦痛はいつも単独の人間に依つてのみ味はれる。決して集団的にではない。――その点、我々は恵深き神に感謝しようではないか、生きながら葬られる――此事こそ、これまで人間の運命の上に落ちて来た極端な不幸の中で、特に疑ひもなく最も怖ろしいものである。而もこの種の不幸が屢々、実に屢々存在したと言ふ事は、物を考へる事の出来る人達の到底否定し得ないところである。生きてゐる事と死んだと言ふ事の区別はそれ自体が朦朧した黄昏に過ぎない。そもそも何処で生が終り、何処で死が始るのか。誰が明瞭言へるだらう。ある病気によつては生の外部的の機能は全く停止状態に這入るが、その実は（正確に言ふと）単に中止してゐるに過ぎないのがある。不可解な機械組織の一時的休止に過ぎないのである。暫くすると、ある見えない不思議な精気が働いて魔法の歯輪が軋み出し続いて大輪が廻り始めると言ふ次第だ。銀の紐が永久に切れ、金の容器が修理し難いまでに毀れたのではないのだ。然し、では、その間、霊は何処にゐたのか。

この種の一時的休止の病状は珍しくない。従つて時には早すぎた埋葬を促すやうな事もあり得ると言ふ。『かゝる原因はかゝる結果を生ず』との先駆型の不可避的結論は兎も角として、私達は医学上の或は通俗的な経験からこのやうな早期埋葬の実際起つたと言ふ事を直接に立証し得る夥しい事実を知つてゐる。若し御希望ならば、幾多の信頼すべき例証を此処に挙げてもいい、その中の最も顕著な一つとして、読者のある方々には尚記憶新なる事実がバルチモアに近接したある市に起つたのである。その事件は痛々しい強烈な且つ広汎な驚駭を捲き起した。最も尊敬すべき市民、著名の法律家にして国会議員なる某氏の妻女が突然訳の分らぬ病気に罹つた。これには彼女の侍医も手の下しやうがなかつた。酷く悶え苦んだ挙句死んで仕舞つた。いや死んだと思はれた。全く何人も彼女が実際死んだのかどうか疑つて見ようとさへしなかつたし、また疑ふべき理由もなかつた。彼女は普通見られる死の総ゆる外観を呈してゐた。顔の線は硬直し落窪んでゐた。脣は大理石のやうに蒼白かつた。眼には光沢が無かつた。身体には全く温が消えてゐて脈搏は止んでゐた。死体は三日間埋葬されずに置かれた。その間に死体は愈々硬ばつてコチコチになつた。けれど結局急激に腐爛し始めたやうに想はれたので葬儀は直ちに執行された。

　夫人は一族累代の墓地に納められた。その墓地の窖はそれから三年と言ふものはそのまま手を付けられなかつた。が、三年目の終りに、もう一つの棺を入れる為に窖が開かれる事になつた。だが、これはまた!!　なんと言ふ恐怖がその扉を自ら押し開いた良人を待受けてゐたことであらう！　扉が外側に揺れ開いた瞬間、何やら白い布を纏うた物がカラカラと奇妙な音を立てて良人の腕へしなだれ落ちて来た。それは彼の妻の骸骨であつた。――未だ腐らなかつた経帷子を着たままの。

仔細に調べて見ると、彼女は埋葬後二日間生き還へつたまま死なずに居たと言ふ事がわかつた。彼女が棺の中であまりに苦しみもがいたので、棺は石室の棚から床の上に落ちて割れて仕舞つた。それで彼女は棺から脱け出られるやうな結果になつたのであると言ふ事も判明した。偶然墓所の中へ、石油を一杯に満したままのランプを置き忘れて来たのであつた。今見るとすつかり空になつてゐた。しかしこれは蒸発して無くなつて仕舞つたものかも知れない。此凄惨な窖へ降りる階段の一番上に棺の大きな破片が発見された。彼女は此で鉄の扉を敲いて誰かの注意を惹かうと努めたものらしい。彼女は、かうしながら、全くの恐怖感から気絶して、おそらくそのまま死んだものであらうが、倒れる時に内側から突出てゐた鉄の金物に経帷子が引掛かつた。さうして、それなりの状態で腐れて行つたのである。――立つたままの姿で。

千八百十年仏蘭西で矢張りこの生きながらの埋葬と言ふ惨忍な事件が起つた。その時の仔細を知る者は誰も「事実は小説よりも奇なり」と言ふあの通り言葉を保証せずにゐられないのである。この物語の女主人公は、さる名門の、百万長者の令嬢で、比ひまれな美しさで知られたヴィクトリン・ラフールヤードと言ふ娘であつた。彼女に付き纏ふ無数の求婚者の中にジュリアン・ボッシュエと言ふ青年がゐた。彼は巴里の雑誌記者で一介の貧しい文士に過ぎなかつた。けれど彼の才稟と人懐しい快活な性分は、此令嬢の注目を惹いた。実際令嬢は彼を愛してゐるかのやうに見えた。けれど門閥の誇りよりして彼女は、遂にボッシュエ君を振り捨てて、可成有名な銀行家で外交官でもあるレネル氏と結婚して仕舞つた。でも結婚後、この紳士はすつかり彼女を疎んじた。疎んじたばかりでなく、積極的に虐待さへしたらしい。かうしてこの男の下に彼女は不幸な歳月を送つてゐたが、間もなく死んで仕舞つた。――少くとも彼女を一目見た人は死んだと思はざるを得ない程、死に酷似した状態に陥つたのである。彼女は葬られた。――累代の墓所の石室ではなく、彼女の生れた村の普通の墓地へ。失望悲嘆に暮れながらも、なほ昔の恋人の面影に胸を焦がしてゐたボッシュエは、せめて彼女の亡骸を発掘してその豊かな黒髪でも手に入れよう、と言ふ至極ロマンチックな目的を以て巴里から遥々遠い彼女の村へとやつて来たのである。彼は墓地に這入り込んだ。真夜中に乗じて、彼は棺を発掘し、それを、こぢ開けて将に、彼女の亡骸から黒髪を切り離さうとした。その時である。彼女の昔ながらの面眸がぱつちりと開いたものである！　実際彼女は生きながらに葬られてゐたのであつた。命脈がことごとく失せてゐたのではなかつた。彼女は愛人の抱擁に依つて、死と間違はれてゐた深い昏睡状態から呼び覚されたのであつた。彼は今や気も狂はしい許りになつて彼女を村の宿屋に脊負ひ帰つた。彼は相当の医学上の知識に基いて、彼女に甦生法を極力試みた。彼女は見事に蘇つた。彼女はボッシュエなる自らの命の救主であることを知るに到つた。

さうして体が本復するまで彼と一緒に宿をとつてゐたが次第に心も優しく潤ひ初め——もともと彼女の心だつて金剛石のやうに堅い訳でもなかつたし、且つ今度の愛の教訓こそ金剛石をも柔ぐに足るものであらうと言ふもの——で、総てをボッシュエ君に許したのであつた。彼女は二度と夫の許へは帰らず愛人と共にアメリカに奔つた。その後二十年経つてから永い歳月は彼女の容姿を変へて、おそらくどんな親友でも見別けはつくまいと安心して二人は再びフランスに戻つて来た。然しこれは早まり過ぎた。と言ふのは、夫のレネル氏は一眼で彼女の正体を看破つてしまつたからである。さうしてレネル氏は彼女に再び妻としての復帰を要求した。彼女は、もとよりこんな要求は言下に拒絶した。法廷も彼女を支持して、かうした特殊な事柄の下にあつて、而もかゝる長年月が過ぎてしまつたからには、法律上からまた一般の徳義上からして、レネル氏の夫人としての権利は消滅したものであるとの判決を下した。

　アメリカの出版者が飜訳して出したがりさうなライプチッヒの「外科医報」と言ふ、相当権威のある、さうしてなかなか気の利いた定期刊行誌があるが、それの最近号は此一件に類した非常に惨な椿事を記載してゐる。

　巨大な体軀の、とても壮健な、一歩兵士官が、ある時悍馬を乗りこなさうとして不意投げ落されそのまま気を遠くしてしまつた。頭蓋骨がほんの僅か挫けただけで別に差迫つた危険もないやうに見えた。円鋸術も上首尾に成し遂げられ、放血法その他の手当も充分に施された。けれど、どう言ふわけか刻々と怪しい状態に陥ちて行つて次第に見込みが無くなり到々死んだと言ふ事になつた。

天気は蒸し暑かつた。そこで彼は無作法にも非常に慌だしく公共墓地に埋められた。彼の葬式は木曜日に行はれた。その次の日曜日には、いつものやうに、多くの墓参者が墓地内に雑踏した。正午頃一人の百姓が例の士官の墓の上に腰を下ろしたところどうやら誰か下で藻掻いてゐるかのやうに地面がムヅムヅ動き出したやうな気がした、いや確に動き出したと言ひ出したので、容易ならぬ騒動が持上つた。初めのうちは、此男の言葉は余り気にも留められなかつたが、然し彼の顔色のまざまざとした恐怖と、その事実を主張して止まない執拗さの為に、遂々、群集の総ては必然的に色めき出した。其処で早速鋤が持ち出された。墓は恥しい程浅かつたから、二、三分掘つたかと思ふ中に、もう棺の頭が見え出した。士官はその時も死んでゐるやうに見えた。然し彼は殆んど真直に体をたてて棺の中に坐つてゐた。さうして棺の蓋は、狂暴に藻掻いた為に、半ば持ち上げられてあつた。

彼は直ちに最寄の病院に担ぎこまれた。病院では仮死の状態にはあるがなほ生きてゐると診断した。数時間にして彼は甦つて知人の顔を識別し得るまでになつた、さうして途切れ〳〵ではあるが墓の中の苦痛を話し出した。

彼の話から推すと、埋葬後一時間以上も生存の意識があつた事は明らかであつた。墓は無造作に且つ不注意に埋められたので土と土との間に無数の間隙が残つてゐた。その孔から空気が幾らか這入つて来たのである。彼の頭の上に人々の跫音を聞いた、で、どうにかして此方の存在を知らせようと努めた。彼を深い昏睡から喚起したと思はれるものは（と彼は言つた、墓地内の雑踏のやうであつた。）けれどそれと同時に如何に自分が怖ろしい位置に封じられてゐるかを明瞭と意識するに到つた。

更に記載さるる所に依ると此患者はその後至極経過良好で、いよいよ回復に近づきつゝあつたが、大事の間際で、藪医の手術の犠牲になつてしまつたのである。つまり電気手術を受けたのであるが、よくある事でいきなり前後不覚の発作を起して今度こそ真実に息絶えて仕舞つたのである。

電気手術と言へば、私は有名な、而も極く稀な同種の事件を想ひ起すのである。然しこれは殺した話でなく、二日間も葬られてゐたロンドンのある若い弁護士を蘇生させた話である。これは一八三一年の事でその当時到る所で話題とされ、素晴らしい感動を引起したものである。

患者エドワード・スタップルトンは窒扶斯に罹つて医者の好奇心を唆るやうな異常な症状を呈したが外見上死んだやうに見えた。其処で、遺族達に、どうか死体解剖を許して呉れるやうに頼んで見たが彼等は応じなかつた。かう言ふ申出が拒絶された場合によくある奴で、医者達は秘かに死体を掘り出して、自由に解剖しようと決心した。この計画は、ロンドン界隈到る処に満ちてゐる死人発掘業者の手を藉りて、造作なく遂行された。葬式後三日目に、深夜に紛れて、死体と想はれた所の物を深さ八尺程の墓から掘出して来て、ある私立病院の手術室に持ち込んだ。

ある程度の腹部切開を試みたところが身体の各部が如何にも生々としてゐて、腐敗したやうな様子が少しもないので、電気試験をやつて見ようと言ふ事になつた。数回電流を通じて見た結果は普通の如く別に異つてはゐなかつたが、たゞ、一、二回、その痙攣的な動作の中に並々ならぬ生気が閃いたことは注目に価した。

大分夜も更けて行き、黎明近くなつたので、結局暇取らない中に解剖した方がよからうと言ふ事になつた。然し、一人の助手が自説を試験して見たいと熱心に希望し、胸部のある筋肉に電流をかけさせてくれと言つて肯かなかつた。そこで、一寸切り口を作つて手早く電線を接続した。すると死体は突発的な、然し全く非痙攣的な動作で、不意に起き上つたかと思ふと、手術台から降りて床の真中へ跳び出したのである。さうして、暫時自分の周囲を不安さうに見詰めてゐたがやがて――口を開いた彼が何と言つたか全く分らなかつたが、とにかく言葉が発せられたことは間違ひなかつた。而も音節は一々明瞭してゐた。言葉が終ると一緒に彼自身も床の上にドタリと倒れた。

暫くの間、一座の者は全く恐怖の為に全身痺れたやうに思つた。けれど容易ならぬ事態であると悟つて漸く各自気を取り直した。スタップルトン氏は気絶はしてゐるが死んでゐるのでないことが判つた。エーテルを呉れると彼は間もなく生きかへつた。さうしてずんずんと目ざましく良くなつて元の健康体に復(ふく)すると共に、親戚知己(ちき)の間に戻つて行つた。スタップルトンの蘇生の一部始終を彼等に物語る事は、再発の恐れが全く無くなるまで保留されて居たのである。此(この)吉報に接した彼等の茫然(ぼうぜん)たる驚きと有頂天(うちようてん)の悦(よろこ)びとがどんなものであつたかは想像に委(まか)せる次第である。

此(この)事件の最も戦慄(せんりつ)すべき特異性はスタップルトン氏自(みずか)ら陳述(ちんじゆつ)する所に存在する。彼は此(この)期間全く無意識であつたと言ふ事は一時(いつとき)も無かつた。朦朧(もうろう)と雑然とではあるが、彼の身の上に起つた事は一切即ち医者に依つて死んだと宣告された時から、病院の床の上に昏倒(こんとう)するまでの一切をことごとく気付いてゐたと彼自(みずか)ら確言(かくげん)してゐる。自分が病院の死体解剖室に居るのだと気付いて、最後のドタン場に瀕(ひん)しながらも極力声を搾(しぼ)つて叫んだ、先刻の意味の分らぬ言葉と言ふのは実は『俺は生きて居(い)るんだ』と叫んだのであつた。

この種の記録をいくらでも列挙するのは容易(ようい)な事だが、然(しか)しそれは止(や)めよう、『早過ぎた埋葬』が起ると言ふ事実を立証する為にこれ以上何もそんな廻りくどいことは要らない。考へても見給(みたま)へ。其事(そのこと)の性質上滅多(めつた)に吾々(われわれ)の目には触れない。従(したが)つて事実上、吾々(われわれ)には知られずにかゝる事件が甚(はなは)だ『頻繁(ひんぱん)』に起ると言ふことは認めない訳には行かない。何らかの目的で墓地が取払はれるやうな時、吾々の最も怖ろしい疑惑を暗示するやうな姿勢の骸骨を発見しないやうな事は殆(ほと)んどないではないか。

この疑惑は全く怖ろしい。――けれどそれよりも当人の運命に到つては世にも怖ろしい限りではないか。死に切らぬ前の埋葬——これにも増して人間の肉体並びに精神の激しい苦難を想はせる事件が他に絶対にないと極言して宜しいと思ふ。堪へ難い肺臓の逼迫、湿つた土の息も詰るやうな臭気、体に獅噛ついてゐる経帷子、身動ぎもならない柩の抱擁、絶対の夜の暗さ、押し被さつて来る海のやうな沈黙、目には見えないが何処かでもぞもぞする征服者『蛆虫』の感触——さうして一方地上を想つて見給へ。其処には麗かな空気と草木とがある。自分のかうした運命を知つたなら飛んで来て救ひ出して呉れるであらう、親しい友達が幾等でもゐる。然し所詮、知らせる手段はどう藻掻いても有様はない——自分の望なさは真の死人の望なさと全く同様である事等を意識する。かうした意識はなほもときめいてゐる心臓に身も世もない悲しみと——いかなる突き詰めた想像でも思はず逡巡するやうな——戦慄とを醸し出すであらう。私は地上に於けるこれ以上の苦難を知らない。いや陰府の氷寒地獄の責苦すらこの半ばに達しないと思はれる。而もかう言ふ物語のどれもこれもが総じてゾクゾクするやうな興味を感じさせるものである。私は興味と言つた。然しそれは題材それ自身の神聖な畏怖感を通して物語られる事件の実在性を吾等が確認するが故に必然に而も特別に生ずる興味である。私のこれから述べんとする所は私の自身の実際の知識——自からの確実な身を以て経験した物語である。

扨て私は永い間、世にも不思議な病気に罹つてゐた、医者達は他に名づけやうもない所からこの病気を類癇と呼んでゐた。この病気の直接の原因及び潜在的素因、或はその実際の兆候等は総て神秘の雲に覆はれて分らなかつたけれど、病気そのもの、外見上の性質は誰にもすぐ了解されるものであつた。それは主として程度に依つて色々になるもので、此病気の患者は或時は僅か一日、時に依るともつと短い間ですむ事もあるが、一種の頑強な昏睡状態に陥入るのである。患者は全くの無感覚、外面上には不動の状態を持続する。然し脈搏だけは微ながらも聞えて居て一脈の温みも残つてゐる。頬の真中辺には、あるかないかの赤味が未だ消えずにゐて、脣に鏡を当てがつて見ると、鈍調で不規則な躊躇ひ勝の肺臓の運動も認める事が出来る。次いで再び夢幻の状態が数週間乃至は数ケ月間持続するのである、その間は、どんな精密な検査も最も厳重な診断もその患者の容態と完全な死者との区別が明瞭には付きかねるのである。大抵の場合此等の患者が「早すぎた埋葬」を免かれるのは、唯以前彼が類癇に罹つた事があると言ふ友人達の記憶が続いて喚起される疑惑、就中、腐敗の傾向が無いと言ふ事に依るに過ぎない。幸ひ、病勢の進行は漸進的である、徴候は注意を惹くことは惹いても、不分明である。この発作が漸進的に明白になつて来て回を重ねる毎に前回よりも継続期間が長くなる。此処に危く埋葬から救はれる理由が存するのである。然し偶々、最初の発作にも拘らず（時々ある事だが）それが非常に永いと言ふやうな患者は殆ど避け難く生きながら墓場に葬られるのだ。

　私自身の病状は医学書に説明されてゐるものと特に異つてゐる所はない。時折、何と言ふ格別の原因もないのに、次第々々に半ば仮死の状態に陥入る。さうしたなりで苦痛もなく、動く力もなく、厳密に言ふと考へる力もなく、唯自分自身と自分の枕辺を取巻いてゐる人達の存在を朦朧と夢うつつに意識しながら突然病症の転機が来て完全に正気づくまでそのまま横はつてゐるのである。だが、また時には全く不意に急激に襲はれる。先づ気持が悪くなる、痺れが来る、寒気がする、目が眩んで来る。さうして突然倒れて仕舞ふのだ。さうして、そのまま何週間も総てが空で真暗で、沈黙で、宇宙万物が虚無に帰つてゐるのである。これ以上の空寂があり得やうか、然し、かうした状態から私は徐々に、発作時の急激だつた割合には緩かに目覚めて来るのである。恰度長い落莫たる冬の夜の身寄もなく家もなく、巷を彷徨ふ乞食の上に夜が明けかゝる時のやうに、実に鈍々と、実に懶げに而も嬉しげに生命の夜明が訪れて来るのだ。

　この全身強直の病癖以外には、然し私の体は至つて丈夫の方だつた。また、私の平生の睡眠状態の特質性が時に依つて長びくのだと思ふ以外、別に空恐しい持病があるとは信じられなかつた。私は眠から覚る時、決して直ちに明確な意識に立ち返へることはできなかつた。常に茫とした、取り止めない状態に数分間彷徨うてゐた。一般的に精神機能、殊に記憶の働きは全く中絶の状態に置かれた。

　私の忍ぶべき苦痛は肉体的には少しも無かつた。然し精神的のそれに到つては実に無限であつた。私の幻想は直ちに納骨堂に囚はれた。私は蛆虫、墓石や墓碑銘に就いて譫言を口走つた。私は死の夢幻に没頭してゐた。「早過ぎた埋葬」の危惧が絶えず脳裡を往来してゐた。この妖しい不安は夜となく昼となく私を悩ました。昼間に於ても勿論その苦しさは並々ならぬものであつたが、夜となると一層堪へがたいものとなつた。凄愴な闇が地上に降りると、私は物思ふ毎にいよいよ怖しく、葬儀馬車の羽根飾りのやうにたゞ身を顫はせるのみであつた。私は人間としての精根が尽きて仕舞ふと、私は悶えながらも眠に落ちて行くのである。――目が覚めた時、若し墓場の中に自分がゐたらと思ふと怖ろしい限りではあつたけれど。かうして最後に眠に着くのであるが、然しそれも結局、幻想の世界へ――巨大な、真黒な、蔽ひ被さるやうな翼をもつて羽搏する「墓場」の夢想へと陥ちて行くに外ならない。

夢の裡に私を苛なんだ数限りも無い陰鬱な幻想の中から私は唯一つだけ選び出して、玆に書いてみよう。

その時のカタルプシイの昏睡状態は、おそらく、いつもよりも、永く且つ深いものであつたらしい。突然氷のやうに冷やかな手が私の額に触れた。同時に性急で早口な声が「起きろ！」と呼んだ。耳の奥から聞えて来たやうな気がした。私は真直に坐つた。周囲は鼻のつかえるやうな烏羽玉の闇であつた。私を呼び起した者の姿を見とめることは出来なかつた。私は自分が発作を起して倒れたのは何時頃であつたか、その時何処に居たのか、全く思ひ泛ばなかつた。私は身動もせずに、ひたすら考へを集中させようと努めて居ると、冷たい手が私の手頸を強く握つて、ぢれつたさうに振つた。さうして例の早口な声が耳許で響いた。

「起きろつたら起きろ、俺の言ふのが聞えないのか。」

「だがさう言ふお前は何者だ。」

と、私は突込んだ。

「俺か、俺の今住んでゐる国では名前などは見当らないんだ。」

その声はどうやら悲しげに響いた。

「俺は元、人間だつた、だが今ぢや、悪魔と言ふ奴さ、俺は無慈悲だ、だが物の哀れを知らない訳ぢやない。お前は俺の顫へてゐるのが解るだらう。俺が喋る度に、歯の根ががちがち鳴るが、夜の寒気、無窮の夜の寒気で顫へてゐる訳ぢやない。だが、この怖しさは如何だ。お前は如何して、安々と寝てゐられるのだ。此等の光景には俺はもう辛抱出来ん。さあ起きろ! 俺と一緒に外の夜の世界に出て来い。俺はお前に墓場を発いて見てやらう。さあ此奴が、恐しい世界でなくてなんだ。よく見ろ!」

私は眼を瞠つた。尚も私の手頸を握り締めてゐる見えざる影が全人類の墓場を開いて見せたのだ。墓からは、何れも腐肉の燐光が流れ出てゐた。私はその微かな光りを便りに墓の有ゆる隅々を見透すことが出来た。其処には蛆虫と共に、哀しい、厳かな眠に落ちてゐる屍衣を纏うた人々の姿を見た。ああ、然し真実に眠つてゐる者は極めて稀れであつた。少しも睡めぬ人達は彼等に比べて幾百万と言ふ程多かつた。彼等の弱々しく踠くのが見えた。誰も彼も一様に悲しい不安の裡にあることを語つて居た。無数の墓の奥深い底から経帷子が侘しげに落葉のやうに鳴る音がした。安らかに眠つてゐるやうに見える者でも大部分は、程度の差はあるが、いづれも埋葬された当時の緊縛された窮屈な姿勢から変つてゐるやうに見えた。かうして見詰めてゐると、再び声が響いた。

「これが――これが惨な光景でないのか。」

然し、私が答へる暇もない中に、その影は私の手頸を押えた手を急に放した。と、燐光も同時に消えた。墓も忽ち閉されて仕舞つた。その途端、墓場の中から再び「おお神よ、これが惨な光景ではないのか」と叫ぶ騒々しい絶望の呻が洩れて来た。

夜になると浮かんで来る此等の夢幻が目ざめてゐる時も恐るべき力を以つて迫つて来た。私の神経系統はことごとく困憊し、私は絶えざる恐怖の餌食になつて仕舞つた。私は乗馬、散歩、其他自分を戸外に運ばねばならぬやうな一切の運動を躊躇するやうになつた。実際私のかうした常習性の類癇をよく知つてゐる人達の傍を一歩でも離れると、ひよつとして通例の発作に襲はれた場合真実の状態が確められない中に葬られはせぬかと考へて私はどうにも自分の安全を信ずる訳には行かなかつた。私は最も親しい人達の注意と信実さへ疑つた。万一、これまでにないほど昏睡状態が長引いて、彼等も、是では愈々駄目だと見切りを付けるやうに説き伏せられる事はないかと気遣つた。いやそれ所ではない。今まで度々迷惑を掛け続けて来たから、少しでも永引いた発作にでも取り憑れたら、それをこの煩はしい病人を厄介払ひをする何よりの口実とするかも知れない。其処まで考へるやうになつたのである。彼等が如何に神命に誓つた約束をして私を安心させようとしても無駄であつた。如何なる事情であらうと私の死体が目に見えて腐爛して行き、もう到底保存に堪へない程度になるまで葬らないと言ふ最も神聖な誓言を私は彼等に強要した。然し、さうしても、なほ私の怖れは消えなかつたし、如何なる気休も受付けようとはしなかつた。私は遂々綿密な系統立つた一つの予防組織を案出した。先づ最初に累代墓所の窖を内部から自由に開けることが出来るやうに作り変へた。墓の内側に深く突出してゐる長い梃杆を一寸でも押せば表の鉄の扉が弾ね上るやうに慥つた。それから私の容れらるべき棺から直ぐ手の届く所に食物や水の便利な容器が置かれ、空気や光線も自由に出入できるやうに考案された。また棺そのものはふんわりと柔かい敷物で覆はれてあつて、且つ、棺の蓋は、窖の扉と同様の仕掛けで、少しでも体を動かせば、容易に開くやうな発条が附いてゐた。のみならず、大きな鈴が天井から下つてゐてそれに附いてゐる紐が棺の穴を通つて中の体の片手に結ばれるやうな仕組にもなつてゐた。ああ然し、こんな人為的な用意が人間の宿命に対して何の役にたとう。如何に巧妙な安全装置も、宿業の呪はれの身を、この忌はしくも堪へがたい「生きながらの埋葬」の苦しみから救ふことは出来ないのだ。

ある時――前にも屢々あつたが――私は、全くの無意識状態から、最初の最も微かな不分明な生存の知覚へ戻りつゝ、あつた。実にのろのろと亀の歩みをもつて意識の世界が白らみかけて来た。夢うつつの不安、鈍調な苦痛の無感覚に近い持続、何の望みも何の努力もない、それから、暫く間を置いて耳鳴りがし出す。次に再び長い間を置いて体の節々が痛み出しやがて楽しい無限をも想へる静寂が訪れる。その間に覚めかゝつた感情が次第に意識を形作らうと足掻く、それから再び短い失神の境を彷徨した後、突然吾に還へるのである。やがて瞼が微かに慄へる、と思ふと忽ち無限の激しい恐怖が電流のやうに襲つて来て顳顬から心臓まで血が一時に逆流する。さうして初めて確実に物を考へやうとする努力が生ずる、憶ひ出さうとする努力も起つて来る。さうして微かにおぼつかないながらも、どうにかそれが成功して、やつと、ある程度まで自分の現状が判りかけて来るのである。自分は普通の眠から覚めつつあるのではない、と感ずる。類癇に襲られたのだなと思ふ。さうして最後に、海の大濤のやうな一つの怖ろしい観念に依つて私の震へてゐる霊は一堪りもなく圧倒される。――それはあの幽霊のやうな執念深い一つの観念だ！

　このやうな想像に因はれてから数分の間は私はたゞ凝然と動かずにゐた。何故か。何故と言つて動くだけの勇気を思ひ切つて振ひ起せなかつたのだ。私は自分の運命を一思ひに突き止めて見るだけの努力を敢へてなし得なかつた――而も心の中には「確にさうだ」と囁く何物かゞあつた。絶望――他にどんな惨さがあらうとも、これほどの絶望を呼び起しはしないと思はれる――たゞその深い絶望のみが私を強ひて長い逡巡の後漸く瞼を開かしめたのである。私は瞼を開けた。闇黒――全くの闇黒であつた。私は発作が既に終つたことを知つてゐた。私の病症の転機が夙の昔に過ぎて仕舞つたことを知つて居た。自分は今や全く普通の視覚機能を回復したのだと知つてゐた。——而も闇黒——隈なく闇黒であつた。永遠に続く「夜」の余りにも濃き、一筋の火影さえない全くの闇黒世界であつた。

悲鳴を揚げようとした。けれど、乾枯びた脣と舌とが空しく痙攣しただけで、空洞のやうな肺臓は何か重々しい山岳にでものし掛かられたやうに挫げて、懸命に息を吸込む度に、心臓と一緒に喘いで顫へるに過ぎない——声などは、無理にも押し出せなかつた。空しく叫ばうとして顎を動かして見ると、丁度死人のやうにそれが縛られてゐるのに気が付いた。さうして体は何やら堅い物の上に横つてゐて両側も同様のもので厳重に取り囲んであるのを感じた。それまでは手足を動かして見る気も敢へてなかつたが今度は矢庭に両腕を突出して見た、さうするとそいつは顔から六吋と離れてゐない処で堅い木に打つかつた。——その木は全身を包囲してゐるのだ。最早、私は自分が棺の中にゐる事を疑へなくなつた。

然し、今やこの無限の悲運の中に、甘美な希望の天使が訪れて来た。——と言ふのは例の安全装置を憶ひ出したからである。私は身を捩つて、殆んど反射的に蓋を開けようとした。然しそれは動かなかつた。私の手は鈴の紐を探つた。ところが、それも見当らなかつた。慰めの天使は、永遠に逃げ去つた。さうして総ては一層峻厳な絶望の支配に帰した。私があれ程念入りに用意して置いた棺の柔い敷物が無いことも必然に気が附かずには居られなかつた。――それに妙に湿つぽい土の独特の匂が強く鼻を衝いて来た。最早結論は動かす訳に行かない。私は自家の墓所に埋められたのではないのだ。他処に出て居る中にいつもの発作に襲はれたのだ。他人の間に居る中に――何時だか何処でだか憶ひ出せないけれど。さうして彼等がまるで犬でも片付けるやうに自分を埋めたのだ――普通の棺桶に釘付けにして、何処か名もない無縁仏の墓場へ深く深く永久に埋め込んだのだ。

斯くも恐しい自覚が遮二無二、それ自身を私の心の奥底へ押込んで来た時、私はもう一度、必死に声を出さうと藻掻いた。さうして今度は工合よく成功した。長い、狂ほしい、連続的な悲鳴が苦悶の叫喚が、地下の闇黒世界に鳴りどよめいた。

「おおい、どうした？」

荒々しい声が私の悲鳴に答へた。

「一体どうしやがつたんだ。」

と第二の声が聞えて来た。

「早く出て来やがれ」

と第三の声である。

「山猫見たいに、なんていけ騒々しい声を出しやがるんだ。」

と第四の声が続いて来た。さうして私は矢庭に荒くれ男の一団に捉れて無作法に揺すぶられた。けれど、もう既に目ざめてゐた。あの必死の声を振り搾つた時、吾と吾声に驚いて初めて明瞭と醒めたのであつた、さうして彼等に揺すられると同時に忽ち記憶が甦へつたのである。

この椿事はヴァジニアのリッチモンド市附近で起つたのだ。私は友人同伴でヂェムス河数哩を下つて銃猟に出懸けたのであつた。ところが夜が迫つて来ると共に暴風雨になつた。幸ひ、河中に碇泊してゐた小型の帆前船が見付かつた。それには庭土が積込んであつたが吾らに避難所を提供して呉れたものはこの船の船室しか無かつた。吾々は、これを利用して一夜を船で明したのである。私はこの船の唯二つしかない寝棚の一つで眠つた——六、七十噸そこそこの船の事だからその辺のことは断る必要もなからうが、私の占領したのは敷物も何もなく、一番広い処で十八吋位、頭上の甲板から底までの距離も殆んどその位であつた。其処に潜りこむには随分骨を折つた。然し、それにも拘らずぐつすりと寝込んでしまつたらしい。その時私が見た光景は、夢でも無く、幻覚でもなかつた。——総て自分の寝込んだ場所の状況から必然的に織り出されたものに過ぎないのだ。つまり平生心に巣喰つてゐた考やまた前にも述べたやうに眠から醒め際の特に著しい記憶恢復の困難と言ふ事も作用して当然に生じたものであつた。私を揺り起したものは帆前船の水夫と、荷揚人足の一団であつた。積荷が庭土であつた故に土の臭がしたのは当然であつた。顎を括つた繃帯と思つたのは、夜帽子が無いので代りに頭に捲き付けた絹のハンカチであつた。然しその間の苦悩は、洵に現実の墓場に埋葬された者と少しも変るところが無かつた。

それは言ひやうもなく怖ろしく、考へやうもなく凄惨なものであつた。けれど、大凶が大吉を生んだと言ふべきである。何故と言つて極度の苦しみが私の精神に急激な変化をその当然の結果として齎らしたからである。私の心は強く自若とした落着を得るに到つた。私は意気揚々と外を出歩いた。私は勇しい運動を始めた。天空の自由な空気を胸深く呼吸した。「死」よりも外の事柄を考へた。私は自分の医学書には再び手を触れなかつた。忌はしいバッカンの書は焼捨てた。私は、このやうな「夜の思想」や墓地の妖説浮語や百物語等は一切遠ざけた。かくて私は直ちに新しい人間になつた。さうして一人前の男性としての生活を始めた。私は此記念すべき夜以来埋葬に関する危惧を一蹴した。それと同時にあの世にも奇怪な類癇も起らなくなつた。思ふに、恐怖がその病の結果と言ふよりもむしろ原因なのであつた。

理性の明かな眼にさえ、悲しい人類の世界は時として、地獄の相を取る事がある。然し人間の想像は、地獄の奥底の隅々まで、罰せられる事なくして探り得るカラテスの如き力をもつてゐない。ああ墓場の恐怖の物凄き行列を総て幻想とのみ言ひ切れない時がある、けれどアフラシアブと共に、オキザス河を下つて行つたかの悪魔達のやうに墓場の妄執をも眠らしめよ。然らざれば彼等は私達を貪り喰ふであらう。――彼等は眠むる事をば許されねばならぬ。然らざれば私等は亡びるであらうから。

陥穽と振子

神を蔑にし飽くなき拷問鬼ら、罪なき者の
血を吸ひて狂ほしき永き呪文を満たせしは此処。
今や国は慈みゆたかに、恐怖の窟打ち毀たれ
死の住みし所、眼前、生命と平安と充ち満ちてあり。
(巴里ヂャコバン党倶楽部跡に建設の市場の扉に
誌すべく作られた四行詩)

私は病気になつてゐた。——その永い間の苦痛に依つて瀕死の病気になつてゐた。彼等が最後に私の縛を釈いて、坐る事を許して呉れた時には、既に神経がすつかり壊れてゐることを私は感じた。あの宣告——怖るべき死刑の宣告が私の耳に聞えて来た明瞭な言葉の最後のものであつた。その後で、宗教裁判官達の声が夢の中のやうな朦朧した呟として響いて来た。それは何処か水車の車輪の廻る音を聯想させるものが在つたらしく、聞

いてゐると「回転」と言ふ観念が私の心に浮んで来た。此はほんの短い間であつた。すぐ聞えなくなつた。だが私には見えた。総てが身慄ひする程、誇大に感じられて見えた。黒衣を纏うた裁判官達の脣が見えた。それは白く――私の今書いてゐる此紙よりも白く、さうして怪奇なまでに薄く――彼等の果断や、動かし難い決意や、人間の苦悶の冷厳な軽侮等を強く示して飽までも薄く――私には見えるのであつた。私は自分にとつては生命の終りとなる所の宣言や其等の脣から尚も発せられてゐるのを見たのである。其等の脣が冷やかな言葉を発する度に捩れるのを見た。私の名前の綴音を言つてゐる其脣の形を見た。而も何の音も聞えないので私は竦然とした。私は又このやうな気が顚倒する許りの怖しさの間にも、室の壁を覆うてゐる黒い壁掛が静かに、気が付かない程の微さで揺れてゐるのを見た。それから卓上の七本のひよろ長い蠟燭が目に這入つた。最初に、それは何処となく心優しい物をもつてゐるやうであつた。自分を助けて呉れる真白な、すらりとした天使達のやうに思へた。だがその次には、突然私の精神は我慢の出来ない激しい嫌悪を感じた。流電池の線に触れたやうに五体のあらゆる繊維に虫酸が走つた。さうして天使達の姿は焰の冠をつけた無意味な幽霊と変つて自分の救ひは彼等から得られない事が分つた。それから私の空想の中に、例へば朗らかな楽音のやうに、墓場には甘美な安息があるに違ひないと言ふ考が這入つて来た。その考へは静かにコッソリと這入つて来て、しみじみと味ひ得るまでの形を取るには長い時を要した。遂に私の精神がハッキリとその考を感じそれを抱いた瞬間、裁判官達の姿が私の目から魔術のやうに消え失(う)せた。ひよろ長い蠟燭の影も無くなつた。其焔(そのほのお)が尽(ことごと)く消えてゐた。闇黒(あんこく)が忽ちやつて来た。瞑府(ハイディス)へ落ちる魂(たましい)のやうにすべての感覚が余りに狂激な墜落の為にすつかり失はれて仕舞つたやうに見えた。沈黙と寂寞(せきばく)と夜のみの世界であつた。

　私は気絶してゐたのであつた。然(しか)し今でも尚(なお)、あの時は総ての意識がことごとく無くなつてゐたのではないと言ひたい。では意識の如何(いか)なる部分が残つてゐたかと言ふことは分りもしなければ此処(ここ)に書かうとも思はない。がともかくもその時は意識が全く無くなつてはゐなかつた。深い熟睡(じゆくすい)の中にあつても意識はすつかり失はれない。――無我夢中の境地にあつても、――昏倒(こんとう)の状態にあつても――死の中にあつても、墓場の中にあつてすらも、すつかりとは無くなつてゐないのである。さうでないとするならば、人間の霊魂の不滅は有り得ない事になる。最も深い熟睡から私達が目を醒(さ)ます時でも何かしら夢らしいものの薄紗(うすもの)のやうな網(あみ)を破つて来るのである。然(しか)し醒めて一秒と経たない中(うち)に（それほど網は破れ易い故(ゆえ)に）夢を見たかどうか忘れてしまふのである。気絶から正気(しようき)付くまでに二つの階段がある。第一は心理的な即ち精神的な覚性の階段。第二は肉体的な、即ち存在の覚性の階段である。かうして第二の階段に達して第一のそれの印象を思ひ起すことが出来るとすると、それらの印象が、自分が越えて来た深淵の思ひ出を雄弁に語るものであると言ふ事は可能であるやうに思はれる。さうしてその深淵とは――何であるか。如何(いか)にしてその深淵の陰影と死の陰影とを私達は識別し得るか、然し私が第一の階段と名付けた印象は勝手に憶ひ出すことが出来なくとも、永い間を経て不意に其等の印象が私たちの胸に甦つて来ないものであらうか。自分が憶ひ出した訳でもなく、其等が何処からやつて来たのか、不思議であるやうな時に。

かつて気絶した事のある人は、燃えてゐる炭火の中にふと見慣れぬ城廓や何処かで知つてゐるやうな顔を見出すことがある。多くの人の未だ見た事のないやうな哀しい幻影が空中に浮んでゐるのを見ることがある。何か新奇な花の匂を嗅いで考え込むことがある。今まで注意を惹いたことのないやうなある音楽的な韻律が気になつて頭が狂しくなる事がある。

私は其時のことを憶ひ出す為に何度も注意深い努力を繰り返して見た。私の霊が通つて来た一見虚無らしい状態の何らかの記念物を掻き集める為に懸命に骨を折つた。その中で、どうやら成功したと思はれる瞬間があつた。然し短い、極く短い間であつた。その瞬間に私は昏倒時の無意識状態らしく思はれるものと僅々関聯してゐる（と意識回復後の明瞭な理性が保証したところの）記憶を思ひ浮べたのである。この記憶の片影が朦朧と告げる所に依ると、脊の高い者が私を抱いて沈黙のまま下の方へ連れて行つたのである。――下へ、下へ、なほも下の方へ、――私は遂にその下降の限り無い長さに眩暈を感じ息が詰るのを覚えた。自分の心臓の異常な静けさに漠然たる恐怖が湧いて来た。その次には、万物が突然動かなくなつたのを感じた。あたかも私を抱いてゐた者（幽霊の従者！）が一気に下へ落ちてゆく中に、限りない限りさえ駈け脱けてしまつて、やつと倦きて止つたやうに思へた。その次ぎに意識に上つたものは扁平と湿気の感じであつた。それから先きは総てが気違染みた混沌であつた。

全く不意に私の意識に動きと音とが甦つて来た。——騒々しい心臓の運動とその鼓動の響音とであつた。それから後暫く全部空白な間があつた。やがて再び、運動と音とそれから感触——体に滲透するピリピリする感覚があつた。次ぎには自分の存在の単なる意識——思惟作用の伴はない、その状態はかなり長く続いた。それから出抜に、思考が甦つて来た。さうして続いてそくそくとして迫る恐怖感と、自分の真個の状態を確認しようとする熱烈な努力とが起つた。次には意識不明に陥りたいと言ふ強い願望が起つた。が次には、忽ち精神がはつきりと目ざめ、動かうとする有効な努力をし始めた。かうして今度は、宗教審判、裁判官、黒い壁掛、宣告、悪感、気絶の総ての記憶がそつくり浮んで来た。それから続いて起つたことは完全に忘れて仕舞つた。それらに就いては数日経つてから懸命に考えた末、漠然と思ひ出す事が出来た。

その時まで、私はまだ眼を閉ぢたままであつた。私は自分が縛を解かれて仰向に横つてゐるのを感じた。私は手を伸ばして見た。するとそれは何か湿々した堅い物の上にドタリと落ちた。私は其まま暫くの間黙つてゐた。さうして自分は一体何処に如何なつてゐるのであらうと想像することに努めた。私は一目見たいと思つた。けれど自分の眼を開く事は思ひ切つて出来なかつた。私は周囲の物をちらりと見る、その最初の一瞥が怖かつた。恐しい物を見なければならないからではなく、むしろ見るべき何物もない空ではないかと思ふと私は怯えずにはゐられなかつた。けれど遂々、私は死物狂ひの勇気を奮ひ起して、一気に瞼を開いた。それは私の最も怖れてゐた考へ通りであつた。永遠の夜の暗さが私を取巻いてゐた。私は呼吸をしようと足掻いた。闇黒の濃さが、私を圧迫し呼吸を詰まらせるやうに思へた。空気は堪へ難いまでに鬱積してゐた。私は動かずにぢつとして居た。さうして理性を働かさうと試みた。宗教審判の経過を思ひ浮べて見て其処からして自分の実際の状態を演繹して見ようとした。宣告が下された。それから非常に長い時間が経過してゐるやうに思へた。然し自分が真個に死んでゐるとは全然考へられなかつた。自分が死んでゐるのではないかと言ふやうな想像は、小説などで読むことはあるが、それは全く自分の存在の実感とは両立しないものである。然し、それでは、一体、自分は何処に如何してゐるのか。死刑囚は通常異教徒焚殺刑に於いて命を絶れると聞いて居たが、このアウトダフエが丁度自分の審判の当夜に施行されたのであつた。では自分は此次の機会（それは今後何月もの間起りさうもない）の犠牲として、前の土牢に再び送り還されたのか、が、そんなはずはないと私は直ちに悟つた。彼等は犠牲を緊急に必要としてゐたのだ。更に、私の前の土牢はトレエドのすべての死刑囚檻房と同じやうに石の床で、光も朧げに這入つて来てゐたのだ。

一つの戦慄すべき考が突然浮かんで来て血液が一時に逆流した。さうして私は再び意識不明に陥つたのである。気が付いてから私は全身を痙攣させながらやつと立ち上つた。さうして自分の腕をあらゆる方向に差し伸べて見た。何物にも触れなかつた。然し、私は一歩踏み出すことを怖れた。若し「墓場」の壁にでも突き当ることになつたら——と思つたからであつた。すべての毛穴から汗が滲み出て額に冷たい玉が連なつた。不安な焦躁が、矢も楯もならないほど募つて来た。私は手を伸したまま、注意深く前に進み出た。眼玉を前に突き出してどんなに微な光の影でも捉へようとしながら。

かうして私は何歩か歩いた。然し依然として真暗で空つぽであつた。私は漸くホッと一息吐いた。どうやら私の運命は自分の最も怖れてゐた所のものでは少くとも無いやうに思はれて来た。私は、こんな工合に注意深い歩みを続けてゐると、トレエドの曖昧な然し恐しい噂の数々が次ぎから次ぎと思ひ浮んで来た。土牢に就いては種々と奇妙なことが語られてゐた。——もつとも自分はそれを作話として貶してはゐたけれど、其等は単なる噂として見なければ、到底繰り返す気になれないやうな、不気味な怪談めいたものであつた。私は此地下の暗闇の世界で餓死するやうに棄てられたのであらうか。でないとするならば、如何なる運命が、おそらくそれ以上に怖しい運命が自分を待つてゐるのであらうか。その最後が死、それもあり来りな、紋切型の苦しみのみでは済まされない死である事は、裁判官達の性格をよく知つてゐる私には疑ふ訳にはゆかなかつた。たゞその方法と時期が問題であつた。私はひたすらそれを考へ倦み魂を疲らせた。

遂々、私の前方に拡げた手が何か堅い障碍に行き当つた。それは壁――石畳のやうな、滑かな、粘つく冷たい壁であつた。私は牢獄の古い伝説を憶ひ出しながら注意深い疑をもつてその壁に沿うて進んで行つた。だが幾等歩いても此土牢の広さは分らなかつた。周囲の壁は何処も一様であつて、たとへ一周して元の出発点に戻つて来たとしても、其事に気がつかない位、完全に同じやうに思はれた。そこで、ナイフを捜した。私が審判の部屋に連れて行かれた時は、まだポケットの中に入つてゐた筈であつたから。所が無くなつてゐた。私の着物は粗末なサーヂの包衣に変つてゐた。ナイフがあつたら、その刃を壁の石と石との罅隙に立てて出発点の目印にしようと考へたのであつた。然し心が落ち着くとそれは何んでもない問題であつた。私は包衣の縁を引裂いて、それを真直に伸して、壁と直角に置いた。かうして壁を手探りしながら進んで行けば完全に一周した時はこの裂布の処に戻つて来るに違ひない。――さう、少くとも私は考へた。然し、私は土牢の大きさや、自分の体の衰弱と言ふことを考慮に入れてゐなかつた。下は湿つてゐて滑り易かつた。その中に私は前のめりに足を取られて倒れて仕舞つた。私は極度の疲労から、そのままへたばつたなり起上れなかつた。さうすると忽ちうつうつと睡つてしまつた。

目を醒して、手を伸してみると、側にパンの塊と水注子とが置いてあつた。私はこの間の事情を詮議してゐる余裕などは無かつた。あまりに困憊してゐた。私はたゞガツガツとして食ひ、飲んだ。それから再び起上つて牢獄の壁に沿うて歩き始めた。非常な困難と闘ひながらも、やつと先刻のサーヂの切片の処に辿り着いた。最初出発してから倒れる時迄、私は五十二歩を算へた。再び歩き出してから、此裂布の地点に来る迄、更に四十八歩を算へた。そこで合計百歩と言ふ事になつた。二歩を一碼と換算するとこの獄房の周辺は五十碼であると私は推測した。然し私は壁に沿うて多くの曲角に出会したので一体この窖――窖と考へない訳には行かなかつた――がどんな形のものか見当が付かなかつた。

私はかうして詮索はして見たが別にこれと言ふ目的も――希望に到つては全く――持つてゐなかつたのである。唯、妙な好奇心が私を駆つてこの詮索を継続せしめた。壁の方はそれだけに止めて、今度は内側の土間を横断して見ることにした。床は何か堅い物質から出来てゐるやうに見えたが実際は粘土であつたから余程用心して進むことにした。然し遂に私は勇気を出して逡巡ずに足を踏み出すやうにした。さうして出来るだけ一直線上を歩いて行くやうに努めた。私が、こんな工合に、十歩か十二歩進んだ時、私の包衣の引裂いた縁の残部が垂れ下つて両足に絡みついた。私はそれを踏み付けて激しく臥向に顛倒した。

倒れた当座は何が何やら心が混乱してゐて訳がわからなかつたけれど、何秒か経つと、私はそのまま倒れた状態にありながらも、一つのやや驚くべき有様に注意を惹かれた。それはかやうなことである。私の頤は牢獄の土間の上に付いた。然し、脣、初め顔の上部の総てが顋と殆んど同一平面にあつたにも拘らず、何物にも触れてゐなかつた。同時に額の辺が湿つぽい空気に冷え冷えと包まれたやうに思はれた。さうして饐ゑた菌のやうな特殊な香が鼻を衝いて来たのである。私は手を差し伸べて見た。さうして思はず身震ひした。私は円い陥穽の縁の際どい所に打倒れたのであつた。私はその坑の縁の辺一寸下の石畳を手さぐりして小さな破片を見付出すとその深淵に投げ込んで見た。私は暫くの間その破片で坑の壁に打衝りながら行く反響を聞いてゐたが、やがて水面に落込んだらしく激しい水音が木魂返して来た。すると忽ち上の方から扉でも素敏く、開閉するやうな音が突然聞えて来て、同時に、一筋の微かな光線が射込んで来たかと思ふとまたすぐ消えて仕舞つた。

私は自分の為に設けられた処刑法が如何なものであるかを明かに知つた、さうして今偶然の事から免れ得た事を喜ばずに居られなかつた。若も倒れる前に、もう一歩先きに踏出してゐたならば、この世界は再び私の見得る処では無かつた。さうして今自分が危く免れ得た死は、宗教糺問に関する種々の物語の中に現れた（私はそれを取るに足りない作話のやうに考へてゐたところの）性質をまざまざと実証するものであつた。彼等の暴戻の犠牲となる者に対して、二つの殺し方、最も残虐な肉体的苦痛を伴ふ死と極度の心理的恐怖を伴ふ死、このいづれかを択ぶのである。私は後者の犠牲として残されたのであつた。私は長い間苦しめられた為に神経は尽く傷み毀れ、私自身の声にすら怯えるまでになつて居た。したがつて、この種の拷問には、あらゆる点に於いて、最も誂へ向きであつた。

私は、この種の陥井戸が土牢の到る処に散在してゐるのであらうと想像した。それで私は四肢を慄はせながら元の壁際へ後退りを始めた。このやうな怖ろしい思ひをする位ならむしろ温順くして死なうと考へたからである。然し、また一方では、いつそ此等の深淵の何れかに飛び込んで自分の惨な運命の処置を一思ひに付ける勇気があつたらばと思はないこともなかつたのである。けれど今、自分は極度の臆病者になつてゐた。此種の陥井戸に就いて読んだ事——一思ひに命を終らせる事は決して彼等の怖ろしい計画の期待する所ではないと言ふ事も私は忘れる訳にはいかなかつたのである。

精神の苦痛は私を長い間眠らせなかつたが、最後には再び疲れて睡ろんでゐた。目を醒ますと、前のやうに、パンの塊と水注子が側に置いてあつた。私は焼付くやうな渇を感じて一気に水注子を空にした。おそらくその水の中には薬が仕込んであつたらしく、飲み切るか切らない中に、堪へられないほど睡魔が襲うて来た。私は深い深い眠り——死のやうな眠りの中に引入れられた。何時間眠つたか勿論分らなかつた。然し再び眼を開けると、自分の周囲の物が見えるやうになつてゐた。怪奇な硫黄色の火影（何処から出て来るのか初めは分らなかつたが）に依つて私は牢獄の広さや形を見る事が出来た。

その広さに就いては私は大きな誤算をして居た。壁の全延長は二十五碼を超えなかつた。此事実を前にして、誤算の理由を発見する為に私は暫く夥しい馬鹿げた努力を払つた。全く馬鹿げた努力であつた。こんな身の毛の弥竪(よだ)つやうな恐怖の真中にあつて牢獄の単なる大きさを計(はか)る事よりも、もつと馬鹿げた事があるだらうか。然(しか)し私の精神は却(かえ)つてつまらぬ些細(ささい)な事に狂烈な興味を見出すやうになつてゐた。私は如何(どう)してこんな間違をしたかと言ふ問題に没頭した。最後に到々その理由が頭の中に閃(ひら)めいて来た。第一回の探索に於いて、私は倒れる時迄五十二歩を計算した。だが其時(そのとき)既にサーヂの裂布(きれ)から一、二歩の処まで来てゐたに違ひなかつた。もう殆(ほと)んど穴窖(あなぐら)を一周してゐたのであつた。其処で私は睡つて仕舞つた。醒(さ)めると起上つて今度は逆に引返(ひきか)へして行つたに違ひなかつた。それで実際の長さの殆んど倍に思ひ違へたものであらう。錯雑(さくざつ)した心理状態から、第一回は壁を左側にして歩き始めたのに、戻つて来る時には壁が右手にあつた事実を見逭(みのが)して仕舞つたのである。

　私は又、周辺(あたり)の形に就いても瞞(だま)されてゐた。私は壁を手探りしながら進んで行つた時、多くの曲り角に行き当つたやうに思つた。これが非常に不規則な感じを与へたのである。気絶や昏睡から醒(さ)めたばかりの頭には絶対的な闇黒の効果は、こんなにも力強いものである。曲り角と思はれた物は処々に不規則な間隔を置いて出来てゐる僅かな凹所(くぼみ)に過ぎなかつた。牢獄の大体の形は四角であつた。私が今まで石畳のやうに考へてゐた壁は鉄或(あるい)は他の金属の巨大な板から出来てゐるやうでその接目(つぎめ)が凹所(くぼみ)を作つてゐるのであつた。此の金属壁の全面には僧侶達の怪談染みた迷信が生み出した醜怪な面(おもて)を背(そむ)けるやうな形が滅茶苦茶に手荒く描き出されてあつた。骸骨の姿をして嚇すやうな形相の悪魔達、更に実際恐怖を唆るやうな無気味な形像が、壁全面に拡がり、それを塗り潰してあつた。私は其等の怪物の姿はいづれも充分に認める事は出来たがその彩色は、湿つぽい牢獄の空気の為に褪せたり呆けたりしてゐるやうであつた。その次に床を見たが、それは石で作つてあつた。その真中に、先刻危くその縁から遁れたところの円い陥穽が口を開けてゐた。然し、それは牢獄に唯一つしか無かつた。

　私は此等の物を不明瞭に而も非常な努力をして見たのである。と言ふのは、私が睡つてゐる間に体の状態が著しく変つてゐたからである。私は仰向に足を伸したまゝ、木製の枠のやうな低い台架の上に横たはつてゐた。さうして馬の腹帯のやうな長い革紐で緊切とこの台に縛り付けられてゐた。その革紐に私の胴や四肢をぐるぐる幾重にも縛つてあつた。たゞ僅に首だけは自由を許されてあつた。さうして左腕がある程度まで――自分の側に置いてある床の上の土製の食物皿に、非常な努力を用ひてやつと届き得る程度の自由が許されてあつた。恐しい事には水注子が無くなつてゐた。恐しい事には――何故と言つて私はもう堪へ難い渇に苛まれてゐたからである。この渇をいよいよ募らせるのも彼等の拷問の目論見らしく見えた。と言ふのは皿の食物が塩辛く味付けてあつたから。

　私は上を向いて、獄屋の天井を眺めた。高さ三十呎か四十呎あつた。略周囲の壁と同じやうに作られてゐた。その天井の板の一つにある実に奇怪な形に、私は全身の注意を吸収された。それは普通見るやうな「時間」の神の絵であつた。唯変つてゐるのは大鎌の代りに古風な柱時計に付いてゐるやうな巨きな振子を描いたと一寸見ると思はれるところの物を持つてゐた。然し、何か此振子の格好には妙な所があつたので私は一層注意して見詰めてゐた。私がかうして真直に熟視してゐると（それの位置は恰度私の真上に在つたから）私はその振子が一寸動いたらしく思はれた。次の瞬間私の想像は確証された。その振子の振幅は短く従つて勿論鈍かつた。私はなほ暫く見つめてゐた。稍々怖れを感じながら、いやそれよりも遥かに多く奇怪な感じに打たれながら。然し、結局、その鈍い動作に倦きて、私は天井の他の方面に眼を転じた。低い物音が私の注意を捉へた。床の上を見ると数匹の大鼠が走つてゐた。彼等は私の右手に見える例の陥井戸から出て来るのであつた。肉の匂ひを嗅付けて私が見てゐる間に既に貪婪な瞳を光らせた奴が群をなして其処から出て来た。此等を嚇して追払ふには容易ならぬ注意と努力を必要とした。

三十分、或は一時間位（時間は漠然としか感ずることが出来なかつた）して、私は再び天井を見上げた。その時私の見た物は私を狼狽させ驚愕せしめた。振子の振幅の大きさは約一碼増して居た。従つてその速力もそれに応じて速くなつてゐた。然し特に私を惑乱させた事は、それが明らかに下へ降つて来つゝあると言ふ事実であつた。而もその振子の末端が半月形に上向に反返へつたギラギラする刃鋼で作られてゐて、半月の尖端から尖端迄約一呎位で、その下刃が明らかに剃刀のやうに鋭かつた——のを、私は名状しがたい恐怖を以て観察した。その刃は強靭で分厚で形は上に行く程細くなつて上方の堅い幅広な部分に接続してゐた。――即ち真鍮の重々しい柄に嵌つてゐた。さうしてそれが空中を切つて往復する度にシュツシュツと鋭い音を発した。

私は僧侶らしい拷問の巧みさで自分の為に設けられた処罰が如何なるものであるか最早疑ふ余地が無かつた。私が陥穽の存在に気が附いたと言ふ事は既に死刑執行員達に依つて知られて居るのであつた。この陥穽――その中に陥ち込む恐怖こそ私のやうな不屈な国教忌避者に対して定められた刑罰であつた。この地獄さながらの陥穽こそ伝へるところに依れば、あらゆる責道具の中で最も辛辣な物とされて居たのである。私はこの陥穽に、たゞほんの偶然に依つて墜落する事を免れたのである。然し此に陥ち込んで苦しみ足掻く事こそ此窖の様々な怪奇極る惨殺の最も主要な部分を構成してゐるものであつた。然し、此に陥入れる事に失敗したとなると、彼等悪魔の計画は別に模様換へをしなければならなくなつたのだ。(けれど他にこれに匹敵する別法はないのだ)其処で、違つたより御手柔かな惨殺の方法を講ずるより仕方がなかつたのである。御手柔かな！　私はこの言葉のかうした適用を想ひ出した時に、苦しみ呻きながらも半ば微笑かけたのであつた。

次第に押迫つて来る振子の刃鋼を待ちながら死ぬその事よりも遥に恐しい永い永い時間をどうして堪へたかは此処に書いても致し方ないのである。それは漸く気が付く位に一寸一寸、一厘一厘と、永い歳月とも思はれる間を置いて、而も絶えず下へ下へと降りて来るのだ。そのヒリヒリする刃の風を切る煽りが私の身近に迫つて来るまでには――何日か過ぎた。いや夥しい月日が過ぎ去つたやうに思はれた。やがて鋭い鋼鉄の臭気が私の鼻孔に滲み込んで来た。私は祈つた。――もつともつと速く下りて来るやうにとひたすら祈る事によつて私は神様を悩ましたことであらう。私は熱病患者のやうにいきり立つて、その怖ろしい偃月刀の軌道へ自分自身を押上げようと悶掻いた。然しまた不意に気落ちがして静かにそのピカピカする死を見ながら微笑を洩した。――恰度子供がピカピカする玩具を見てするやうに。

続いて、全く意識不明の間があつた。それは短かつた。と言ふのは私が気が付いた時は振子は先刻の位置から目立つほど未だ下つてゐなかつたからである。然しそれは長かつたかも知れない。私が気を失つたのを見付けた僧侶が居て、勝手に振子の運動を止めることは有得ることであつた。正気付いてから私はまた、著しく名状し難い程、身体が弱り切つて仕舞つて、まるでがつくりと芯が虚脱してゐるやうに感じた。此やうな苦悩の中にあつても人間の本能は食物を求めた。私は苦しい努力を以て、革紐の許す限り左手を伸した。さうして鼠共の喰ひ荒した残物を手に取つた。それを口に押し込めながら私はふと、充分纏らないある考が――悦びのやうなまた希望のやうなものが――脳裡を掠めたやうに思つた。それは纏りの付いてゐない考の影であつた。よく多く人の経験するやうなあの完成してゐないものであつた、私はそれが悦びのやうな希望のやうなものであつたと思つた。

しかし同時にそれが形を取らないで死んで仕舞つたことを感じた。私はそれを思ひ出し、完成しようと幾度も無駄な努力をした。私の人並な思考力は長い間の受難の為にことごとく失(うしな)はれてゐた。私は精神虚弱者になつてゐた。――白痴であつた。

　振子の揺れる方向は恰度(ちようど)私の体と直角をなしてゐた。その半月刀は私の胸部を横切るやうに計画された物らしかつた。それは先(ま)づ私の衣服のサーヂを一摺(ひとすり)、擦(こす)つて毛(け)ば立(だ)てる。さうしてその作用を繰り返して行く――二回――三回と。その巨大な振幅（三十呎(フイート)を超すかと思はれる）と風を切る素晴らしい重圧の力は鉄壁をも切り裂くに充分であるが数分の間(あいだ)は、それのやる仕事は単に私の着物を掠(かす)つて精々(せいぜい)毛ば立てるに過ぎないのだ。此処(ここ)まで考へて来て私は停まつた。この考より先きには敢(あ)へて進めなかつた。私はこの点に執拗(しつよう)に注意を集中させた。あたかも、其処(そこ)に停(とま)つてゐると、半月刀の下降も其処で停(と)めることが出来るかのやうに。

　私はその刃鋼(はがね)が自分の着物を切る時の音を強(し)ひて考へる事に努めた。――着物を摩擦(まさつ)する時の変なぞくぞくするやうな感覚を一生懸命に考へて見た。私はこんな馬鹿げた些事(さじ)の妄想に、歯の根がガクガクするまで没頭してゐた。

　下へ下へ、確実に滑(すべ)つて来るのだ。私は振子の横の速さと縦の速さとの対照に狂熱的な興味を感じ出した。右へ左へ。それは幅広く悪鬼の叫喚(きようかん)を挙げながら往復する！　下へ、下へ、それは、虎の忍び足をもつて、私の心臓へ降りて来る！　私は両方の考へが代る代る頭を擡げる度に笑つたり咆えたりした。

下へ下へ、狂ひなく容赦なく下つて来るのだ。それは私の胸から三吋の範囲を往復してゐた。私は猛烈に——狂暴に——左腕を自由にしようと焦つた。けれど左腕はたゞ肘から手頸までしか自由が利かなかつた。非常な努力をして側の皿から自分の口まで——もうそれ以上は駄目であつた——動かす事が出来たに過ぎなかつた。私が若し肘の縛を切る事が出来たらば、直様振子に捉まつてそれを停めようとしたであらう。それは、まるで雪崩を空手で抑へようとするやうなものではあつたが。

下へ下へ、止む事なく、必然的に下へ。私は一回の振幅毎に喘いで悶掻いた。その往復毎に痙攣的に縮こまつた。左右に上下する刃渡りを私は絶望の極の全く無意味な熱心さを以つて見送つてゐた。その時の自分にとつて死の方が、どれだけ安楽であるかは言ふも愚な事であるが、それでも、私はその刃鋼が戻つて来る毎に反射的に眼を閉ぢた。然し、如何に緩慢な動作でも、やがては自分の胸にそのヒリヒリする鋭い刃を打込んで来るだらうと思ふと身体中の神経がことごとく慄へた。神経を慄はせ五体を竦ませたものは然し「希望」であつた。正に「希望」であつた。拷問に於ける勝利の希望——宗教断罪所の窖に於いてもなほ死刑囚の耳に囁かれる希望であつた。

もう十回乃至十二回振動すると振子の刃は必ず、私の着物に触れると言ふ事が分つた。此が分ると、私の精神の上に突然、切つぱ詰つた鋭い凝集した沈着が訪れて来た。私は、何時間か或は何日かの間、今初めて真実に「考へた」のである。私を縛りつけてゐる革紐、即ち馬の下腹帯らしい物は一筋のものであると言ふことに気が付いたのである。私は数本の索で縛られてゐるのではなかつた。あの剃刀のやうな半月の刃が革紐の何処か一個所を切るならば、私は左手で体から全部解いて了ふ事が出来る訳であつた。然しかうなつて見ると、刃鋼の押し迫つて来るのが如何に怖ろしいものであつたらう。一寸身動ぎした結果が如何に決死的なものであらう。更に、また拷問鬼らの僕人らが予めこんな事は気が付いて居て何か脱目ない仕組になつてゐないであらうか。幸に振子の軌道の所へ胸の縄目が来てゐるであらうか――私は自分の微かな、最後と思はれる望みが一堪りもなく打倒される事を怖れながら、胸の辺をハッキリ見渡す為に首を持ち上げた。革紐は足から手から身体中何処も彼処も縛り付けてあつた。――たゞ一個所即ち胸、恰度あの殺戮の刃の通り路を除いて。

私が、がつくりと元の位置に首を下すや否やあの考へ――先刻、焼付くやうな唇の間に食物を押込んだ時、その一部分が朦朧と浮んで来た。さうしてたゞ形のない考への影と言ふより表はしやうのなかつたあの救ひの考が――突然私の頭に閃めいて来たのである。その考の全体の容が現れて来た。弱々しい、正気とも思へないし確実とも思へないが、ともかくも全体が現れて来たのである。私は直ちに必死的な最後の力を以て、その考への遂行に取り掛つたのである。

私の横つてゐる低い台架のすぐ近くに何時間も鼠共が群つてゐた。彼等は獰猛で、不敵貪婪であつた。彼等の赤い眼は私が動かなくなりさへすれば忽ち体に食ひ付かうとして私を凝視してゐた。

「一体此奴等が陥井戸の中で食ひつけてゐる食物は何だらう。」と私は思つた。

私が如何に苦心して追払つても、彼等は皿の食物を僅かに残したきり殆んど食ひ荒して仕舞つた。結局私はたゞ習慣的に皿の附近に手を上下させてゐるに過ぎなかつた。全く効果のない単調な無意識な運動になつて仕舞つてゐた。彼等は辛抱出来かねて、屢々私の指先にその鋭い歯をつき立てた。私は皿に残つてゐた匂の強い脂身の切れ片を取上げて、手の届く限り革紐に所かまはず、擦すり付けて見た。これが済むと今度は床から手を引込めて息も吐かずにぢつとしてゐた。

最初、この貪慾な動物共はあまり様子が酷く変つたのでつまり手の上下運動が突然止つたので、やや度胆を抜かれた形であつた。彼等は怖れをなして逡巡いだ。多くの者は陥穽の方へ走り去つた。然し此は一瞬間であつた。彼等は何時までも空しく堪へてゐなかつた。私がいよいよ動かないと見究めると、彼等の仲間の最も大胆な奴が一、二匹、枠架の上に跳び上つて来て革紐を嗅ぎ始めた。これが言はば総動員の合図のやうなものであつた。陥井戸から夥しい新手が群がつて来た。彼等は台架を攀ぢ、それを越えて何百匹となく私の体の上に群がつた。振子の一定された運動は彼等の邪魔には少しもならなかつた。彼等はその軌道を除けながら脂身を擦込んだ革紐に夢中になつてたかつてゐた。彼等はのし掛つて来た――刻々に増して来る団塊となつて密集して来た。彼等は喉元で捩くれた。彼等の口が私の脣を探つた。私はその集団の重力で息が詰りさうになつた。この世で何とも名づけやうのない無気味さで胸がむかついて来た。その重々しい湿つぽい感触が私の心臓を凍らせた。と思つてゐる中に忽ち索目の緩みかけたのを感じた。然し一ケ所では心許ない、他の部分に於いてもきつと活動してゐるにちがひないと考へて人間の忍び得ない決意をもつて堪へた。

私の観測に間違ひはなかつた。辛抱は決して徒労でなかつた。私は遂々「自由」になつた。革紐は切れ切れになつて体から解れ下つた。然し、既に振子の刃は胸許を掠りつゝあつた。それは衣服のサーヂを切り裂いてゐた。下衣のリンネルにも食ひ込んで来てゐた。ものの二振、動いたなら、鋭い痛みが全身に伝つたであらう。けれど身を交す瞬間が来てゐた。私が手を一振り振ると私の救助者達は崩をなして逃げて行つた。私は周到な、狂ひのない、落着いた一動作をもつて斜に体をそらした、――と忽ち私は紐の束縛と偃月刀の刃を滑り抜けた。此瞬間私は全く自由であつた。

自由！　さうして再び、宗教断罪所の手中に陥ちた！　私が恐怖の台架から足を踏み出したかと思ふ途端、地獄の機械の運動がピタリと止つた。さうしてそれが目に見えない力でスルスルと引上げられて天井から見えなくなつた。疑もなく、私の一挙一動が注視されてゐたのだ。自由！　――私がただ一つの苦難に於いて死を逭(のが)れたのは、死其者(そのもの)よりも一層悪い他の種類の苦難に渡された為に過ぎないのだ。かう思ひながら私は神経質に自分を取囲んでゐる鉄板(てつぱん)の壁を改めて見廻した。並々ならぬ変化――初めは明かに認めることは出来なかつたがともかくもある変化が起つたことは確(たし)かであつた。私は数十分は夢見るやうな動揺する放心状態で辻褄(つじつま)の合(あわ)ない推測に耽(ふけ)つてゐた。この間に窖(あなぐら)を照(てら)し出してゐる硫黄色(いおういろ)の光線は壁の裾(すそ)の罅隙(すきま)から洩(も)れて来るものであることを初めて発見した。その罅隙(すきま)は幅約半吋(インチ)位で壁の裾に沿(そ)うて窖(あなぐら)を一周してゐた。壁は全く床から分離してゐるやうに見えたしまた事実さうであつた。私はその罅隙(すきま)から覗(のぞ)き込まうと努めて見たが何も分らなかつた。

　覗(のぞ)き込むのを止(や)めて立ち上(あが)つて見ると、この部屋の変化の神秘が、突然、理解された。壁上(へきじよう)の種々(しゆじゆ)なる形相(ぎようそう)の輪郭は明瞭であるがその色彩は褪(あ)せて呆(ぼや)けてゐるやうに見えたと前に言つて置いたが、その色彩が、明らかになり出した。刻々(こくこく)にハッキリと驚く程鮮(あざや)かな光輝(こうき)を帯びて来た。さうして幽霊のやうなまた悪鬼のやうな異形(いぎよう)の者の影は、私程神経の弱つてゐない人でも竦(ぞつ)とする程、妖しい姿を現して来るのであつた。前にも何も見えなかつた総(あら)ゆる方角(ほうがく)から悪鬼(デモン)の眼が兇暴な妖怪めいた生気を帯びて私を睨(にら)め付けてゐた。其爛々(そのらんらん)たる凄愴な光はどうしても偽物とは想はれなかつた。偽物どころか、息をする度に鉄板の焼ける熱気がムウッと鼻孔(はな)を襲つて来た。窒息(ちつそく)するやうな臭気が窖(あなぐら)に満ち溢れた。

一分毎に鮮さを増して来る眼の輝きが私の呻きを、凝視してゐた。血の恐怖を描いた画像に、点じられた紅色が、いよいよ強度を高めて来た。私は喘いだ。一息毎に悶掻いた。拷問者の奸計だ、最も辛辣な!!　人間の中で最も悪魔的な!!

私は焼けてゐる鉄板から思はず中央に退いた。襲ひ掛る熱火の死を考へると、陥井戸の冷たさが、この上もない恵のやうに思はれて来た。私はその怖ろしい縁に走り寄つた。私は目を瞠つた。燃えてゐる天井の照返しで井戸の奥の隅々まで明るくなつてゐた。それを覗いた凄惨な一瞬間、私の霊は私の見たものの意味を了解しようとはしなかつた。然し遂に強制された。其光景は飽くまでも私の精神の中にそれ自身を捩ぢ込んで来た。私の慄く理性の上にそれ自身を焼付けた。「おお――」たゞ一声さう叫ぶことが出来た。たゞこれ以外の怖れなら如何なるものでも堪へよう――然しこれだけは駄目だ。私は甲走つた叫喚と共に一跳びに縁から退いた。さうして激しく泣きながら両手の中に顔を蔽した。熱さは急速に廻つて来た。私は瘧のやうに痙攣しながら顔を上げた。牢獄の中では二度目の変化が起つてゐた。さうして今度はその変化は明らかに「形体」の上に起つて来た。初めの中は例によつて何が起りつゝ、あるかいくら見ても分らなかつたが、やがてそれはハッキリして来た。宗教断罪所の復讐は、私が二度も旨く逃れて来たので、いよいよ決定的になつて来た。もはや恐怖の王様と戯れてゐることは許されなかつた。この窖は四角形であつた。然し今や鉄壁の相対する二角が鋭角になつて来た。従つて他の二角が鈍角になつた。この怖ろしい変化は、磨臼を引摺るやうな低い、呻くやうな音と共に次第に急激になつて、瞬く間に牢獄全体が菱形に歪んで来た。而もその変化は依然として継続した。——私にはそれを止める如何なる工夫も望みもなかつた。その灼熱した鉄壁に永遠の平和の経帷子であるかのやうに両脇から挫ぎ潰されることが出来るのだ。「死だ！」と私は言つた。「陥穽以外のどんな死でも——」

然し、何と言ふ愚かな私だ！　この井戸の中に陥し込むことが、この焼けた鉄板その者の目的だと言ふ事を想ひ得なかつたのであらうか。どうして私がその熱気に抵抗するのだ。また、たとへ熱に堪へたとしても圧力をどうするのだ。菱形は今はもう、思ひ惑つてゐる余裕がないまでに急激に刻々と扁平になつて来た。その中央、従つて一番広い処は大きく開かれた深淵の上に外ならなかつた。私は悸つとして身を退いた。けれど後から迫つて来る壁が撥返すやうに私を突き出した。私の萎縮した捩れた体を保つ為に、堅い床の上には最早一吋の足場も無くなりかゝつてゐた。私は悶掻くのを止めた。然し、私は全霊の苦悩をたゞ一つの高い、長い最後の絶望の悲鳴に籠めて打ち上げた。私は縁の上によろめきかゝつた。私は目を背した。

人間のガヤガヤ言ふ声が聞えて来た。多くの喇叭の音とも思はれる高らかな響が起つた。続いて数千の雷光が一時に軋み合ふやうな鋭い音がした。灼熱の鉄壁が突然退いた。気を失つて深淵の中へよろけ込まうとする自分の腕を、誰かが差し伸ばした腕がしつかり摑んだ。それはラサアル将軍の腕であつた。フランス軍がトレエドを占領したのであつた。宗教断罪所は其敵の手中に陥つたのである。

赤き死の仮面

かの「赤き死」は永い事、国中を貪り食つた。これほど決定的に死ぬ、これほど忌はしい流行病がまたとあつたらうか。血の赤さと恐怖——血こそこの疫の化身でありその印鑑であつた。先づ鋭い苦痛がして、引続いて急激な眩暈を感じ、やがて毛孔から夥しい血を噴き出して死んで仕舞ふのである。患者の身体、殊に顔面に真紅の斑点があらはれるのであるが、これがこの疫の兆候で、かうなると最早、人々の同情も看護も絶対に得られなくなるのである。発病、昂進、死亡、これが全部でものの半時と経たない間に過ぎてしまふのである。

然し、プロスペロ公は幸運で放胆で而も聡明であつた。公の所領地の住民がいよいよ半数ほどに減つてしまふと公は、宮廷の騎士や淑女の間から千人ほどの壮健で陽気な連中を呼び出して彼等と共に城砦風の僧院の奥深くに隠遁してしまつた。

この僧院は広く宏大ですべて公自身の風変りな而も壮麗な興味から創られたものであつた。僧院を繞るものは強くて高い城壁であつた。これには鉄の城門が付いてゐた。家臣達がすべて這入つてしまふと溶鉱炉と巨大な鉄槌とを持つて来て閂を焼きつけてしまつた。内部から失望の、或は狂気の居堪らない衝動が起つても絶対に出入の道を封じようと彼らは決心したが為であつた。僧院には食料が豊富に用意されてあつた。このやうに周到な準備が出来たので宮人達は最早かの伝染病を何ら憚るに及ばなかつた。外部の世界はなるがままになれ。それらを悲しみ、心労することは愚かしいことであつた。公は娯楽のあらゆる設備を整へた。道化師もゐた。即興詩人もゐた。バレーの踊り子も楽人もゐた。美人も居れば酒もあつた。すべて此等の物と安全とが内部にみちてゐた。然し外部には「赤き死」が満ちてゐた。

此処に隠遁してから五六ケ月目の終り近く、外界ではかの流行病はいよいよ猖獗を極めつゝあつた頃、プロスペロ公は彼の千人の友達を世にも風変りな一大仮面舞踏会に招待したのであつた。

その舞踏会は実にきらびやかに艶かしいものであつた。先づその会場の結構を言ふならば、いづれも善美を尽した七つの部屋から成りたつてゐた。世の常の宮殿ならば、このやうな居間はすべて長い真直な通景をなして、部屋の両端の開扉がするするすると殆んど壁際まで引かれるから全景の見通しが自由に利くやうに作られてあるのである。

ところが何事にも偏奇なものを愛せらるるプロスペロ公の性向からも察せられるやうに此処では様子が全く異つてゐた。各室がどれもこれも不規則に作られてあるので一時に一室しか見る事が出来ないのである。二十碼か三十碼毎に急な曲り角があつて、而も曲る度毎に人々は新奇な結構に出会するのである。部屋の左右両側の壁の真中にはゴシック風の窓が、曲り紆つた各部屋に添うた狭い廊下に向つて開いてゐた。其窓の焼付硝子は各部屋の装飾の基調となつてゐる色彩に応じてそれぞれ変化してゐた。例へば東端れの部屋には青い掛毛氈が掛つてゐた。さうするとその窓硝子は目の醒めるやうな青色であつた。その次ぎの部屋は飾付けも掛毛氈も紫色である故に、窓硝子も同様紫であつた。三番目はことごとく緑色であるから窓硝子も同じ色であつた。四番目は橙色の家具、橙色の燈であつた。五番目は白色、六番目は菫色であつた。七番目の居間は天井から壁一面に黒天鵞絨の掛毛氈で覆はれ、それが更に重々しい襞を作つて同様黒天鵞絨の絨緞の上に垂れ落ちてゐた。然し此処の窓硝子の色合のみは部屋の色彩と一致してゐなかつた。深紅色鮮かな滴るばかりの血の色であつた。七つの部屋の何れに於いても、此処彼処に鏤められ、或は天井から吊された金色の飾付の中にはランプや燭台らしいものは一つも無かつた。各部屋にはランプや蠟燭から発する光は少しも見えなかつた。然しながらその部屋部屋を周る廊下にはそれぞれの窓に向つて焰の鉢を載せた重たげな三脚架が据ゑられてあつた。その焰が窓の色硝子を透かして、部屋中をきらきらと照らした。

　このやうにして幾多の華美な夢幻的な光景を作り出した。だが、とりわけ西端の、真黒な部屋では血色の窓硝子を透かして暗い掛毛氈の上に落ちる灯影は極めて怪奇なるものであつた。為に其処に這入つて来る者の顔は世にも不気味に照らし出されるので思ひ切つて足を踏込む程大胆な人は殆んど無かつた。

この部屋にはまた巨大な黒檀の時計が西側の壁に掛けられてあつた。振子は鈍い、重々しい、単調な響を刻んで左右に揺れてゐた。長針が一周りして、時を打つ際には、その真鍮の肺臓から、実に朗かな、高い、深い、而も極めて音楽的な響が聞えて来るのであつた。けれど余りにも不思議な調子と力の籠められた音であるが為に、オーケストラの音楽師達は一時間を経る毎に、弾奏の最中であつてもしばし手を休めて吾知らずその音色に聴入る程であつた。従つてワルツを踊る人たちも已むなく一寸足を停める。かくてこの陽気な人達の全群が暫時その調子を混乱させて仕舞ふのである。時計が鳴りひびいてゐる間はどんなに浮々した男でも顔色が蒼ざめ、年老いた沈着な人達も、幻想や沈思に心擾されたかのやうにぢつと額に手を当てゝゐるのである。

この音の余韻がすつかり消えてしまふと群衆の中に急に軽やかな笑ひが漲るのである。楽人達は互ひに顔を見合せて自分等の神経過敏や間抜さに思はず微笑してしまふのである。さうしてこの次に時計の鳴る際は、決してこんな感動は起すまいと囁き交すかのやうであつた。

かうしてまた六十分（その間に実に三千六百秒の時が過ぎ去つてしまふ）が経つと、再び朗かに時計が鳴り渡り、またもや前と同様な混乱と戦慄と沈思とが生じて来るのであつた。

然しそれにも拘らず、饗宴そのものは、洵に陽気で壮なものであつた。プロスペロ公の趣味は独特のもので、とりわけ色彩とその効果に就いては並々ならぬ眼識を持つてゐた。公は単なる流行の装飾を軽蔑した。彼の計画は放胆で猛烈で、その思ひ付きは野性的な光沢を発して煌いてゐた。公を狂人だと思ひこむ者も中にはあるだらう。けれど公を知つてゐる者はさう言ふことは感じなかつた。公の狂人でない事を確めるには、親しく公を見たり、その言を聴いたり、直接手で触れてみたりする必要があつた。

この宴楽に当つて、七つの部屋の感動的な飾付は殆んどプロスペロ公の指図に依るものであつた。仮面者たちにそれぞれ与へられた役割も公自身の趣味を基調としたものであつた。それらはすべて怪異な姿であつた。閃光、耀爛、奇矯、幻酔――かの『エルナニ』の物語以来の多くのものが満ち溢れてゐた。不似合な四肢と異形な装束をもつたアラビヤ風の姿もあつた。気狂ひのみが考へ出し得るやうな戯言めいた着想もあつた。艶美なるもの、淫蕩なるもの、怪異なるもの等数多くあつたが、中には鬼気とするやうなもの、時には思はず面をそむけたいほど嫌悪を起させるのもあつた。このやうに七つの部屋の此処彼処に、数知れぬ夢が徘徊してゐた。此等の人たち――夢さながらの人たち――は各部屋のそれぞれの光を身に映しながら前後左右に縺れあつてゐた。オーケストラの放埒な楽の音さへも自分達の跫音であるかのやうに思はせた。

やがてまもなく、例の天鵞絨の部屋にある黒檀の時計が鳴り出すのである。すると総てが、ほんの一瞬間であるが、しんと静り返へる。時計を除いてすべてが音を潜め、夢の影はその位置にそのまゝ堅く凍りついてしまふ。しかし時を告げる音はすぐ消えてゆく。それはほんの一瞬時しか続かない。その途端、軽やかな、半押殺したやうな一つの笑声が、消えて行つた時計の音を追ひかけるかのやうに、聞えて来るのである。すると音楽は忽ち勢を盛返へして来て夢も再び甦る。さうして彼らは三脚架の焰が色とりどりの窓硝子を透して投込む光りを身に閃かせながら、今までよりも、もつと陽気に前後左右に身を紆らし縺れ合ふのである。然し七つの部屋の一番西端れの居間には誰一人今では這入らうと企てる者はなかつた。何故ならば、夜も漸く更けて来たしそれにかの血色の窓硝子を透して流込む光の赤さがいよいよ冴えて来たからである。掛毛氈の一層深み行く黒さは人の魂をびくつかせた。此処の真黒な絨緞の上に足を落した者には、遠くの他の部屋部屋で陽気な噪宴に溺れた連中に聞えてくる如何なる物音よりも、一層森厳な、いよ〳〵調子の籠つた時計の響が身近に聞えて来るのであつた。

然し他の部屋は、どれもこれも群衆に満ち溢れてゐた。其等の部屋には熱苦しいまでに旺んに生の心臓が波打つてゐた。かうして宴楽は狂ほしく旋転して行つた。が、やがて、遂々、真夜中を知らせる時刻がやつて来た。音楽は止んだ。ワルツの踊り手たちはぴつたり出足を止められた。再び不安な静止が万物の上に押し拡がつた。時計の鐘は愈々十二時を打ち出した。さうして、噪ぎ抜いた人たちの間にも多少思慮深い者たちは時計の響がいつもより一層長い為、それだけ深く考へ込むやうな結果になつた。さうして最後の響の最後の余韻がまだ全く沈黙の中に消え切つてしまはない中に、未だ誰一人としてその存在に気がつかなかつた仮面者が一人彼らの間に雑つてゐるのを発見したのである。忽ちこの新しい闖入者に就いての囁が風のやうに伝はつた。さうして、非難や驚愕を、いや遂には恐怖や嫌悪をあらはす呟きや嘆息が全群に湧き始めた。

かうした風変りな遊宴では、考へるまでもなく、並大抵の風体では到底これほどの驚駭を惹起す筈はないのである。実際此夜の仮装はどんなに放逸異形なものでも殆んど制限がなかつた。それにも拘らずこの問題の人間の風体は全然頭角を抜きん出て、すつかり他の者の鼻を明してゐた。当のプロスペロ公自身の無際限な奇装すら遥かに顔負けがしてゐた。どんな不敵な者の心にも触れると必ず感動を惹き起す琴線がある。生も死も同じやうに、ほんの冗談としか考へないやうな無感情の男にも、決して冗談ではすまない事があるのである。人々は、この闖入者の服装にも態度にも、何ら明るい機転もなく、また礼法に応つた所もないのに深く胸を衝れた。

此者は脊がひよろ高く痩せ枯れてゐて全身隈なく墓場の衣裳を纏うてゐた。顔を蔽した仮面は、如何に丹念に調べても容易にその偽りである事がわからぬ程、硬ばつた屍の相貌に酷似してゐた。だがこれらは総て、その辺を噪ぎ廻つてゐる連中から、たとへ賞められないにしても、我慢してやらうと思はれたかも知らない。ところがこれは「赤き死」の姿を真似たものだと言ふ噂が拡がるまでになつた。彼の衣裳は血で濡れてゐた。――さうして額には点々と真紅の恐怖が一面に撒きちらされてゐるのだ。

この亡霊めいた者――彼はその役割を更に心ゆくまでやつて退けようとするかのやうに、寂然たる厳な態度でワルツを踊る者達の間をあちらこちらと縫うて歩くのであつた――その姿に目を止めたプロスペロ公は恐怖と嫌悪の激情に痙攣してゐる様子であつた。だが、次の瞬間、公の額は憤怒の為に赤色を呈して来た。

プロスペロ公は、嗄れた声で身近に居た侍臣に命じた。

「何者だ！　何者が、敢へてかくも冒瀆な振舞で、余を侮辱するのだ。引捉へて仮面を剝取れ！　余は朝になつたら城壁から吊首にしてやる奴の顔を見て置きたいのだ！」

プロスペロ公がかう叫んだのは、東側の、即ち青色の居間に於いてであつた。此等の言葉は――公は度胸骨の太い、頑丈作りの方であつたから――七つの部屋全部を貫ぬいて隅々まで、はつきりと高らかに鳴り響いた。さうして楽の音も公の手の一振りでぴたりと静粛に立ち返つた。

公は蒼ざめた侍臣の一群に取巻れて青色の部屋に立つてゐた。初め公が言葉を発した時、この一団は闖入者の方に思はず二三歩進みかけた。と言ふのは、その時でもかなり手近にゐたかの怪しい者が今や発言者の方へ、飽までも落着いた堂々たる歩調で一層身近に迫つて来たからである。然し、此仮面舞踊者に就いての狂ほしい推測に依つて深められた何とも名状しがたい一種の恐怖から、誰一人進んでこれを捉へようとする者は無かつた。従つて怪物は何ら碍げられること無しに、既にプロスペロ公の身辺一碼の処へ迫つて来た、しかし全会衆は殆んど唯一つの衝動に押されたかのやうに室の中央から壁際まで縮み退つた。彼は依然として碍げられずに、最初から彼の特徴であつた例の森厳な、整然たる足並で、青の部屋から紫へ——紫から緑へ——緑から橙色へ、——橙色から白へ、——白から遂々菫色まで、何人も彼を捉へんとする決然たる行動をしない中に悠然と通り抜けて来てしまつたのである。恰度、此時、プロスペロ公は、激怒と、たとへ一時にもしろ後退りをした自らの臆病風に対する羞恥心から気狂ひのやうに猛りたつて、まつしぐらに六つの部屋を突き抜けて行つた。然し、今や全群を支配した慄然たる恐怖感の為、何人もこれに続く者は無かつた。

　公は抜身の短剣を頭高に振つて、息をも吐かず、性急に、後退りする怪影の三四呎側まで押し迫つた。この異形の者は天鵞絨の部屋の最端まで押詰められると突然向を変へて公に対抗した。忽ち鋭い叫びが聞えた。すると短剣が煌きながら黒貂の敷物に舞ひ落ちて来たかと思ふと引続いて屍になつたプロスペロ公の五体もうつゝぶせに倒れ落ちた。

　かうなると饗宴者たちも死物狂ひの勇気を振起して、一気に、真黒な部屋へ駈け込まねばならなかつた。さうして黒檀の時計の陰影に、まつすぐ身動ぎもせずに立つてゐたひよろ長い仮面の男を引捉へて、荒々しくその経帷子や死相の仮面を剝してみると、その男を形作つてゐた物は、これと言つて手に触れ得ない只の空つぽである事を知つて、人々は一言も発し得ない戦慄に襲はれた。

これこそ「赤き死」であると言ふ事が遂々認められるに到つた。彼は夜盗のやうに忍び這入つて来たのだ。饗宴者は一人一人相次いで、血汐に濡れた歓楽の床に仆れた。さうして断末魔の悶掻をしてそのまま息絶えて行つた。かの黒檀の大時計の刻も遊宴者の最後の一人が息を引取ると共に止んだ。三脚架の焰も消えた。さうして闇黒と頽廃と「赤き死」とが恣ままに、万物の上に跳梁した。

黒猫譚

私がこれから書き綴らうとするのは、世にも不気味な、而も極めてありきたりな物語であるが、私は読者にそれを信じて貰ふこと、を予期しもしなければ歎願しもしない。かう言ふ私自身の五感すらが吾れと吾が経験を信じようとはしないのだから、他人にこれを強ふるのは狂気の沙汰であるかも知れない。然し私は狂人でもなければ、夢みてゐるのでもない。唯、明日死ぬべき身の私は今日こそ懺悔をして魂の重荷を軽くしたいと思ふのである。私の直接の願ひは、単なる家庭の出来事を発端から終結まで率直に手短に註釈なしに世の中に曝け出したいと言ふに過ぎない。その出来事は私をして恐怖せしめ、懊悩せしめ、遂に破滅せしめるに到つた。然し私はその出来事を説明しようとは思はない。何故ならばそれは私にとつてたゞ一途に恐怖そのものである。後になつて頭の良い人たちが私の幻想を日常茶飯事と見做すかも知れない。もつと落着いてゐて論理的でさうしてたやすく物に激しない人たちが出て、私が怖しさに駆られてかきつゞる物語をたゞありきたりの原因結果の月並な連鎖に過ぎないと言ふかも知れない。

私は小さい時から素直で憐み深い性質をもつてゐた。私の心根のやさしさは却つてそれが仲間の嘲笑の種となる程際立つてゐた。とりわけ動物が好きで両親に甘へては種々様々の生物を飼ふことを許された。私はこれらの生物と終日遊びくらした。餌をやつたり撫でてやつたりする時ほど幸福なことはなかつた。この性質は年齢と共に激しくなつて行つた。成人してからはこれが、唯一の娯楽のやうであつた。忠実で怜悧な犬を愛育したことのある人達に向つて私は、さうして得られた楽しみの性質や強度がどんなものか今さら説明する必要もあるまい。単なる「人間」の糸遊のやうな信実や御座なりの友情を、いゝいゝ、ふんだんに味つた人たちは、けだものの忘我的な献身的な愛情の中になにかしんと胸に徹へるものを感ずる筈である。

私は早婚であつた。さうして幸にも妻の心根は私の性向と相和するものをもつてゐた。私が一方ならず動物を愛するのをみてとつて妻は、機会ある毎に最も好ましい生物を手に入れて来た。鳥類、金魚、犬、兎、小猿、それから「猫」を私達は飼つた。この猫と言ふのが非常に大きく美しく全身漆黒で怖しいまでに怜悧であつた。この猫の賢さといふ点になると日頃迷信などを信ずる気質でない私の妻も、昔から言ひ古された猫は魔法使の化身――と、言ふ伝説にしばしば言及するほどであつた。もとより妻がこんな事を真面目に信じてゐた訳ではない。私といへどこゝでたまたま思ひ出したから書いてみたまでの事である。

プルトウ（陰府の神）――これが猫の名であつた――は私の心をこめての愛物であり親友であつた。彼に食物をやるのはいつも私で、彼も亦家中どこでも私のゆく先々に付き纏うた。私が街へ出ようとする時でもついて来ようとするのだが、これを追ひ返すのは生やさしい事ではなかつた。

かうした状態で私たちの友情は長年続いた。この間、私の気質や性格は、飲酒の悪癖の為に（恥しながら）すつかりこじれてしまつてゐた。私は日毎に悒鬱になり、苛立ち、他人の感情をいささかも省みなくなつた。妻に対しても乱暴な言葉を放つやうになつた。遂には妻の身体に手をかけるやうにさへなつた。こんな風で飼はれてゐる動物たちに至つてはもとより私の性質の変化をまざまざと感じさせられたのである。私は彼等をなほざりにしたのみならず進んで彼等を虐待した。兎なり、猿なり、犬なり、が偶然に或は私を慕ふ心から、私の足下にやつて来たりすると私は遠慮なしに酷くどやしつけてやるのであつたが、プルトウだけは流石に未だ労はる心が消えてゐなかつたものと見えてさうした虐待を受けずにすんだ。だが私の病気は日毎に深み――アルコホルの病ほど可怕いものがまたとあらうか――たうとうプルトウすら、彼も漸く年老けて、怒りつぽくなつてゐた所為もあるか、私の癇癪の結果を経験するやうになつて来た。

ある夜、街の行きつけの酒場から酷く酩酊して私は家に帰つて来た。その時私は猫が妙に私を避けたがるやうに気を廻した。私は彼をギュッと抑へつけた。と猫は私の乱暴に不意を喰つていきなり私の手に咬みついて擦傷を負はせた。すると、忽ち悪鬼の怒が私の総身にいきりたつて来た。さうなると私は最早自分で自分が解らなくなつてしまふのである。私の生れながらの優しい魂は私の身内から飛び去つてしまつた。そのかはり悪酒に育くまれた地獄の感情が私の体のひとつびとつの繊維を震はせた。私はいきなりチョッキの嚢からナイフを取り出すとそれを開いて猫の喉許をつかまへたまゝその片方の眼玉を丹念に眼窩から、抉り抜いた！　私はこの悪鬼のやうな惨行を筆にするにあたつてみづから身をのゝき顔の熱し来たるのを覚える次第である。

　夜明と共に理性が甦つて来た。一夜の熟睡は前夜の酔をすつかり消してしまつた。私は前夜の犯行を想ひ、なかば怖れ、なかば悔に満ちた感情を経験した。だが其感情も高が一時的の影の薄いものであつたから、心底の性根には何の触れるところもなかつた。私は再び羽目を外した。酒に酔ひ痴れてその罪の記憶を忘れてしまつた。さうしてゐるうちに猫の傷も徐に癒えて行つた。眼玉の抜け落ちた眼窩はまことになんとも言えぬ怖しい相好であつた。然し今では別に苦痛はないらしかつた。彼はこれまで通り家の中を歩き廻つた。が私が近づくと案の定極度に怖れて逃げてしまふのである。あんなにも私を慕つてゐた猫がかくも自分を忌み怖れてゐるのをまざまざと見せつけられると、私の遠い昔の心がいくらか残つてゐると見えて初めは随分哀しく思つた。だがかうした感情もすぐに癇癪に変つて行つた。さうして引続いて妙にひねくれた天邪鬼な精神が頭を擡げて来た。

それは恰も決定的に私を打ち仆しにやつて来たやうなものであつた。かう言ふ精神状態について学問は何も説明してゐない。でも私は此意固地な感情こそ、人間の心の最も原始的な衝動の一つであり人間の性格を決定するところの分ち難き根本的な性能の一つであることを、自分の魂の存在を信ずる以上に深く信じて疑はぬものである。実際、外に何の理由もなく、たゞそれをしていけないものだと言ふ事を知つてゐる為に、何遍となく、卑劣な或は愚かな行ひをやつてのけてしまふと言ふやうな事は何人も経験するところではなからうか。たゞ犯してはならぬ事を知つてゐる為にわざわざその「律法」を理性に逆らつて犯して見たい気持を経験しないだらうか。

このひねくれた天邪鬼な気持ちこそ、前にも言つたとほり私を全く破滅させてしまつたのである。自らの魂を虐げてみたい気持ち、吾とわが本性に暴虐を加へて見たい、たゞ悪なる故に悪をして見たいと言ふ測りがたい心のあこがれ、――それがたうとう私を駆つてこの従順なけものにこれまで加へて来た危害を更に引続いて完成させて仕舞つたのである。ある朝、酷くも私は猫の首に索の輪をひつかけて、木の枝に吊した。心に激しい悔恨の痛みを感じ、涙を流しつゝも、私はそれを縊り殺してしまつた。――たゞ彼が私を愛してゐたことを知つてゐたが故に、彼は私に対して殺すべき何の理由をも与へなかつたが故に彼を縊り殺したのである。さうする事が正しく罪であり、こよなく恵み深く、畏るべき天帝の限りなき憐さへ届かぬ地球に自分の魂を抛げ出すべき、万死に相当する罪を犯すことになると知つてゐた為にわざわざ縊り殺したのである。

この酷い行ひの果たされたその日、夜も闌けて、私は火事と言ふ魂消る叫びに眠をさまされた。私の寝台の帷がめらめらと炎え最早家中一面火を被つてゐた。私と妻と召使とが、やつとの事で焔をくぐつて遁れ出た。が家は丸焼けになつた。私の全財産はことごとく烏有に帰した。それで私はいよいよ自暴に身を持ち崩した。

私は自分の惨虐な行為と火事とを因果律で結びつける程心弱いものではない。だが私は事件の連鎖を詳く話してゐるのである。私はその一鎖をも不完全に残しては置きたくない。その火事の次の日、私は焼跡を訪れた。たゞ一個所を除いて壁はすべて焼け落ちてゐた。この個所は家の中程にある余り厚くない仕切壁であつた。私の寝台の頭の方はこの壁に向つてゐた。此処の漆喰だけが火勢にかくも頑強に抵抗したのであるが、私はこれは最近此処が塗り換へられたといふ事実に帰した。この壁の周囲には真黒に人群りがして多くの人々が非常に綿密にまた容易ならぬ熱心さをもつてその特別な部分を調べてゐるやうであつた。

「変だね。」「奇妙だ。」或はそれと同意義な言葉がしきりにとり交されてゐるので私も遂に好奇心を唆られた。私は壁際に近寄つた。ところが真白な壁の上にまるで薄肉彫でもあるかのやうに浮き出てゐる巨大な猫の形を見たのである。その姿は誠に驚くばかり雋永に描き出されてゐた。さうして索までがその頭に附いてゐるではないか。

この幽霊——さうとしか思へない——を見た時の最初の私の驚きと怖れは非常なものであつた。がいろいろ考へてやつと心を鎮めた。想ひ出して見ると猫を吊したのはこの家に近接してゐる庭園であつた。火事の報らせでこの庭園はすぐに群集で一杯になつた。この群集の中の誰かゞ猫を木から引ずりおろして開け放しの窓から私の部屋の中に抛り込んだのに違ひない。これは多分眠つてゐる私を起す目的でやつたものと思はれる。そこへ他の側の壁が倒れて来てこの猫の死骸を、塗りたての漆喰にめり込ませてしまつたのであらう。その壁の石灰が焔と死骸のアンモニヤとに作用されて今見るが如き画像を完成するに到つたものであらう。

かくて私は此処に詳述したやうな驚くべき事実に就いて、私の良心は、ともかくも、理性だけは納得させる説明を楽々と作り上げはしたが脳裡に写しこまれた印象は依然として消ゆるべくもなかつた。数ケ月の間、私は猫の幻から逃れることができなかつた。その間悔恨に似た——けれどさうではなかつた——一種の感情が胸の中に湧くやうになつた。かくて猫を失つたことを心さびしく感ずるやうにもなつた。今では病み付きとなつてしまつた。魔窟の中にゐても前の猫に代るべき、似たやうな恰好の猫を探すやうな心にさへなつた。

ある夜穢れた魔窟の中で酔ひ痴れてゐた時、ジン酒か、ラム酒かの、とにかくその部屋の主要な家具をなしてゐるところの巨大な酒樽の上に載つかつてゐる何やら黒いものが突然私の酔眼に映じた。私はしばらくこの酒樽のてつぺんを瞶めてゐた筈である。然し、不思議でならなかつたことは、その時までどうしてこの黒いものに、気が付かなかつたかと言ふ事であつた。私は近付いていつた。手で触つて見た。それは一匹の黒猫であつた。非常に大きい奴で、丁度プルトウと同じ位であつた。見れば見る程プルトウによく似てゐた。只一個所違つてゐた。プルトウは斑の何処の部分にも白い毛は一本もなかつた。然し今度の猫ははつきりとはしないけれど白いぶちが殆んど胸許全体を覆うてゐた。

　私が触ると、猫はいきなり起き上つてゴロゴロと喉を鳴らしながら体を私の手に擦り付けて来た。私に見付けられたのをひどく悦ぶかのやうに見えた。これこそ私の註文通りの猫であつた。私は直ぐに酒場の主人からそれを買ひ取らうとした。けれど主人はその猫は自分のものではないし、また見知り越しのものでもないし、今見るのが初めてだと言ふのであつた。

　私はなほも猫を静かに撫でてやつた。私が帰へらうとすると従いて来たさうな気振を示した。私は猫のするまゝに任せた。私は時折踞んでは彼を撫でてやつた。家に着くと、猫はそのまゝ居付いてしまつて、すぐと私の妻の並々ならぬお気に入となつてしまつた。ところが私の方はすぐにこの猫に、嫌気がさして来た。これは私の期待したものとはまるで正反対であつたが、それがどう言ふ訳か皆目判らなかつた。只猫が私に対して愛慕の情を見せれば見せるほど胸がむかつくやうに嫌ひになつてくるのであつた。この嫌ひな煩はしい感情は次第に昂じて苦々しい憎悪に変つて行つた。私はこの猫を避けるやうになつた。羞ぢ怖れる感情と過ぎにし無残な振舞の思出があるのでこの猫を肉体的に苛めつけることは敢へてし得なかつた。私は何週間も彼を殴ぐつたり踏み蹂つたりするやうな事はなかつた。然し徐ろに実に徐ろではあるが名状しがたき嫌悪の情が募つて来てこの嫌らしい猫の姿を見ると、私は呪はしい疫の息吹から逭れでもするやうにしのび足で逃げ廻るのであつた。更にこの猫を怖れ憎む心を一層煽るに到つたのは、私が猫を連れ帰つた翌日、気が付いて見ると、矢張りプルトウと同じくこの猫も片目が抉りとられてゐると言ふ事を発見したからであつた。だがこの事は却つて私の妻をして益々猫を愛撫せしめる機縁となつた。私の妻は前にも言つたやうに以前私の性格の特徴であり、且つ素朴で清純な幾多の楽しみの源であつたところのあの憐み深い心を多分に持つてゐた。

ところが猫に対する私の嫌悪が次第に激しくなつて行くのに反して猫の方では愈々私に慕ひ寄るのであつた。私の足許に絡みつくその執拗さ加減は到底読者の了解するところではない。私が腰かけてゐると、必ず猫は椅子の下に跼み込むか、或は私の膝に飛び上つて、ところ嫌はずその呪はしい体を摩りつけるのである。私が立ち上つて行かうとすると両足の間に纏ひ付くので私は思はずよろめくのであつた。また、その長い鋭い爪を私の着物に引鉤けて胸の辺まで攀つてくるのである。

こんな時、私は一撃のもとに打倒したらと思ふのだけれど、それが如何しても断行出来ないのである。一つは以前犯した罪の記憶があるからでもあるが主なる理由は（思ひ切つて白状してしまふが）この猫がたゞもう無性にこはかつたからである。

この恐怖はあながち身体的危害に対する恐れでもなかつた。と言つてそれを別にはつきり定義する事も出来なかつた。かゝる事を告白するのはこの死刑囚の監房の中に居る身ですら恥しい限りである。がこの猫に対する恐怖は全く何の言はれもないたゞの妄想に依つて深められて行つたのである。妻も一再ならずこの猫の白い斑点に就いて私に話し掛けた。実際見たところではこれのみが私が前に殺した猫と異つてゐる唯一の目印であつた。読者はこの斑点が大きくはあるけれど、もとは非常に不明瞭なものであると私の言つたことを記憶されてゐるであらう。然し、殆んど目にわからぬ程度で、且つ私の理性は長い間それを空想として極力否定して来たのであるが、その斑点が日増しに明瞭な輪郭を現して来るのであつた。その形は名を呼ぶさへ恐しい物の姿であつた。その為に私は一層この怪獣を憎み怖れて若し勇気さへあるならば一思ひに其奴を除いてしまひたいと願つたのである。

それは世にも不気味な異形の相——絞首の首形であつた。それは恐怖と罪悪、苦痛と死の悲しくも怖しい機械の形であつた。

かうして私は今や全く惨であつた。それは只物の哀れを覚える人間としてのみじめさだけではなかつた。このけだもの——其奴の仲間を私は手もなく殺してやつたではないか——そのけだものが、至上の神の御姿に擬らへて作られた人間の私にかくも堪へがたい苦痛を与へるのに到つたのだ——ああ、私はかくて昼も夜も安らかな休息のめぐみを受けずに過ぎねばならなくなつた。昼は昼で、この猫は一瞬も私の側を離れなかつた。夜は夜で私は口に言はれぬ怖しい夢を見た。ギョッとして目をさますと顔の上には生温かい其奴の息吹がかゝつてくるのであつた。どう踠いても振り落し切れない夢魔の化身が胸板の上に無限の重さでのしかゝつてゐるのであつた。

このやうな日夜を分かたぬ責苦の下に、微かながら残つてゐた私の善良な分子さへすつかり痺れてしまつたのである。邪な考——真暗な最も邪悪な考のみが跳梁するやうになつた。平常から気むづかしい私の疳癖が、いよいよあらゆる物、あらゆる人間へのにくしみへと昂じて行つた。とりわけかうして突発的にたゞもう行きあたりばつたりに、何の抑制もなしに爆発する私の疳癖の最も頻繁な被害者は不平一つ言はぬ可哀想な私の妻であつた。彼女はいつもぢつと辛抱に辛抱を重ねてゐた。

ある日、彼女は何か家事向の用で、私達が貧乏から余儀なく住むやうになつた古い建物の穴蔵まで私の後をついて降りて来た。猫も私の後からその急な階段を降りて来たが危く私を真逆様に突き落すところだつた。私は嚇として狂気のやうになつた。私は斧を翳して今の日まで私の手を止めてゐたあの子供ぢみた恐怖を腹立ちのあまり打忘れていきなり猫をめがけて打落した。実際それがそのまま行けば間違ひなく唐竹割になるところであつたが、この一撃は妻の手に依つて受け止められた。私はこの思はぬ邪魔だてに一層激昂して悪鬼のやうに猛りたつと、抑へた妻の手から斧をぐいと引外していきなりそいつを妻の頭にめりこませた。妻は呻声一つ立て得ずそのまゝ息絶えてしまつた。

この忌はしい殺人に引続いて私は更に綿密な注意を以つて死体隠匿に取掛つた。昼でも夜でもとにかく死骸を人目にかゝらず戸外に運び出す事は到底出来さうもなかつた。様々な計画が胸に浮んで来た。ある時は死体を細々に切り刻んで燃して仕舞はうかとも思つた。或は穴蔵の床を掘り下げて其処に埋めてやらうかとも考へた。又ある時は、庭園の井戸の中に、投げ込んでやらうと思つたり、いつそ商品かなんぞの体裁に箱詰にして運搬人に運び出して貰はうかと考へたりした。だが遂々最も打つて付けの妙案に思ひ当つた。中世の僧侶が彼等の犠牲を僧院の壁の中に塗り込んだと伝へられてゐるが丁度そんな工合に妻の死体も壁に塗り籠めてやらうと決心した。

かう言ふ目的にはこの穴蔵はもつて来いであつた。其処の壁は元々ぞんざいに作つてあつた上に最近粗末な漆喰を全体に塗つたばかりで且つこの穴蔵の淀んだ湿気のせゐで容易に固らなかつた。更にその壁の一つには向うに突き出した個所があつてそれは見せかけの煙突或は煖炉の為に作られたものであるがそこは塞がれてあつて穴蔵の他の部分と一見違はないやうにしてあつた。この個所の煉瓦を取り除いて其処へ死体を隠匿し、また元通りに塞いで何人の目にも怪しまれないやうにするのは易々たるものであると私は信じて疑はなかつた。

さうしてこれは全く思惑どほり成功した。私は鉄挺で煉瓦を易々と取崩した。それから丹念に内側の壁に死体をたてかけて、その上に元通り煉瓦を積み上げたが一向手数はかゝらなかつた。私は灰泥、砂、毛髪等を手に入れて極て周到な用意を以つて古い壁と区別のつかぬやうな壁土を煉上げた。さうしてこれを新しい煉瓦の上に綿密に塗り立てた。すつかり出来上つてしまふと私自らその仕上げの手際良さに満足した。壁は何処にも手を入れたやうな所は少しも無かつた。床の上に散らばつた塵屑は出来るだけ気を付けて一つびとつ拾ひ上げた。私は勝利を感じた。「これでやつと骨折の験が見えて来たわい」私は独言を言つた。

その次の仕事は、この惨ましい行為の原因であるところの例の猫を探し廻る事であつた。今度こそ猫を殺さうと決心したからである。若しこの時猫の姿が目に止まらうものなら其運命は知るべきであつた。而し敏感なこの獣は私の先刻の激怒に怖れをなして私の感情の和まぬ中は姿を現すまいと心をきめてゐるかのやうであつた。その嫌な猫がゐなくなつたのでホッとした私の深いしみじみとした嬉しさをなんと言つて告げたらよいであらう。夜になつても猫は出て来なかつた。初めて、この家に移つてから実に初めてこの一夜を私は安らかに、ぐつすりと眠ることが出来たのである。さうだ、自らの魂の上に殺人の重荷を負うてゐながらもぐつすりと眠りを貪る事が出来たのである。

かくて二日目も過ぎ三日目も過ぎた。が私を苛むかの猫は猶も姿を現さなかつた。私は再び元の自由な人間に立ち還つてホッと息を吐いた。怪獣は私の権幕を怖れて永久に此家から立去つたのだ！　もう二度とあの猫をみる事はないのだ！　私の幸福感は絶頂に達した。私の後暗い行為はいさ、かも私の心を乱さなかつた。二三の訊問も為されたが容易に言ひ開きが出来た。家宅捜索も行はれた。けれど、もとより、何の手掛りも発見されなかつた。この分なら未来も安全だと私は確信した。

殺人の四日目。全く不意に警官の一行がやつて来た。さうして再び屋敷内を非常な厳密さで捜索し始めた。然し死体隠匿の場所は到底判る筈はないと言ふ自信があつたので私は何ら動揺を感じなかつた。警官は私に捜索の先々に同行を命じた。彼等はあらゆる隅々を隈なく捜した。遂に彼等は穴蔵にも降りて行つた。それは三度か四度目であつた。私は筋一つ震はせなかつた。私の心臓の鼓動は何の罪もなく安らかに睡む人達のそれのやうに落着いてゐた。私はその穴蔵を端から端へと歩いてみせた。私は腕組をして平然とゆきつ戻りつした。警官達はすつかり満足した。で立去らうとした。然し私の心の悦びは抑制するべく余りに強かつた。私は、一つには勝利感を味ふ為には、二つには私の無罪を飽くまで彼等に確信させる為に只一言いはせて貰ひたかつた。

「皆さん！」私は一行が階段を昇りかけた時たうとう口を開いて仕舞つた。「私は皆さんの疑念を晴すことを得たのを心より嬉しく思ひます。私は皆様の御健康を祈ると同時に今少しく礼儀深くあらむことをも併せて望む者であります。それはさて措き、これは――これは実に頑丈した家でありまして――」（たゞ私は無性に能弁に捲し立てたいと言ふ熱望のあまり自分で自分が何を饒舌るのやら少しも分らなかつた）「全く素的によく出来た家と申して宜しからうと存じます。この壁と来たら――おや皆さんもう行らつしやるのですか――この壁と来たら、芯から頑丈に塗上げてあるんですよ」此処で私は逆上した空元気を見せる為に手にした杖で、愛妻を埋めて煉瓦を積み重ねてある個所をトントンと可成り強く叩いた。

天帝よ、願はくば悪魔の腭より我身を護らせ給へ！　杖の響が未だ消えもやらざる中にこれに応じて墓の中から一つの声が聞えて来た。

初めはどうやら、物を隔てて聞くやうな杜絶れ杜絶れの子供の啜り泣きとも思へたが、それが忽ちきりきりと高まつて長く引つぱつた叫び声、いやもうこの世ならぬ、人の声とも思へない――呻き、怒号となり、果ては、恐怖とも凱歌とも付かぬ慟哭に変つてゆくのであつた。かゝる悲鳴は地獄に墜ちて苦しむ者と苦しめて自ら喜ぶ悪魔達の喉笛から、一緒になつて流れ出る陰府の声としか思はれなかつた。

その時私の心は語るも愚かである。私は殆んど気を失つてよろよろと向う側の壁までよろけて行つた。警官の一行は驚愕と畏怖とで一瞬間、階段の上にそのまゝ釘付けになつてしまつた。だが次の瞬間数本の腕がその壁をせつせつと毀しにかゝつてゐた。壁は諸共にゴットリと落ちて来た。死体はもう可成り腐爛して、血が凝りついたまゝ、見てゐる人の前にすつくと立つてゐた。この死体の頭の上には、真赤な口をカッと開いて、隻眼(せきがん)をランランと光らせたかの猫――私を到々(とうとう)その術中に陥れ(おとしい)れ、人殺しをさせ、今また呻(うめ)き声を立て、私を絞首人(こうしゆにん)の手に渡したかの猫が坐つてゐた。私はこの怪獣をも一緒に墓場の中に塗(ぬ)り込めてしまつたのだ！

跛蛙（ホップフロッグ）

この王様ほど冗談を愛好せられた方はまたとこの世にあるまいと思はれた。冗談のためにのみ生きてゐられるかのやうに見えた。王様の寵愛（ちようあい）を得（う）る最も確（たしか）な方法はたゞ面白い軽口（かるぐち）を上手（じようず）に言つて退（の）けさへすればそれで良かつた。したがつて王様に仕（つか）へる七人の大臣達も揃ひも揃つてその道の上手ばかりであつた。それのみではない、どれもこれも、王様並に、肥満漢（ふとつちよ）で油ぎつた大柄な人たちばかりであつた。冗談を言つてゐると肥（ふと）つて来るものか、いづれか、明瞭（はつきり）わからないけれど、とにかく痩（や）せた諧謔屋（おどけや）と言ふ者は世間には沢山（たんと）ないやうである。

冗談の品位（王様の仰有（おつしや）るには、品位などは冗談の脱殻（ぬけがら）ぢや）などは一向（いつこう）気にも留めなさらなかつた。王様は、とりわけ冗談の露出（むきだし）なのを愛せられてその為（ため）には少々長たらしいのでも厭（いと）ひなされなかつた。あまりに気むづかしい話にはすぐと欠伸（あくび）をなされた。王様は定（さだ）めしヴォルテールの「ザデイグ」よりもラベレエの「ガルガントウア」の方（ほう）が好きだと仰有（おつしや）るであらう。総じて、言葉の綾（あや）よりも生地（きじ）そのままの冗談の方が遥かに王様の御気に召した。

この物語の当時には、職業的道化師と言ふのがまだ宮廷では廃れずにゐた。雑色縫合せの着物を着、頭巾をかぶつて、鈴をちやらつかせて、王様のテエブルから落ちるパン屑に有付く為には、事に応じて即興的に小ツ気の利いた諧謔を申上げる——あの道化役と言ふのが大陸の強国の宮廷にも未だ残つてゐた。

この物語の王様も勿論道化役を抱へてをられた。と言ふのは、つまり、七人の大臣達の鬱陶しい偉さにたんのうされた時の釣合としても、何かしら、かうした馬鹿げた物が必要とされたからである。

然し王様御抱への道化は唯の道化ではなかつた。この道化は更に一寸法師で且つ跛でさへあつた。だから王様の眼から見るとこの道化は三倍の価値があつた。一寸法師もまた道化と同じやうにその頃の宮廷では珍らしいものでは無かつた。笑はせる道化とそれを見て笑ひこける一寸法師の両方がなくては、何処の宮廷でも（宮廷と言ふものは、如何なる場所よりも日永な退屈な所である故に）なかなか日が暮れにくかつたのである。ところが、先程も申したやうに、諧謔に巧みな男と言ふものは百人が九十九人肥満漢で円つこく、カサバツてゐるものである。——然るにこのホップフログ（跛蛙）が一人で三つの宝を持つてゐると言ふので王様は、こよなく満足に思うてゐられた。

私は思ふに、ホップフログと言ふ名前はこの道化が洗礼式の時、名付親から貰つたものではなく、恐らく、この男が人並の歩き方が出来ない所から、かの七人の大臣達が協議の上、命名したものであらう。実際ホップフログは、跳ぶでもなく這ふのでもない——足をひよいひよいひよいと投げ出すやうにしなければ歩けなかつた。この無様な恰好が王様にとつて限りなく悦楽でもあり慰藉でもあつた。と言ふのはこの王様御自身の容姿は洵に申分のない美男と言ふ風に（お腹が飛び出てゐて頭には生れつきの瘤があつたにもかゝはらず）宮臣達から折紙をつけられてゐたからである。

然し、この跛蛙は、足が曲つてゐる為に、床や道を歩く時は非常に難渋したけれど、下肢の欠陥を償なふ為に神様が彼に与へたらしく思はれるものはその上肢の異常な筋肉の力であつた。その為に彼は樹でも縄でも凡そ登ることなら何んでも、驚くべき放れ業を演ずることが出来た。かう言ふ事に掛けては、彼は確に、蛙よりは、むしろ栗鼠か小猿と言ふべきであつた。

私はこの跛蛙が元は何処の国から来たものか確な事は知らない。然し、ともかくこの王様の宮廷からはずつと遠方の、誰も未だ聞いた事のない或る未開の国から来た者である。此跛蛙と、それから矢張り彼と同じやうに矮少な少女（然し体は見事に均整が取れてゐて、而も驚嘆すべき踊の上手）と二人は元来到る所に侵略しては捷を奏する強い将軍がその近所の地方から腕づくで奪つて来て、王様に献上したものであつた。

こんな次第であつたから、二人の囚れの身の小さい同志が、とても仲が良かつたことは言ふまでもない。二人は直ぐに命を賭ての親友となつた。跛蛙は、藝こそ人一倍出来たけれどその割に可愛がられなかつたので、少女トリペッタに思ふさま心尽しをしてやる事は出来なかつた。が、女の方は、その優雅な際立つた美しさの故に、皆から賞めそやされ、可愛がられて、素晴しく勢力があつたところから、それを利用して、跛蛙の為に出来るだけの事をしてやつた。

何であつたか忘れたが、何しろ、とても大層なお祝事のあつた時、王様は仮装舞踏会を催さうと心を決められた。仮装舞踏会とか、それに類した催しのある時はいつも、跛蛙とトリペッタの二人が手腕を表はすことになつてゐた。殊に跛蛙は、ペエヂェントを仕組んだり、仮面舞踏に新奇な人物を編み出したり、衣装の着付をしたりする事にかけては非常に創意的なところがあつた。で、彼の手を借りないでは、この種の催しは、とても出来さうもなかつた。

いよいよ御祝の当夜が来た。壮麗な大広間がトリペッタの監督の下に装飾されてこの仮装舞踏に光彩を添へる有らゆる工夫が委しく用ひられた。全宮廷は狂熱的な期待に充ち溢れてゐた。扮装の人物や衣装には思ひ思ひに工夫を凝らしてゐたのは言ふまでもない。多くの人達は、一週間も一月も前から何んな役割に扮してやらうかそれぞれ心に決めてゐたのである。まだ決まつてゐないなどと言ふ事は何処にもなかつたが――但し王様と七人の大臣達はまだ決つてゐなかつたのである。何故、この人達がぐずぐずしてゐたのか私にはわからないが、事に依ると、これも冗談のつもりだつたかも知れない。いや、それよりも、あまり肥り過ぎてゐる為に、手早く物を決めるのが困難だつたと考へる方が尤もらしい。ともかくも、さうかうしてゐる中に時間が迫つて来た。で、最後の手段として跛蛙とトリペッタを呼びにやつた。

二人の者が王様の召に応じて伺候した時、王様は七人の大臣達と共にお酒を召し上つてをられた。が王様には大変癇が昂つてゐられる御様子であつた。王様は跛蛙が酒を好いてゐないと言ふ事を承知されてゐた。酒を飲むとこの憐れな侏儒は昂奮して狂気染みて来るのであつた。――で元来狂気などと言ふものは決して心持ちのいいものぢやない。だが王様は例の露出な冗談がお好きであつたから跛蛙に無理強ひに酒を呑ませて（王様の御言葉を借りると）つまり「陽気に」させるのが格別の座興と考へてをられた。

跛蛙とトリペッタが這入つてくると、王様は言はれた。

「こりや、蛙、近う寄れ、さうして汝が故郷の友達らの健康を祝うて此杯を飲み乾すがよいぞ。」（この時、跛蛙はそつと嘆息を吐いた）

「で、そこで、汝の智慧を藉りたいのぢや。つまり仮装の人物ぢやが――その人物の何か目新しい、ぐいと趣向の変つた奴が思ひ付かんか。いつもいつも同じ物ばかりで倦々してるて。さあ近う寄れ。飲め。酒が汝の智慧をいよいよ燃すであらうぞ。」

跛蛙は、王様から、かうした御言葉を賜つていつものやうに諧謔を申上げようと努めて見たが今日はどうしても出来なかつた。此日は恰度跛蛙の誕生日に当つてゐた。「故郷の友達」の為に飲めと言はれた時、跛蛙の目には不覚にも涙が湧いて来た。彼が此暴君の手から恭々しく受取つた大杯の中に、大粒の、ほろ苦い涙が点々と滴り落ちた。

跛蛙のチビ助が此大杯を逡巡ながらも飲み乾した時、王様は、

「あ、は、は、は、あ——」と哄笑をなされて「それ見い、旨酒の一杯はさうも利くものぢや、おぬしの瞳は、もうそろそろ輝いて来たやうぢや。」

哀れな蛙！　彼の瞳は輝くと言ふよりむしろ妖しく光つて来たのである。なにしろ彼の感じ易い頭には酒の力の利目は強くもあれば、廻り方も早かつた。彼は手を震はせながら大杯を卓上に置くと狂ほしいやうな目付きで一座の人々を見渡した。人々は、王様の冗談が覿面に利いたのでひどく可笑しがつてゐた。

「で、今度は仕事の事で御座るが。」と、肥満漢の総理大臣が言ひ出した。王様は之に応じて、

「さうぢや、さうぢや。喃、蛙、良い思案はないか。人物ぢや、——吾々一同人物が欲しいのぢや、揃ひも揃つて人物に欠乏しとるのぢや、はははは。」王様は冗談を利かせて言つたつもりであつたから、七人の大臣達も調子を合せて笑ひこけた。

跛蛙も笑つた。がその調子は弱々しく洞に聞えた。

「さあ、どうしたのぢや。何も思案が浮ばぬのか。」王様は性急に仰せられた。

「何か趣向の変つたものをと思案なかばにござります。」と跛蛙はポカンとした調子で答へた。彼の頭はもう酒のためにすつかり惑乱してゐた。

「何、思案中途ぢや？」王様は威丈高い調子で叫ばれた。

「思案中途とは如何言ふ事ぢや。ははあ、読めた。さては、もつと酒が欲しうて拗とるのぢやな、さあ、これを飲め！」

王様は、更にまた大杯になみなみと酒を注いで跛蛙に差出された。跛蛙は切なげに喘ぎながらただ黙つてそれを眺めてゐた。

「こりや、蛙、飲めと言ふたら飲まぬか！　飲まぬとあらば、よし……」

暴君は猛り出した。

跛蛙の侏儒は猶も巡つた。王様は怒りのために紫色になられた。宮臣達は顔を歪めて作り笑ひをした。トリペッタは屍のやうに蒼ざめながらも王様の前に進み出て恭しく跪いて、跛蛙を御ゆるし下さるやうに哀願した。

王様はこの少女の小癪な態度に呆れなされて暫くの間見詰めてをられた。何を言つていいか、何をしていいか――自分の激怒を最も小気味よく表現する方法は何かと王様は一寸思ひ惑はれた御様子であつた。が到々王様は、一言も仰有らず、いきなり少女を張り飛ばし、その上先刻の大杯になみなみ注がれた御酒を少女の顔を目がけて打ち撒かれた。少女は、今は嘆息さへ吐く力もなくやつとの事に立上りふらふらと食卓の下手に帰つた。

半分間程は死のやうな静寂のみがあつた。一片の木の葉、一筋の羽毛が落ちてもそれと分る程であつた。その静けさの中に唯一つ低いけれども荒々しい、長く引張られた、軋むやうな音が聞えて来た。その音はその室の総ゆる隅々から一時に響いて来るやうに思はれた。

「何――何んぢや――何んだつて左様な音を出すのぢや、こりや蛙。」

王様は再び嚇として開き直つてこの侏儒を決付けられた。

跛蛙は、もう大分酔が醒めたやうであつた。彼はこの暴君の顔を心を籠めて、然し温順げにぢつと見詰めてゐたが、やがて唯かう叫んだ。

「私が、――あの私が？――私がなんで滅相もない……」

その時、一人の廷臣が口を挟んだ。

「あの音は外から聞えて参つたやうに御座りまする。愚老の考へますにはあの窓の鸚鵡が籠の金網で嘴を研いで居るのかと心得まするが。」

「実にも左様ぢや。」王様は廷臣のこの言葉で、大分御気が和んだ御様子であつた。

「余はまた、確か此奴が歯軋をしたとばかり思うたが……」

此処で跛蛙は哄笑ひ出した。（王様は飽くまでも冗談を好まれた方故に誰が笑ふとも、笑ひには苦情を申さぬ質であらせられた）跛蛙はその大きな強さうな、憎々しげな歯並を剝き出して哄笑つたのみならず、彼は、如何程なりと王様の御望みのまま御酒を喜んで頂戴致しますと言ひ出した。で王様もすつかり御機嫌をお直しなされた。跛蛙は、其処で、再びなみなみと注がれた大杯を悪びれる様子もなく、一気に呑み乾して、すぐと、熱心に仮装舞踏会の計画を切り出した。

「どうした聯想からでございますか、とんと分りかねますが。」と、もの静かに、まるで生れてからこの方お酒などは一滴も口にしたことがないかのやうに喋り出した。

「恰度、陛下があのトリペッタ奴を御擲ちになりお酒を彼女の顔にお掛けになつて後、――恰度陛下がこれを為されたすぐ後で鸚鵡めが窓の外で奇妙な音をさせまして御座いますが、あの時、素晴しい名案が浮んで参つたので御座います、と言ふのは私どもの国で、仮装舞踏会などの際、よく演る戯れの一つで御座りますが当国では洵に目新しいものかと存じます。ところが生憎これには八人の人員が要りますので――」

「それ、それ、此処に」と王様は素早く数の一座を見出して高らかにお笑ひなされた。

「此処に、誂向きにちよつきり八人――それ余とこの七人の大臣と。さあ。その戯れとやらは如何言ふものぢや。」

「国の方では『八匹つなぎの猩々』と申して居ります。旨く演りますとまことに興深い遊戯に御座ります。」

「よし、それを演ることに到さう。」

王様は、大仰に反り返つて目を細くなされた。

　跛蛙（ホツプフログ）は更（さら）に言葉を継（つ）いで「で、この遊戯の面白さと言ふのは、とりわけ、婦人方が怖（こわ）がるところに御座ります。」

「素敵ぢや。」王様も大臣達も異口同音に喚（わめ）きなされた。

「さて、私が皆様を、猩々（しようじよう）に御仕立申しませう。」と侏儒（ちび）は切り出した。

「そつくり私に御任（おまか）せ下さい。本物裸足（はだし）に仕上げますから、舞踏会出席の御仁はいづれも真個（ほんと）の猩々（しようじよう）と思ひ込むで御座いませう。――さうして何誰（どなた）も、きつと、胆（きも）を潰（つぶ）すに違ひ御座いません。」

「素晴しい思付きぢや、跛蛙（ホツプフログ）！　取立（とりた）ててつかはすぞ。」と王様は叫ばれました。

「鎖（くさり）を用ひますのは、ギヤラヂヤラ鳴（なら）して騒ぎを一層大きくする為で御座ります。つまり陛下初め皆様が一緒になつて飼主（かいぬし）の手から逃げ出して来た――とかう言ふ風に仕組むので御座ります。舞踏会の真中へ、八匹の鎖で繋（つな）いだ猩々（しようじよう）が――大抵（たいてい）の方（かた）がてつきり本物と思ひ込むその猩々（しようじよう）が――荒々しい叫声をあげながら、美しく華（はなや）かに着飾つた紳士淑女の中へ割り込んで来た其時の光景、憚（はばか）りながら陛下の御想像も及ばぬところかと存じます。その対照は一寸（ちよつと）類のない味で御座ります。」

「いかさま、左様（さよう）ぢやらう。」と王様が申すと居並ぶ大臣達は（大分（だいぶん）時刻も遅くなつて来たので）早速、跛蛙（ホツプフログ）の計画を演（や）るべく大急ぎで立ち上（あが）つた。

一座の者を猩々（しようじよう）に仕立てる跛蛙（ホツプフログ）のやり方は全く簡単なものであつた。がその効果に到つては極めて素晴しかつた。で、この問題の動物の事であるが此物語の時代には文明国では何処でも滅多に見られぬ代物であつた。さうして跛蛙の作つた猩々連は、如何にも獣そつくりで、十二分に獰猛さが出てゐて、何処から見ても真物らしく見えることは間違ひなかつた。

王様と大臣は先づ最初に、ピッタリと体に合つた莫大小のシャツとヅボンを着せられた。それから全身にタールをしこたま塗られた。で、これをやつてゐる最中に誰やらが羽毛をくつ付けたら如何だらうと言ひ出したがこの考は跛蛙に依つて直ちに退けられてしまつた。跛蛙は猩々のやうな猛獣の毛は亜麻を使つた方が遥かに真物らしく見えると言つて八人の人達を同感させた。そこで、タールを塗つた上に、亜麻が厚くくつ付けられた。それから長い鎖が持出された。先づ王様の腰に一周を巻いて結び付けられた。それから今度は大臣の一人を巻き付けて結んだ。かうして次ぎ次ぎと同じやり方で結び付けて行つた。やがて全部鎖の繋ぎが出来上つた。繋がれた一人一人が出来るだけ離れて引張つて見ると恰度鎖は円い環をなしてゐた。で、一切をいよいよ以て真個らしく見せる為に、繋ぎ余つた鎖を更にその円の中心で十字に交らせて、恰度、今日、ボルネオあたりで黒猩々やその他の大猿を捕獲する人達がやるやうにした。

仮装舞踏会の開かれる大広間は円形の室で、非常に天井が高く、御日様の光りと言つては、真上の唯一つの窓から這入つて来る許りであつた。夜は（元来此部屋は夜間用に設備されたものであつて）主として巨大なシャンデリヤを用ひた。このシャンデリヤは天井の採光窓から鎖で吊されてゐて、普通見る様に平衡錘で上下の加減をするやうに出来てゐたが、この平衡錘は目障にならないやうに、円天井の外に出して屋根の上を越させてあつた。

広間の準備は総てトリペッタの監督に一任されてゐた。が、ある特別の個所は、彼女の親友跛蛙の落着いた判断によつて教へられたところがあるらしかつた。例へば、シャンデリヤを取退ける事にしたのは跛蛙の考から出たことであつた。シャンデリヤから落ちる蠟の滴が（そのやうな暑い気候では防ぎやうもなかつたから）御客様の晴着を台無しにするであらうし、御客様と雖も、広間が雑踏して居るから、どうでも広間の中央、即ちシャンデリヤの下に来ないわけにも行くまいと思はれたのでシャンデリヤを取退けやうと言ふのであつた。で代りに燭台を増して、邪魔にならぬやうな所へ、彼処此処と立てて置く事にした。それから薫香を放つ火把を、壁に沿うて立つてゐる女人像柱の右手に置く事にした——その数凡そ五六十であつた。

八匹の猩々は、跛蛙の勧めに依つて、真夜中まで（その頃には広間が会集で一杯になるので）姿を現さず、ぢつと堪へて待つてゐた。時計が十二時を打ち終るや否や猩々の一群がどつと躍り込んだ——と言ふよりはむしろ転げ込んだのであつた。つまり這入るとき鎖が邪魔になつて、足を抄はれたり、蹴躓いたりしたからであつた。

会衆の中に捲き起された驚愕は非常なものであつた。したがつて、王様の御心は嬉しさの為にときめきなされた。案の定、御客の中には、この怖しい恰好を、たとへ、真物の猩々とは考へなくとも、何か実際の動物の一種だらうと思込んだ者は尠からずあつたのである。婦人たちの多くは、それを見るなり気を失つて仕舞つた。前以て、用意周到にも王様から一切の武器をこの広間に入れないやうに命じてあつたから良いやうなものの、さうでも無かつたら、王様達は血塗になつてこの悪戯の償をすることになつたであらう。然しこんな訳で、刃物は全く隠されてあつたから群集は唯、戸口の方へと崩れるやうに逃げ出した。所が其戸口も王様のいひつけで王様達が此広間に御這入りになると同時に、堅く錠を下してあつた。なほ、跛蛙の言葉に従つて其処の鍵は、彼の手に預けられてあつた。騒乱がいよいよ極上に達し人々は唯己の安全のみに（全く逆上した群集の押し合ひへし合ひするのが事実上の危険でもあつたから）注意を取られてゐる間に、いつもシャンデリヤを吊してある鎖が、今夜はシャンデリヤを取り退けて仕舞つたから引上げられてあつたのだが、その鎖が今や非常にソロソロと降りて来て、その鉤になつた末端が床から三呎と離れない所へ来て止つた。

それから間もなく、王様と七人の仲間が、広間中をよろめき歩いた末、いつの間にか部屋の中央に、即ち、天井から下つた鎖に直接触る所に来てゐた。跛蛙の侏儒はこの猩々の附添役で、先刻から一行の狂態を煽動しながら此処までやつて来たのであるが此処まで来ると彼は、猩々を繋いだ鎖が十字に交叉してゐるところを手に取つた。手に取るが早いか、実に目に止まらぬ早業で、矢庭に、上から下つて来たシャンデリヤ用の鎖の鉤に引掛けた。と忽ち、シャンデリヤの鎖が、目に見えぬ力でキュウッと引上げられ、末端の鉤は最早手の届かぬ所まで上つてゐた。で、必然の結果として猩々共は互の顔と顔とが突き合ふまでに一所へ引寄せられる事になつた。

会衆達も、此時までには、やや恐怖の情から醒めてゐたのでこれは、初めから旨々と仕組んだ狂言だと考へて、猩々共の困つてゐる様子を見て、今度は一斉に高い笑声を響かせたのである。

「猩々の事は私にお任せ下さい。」と跛蛙は鋭く叫んだ。その甲走つた声は、あらゆる雑音を貫いて隅々まで容易に聞き取れた。

「私に御任せ下さいまし。どうも見知つた方のやうな気がします。、とくと見さへすれば私には誰だかすぐ分りますから。」

かう言ひながら、跛蛙は、群集の頭の上を伝つて、うまく壁際まで行き着くと、女人像柱から一本火把を抜き取つて、前のやうにして、室の中央まで戻つて来た。――と見ると、猿のやうに王様の頭の上に跳びあがつた。が忽ち其処からシャンデリヤの鎖を三四呎攀ぢのぼつた――猩々の一団を検べるやうに火把を下の方に差し延べ「すぐ誰だか見分けます」と猶も叫びながら。

かうして、全会衆（猩々達も含めて）が可笑しさに腹を捩らせてゐると、跛蛙は、突然鋭く口笛を吹いた。と忽ち、シャンデリヤの鎖が激しく三十呎も搾上げられた――胆を潰した猩々共が無駄足掻をしながら、見る見る、ずり上げられて明窓と床の間の空中にぶら下げられて仕舞つた。跛蛙は引上げらるゝ鎖に縋つたまゝ、この八人の仮装者たちとは矢張り三四呎の間隔を保つて、（まるで何事もないやうな顔をして）誰であるか見究めようとする者の如く、依然として火把を猩々共の方へ差し延べてゐた。

　此処で流石の会衆も思ひ掛けなく鎖がずり上つたので度胆を抜かれ一分間ほどは死のやうな静寂のみが広間を支配した。すると突然、その静寂の中から、恰度先刻王様がトリペッタの面にお酒を掛けられた後すぐ、王様や居並ぶ顕官達の耳に這入つた、あの低い、けれど荒々しい、軋るやうな物音が響いて来たのである。然し、今度はその音を一体誰がさせたかと言ふやうな事は少しも問題になり得なかつた。それは跛蛙の侏儒、其奴の牙のやうな歯から響いて来るのであつた。侏儒は気が狂つたやうな凄じい憤怒の形相をして、口から泡を吹き、思はず上を見上げた王様と七人の大臣達の顔を睨め付けながらぎりぎりと歯軋をしてゐたのである。

「ははあ。」怒り狂つた此道化師は漸く口を開いた。

「ははあ、どうやら正体が分つて来たぞ。」彼は、かう言ひながら、一層近く王様を覗き込むやうにして、王様を包んでゐる亜麻の被服の上に火把をくつ付けた。それは忽ちめらめらと焔を吐いて一面、火の衣となつた。半分間と経たない中に、八人の猩々共が物凄く燃え上つた。群集は恐怖に圧倒されて、金切声を立てながらもたゞ此を見上げるばかりで、どうにも手の出しやうがなかつたのである。

　遂に火勢はどつと燃え盛つて紅蓮の舌がぺらぺらと延び上つて来たので、侏儒の道化師は火の手を避けるために更に鎖をのぼらねばならなかつた。彼がこの動作をしてゐる中、群集は一寸の間であるが再び、静まり返つた。侏儒はこの機会を捉へて再び口を開いた。

「今こそ正体が分りましたぞ。この猩々連は、偉い王様と七人の枢密顧問官たちとであります――頼りない繊弱い少女を無残に殴り付けた王様と彼の非道を焚き付けた七人の顧問官でありますぞ。それから私はと申しますと、これはまた、たかが道化師跛蛙であります――そして此が私の最後の諧謔で御座んす！」

　侏儒の此短い演説が終るか終らない中に亜麻とタールの高度の燃焼性の為に思ひ切り復讐の仕事は為し遂げられた。

　八個の死骸は、異臭鼻を衝く、真黒の見別の付かぬ塊となつて中空にぶら下つてゐた。跛蛙は死骸に火把を投げつけてから、悠々と天井に攀のぼつて明窓から姿を消して仕舞つた。

　想像では、トリペッタが屋根に居て、彼女の友のこの怖ろしい復讐を手伝つてから手をとつて二人共々、己の故郷へ逃げ還つたものらしいと言はれてゐる。その後二人の姿は再び見られなかつた。

物言ふ心臓

さうです。――神経過敏――その時私は、実に実に世にも恐しい神経過敏症でした。いや今に到るもその通りです。けれどそれであなたは私を狂人だと仰有(おつしや)いますか。勿論病気は私の神経を磨(みが)き尖(とが)らせました。然(しか)し、役に立たなくしたのでも痴呆(ばか)にしたのでもないのです。中にも聴覚の鋭さと言つたら素晴らしいものでした。私は天地万物に籠(こも)るあらゆる音を聞きました。地獄のどよめきも聞きました。それでも私を狂人と言ふんですか、まあ御聞きなさい。私が如何(どんな)に正確に、どんなに平然と一部始終をお話するか御聞きなさい。

　さう言ふ考へが、何時(いつ)の頃から私の頭に巣喰(すく)ふやうになつたかわかりませんが、とにかく一度その考に捉へられると、日となく夜となく附き纏(まと)うて離れないのです。別に目的があつた訳(わけ)でも無く抑(おさ)へ切れぬ激情(パッション)があつた訳でもないのです。私はその老人を好いてゐました。彼も私をよくして呉(く)れました。彼は私を一度も辱(はずか)しめた事はありません。私も嘗(か)つて老人の金を狙(ねら)ふやうな事は無かつたのです。

　思ふにそれは眼です。然(そ)うです老人のあの眼です。老人は兀鷹(はげたか)のやうな眼を持つてゐました。――薄い膜のかかつた空色の眼です。その眼が私の上に落ちる度に、私は全身の血が凍りつくやうに思ひました。その中に、次第次第に、忍び足で、一つの決意が湧いて来ました。老人を殺めて、永遠にあの眼から逃れよう――と私は決心するやうになりました。此処が要点です。貴方は私を狂人だと思ふでせう。狂人は何も知つてはゐないものです。所が貴方は私が、あらゆる事を承知した上で、あらゆる用意周到さと猫冠りとを以て自分の計画を遂行したことが御分りになつたらよもや私を狂人とは仰有らないでせう。私はその老人を殺害する直前の一週間は嘗つてない程、彼に親切でありました。さうして毎夜十二時になると、私は老人の寝室の鏁を静に外して、そおうつと扉を開け始めるのです。かうして自分の頭を覗かせるだけの幅に開けると、光線が絶対に洩れないやうに緊切閉め切つた真黒な角燈を先に差入れて、それから頭を中に忍び込ませるのです。その頭を押入れる手際を御覧に入れたら屹度御笑ひになるでありませう、私はそれを、まだるつこく、実にゆつくりとやりました。老人の眠を乱さない為にです。頭一つをそつくり入れて老人の寝台を覗き込む事が出来るまでには一時間はたつぷりかゝりました。皆様、狂人がこんなに賢くてもいいものでせうか。頭を充分部屋の中に入れて仕舞ふと、注意に注意して、(蝶番が軋みますからね)角燈を開きました。ほんの少し――薄い、か細い一筋の光があの兀鷹そつくりの眼を照らす程度に。

かう言ふ風に私は七夜の間――毎夜十二時頃――繰り返したのです。けれど常もその眼は閉されたままでした。それで私は自分の計画を遂行することは出来ませんでした。何故と仰有いますか、私を悩ますものはその老人その人ではなく彼の持つ悪魔の眼であつたからです。翌朝になると、いつも私は勇敢に彼の部屋に飛び込んで行きました。気持ちよく彼の肩を叩いて、温い調子でその名を呼びます。さうして「昨夜はよく睡れましたか」と訊いて見るのです。何しろ、毎夜十二時、睡つてゐる間に私が彼の顔を覗込むと言ふ事を知つてゐるやうならそれこそ奥底の知れない老人ですからね。

八日目の晩です。いつもよりも一層気を付けて扉を開けました。私の手の動き方は時計の分針よりも鈍かつたのです。私はその晩ほど沁々と自分の力、自分の頭の良さを感じたことは無かつたのです。自分の勝利感は抑へ切れないまでに昂まつて来ました。思つても御覧なさい。ソロソロと私は忍び足に近づいて行くのです。老人は私の陰涓な企みも胸の中も知らずに睡りこけてゐるのです。私はこれを考へて思はずクツクツと含笑をして仕舞ひました。と多分彼に聞えたのでせう彼は突然床の上で物に怯えたやうに寝返りを打ちました。此処で、貴方は、私が逃げたとお思ひでせう。違ひます。老人の部屋は烏羽玉の闇です。（泥坊の用心に窓の鎧戸は全部下りてゐましたから）、で老人には扉の開いたのは分りつこないと私は思ひました。そこで、私はそのまま扉を押し開ける仕事を続けました。——落着いて、静かに静かに開けました。

私は頭を差入れて、将に角燈を開かうとしました。その時生憎親指が、錫の金具の上をツルリ滑りました。すると老人はムックリ起上つて「誰だツ！」と怒鳴りました。

私は一言も言はず、凝然と立つてゐました。私は一時間もの間体の筋一つ動かさず立つてゐました。然し彼が再び寝付いたらしい様子はありませんでした。彼は、さうして、毎夜毎夜、恰度私がするやうに、ぢつと床の上に起き直つたまま静かに耳を澄ましてゐるのです。——壁の中の死の時計を聞かうとして。

間もなく私は微な呻声を聞きました。私はそれが人間の恐怖の呻声である事を知つてゐました。苦痛の呻きでも、悲しみの呻きでもありませんでした。いや決してそんなものではありません。それは畏怖に気圧されて、霊の一番どん底から洩れて来る、あの押包まれて息詰りさうな呻声でした。私はその声をよく知つてゐました。幾晩となく、真夜中になると、私自身の胸底から、定つたやうにその声が噴き上つて来るのです。さうして物凄い反響を全身に及ぼしながら刻々に恐怖感を深めて私を惑乱させるのでした。さうです、私はそれをよく知つてゐました。私は老人が感じてゐる所のものを知つてゐました。それですからクックツクツと心の中では忍笑ひをしてゐても実際老人を哀れにも思つてゐました。老人は最初微かな音で床の上に寝返りを打つてから、ずうつと目を覚してゐるのだと言ふことも私にはよく分つてゐました。彼の恐怖はあの時から次第に募つて来てゐるのです。彼はそれを気に留めるほどのものでも無いと想ひ込まうと努めてゐるのです。けれどさうは行かないのです。「煙突に風が吹き込んだらしい、それだけの事さ」とか「たかが鼠一匹、床を突切つただけだ」とか「おや、コホロギが鳴いてゐるんだよ。たつた一匹コホロギ鳴いた位で……」とか、いろいろ、考へ直さうと試みてゐるのです。然し無駄――どんなにしても無駄だと老人は感じました。尤もな事です。何しろ「死」がその真黒な影と共に忍び足で彼の間近に来てゐたのです。さうして彼の上に覆ひ被さつてゐたのですから無理もないのです。かうした見えざる死の影の不吉な気配に依つて、老人は聴きも見もせずに自然に私の頭の存在を部屋の中に感じ――正に感じてゐたのです。

　私は長い事辛抱して待つてゐました。けれど老人の寝付いた音は聞えないのです。私は角燈をほんの少し、極く細目に開ける気になりました。どんなに私は用心深く忍びやかに少しづつ少しづつ開けたことでせう、すると、遂にその細い隙間から蜘蛛の糸ほどの微かな光りが一筋流れ出て老人の兀鷹そつくりの眼をありありと照し出したのです。

　眼はパッチリと大きく大きく開いて居ました。私はそれを見てゐると腹立しくつて矢も楯も堪らなくなりました。私はまざまざと見た――その眼は朦朧した空色で薄らと不気味な膜のかゝつてゐるのを。それを見て居ると私は骨の髄まで冷たくなつて来ました。然し老人の顔の他の部分は何処も見えませんでした。私は唯本能的に、その呪はれた一個所にのみ光線を集中させてゐたのですから。

　狂人と間違はれるのは、神経があまりに鋭過ぎるからだと私は申上げませんでしたかしら。さうです。かうやつてゐる中に、私の耳許へ、低い鈍い、然し早い——恰度、綿の中に時計を包んで置くやうな——音が聞えて来ました。その音も私はよく知つて居ました。それは老人の心臓の鼓動です。それは私の憤怒をいよいよ募らせました。恰度突撃の喇叭が兵卒共を昂奮させるやうに。

それでも私は我慢をしてぢつと立つてゐました。私は殆んど息もしませんでした。角燈もその儘差伸べたなり動かしませんでした。眼に光の一点をさし付けたまま私は如何に堅忍不抜に堪へてゐたことでせう。その間にも地獄の音の心臓の鼓動がいよいよ強くなつて来るのです。次第々々に、急激に刻々に高くなつて来るのです。老人の恐怖がその絶頂に達したに違ひありません。いよいよ高く刻々に高く。憶えておいでですか。私は神経過敏だと先刻申上げました。真夜中、而も古い館のガランとした沈黙の裡で、かうした奇怪な物音は私を今や収拾の付かない恐怖の中に逐ひ込めました。然し、まだ堪へてゐました。あの心臓の鼓動は尚も高く、いよいよ高くなつて来るのです。心臓は破裂するに違ひないと思ひました。やがて新しい不安が私を捉へました。此音がひよつとして近所の人に聞かれでもしたら——ふと、さう思つたのです。

そこで到頭老人の最後が来ました。私は一声呻くと、角燈をさつと押拡げて、いきなり部屋に跳び込みました。老人はたつた一度悲鳴を上げたきりでした。——たつた一度です。私は、直様彼を床の上に摺り降してその上に重い寝台を載せました。私はうまうまと遂つて退けたので北叟笑みました。然しなほ可成長い間、心臓は押包んだやうな音を続けてゐました。然し、是には別に気も掛けませんでした。壁越しには誰にも聞えるやうな音では無かつたからです。軈て其音も消えて仕舞ひました。老人はすつかり息が絶えたのです。私は寝台を退けて死体を検べました。彼は石——全く石のやうに息が絶えてゐました。私は彼の心臓の上に手を置いた儘、暫く、ぢつとしてゐました。脈搏はすつかり無くなつてゐました。彼は到頭石塊のやうに死んだのです。彼の眼が再び私を悩ます事はなくなりました。

　貴方が、これでもなほ私を狂人だと仰有るのなら、これから先きを御聞きなさい。私が老人の死骸隠匿に如何に巧妙な方法を撰んだかを御話したら、最早私を狂人扱ひにはなさらないでせう。

　夜明が近づいて来ました。私は手早く仕事に取りか丶りました。勿論絶対に音を立てずにです。先づ第一に死体をバラバラに斬り離しました。頭を手を足をと言ふ風に斬つて行きました。

　その次には、下の床張から三枚の厚板を剥がしてその架台の間に総てを押し込んで仕舞ひました。それから再び厚板を元通りにして誰の眼が見たつて——いやたとへ彼奴の眼が見たつて——良くないことをした気振りは決して分りつこのないやうに、手際よく、抜け目なく始末をしました。洗ひ消さねばならぬ忌はしい汚染などは——血の滴りなどは何処を見たつて――一切ありませんでした。その点は充分注意をしてやつた仕事ですから。

この作業を、すつかり片付けて仕舞つたのはかれこれ四時頃でした。――四時と言つても未だ真夜中のやうに真暗でした。何処やらの鐘が四時を告げると同時に、街路に向いた戸口を叩するものがありました。私はすぐと気軽に戸を開けてやりましたよ、――今や何を怖れる必要がありましたらう。すると三人の男が這入つて来ました。彼等は頗る慇懃に自分達は警察から来た者だと申しました。深夜に悲鳴が近所の者の耳に這入つたので何事かあつたのであらうと言ふことで早速交番に届けられた。それに依つて彼等三人の刑事が現場を調べる事を委任されて来たのでありました。

私は微笑みました。――一体怖るべき何物がありましたらう。私は此等三人の紳士を心よく招じ入れました。「その悲鳴とやらは――」と私は言ひました。「――多分私自身が夢の間に発したものでせう」老人は旅行中で今夜は留守だと言ふ事も説明して置きました。私は此訪問者達を家中残る隈なく案内しました。自分から進んで彼等に心行くまで捜索をして呉れるやうに頼みました。最後に私は彼等を老人の部屋に連れて行きました。さうして老人の財宝が手一つ附けられず整然と保管されてあるのを見せました。私は自らの秘密の快感に酔ひながら、遂には椅子をその部屋に持ち込んで来て御疲れでせうから暫く御休み下さいと言つて彼等に勧めました。私自身はと言ひますと変に野性的な落着が出て来まして、大胆不敵にも死骸を隠匿してある真上の床に自分の椅子を置きました。

刑事達は満足致しました。私の挙動はことごとく彼等を信じさせました。私達一同は座に着くといろいろと内輪の話を始めました。私は一々快活な応答を致しました。然し、さうやつてゐる中にふと自分が蒼くなつて行くのを感じました。さうして刑事達が早く帰ればいいと思ふやうになりました。頭が痛み出しました。耳鳴りがするやうな気がしました。しかし紳士達は依然として喋り続けてゐます。耳鳴りは次第に明瞭して来ました。それは止む事なくいよいよ明瞭して来るのです。私は此気分を紛らす為に一層自由に話を続けました。――が然し遂にその音は、耳の中で鳴つてゐるのでは無いと言ふことが分つて来ました。

勿論私は一層蒼ざめました。――然し、益々雄弁に饒舌たてました。――高らかな声で。けれど別の音は愈々膨れて来ます――一体どうすればいいのでせう？　それは低い、鈍い、けれど早い――恰度綿に包んだ時計その儘の響です。私は一息毎に喘ぎました――而も未だ刑事たちにはその音が聞えないのです。私は益々口早やに、益々熱烈に捲し立てました。けれど依然として響は膨れて来ます。私は立ち上りました。さうして疳高い調子と狂暴な身振りとで愚にも付かない問題に就いて論じました。けれど音は愈々膨らむばかりです。刑事達は何故さつさと去つて呉れないのでせう。私はこの紳士達にすつかり腹を立てて仕舞つた者のやうに、のしのしつと大股で床の上を行つたり来たりしました。けれど音はいよいよ膨らむばかりです。あゝ、一体どうなるんだ。私は泡を噴きました。譫言を口走りました。悪口雑言を撒ちらしました。私は自分のすわつてゐる椅子をゆす振つて床板の上にゴリゴリと軋ませました。然し、音はいよいよ激しく一刻も止むことなく膨れて来ます。益々高く——高く——高く。

けれど、紳士達は依然として愉快さうに饒舌つてゐます。さうして絶えず微笑を浮かべてゐます。これが彼等に聞えないと言ふそんな事があり得るか、ああ神よ、彼奴等は聞いたのだ。彼奴らは知つてゐるのだ。——先刻御承知なのだ。彼奴らは俺の恐怖を玩弄んでゐるんだ——と私は思ひました。いや今でも思つてゐます。

あゝ、然し如何なる苦しみも、これよりはましである。この嘲弄よりは堪へやすい。私はもうあの似非微笑には我慢が出来なくなつた。私は大声で喚かねば死ぬと言ふ気がしました。音は——御聞きなさい。高く高く高くいよいよ高く。

「狸め！」

私は紳士達に向つて金切声で喚きました。

「狸め！　呆笑ひはするな、俺は立派に承認するぞ。俺が殺つけたんだ。床を剝いで見ろ、此処だ、此処だ。彼奴の心臓が鳴つてゐるんだ！」

アッシャア館の崩壊

きみが情は懸かれる琴線にして
ひとのこれにふるれば
たちまちにして鳴り出す

ド・ベランヂェ

鬱陶しい雲が空低く蔽ひ懸つて、懶い、陰気な、寂然とした秋の一日、私は終日ただひとり馬に跨つて、殊の外寂びれ果てた地方を過ぎて来たが、さて遂に黄昏の影の間近く迫つた頃、漸くアッシャア館の姿を望み見ることが出来た。しかし、どうした理由かその建物を一目見ると、或る堪へ難い憂愁が私の心に浸み込んだ。堪へ難い——それは、凡そどんな荒涼たる、または凄じい、厳粛な自然の像からも受ける、あの半ば快い詩的な情に依つて少しも和らげられたところがなかつたからである。私は眼の前の景色を眺めた——館そのものと、その地所内の単純な風物——青ざめた壁——虚な眼の如き窓々——

僅ばかり生え並んだ菅――そして幾本かの枯木の白い幹のある景色を眺めた――それらは私の心を言ふばかりでなく――かの阿片に酔ひ痴れた人の、現実生活に立ち返へるべき悲惨な幕切れを除いては、現世の如何なるものに喩へ難い程の憂鬱に滅入り込ませてしまつたのである。胸は凍り、沈み、傷んだ――償ふべからざる心の淋しさは、たとひどんな空想を駆り立てようとも、強ひて目ざましいものなぞに移り更へ得べくもなかつた。どうしたと言ふのであらう――私は佇み、考へた――アッシャア館をぢつと見入つてゐる間に、そんなにも私を覚束なくしてしまつたのは、何であらうか？　それは全く解き能はざる不思議であつたし、またそれをさまざまと思案する中に簇り浮かんで来る多くの朦朧たる空想をとらへることも出来なかつた。私はそこで、結局かうした甚だ慊らない結論に落ちてゆかなければならなかつた――そこに疑ひもなく、何か我々の心をかき乱すやうな力をもつた自然物象の極めて簡単な結合が行はれてゐるのであつて、しかもその力の分析は到底我々の智力の及ぶ限りではないのだと。私は、景色のある箇所を、絵画の細部を、単に異つた模様に置き更へるだけで、その悲しげな印象を充分融和し、また恐らくは全く消しさつてしまふことを思ひ浮べた。私はこの思ひ付きに従つて、屋敷の傍に擾されざる光を湛へて澱んでゐる青黝い沼の嶮しい切岸へ馬をすゝめた。そして眼下を――灰色の菅や、凄然たる木の幹や、虚な眼の如き窓々の水面へ反映されたさかさまな像を覗きみたのだが、しかし、私は前よりも更に慄然と身を慄はせたのであつた。

けれども、私は今やこの陰気な屋敷の中に敢へて数週間滞在しようとしてゐるのである。主人のロデリック・アッシャアは私の幼な馴染みだつたのだが、併しもう久しい年月たえて会はずにゐた。ところが、最近私のもとへ遠い田舎から便りが来て――彼からの便りであつた――その文面の頗る容易ならぬ性質上、どうしても私自身出向いて行かなければならないことになつたのである。手跡は明かに神経過敏症を表はしてゐた。彼は、体のひどく害はれてゐることや――甚だしい気ぶさぎなどを訴へて、――是非とも彼の最も良き、そして事実たつた一人の友である私に会つた上、陽気な交友に依つて、幾分なりとも病苦を軽めたいと書いてあつた。私はかうした言葉の中の、――私を招び寄せたがる彼の異常な熱心さの中に、少しも躊躇してはゐられない程何か由々しい気配を感ずることが出来た。私はそれで即刻、今なほ随分奇妙な招待だと思つてゐるのだが、斯うして出懸けて来た次第である。

子供の頃ならば我々は殊の外親しい間だつたものの、併し私は彼については殆ど知るところがない。彼はいつでも極めて無口で打ち解けなかつた。だが、私は彼の遠い昔の一門が稟性の特異な感受性に依つて聞えてゐることを知つてゐた。それは永い時代を通じて、数多くの優れた藝術上の作品に現はれたが、近代に至つては幾度となく繰り返された慈悲深くしかも謙譲な慈善事業や、または正統な解り易い美術の類よりも寧ろ錯雑した音楽に対する熱情的な献身などにより多く現はれてゐた。私はまた、アッシャア家の血統が非常に古いものであるにも拘らず、何時の世にも如何なる分家をもつくらずに経て来たこと、言ひ更へれば全家族が、極く些細、極く一時的な変化は縦あつたにせよ、全く純粋な一本の血統に連る人々であると言ふことを知つてゐた。私はそこで、屋敷の性質と、世に知られたこの一門の性質とが一致してゐること、並びに幾世紀もの久しい間には其一方が他の一方に与へ得るであらう影響を思ひ合せながら考へた――このおそらく傍系のないと言ふ欠陥が、そして父から息子へと些しの狂ひもなく家名や世襲財産の伝へられて来たことが、家産の実際の所有権をば、「アッシャア館」なる奇妙な曖昧な名称の中へ紛れ込ませた末に到頭二つのものを同一視させてしまつたのではあるまいか――その名称は、さう呼びなれてきた百姓たちの考へでは、この屋敷と共に其処に住む人々のことも含まれてゐるらしく見えたのである。

私は自分の多少子供じみた試み――沼の中を覗き込んだ結果が、只管あの訝しな最初の印象を強めたばかりであると言つた。私のさうした迷信――どうしてさう呼ばずにゐられよう？　――が急速に増長しつゝあると言ふ意識が、いよいよ以てその増長を捗らしめたことは疑ふべくもなかつた。さうした撞著的な法則が恐怖に根ざした凡ての感情に行はれることを、私は以前から知つてゐたが、矢張りこの理由に依つてであらう、私が池の面の映像から眼を上げて再び本物の家その物の姿を眺めた時、私の心の中には或る得体の知れない妄想が生まれたのである――それは実際甚だ莫迦げた妄想ではあるが、それでもそれがどれ程まざまざと私の心に迫つて来たかを記して置く。私は空想のまゝに、竟にその館や地所全体の上とその附近に一種異様な空気が蔽ひ懸つてゐるものと真実信じてしまつた――一種の空気、それは空の大気とはまるで似もつかぬもので、朽ち果てた樹々や、灰色の壁や閴然たる沼などから吐き出された、或る有毒な、不可解な、懶い、陰鬱な、仄かな、鉛色の蒸発気である。

夢としか思へない妄想を振り払ひながら、私は更に詳細に建物の姿を見究めた。先づそれは非常に古い物らしかつた。久しい星霜のために色は褪せ果てゝゐた。檐端から外側にかけて、微細な菌類が、まるで見事に絡まつた蜘蛛の巣のやうに、垂れ蔓こつてゐた。併し、これだけならば格別驚く程の荒廃ではない。石造の部分は一個所も毀れてゐなかつたが、その手入れをした部分と個々の石のごつちやになつてゐるところに、無様な不調和が目立つて見られた。その様子には、何処かの等閑にされた窖の中で、少しも外気の息吹に侵されることなくして、ただ永い年月のために朽ちながら、なほ完全な美しい見かけを保つてゐる古い木細工の姿を思ひ起させた。併し、この大きな朽廃の徴以上に、建物全体の不安を語るものがあつた。仔細に吟味して見るならば、纔にそれと認め得る罅隙が一すぢ、正面の屋根から壁を鋸歯状に走つて、遂に凄然と澱んだ沼の中に没し去つてゐることを発見したであらう。

かうした事物に目をとめながら、私はその館までの短い甃石路を騎り入れて行つた。待ちもうけてゐた召使が私の馬を把り、私は玄関のゴシック風の拱門を潜つた。それから一人の忍び足の従僕に依つて無言の中に導かれるまゝに、沢山の仄暗い入りくんだ廊下を通り抜けて主人の居間へ行つた。途中、図らずも私の目にふれた数々の事物は、何故か、前に述べた私の漠とした感情を一層亢ぶらせたのである。私を取り囲く様々なもの――天井の彫刻や、壁の上の燻んだ掛毛氈や、床の黒檀の如き黒さや、或はまた私の歩みに伴れて錚然と鳴る妖怪の如き紋章附きの戦利品など、それらの物は、若しくはさうした類の物は、子供の頃から見慣れたものばかりだつたのに、そして私自身その凡てが全く不思議でも妖しくもないことを認めるのに些の躊躇もしないのだが――私は尚、さうした普通な事物から斯くも不思議な妄想が湧き起ることを訝しく思つた。或る一つの階段のところで、私はこの家附の医者と出会つた。彼の面には卑屈な狡黠と当惑との入りまじつた色が泛んでゐるやうに見えた。彼は狼狽しながら私に挨拶をして行き過ぎた。従僕はさて、一つの扉を開けると、私を主人の面前に招じ入れた。

その部屋は甚だ広く宏大だつた。窓は細長く、尖つて、内側からは到底手が届かぬ程、黒い槲の床から高く距つた処にあつた。弱々しい深紅の光が、その格子形に嵌められた窓硝子を透して、四辺の特に目立つた対照物を、はつきりと浮き出させてゐたが、併し、部屋の遠い隅々や或は組子細工の円天井の凹みなどを見究めようとすることは所詮無駄だつた。黝ずんだ掛布が壁の上に懸つてゐた。総じて家具は裕に、侘しく、古風に、そしてぼろぼろの物が多かつた。数々の書籍や楽器なぞが散ばつてゐたが、それとてもこの場の様子にどんな生気を添へるものでもなかつた。私は悲しみの空気を呼吸してゐることを感じた。嶮しい、深い、そして救ひ難い憂鬱が一切の上に覆ひかゝり、ゆき亙つてゐるのであつた。

恰度アッシャアは長々と寝椅子に寝そべつてゐたのだが、私が入つて行くと、洵に生々とした情熱、最初こそ私にはそれが無理遣の——世の無聊を持てあました人の無理遣の努力ではあるまいかと思はれた程、生々とした情熱を以て迎へてくれた。だが、一目彼の顔を見るや、それは全く誠意からであることが信じられた。私たちは腰を下ろしたが、私は彼が語り出さない暇に、私はしばらく彼の顔を、半ば哀れみと、半ば畏れの感じで瞶めた。ロデリック・アッシャアの如くに斯くも僅の間に、斯くも恐しく変り果てた人間が曾つてあつたであらうか！　私は自分の前にゐる男が、少年時代の遊び仲間と同一人であるとは容易に信ずることが出来なかつた。それでも、彼の顔の特徴は常に著しかつた。死人の如き顔色。大きな、清澄な、類なき煌きを含んだ眼。いくらか薄い、蒼ざめた、併し優れて美しい曲線を作る唇。繊細な猶太型ではあるが珍らしく均斉のとれた幅の鼻孔をもつた鼻。見事に形造られた、突出てゐないために何となく道義的精力の欠乏を語つてゐるやうな顎。蜘蛛の巣より軟く細い毛髪。これらの特徴は顳顬の上の辺の並々ならぬ広さと共に、容易に忘れ得ない容貌を構成してゐた。ところが今は、さうした顔立、ならびにその上に泛ぶ表情の主なる特徴が単に一層著しくなつたばかりだが、私はさて誰と向き会つて話をしてゐるか疑ひ度くなる程甚だしく変り果ててゐるのであつた。今や屍の如く蒼白な皮膚の色と、不思議な眼の輝きとは、わけて私をおどろかし、又畏れさせた。絹の如き頭髪もまた蓬々とのびて、まるで粗い紗の織物の如く顔へみだれかゝり、と言ふよりもむしろ浮び漂つてゐるのであつたが、私にはどうしてもその幻想風の面貌を常人のものと考へることが出来なかつた。

私は忽ち友の態度の中のひどく辻褄の合はない点――矛盾に胸をつかれた。そして直ぐに、それが絶え間ない痙攣――烈しい神経の興奮に打ち勝たうとする弱々しい甲斐ない努力の連続から来るものであることを知つた。尤も事実からもあらうかと私は予期してゐた。彼の手紙は言ふまでもないが、彼の幼い時分の特異な性質に就いての記憶や、または彼の異常な生理的な構造や稟性などから導かれた結論などに依つて、さう予期することは可能であつた。彼の動作には陽気と陰気とが交互に現はれた。彼の声は優柔不断な顫へ声(活気が全く消え失せてしまつた時に於ける)から急速に、精力的な歯切れのよい――唐突の、重々しい、胴間声や――生気のない、わざとらしい、よく調子のとれた喉声、たとへば酔漢や、手のつけられぬ阿片溺愛者なぞが最もひどい興奮状態にある時に発するやうな声音に変つて行つた。

彼はそんな風な調子で、私を招んだ目的や、私を待ち焦がれてゐたことや、彼が私から期待する慰めに就いて話した。そしてまた、彼がその病気の性質と考へてゐるものに関して可成詳しく語つた。それは生まれながらの、しかも血統的な病であつて、治療法なぞを見出すことは、絶望であると言つた。併し——単なる神経的の病に過ぎないのだから、いくばくもなくして必ず過ぎ去つてしまふに違ひない、とつけ加へた。その事は自身異常な感覚のかたまりであることをしめしてゐた。かうした彼が仔細に語る言葉の中には私を興がらせ或は戸惑ひさせるものがあつた。おそらく彼の言葉遣や話し振りなどの凡てが尠からずさうさせたのではあらうけれども。彼は感覚の病的な鋭敏さに甚だ悩まされてゐたので、最も無風味な食物しか摂ることが出来なかつたし、衣服も或る定まつた地質のものでなければ着られなかつた。また凡ゆる花の香が息苦し過ぎ、眼は極めて朧な光にも苛まれた。併し、音は不思議にも、ただ一つ絃楽器の響だけが彼の心に恐怖を吹き込まなかつた。

　私は彼が一種の奇怪な恐怖の奴隷になつてゐることを覚つた。「僕は滅びてしまふ。」と彼は言つた。「僕はこの憫むべき愚かさのために、必ず滅びなければならないのだ。こんな風に、こんな風に、他のことではあり得ないさ、僕は失はれてしまふのだね。僕はこれから先の出来事がそれ自身ではなく、その結果が恐ろしい。あらゆる、それがこの堪へ難い魂の動揺の上に働くものであつたなら、仮令どんな些細な出来事であらうとも、僕は戦慄する。僕は事実、危険に対しては——その絶対的な結果——恐怖さへ除けば、何の憎悪も抱かないのだ。この弱り果てた——この憐れむべき状態に於いて、おそかれ早かれあの終結がやつて来ることを僕は感ずる。そしてその時こそは、忌はしい『恐怖』の幽霊と闘ひながら、命も理性も悉く抛棄しなければならないのだ。」

私は更に、折々きれぎれに語る曖昧な暗示から彼の病状のもう一つの異常な特質を知つた。彼は自分の住まつてゐる家、そしてそこから多年の間決して立ち出でようとしなかつたその家に関して、——それは再び茲に述べるには余りにも影の如き言葉を以て彼の口から説かれた或る力——彼の古い屋敷の形や実質の中にある特殊な何ものかゞ、長い間の屈従に依つて、と彼は言つた、彼の魂を占領した或る力——灰色の壁や、櫓や、またはそれらのすべてが覗き込んでゐる仄暗い沼などの特異な風貌が、遂に彼の精神状態に齎した或る効果——に関して、一種の迷信的な観念に囚はれてゐた。

彼は併し、斯くも彼を苦しめる特殊な憂愁の大方は、もつと自然な、もつと遥かに明白な原因——永い歳月の間の彼のたゞ一人の伴侶であり、地上に於ける最後の肉身であるこよなく愛ほしい妹の——重い長病ひ——事実明かに近寄りつゝある臨終——に根ざすものである事を、躊躇ひながら、認めた。「彼女の死は」と彼は、私の決して忘れ得ぬ痛ましさを以て言ふのであつた。「この僕を（望みもなく覚束ない僕を）連綿と古く伝はつたアッシャア家の最後の者として取り残してしまふのだ。」ところが、彼がさう語つた折、マデライン嬢（さう彼女は呼ばれてゐた）は、ゆつくりと、此部屋の遠い辺を横切つたが、私の姿に目をとめることもなく、消えた。私は、おどろきと恐怖とを以て彼女を眺めた――説明し難い感情であつた。私は歩み去る彼女を茫然として瞶めてゐた。遂に、扉が彼女の背後に閉められた時、私の眼は本能的に彼女の兄の面を熱心に捜し求めた。が、彼は顔を両手に埋めてゐた。そして私はただ、常よりもはるかに青ざめた色が、その痩せ細つた指に拡がつて、その合ひ間から烈しく、涙の溢れ落ちるのを見ただけであつた。

マデライン嬢の病気はもう長いこと熟練な抱へ医師を手古摺らせてゐた。慢性の無感覚で、体は次第に衰弱して、屢々一時的ながら局部的の硬直症に襲はれるのが、その普通の症状であつた。これまで彼女は気強く病苦に堪へて、到頭床に就かなかつたのだが、私が此家に到着して日が暮れ切つた時分に及んで、彼女は（その夜彼女の兄が名状し難い興奮をあらはして言ふところに依れば）遂に破壊者の強暴な力の前に屈服してしまつたのであつた。そして、私が彼女の姿をみとめた一瞥こそ、斯くして恐らく私には最後のものとなるであらう――尠くとも、令嬢の生きてゐるうちに再び見ることの最早難いことを私は知つた。

数日の間、彼女の名を我々は口にしなかつた。私はその間只管友の憂愁を和ぐべく力めてゐた。私たちは共に絵を画いたり、読書をしたり、或はまた彼の奏でる六絃琴の奔放な即興曲に、夢の如く耳を傾けたりした。かうして、私どもが親しくなればなる程、一層隔てなく彼の心の奥底を覗けば覗く程、悲しいことにも、まるで生れつきの絶対的なもの、如く、魂の上にも肉体の上にも隈なく漲つてゐる闇の中から、彼の心を楽しませようとするこゝろみの全く甲斐ないことを見てとつた。

私は、このやうにしてアッシャア館の主人とたつた二人で、過した厳粛な時間を、けつして忘れることはあるまい。だが、彼が私を誘ひ、導いてくれた研究や為事の正確な観念をはつきり述べ伝へることは到底覚束ない。はげしい、物狂ほしい観念が凡てのもの、上に硫黄の如く煌きを投げかけてゐたのである。彼の即興の長い挽歌は永久に私の耳に鳴つてゐることであらう。その他の事のうちではフォン・ウェーバーの最後の円舞曲の奔放な旋律を誇張した異様な変奏曲を私は傷ましく心にとどめてゐる。彼の精緻なる空想を盛つた絵、一筆毎に一層何故にとも知れない戦慄を禁じ得ない朦朧たるものとなるのだ——これらの絵から（その像は今もなほまざまざと目に浮かぶのだが）単なる文字や言葉の領域に属し得るものを見出すことは至難であつた。驚くべき単純さと、その構図の露骨さとに依つて、彼は注意を捉へ威圧してゐた。若しも世に一つの観念を描き得た人間があつたとしたならば、其人間こそロデリック・アッシャアでなければならない。私にとつては、尠くとも——当時私を取り囲く状態にあつては——憂鬱病患者が画布の上に描き表はした純粋な抽象から烈しい堪へ難い畏怖、フューゼリイ（一七四一—一八二五　瑞西の画家——訳者）のぎらぎらしてはゐるが余りに具象的な幻想を見まもつた時にならば、決して其影だに感じられなかつた程の畏怖が湧き起るのであつた。

友の幻影的な概念の中の、左程抽象的と言へない或るものは、幽かながら言葉のうちにも影を映し得るかも知れない。一枚の小さな絵は、途方もなく長い、長方形をした窖か隧道かの内部の、滑かな白い、少しの変化も模様もない低い壁のある図であつた。構図の或る補助物は、此地表面からずつと深い処に横つてゐる洞窟の感じを極めてよく伝へてゐた。その広大な全面の如何なる個所にも、たつた一つの出口すら見当らなかつたし、又炬火や其他の人為的な光源は一つも認められなかつたが、烈しい光線の流れが遍く満ち溢れて、一切を蒼ざめた不似合な光輝を以て浸してゐるのであつた。

私は既に、友の傷いた聴神経には、凡ての音楽が堪ふべからざる苦痛なのだが、併し唯一つ絃楽器の弾音だけは例外であることを述べた。多分この限られた範囲が、彼をして六絃琴にのみ耽けらしめて、遂に甚だその演奏の幻想的性質を生み出したものであらう。併し、彼の即興曲の熱情的な巧みさについては殆ど説明することが出来ない。彼の幻想曲の、楽曲はもとより、歌詞も亦、（彼は自ら幾度となく韻律正しい即興詩を以て曲に和したのである）只管、無上の藝術的興奮の特殊な瞬間に於いてのみ認め得ると私が前に述べた、強度の心の平静と統一との結果に違ひなかつた。これらの狂想曲の中の一つの歌詞を私は容易に記憶した。それと言ふのも、おそらく彼がこれを作つた時、その中にひそんだ不思議な意味の流れに、私は初めて、アッシャアが已に自分の尊大な理性が玉座の上で崩壊して行きつゝあるのを充分に意識してゐることを認め得た――と思つた事実が一層私

の心をうつたのであらう。「幽霊殿」と題された詩は、全く正確ではないとしても、略次
のやうであつた――

Ⅰ

わが谷間、緑濃き中に
天使らの住みなれし
美はしの、巨大なる宮殿――
輝きの宮殿――
「思想」なる王の統す国に
高々と甍聳えし。
かの大翼天使の翼すら
未だ、かくも美はしき宮殿を知らず。

Ⅱ

黄なる、煌ける、黄金めく
色とりどりの旗、
甍に流れ、飛び交ひぬ。
（ああ、さあれ、そはすべて

昔むかしの物語、）
その昔、甘美かりし時、
そよ吹きしかの軟風は
旗なびく白き砦を越え
香床しき翼のままに
早や消えゆきし。

Ⅲ

幸の谷間さまよふ者は
輝ける二つの窓辺より
調整ひし琵琶につれて
玉座を繞る心の精を見しならん。
そが玉座には
（ああ紫の御子よ）
栄光に相応る壮麗の容して
この国の王者の姿拝まれつ。

Ⅳ

真珠紅玉

眩きものは宮殿の扉。
そが扉くぐりて
流れ、流れ、流れて入りしは
永久に煌く木魂の群れぞ
木魂歌ひつ、
甘美し声にて、
たぐひなき王者の力と智慧を
讃へてありし。

V

されど、はや禍津神入りぬ、
哀れみの衣まとひて。
王者の高き御位、襲はれ果てぬ。
（ああ哭しめよ。君が上に
黎明の光また来たることなし。
ああ、うらぶれの君。）
紅色に笑み花とひらきし栄光も
昔語ぞ。

埋もれ果てし日のおぼろなる遠き灯ぞ。

Ⅵ

今や、谷間行く人々の見るものは
赤き灯影の窓べの中、
調べ壊れし楽の音につれて
おぼろおぼろに揺れる物影。――
数多群れなし早瀬なし
色うつろひし扉くぐりて
どよめき流るる
妖しき物の影のみぞ
ああ、かくて、痴き哄笑ひびくとも
――かの微笑の絶えてなし。

この詩の与へる暗示が、私をある一聯の考へに導き、その考へがアッシャアの説を明かにしたことを私はよく憶えてゐる。その説の珍奇であることよりも、彼はまことに執拗にこれを固持したことを私は憶えてゐる。それは大体に於いて、凡ての植物が感覚を有してゐることに就いてであつた。併し、彼の放恣な空想に依つて、この観念は一層大胆な性質をとり、そして或る条件の下に、無機物の領域にまでも侵入してゐる。私は彼の信念の全量、また熱心の程度を言ひ表はす言葉を持たない。その確信は、併し、(私が前に鳥渡仄めかしたやうに)彼の先祖伝来の家の灰色の石と係りをもつてゐた。感覚性の条件はこれらの石の配置の仕方の中に――また、その上に襲ひかぶさつた夥しい菌類や、周囲に立ち並んだ枯木の中に――とりわけ、久しい間に亙つてこの配列の擾されることもなく続いてゐたことの中に、そしてまた沼のもの静かな水に落ちた反映の中に、満ち渡つてゐるものであると彼は想像した。その證跡――感覚性の證跡は――(私は彼の語るのを聞いて吃驚した)壁や水の上の大気の漸次的な併し明白な凝結に依つて見ることを得るのであつた。その結果は、幾世紀かの間に彼の一族の運命を形づくり、また彼をして、現在私の前にあるやうな男にしてしまつた、その秘やかな、執拗な恐るべき影響を見ればわかる、と彼は付け加へた。斯うした説は、全く註釈を要さぬであらうと思はれる。

我々の書籍類は――それは久しい間に尠からず病人の精神に影響してゐたのだが――果して甚だ幻影的な性質を多分に有してゐるものばかりだつた。我々が読み耽けつたものは次のやうな著作であつた。グレセの「ヴェルヴェル」と「シャルトルウズ」。マキアベルリの「ベルフェゴオル」。スエデンボルグの「天国と地獄」。ホルベルヒの「ニコラス・クリムの地下航海」。ロバアト・フラッドや、ジャン・ダンダジイネや、ド・ラ・シャンブルの「観掌術」。ティークの「迥かなる蒼海への旅」。カムパネルラの「太陽の都」等々。

またエイメリックの「宗問所の掟」が愛惜の書であつたし、アフリカのサタ神とパン神とに関するポムポニウス・メラの一節はアッシャアを幾時間も夢の中へ誘つた。併し、彼の主なる悦びは何と言つても、非常に珍奇なる忘れられたる宗派の覚え書――「マインツ教会聖歌隊による死者のための通夜」の中に見出された。

私はこの本に記された荒まじい儀式が憂鬱病患者の心に与へた多分の影響を考へずにはゐられなかつた。それと言ふのは、或晩唐突に彼はマデライン嬢が已に世にないことを私に告げ、そしてその遺骸を十四日の間（最後の埋葬をする前に）家の壁の内側にある数多い窖の一つに保存して置くつもりであることを語つたのである。私の理性はこの企てに逆ふことが出来なかつた。彼は妹の病気の性質や、医師の追究的な調査や、家族の墓地が遠くへだて、さらされてゐることなぞを考へ合せて、この決心に至つたものである（と彼は言つた）。私は到着した日に階段のところで出遇つた男の不吉な顔を思ひ浮かべると、結局無害なまた満更不自然な用心とも言へなかつたし、反対する気にもなれなかつた。

アッシャアの請で、私自身もこの仮埋葬を手伝つた。死体は柩に納められてあつたが、我々は二人きりでその安置所へ運んだ。それを入れるべき窖は（それはあまりに永い間開けられたことがなかつたため、我々の炬火はその澱んだ空気に窒息しかけて、殆ど何も見究めることが出来なかつた）恰度私の寝室の真下に当るあたりの底深く、小さく、湿つて、微かな光さへも洩れなかつた。それは正しく遠い封建時代には忌はしい牢獄として用ひられてゐたものが、近代に至つてから火薬或は其他の危険な燃焼物を蓄へて置いたものらしく、床の一部分及び我々が潜つて行つた長い拱門の全面に隈なく銅が着せてあつた。頑丈な鉄の扉もまた同じやうに保護されてゐた。それは非常に重く、蝶番の動く度に異様な軋声を響かせた。

哀しみの重荷を恐怖の房の架台に載せると、我々は未だ締め釘をさしてない柩の蓋を半ば開いて、中の顔を覗き見た。兄と妹との間の洵におどろくべき容貌の相似が初めて私の注意を惹いたが、それと察したらしくアッシャアが呟いた言葉に依つて、死者と彼とが双生児であつたこと、また二人の間に常に漠とした交感の存在してゐたことなぞを私は知つた。併し我々は直ぐに眼をそ向けた——我々は畏怖なしに彼女を瞶めることが出来なかつた。青春の盛りの日にある婦人を葬つてしまつたこの病気は凡ての劇烈な全身硬直症の通例として、胸や顔に空しくかすかな赤みを残し、脣には死人に於いてはむげに怖ろしい微笑の影を止めてゐた。我々は蓋を置き直して、締釘をさすと、鉄扉を閉ざして、辛つと上の方の殆ど変らぬ位に陰気な部屋へ戻つて来た。

さて、幾日かの哀傷の日が過ぎる中に、友の病める心の上に目に見えて変化が生じた。彼の日頃の為種は失はれた。彼の日課は等閑にされ、若しくは忘れられた。彼は部屋から部屋を、周章しく、唐突に、当もなく歩き廻つた。顔色の蒼白さは、更に凄然と青褪め——眼の輝きは全く消えてしまつた。嗄れてゐた声は最早聞かれなくなつて、その代りに、恰もおそろしく怯えてゐるかのやうに、絶えず震へ声で彼は喋つた。事実は私は幾度か、彼の心の不安は、何か堪へ難い大きな秘密をつゝみかねて、それを洩すまいとして苦しんでゐるためではなかろうかと考へた。また或る時には、私は一切を他愛もない狂気の妄想と合点しなければならなかつた。と言ふのは、彼が長いこと、注意深さうにまるで何か幻想の物音に耳を欹てるかのやうな風に、あらぬ方を、凝と目を瞠いて瞶めてゐるのを私は見かけるのであつた。彼の恐怖は当然——私にまで染み込んで来た。私は彼自身の妄想的な併し力強い迷信の影響が、徐々と、併し確固とした足どりで、私の身に這ひ上つて来るのを感じた。

マデライン嬢を牢獄の中に移してから七八日経つた頃の夜更けて、寝床に入らうとしてゐた矢先、私はとりわけこの気持を深く感じた。眠りは却々近寄つて来なかつた——そして時間は徒に消えて行つた。私はこれを只管神経過敏症に片附けようとした。私はその感じが、全部ではないにしても、大部分は部屋の憂鬱な調度の——暴風の息吹で気紛れに壁の上に揺れ動き寝台の飾り付けの辺にはためくぼろぼろの掛布等の——奇妙な影響に依るものであると信じようと力めた。併し私の努力は甲斐もなかつた。抑へ難い戦慄が体中に浸み渡り、竟に私の心臓は全く理由知らぬ夢魔のために圧しつけられてしまつた。私は喘ぎ踠きながら、これを払ひのけると、半身を枕の上に起して、ぢつと漆黒の部屋の闇の中を窺ひ耳を澄ませた——何故とも知らなかつたのだが、本能的にさうさせられたと言ふより他ない――或低い覚束ない響が、暴風の絶れ間絶れ間に、長いこと何処からともなく聞えて来るのであつた。烈しい、不可解な、しかも耐ふべからざる恐怖の感情に打ち負かされた私は急いで衣服をまとふと、（何故なれば、最早夜中眠れない気がしたので、）この憐れむべき状態から自分を引き上げるべく躍気となつて、部屋の中をあちらこちらとせはしく歩き廻つた。

併し、こんな風に幾度も繰り返さない中に、階段を上がつて来る軽い跫音が私の注意を惹いた。私には直ちにそれがアッシャアであることが解つた。そしてすぐ、彼は私の扉を静かに敲いて、洋燈をかざしながら入つて来た。彼の顔色は例に依つて屍の如く青ざめてゐたが――併し更に、彼の眼には一種の狂ほしい歓喜が輝いて――すべての態度の中に明かに抑へつけられた歇私的里亜が現はれてゐた。彼の様子は私を怯えさせた――併し、ともあれこの忌々しい孤独よりはましだつたので、私はむしろ救はれた程の気持で彼を歓び迎へた。

「で、君は見なかつたのだね？」彼は暫く黙つて私を矚めてゐた後で、唐突にさう言ふのであつた。「それでは、君は見なかつたのだね？　――だが、待ち給え！　見せてやらう。」彼は斯う言ふと、用心深く洋燈を蔽ひながら、急いで窓の傍へ歩み寄つて、その扉を暴風の中へ開け放つた。

猛り狂つて吹き込む疾風は、殆ど我々を足もとからすくひ上げんばかりであつた。それは洵に烈しい、併し凄じく美しい夜で、その恐怖と美しさとを織り交へた中に喩ふべくもない異様なものがあつた。まさしく我々の邸の近辺に一つの旋風が勢を集中してゐるらしく、屢々猛烈に風の方向が変り、そしておそろしく厚い雲の密度は（それは邸の櫓を圧して低く垂れ下がつてゐた）それぞれの方角からお互ひに遠く行き違ふことなく飛走して来る雲の生物の如き速力を観察することを妨げなかつた。

左様、洵に雲の厚さはこれを観察するのを妨げはしなかつたが――併し我々は月や星をちらりと覗き見ることも出来なかつたし――また稲妻の閃きも見られなかつた。けれどもその動きつつある巨大な煙霧の下面は、我々の直ぐ周囲の地上のすべての物象と等しく、邸を包んで蔽ひ懸つてゐる、薄い光を放つてはつきり見分ることの出来る瓦斯質の蒸気の妖しい明るみの中に耀いてゐた。

「いけない――君はこんなものを見てはならん！」と私は身を慄はせながらアッシャアに言ふと、彼を窓から席へやさしく引き摺り戻した。「斯うした状態は、君を吃驚させたらしいが、少しも怪しむに足らない単なる電気の現象であるか、或は沼の劇しい瘴癘気がその忌はしい原因であるかも知れない。さあ、窓を閉めようではないか、空気は冷えてゐるから君の体に毒だ。君の愛読の物語本が此処にある。僕が読むから聴きたまへ。さうして一緒にこの恐しい夜を明かさうではないか。」

私が取り上げた古めかしい一巻はランスロット・カニング卿の「狂気の会合」で、アッシャアの愛読の書と言つたが、けれども寧ろそれは悲しい冗談からなので、何故と言つて事実は、この如何はしい幻滅的な冗漫極る物語の中に、友の優れた空想的な心を充たしてくれる程のものは殆どなかつたのである。それは、併し、手近にあつた唯一の本で、私はこの愚しい骨頂の小説でも、それを読むことによつて多少なりと彼の興奮が救はれはしまいかとわづかに希つたのであつた。ところが、果して彼が物語の文句に異常に緊張した様子で、耳を傾ける、若しくは耳を傾けるらしいのを見てとつて、私は計画の図に当つたことを私かに喜んだわけである。

私は物語中の名高い部分、即ち会合の英雄エセルレッドが、隠者の住居に穏当な方法で入ることに失敗して、武力を以て押し入らうとするあたりに達した。その条は、次のやうに憶えてゐる――

「さる程にエセルレッドは心猛き性にして、更に今はあふりたる酒の勢により、最早やこのまこと頑にも悪意深き隠者との談判を待ち兼ね、しかも肩に雨の落つるを覚えて暴しの起らんことをおそれたれば鎚矛を揮つて忽ち扉の板張りに籠手をはめたる手の入るべき程の穴を穿ちて、力委せに押しまくり、ばりばりと引き裂けば、微塵と砕ける木の虚なる響は森中に木魂して轟き渡りたり。」

この一節の区切りに於いて私は吃驚してしばらく言葉を途切らせた、と言ふのは偶と私には（私は直に唆かされた空想が自分を欺いたものと納得したが）邸内の何処か非常に遠い辺から、不明瞭に、恰度ランスロット卿が叙述したバリバリと引き裂く物音の反響と全く同じやうな（尤も幾分窒息せられて懶いものではあつたが）響が私の耳に聞えて来るやうに思へたのである。私の注意を捕へたものは疑もなくただこの一致のみであつたが、窓枠のカタカタ鳴る音と、なほ吹きまさる暴しの騒音との真中で、この響きはもとより私を興がらせ、若しくは妨げる程のものではなかつた。私は物語を続けた——

「しかるに、勇士エセルレッドは今や扉の中に入るに及びて、悪むべき隠者が合図のなきことを知るや大いに憤り且つ驚きしが、その代り其の場に、鱗に蔽はれ凄じきさまの龍の炎の舌を吐きつゝ、横たはるのに護られて、白銀の床を敷きたる黄金づくりの宮殿の壁に、煌めける真鍮の楯をば懸け、その表には斯かる銘の刻まれたるを見たり。

『此処に入る者は勝利者なり。

　龍を屠りたる者は、この楯を得べし。』

「是に於いてエセルレッドは鎚矛を振り上げ龍の頭を強か一撃すれば、脆くも倒れ落ちて、毒気を吐きつつ恐しき叫びを上げたるに、その声のあまりに鋭く、刺し貫かんばかりなりければ、エセルレッドも堪へかねて思はず耳を蔽ひたる程なり。」

こゝで私は再び唐突に、此度は無性に驚かされながら、言葉を途切らせた——何故なれば今度こそは私は実際に紛れもなく（何処から洩れて来るのかは言ふことも出来ないのだが）低い確かに遠方らしい、併し鋭い、長びく、且つ極めて奇異な叫び声、若しくは軋音——私が既にこの物語作者に依つて描写された龍の奇怪な悲鳴が斯うもあらうかと空想したものとそつくり同じひゞきを、はつきり耳に聞いたのであつた。

この瞬間の最もおどろくべき合致こそ疑ふべからざるものであつたので、私は訝しさと大きな恐怖とが先にたつ数限りもない矛盾し合つた感情に圧し挫しがれはしたものの、それでもなほ友の感じ易い鋭い神経の反応を観察することに依つて、興奮をさけるだけの心の裕を残してゐた。彼の様子には数分の暇に著しく怪しい変化があらはれてゐたが、併し果して疑問の音に気がついたものか否かはもとより定かではなかつた。彼は私と向き合つた位置に、椅子を次第に廻して、部屋の扉に顔を向けて坐つてゐたので、私には彼の顔の一部分しか眺められなかつたのだが、それでもその脣が何か聞きとれないことを呟いてでもゐるかのやうに慄へてゐるのを見ることが出来た。彼の頭は胸の中へ落ち込んでゐたのだが、併し私は彼の横顔を一瞥してその大きく凝と見開かれた眼を認めることに依つて、彼が眠つてゐるのではないことを知つた。彼の体の動揺もまた眠つてゐるのには相応しくなかつた——彼は左右に静かに、併し絶えず一定の揺れ方に、身をゆすつてゐるのであつた。私は斯うしたすべてを素早く見とつてから、再びランスロット卿の物語を取り上げた。

「斯くて勇士は龍の恐るべき危難を免れたれば、真鍮の楯を思ひ合せ、またその表に記されたる魔法を破らんものをと、途を塞ぐ龍の死体をば片寄せ、勇ましく城の白銀の床を踏み渡りて、壁にかけられたる楯のもとへと近附きたりけるに、それはまことに彼のさし寄るを待つ間もあらで、錚然たる凄じき響と共に床上に転がり落ちける。」

　この一句が私の脣を過ぐるよりも早く——恰も真実、この瞬間に真鍮の楯が銀の床の上へ鏘然と鳴つて倒れ落ちたかの如く——私は明瞭に、朗かな、よく轟く金属性の音が、おし消されたやうな響ではあつたが、反響して鳴り渡るのを聞いた。私は悉く胆を奪はれてとび上がつたが、併しアッシャアの体の規則正しい揺れ方は些もみだされなかつた。私は彼の坐つてゐる椅子へ馳け寄つた。彼の眼はぢつと前方を見つめたまゝで、顔全体には石の如き硬直した表情が漲つてゐた。併し私がその肩に手をかけるや、彼の全身は激しい顫動に襲はれ、不吉な微笑が脣に震へ、そして私のゐるのにも気がつかない様子で、低声で何か早口に断絶なしに呟いてゐるのを私は見た。ぴつたりと彼の上に身を屈めながら、私は竟に彼の忌まはしい言葉を聞きとることが出来た。

「聞えない？　——さやう、僕には聞えるよ、前から聞えてゐた。永い——永い——永い間——幾分間となく、幾時間となく、幾日となく、僕にはそれが聞えてゐた——だが僕には到底——おお、哀れんでくれたまへ、何と言ふ惨な奴だ！　——到底——僕には言ひ出せなかつたのだ！　さう、僕たちはマデラインを生きながら墓に葬つてしまつたのだ！　僕の五感が鋭敏だと言はなかつたか？　今だから言ふが、僕は彼女があの虚ろな棺のなかで、初めて身動ぎするかすかな物音を聞いてしまつたのだ。——もう何日も何日も前に

——でも、僕にはどうしても——どうしても言ひ出せなかつた！　すると、どうだ——今夜——エセルレッドが——は！　は！　——隠者の扉を破るのと、龍の死の叫びと、楯の鳴りひゞく音ではないか！　——さうさ、彼女の棺が剝がれるのと、その牢獄の鉄の蝶番が軋る音と、それから窖の銅を張つた拱道の中で彼女が踠く音さ。何処へ僕は逃げられやう？　彼女は直ぐに姿を現はすのではあるまいか？　彼女は僕の気早やを責めようとして忙はしくやつて来るのではあるまいか？　彼女が階段を上がる跫音ではなかつたらうか？　彼女の心臓が強く恐しく動悸してゐるのが聞えるのではなからうか？　気ちがひ奴！」そこで彼は狂暴に飛び上がると、死物ぐるひの声で斯う叫び立てた。——「気ちがひ奴！　彼女は扉外に立つてゐるではないか！」

恰も彼の言葉の超人間的な気力の中に呪文の力でもひそんでゐたかの如く——彼が指した大きな古代風な鏡板の扉は、その途端に、重々しい黒檀の顎を徐に開け放つた。それは烈しい突風の仕業であつたが——併し、この時扉の外側にマデライン・アッシャア嬢の丈高い寿衣を纏つた姿が佇んでゐたのであつた。白い長衣は血に塗れ、また彼女の痩せ細つた体のいたるところにひどい苦闘の痕をとゞめてゐた。しばらく、彼女は身を慄はせながら閾の上によろめいてゐたが——低い哀しげな呻き声とともに、ドサリと彼女の兄の体の上に落ちかゝると、荒々しい断末魔の苦悶の中に、彼が恐れながら予期してゐた結末の如く彼をば屍として床の上に押し伏せた。

その部屋から、その屋敷から、私は夢中で逃れ出た。古い甃石道を私が横切つて走る時に暴風は未だ荒れ狂つてゐた。突然小路に沿つて、ギラギラした光の流れが迸つた。私は何処からそんな不思議な閃光が洩れたものであらうかと振り返つた、何故と言つて私の背後にはただ宏大なる屋敷とその影とがあるばかりだつたから。その輝きは、今しも沈みかけた血紅色をした満月のそれで、前に私が述べたこの建物の屋根から土台にかけて鋸歯状に延びるあの見別け難かつた罅隙を通して鋭く照り煌いてゐるのであつた。と、見る見る、この罅隙は急速に拡がつて、さつと凄じい旋風の息吹と共に、月の全輪が現はれた。そして私は烈しい眩暈に襲はれたかと思ふ間もなく、巨大な壁は微塵に砕け散り、百千の水の声の如き騒がしい叫音が永いことひゞいて、さて私の足許の深く暗い沼は、不機嫌に黙々と、「アッシャア館」の破片を呑み尽してしまつた。

ウィリアム・ウィルスン

それが何だと言ふのだ？
歯をむき出して笑ふ「良心」
我が行途を遮る妖怪が何だと云ふのだ？
　　　チエンバアレエンの「フエロニダ」

今のところ、仮りに私の名をウィリアム・ウィルスンと呼ばしておいて貰ひたい。敢へて私の本名を明かして、この清浄な紙面を汚すのはあまりにも本意ない。既に私の名は私の家門をこの上もなく侮蔑させ、嫌悪させるに充分だつた。私の恥さらしの汚名は、地球の果てにまで吹き伝へられてしまつたではないか。ああ、破落戸の中の破落戸よ！——お前はもうこの地球上から永久に亡びてしまつたのだ！　私の名誉も、栄華も、燦たる理想も、永劫に死んでしまつた。——どす黒い、陰鬱な、はてしもない妖雲が、お前の希望と天国との間にたちこめてゐるではないか？

私は最近数年間の、私の言語に絶した不幸と、許すべからざる罪悪との記録を書きしるすことが、仮令出来たにしたところで、今此処ではそんな事をしようとは思はない。此の時期――最近の数年間に――私は急速に、途方もない悖道徳へ深く踏込んで了つたのであるが、どうして私がそんなに堕落するに至つたかといふ原因だけを記さうと茲に思ふのだ。人間といふものは大むね年と共に徐々に堕落して行くものである。ところが私の場合は、すべての善徳といふものが一瞬間に、まるでマントをでも脱ぎすてるやうに、すつぽりと私から離れて行つてしまつたのである。私は、ほんの取るにも足らぬ罪過から、一足飛びにエラ・ガバルスも及ばぬ大罪を犯すやうになつてしまつた。どんな機会に――どんな出来事が、そんな風にさせたかと、今私の述べるところにしばらく堪へて耳を藉して欲しい。私には死が目前に近づいてゐて、それを前触れする蔭が、私の心を殊の外やはらげてくれる。私は今、薄暗い瞑府の谷間を通り過ぎながら、世の人々の同情を――いやむしろ憐憫ともいふべきであらう――を切望してゐる。私はある点までは人力ではどうする事も出来ない、周囲の事情の奴隷となつてゐたのだといふ事を、それ等の人々に信じて貰ひたい。私がこれから述べようとする詳しい物語のうちに、過失の荒野の中から、私の力では如何とも避けがたい宿命の小さなオアシスを見つけ出して貰ひたいのである。これまでにも、仮令、かくも甚しい大きな誘惑が存在したにしても、少くとも、かくまでに誘惑された者はかつてなかつたといふ事、――かくまでも深くそれに陥つた者はなかつたといふ事を私は認めて貰ひたい――全くこれは誰でも認めないわけにゆかないだらう。そしてこれは、嘗つて私ほどひどい苦しみをなめた者がなかつたからではあるまいか？ 私は実際夢の中に生きてゐたのではなからうか？ 私はいま、現し世のあらゆる幻影の中でも、最も怪奇極る、不思議な、恐しい幻影の犠牲となつて死んでゆくのではあるまいか？

私は古くから空想的な、且つ容易に興奮し易い気質で知られてゐる一門の裔であつたが、私自身も、ほんの幼い頃に於いてすでに、先祖の遺伝を十分に承けついでゐる証拠を明かに現はしてゐた。しかも成長するに従つて、この特徴はやうやく顕著になつて来て、遂には種々な理由から友達にはひどい心配をかけ、私自身にも甚しい損失を招く原因となつた。私は片意地になり、気紛れな怪しい妄想に耽るやうになり、全く制御しがたい感情の虜となつてしまつた。私と同じやうに病身で、意志の弱い私の両親は、私の悪い性癖を矯正してくれる事などは到底出来得べくもなかつた。薄弱な間違つた彼等の努力が悉く失敗に帰して、私の言葉は家法となり、まだ大抵の子供ならやつとよち〳〵歩ける位の時分から、私は、誰の干渉も受けずに、自分の意のまゝに振舞ふ事が出来たのである。

私の学校生活についての最も古い思ひ出は、英吉利斯の、霧深いある村の中に建てられた、大きな、不恰好なエリザベス朝時代の家である。この村には、節くれ立つた大木が沢山あつて、家といふ家は皆おそろしく古風な造りであつた。実際この村は、夢のやうな、心しづかな、古めかしい町であつた。今でも私は葉かげ深い並樹道の爽やかな涼しさや、香ぐはしい灌木の林の香気を思ひ出すことが出来る。そして、ゴシック風の組子細工の尖塔が、楽々と眠つてゐる、ひつそりとした薄暗い空をわたつて、一時間毎に、気むづかしげな音色を響かせる、教会堂の鐘の虚な諧調を聞いて、言ひ知れぬ、ぞつとするやうなうれしさに打たれるやうな気がするのである。

この学校と、これに関係のあることについて、こまごまとした思ひ出に耽るのは、どんな楽しみよりも、恐らく一番快いことのやうに思はれる。私はいま、いふばかりない悲惨――あゝ！　あまりにも現実過る悲惨――の中に陥つてゐるのだから、とりとめもなく覚束ない追憶の中に、せめてほんの僅かなその場限りの慰めを求める位は見免して貰へるだらうと思ふ。のみならず、それ自身では、全く取るにも足りない、寧ろ莫迦げても見えるこれ等の事物が、やがて私の身に蔽ひかゝるやうになつた恐しい運命の、最初の漠然とした警告を私が認めた、時と場所とに関係があるものだから、私には偶然にも、それがまことに重大な意味をもつてゐるやうな気がされるのである。

その家は今も言つたやうに、古ぼけた不恰好なものであつた。屋敷は広くて、その周囲を高い頂にガラスの破片を塗喰で植ゑた頑丈な煉瓦塀が取り巻いてゐた。この牢獄のやうな城壁の内側が、私たちの領界なのであつた。そして私たちは、一週に三度しか、その外へは出られなかつたのである。――一度は毎土曜日の午後、二人の助教員につれられ、附近の野原を一団となつて散歩する事を許された。――それからあとの二度は、日曜日、朝と晩とに、きまつて、村のある教会の祈禱式に列をつくつて出かけるのであつた。我々の校長がこの教会の牧師であつた。この牧師が、静々と、おごそかな足どりで説教台へ上つて行くのを、私は、遠くはなれた座席から、どんなに深いあやしみと、不審な思ひとで、眺めたことだらう！　敬虔な、慈愛に満ちた顔付をして、ゆるやかに、僧衣の裾をゆらめかし、念入りに髪粉をつけた、物々しい、大きな仮髪をかぶつたこの老人が、果してつい先頃まで、苦虫を嚙みつぶしたやうな顔をしながら、齅ぎ煙草で汚れた着物を着て、手には鞭をもつて、学校の厳しい規則を取りしまつてゐた人間と同じであつたのだらうか？　あゝ、あまりにも奇怪な解決し難いパラドックスではないか！

いかめしい塀の隅に、一層いかめしい門が気むづかしい顔をしてゐた。厚い板扉には鉄の大きな飾鋲が打ちつけてあり、鉄の尖条が鋸の歯のやうに植ゑつけてあつた。それは何と深い畏怖を私たちの胸に刻み込んだであらう！　この門は前にも言つたとほり、一週に三度の出入りの時の外は、たえて開かれた事がなかつた。この門扉の大きな蝶番が、ぎいと軋るたびに、私たちは数限りない不思議、――物珍らしい、おごそかな冥想をそゝるやうな世界を見出すのであつた。

煉瓦塀の内側は、不規則な形状をしてゐて、沢山の広い空地が方々にあつた。そのうちの三つ四つの殊に大きい空地が運動場になつてゐた。それは平坦な地面で、きれいな細かい砂利が敷いてあつた。そこには樹も、腰掛けも、さうしたものは何もなかつた事を、私はよく憶えてゐた。勿論それらは、この家の裏にあつたのである。正面には、黄楊や、その他の灌木を植ゑた小さい花壇があつた。併し、私たちがこの聖神な区域を通ることは滅多になかつた。入学のときとか、卒業のときとか、父兄や友人が訪ねて来たときとか、私達が夏休みやクリスマスに家へ帰るときとかに限られてゐた。

だがその家！　何と奇妙な古ぼけた建物であつたらう！　私にとつてはそれこそ魔法の魅力を持つた宮殿だつた！　廻廊は果しなく曲りくねり、屋内の間どりがどんな風になつてゐるのか想像さへつかなかつた。突然今ゐるところは一階か二階かと訊かれたところで、返事に迷ふ程であつた。どの部屋からもちよつと次の部屋へ行くのに、三四段の階段を上るか下りるかしなければならなかつた。それから側室が無数に――測り難い位――あつて、この家の全体の正確な観念は、まるで宇宙の無限に対するものと、大して変りがない程だつた。私は五年間もその室に起伏してゐながら、私と他の十八人か二十人ばかりの学生にあてがはれてゐた小さな寝室が、此家のどの辺にあるのかをはつきり知ることはどうしてもできなかつた。

教室は家中で一番広い部屋――世界中で一番大きな部屋だと考へざるを得ないほど広かつた。それは極めて細長い部屋で、うす暗い天井が低く、上の尖つたゴシック風の窓があり、天井は檞でつくつてあつた。この教室の何となく気味の悪い一隅に、八呎か十呎位の正方形の空所があつて、校長ブランズビイ神学士の時間には、そこが祈禱所になるのであつた。それは頑丈につくられてゐる、厚い扉がついて居り、先生のゐない時にその扉を開けることは、好んで私たちが厳重な刑罰に身を亡ぼす覚悟のない限りかなはぬことであつた。他の二つの隅にも、これに似よつた二つの席があつた。この二つは校長の祈禱所ほどには尊敬されてゐなかつたけれど、恐しさに於いては変りがなかつた。一つは「古典」の助教師の教壇であり、いま一つは「英語と数学」の助教師の教壇であつた。室内には、無数の腰掛や机が、それぞれの方角へ向いて、矢たらに乱雑に並んでゐた。机は黒く古ぼけて、いたんで居り、手垢に塗みれた書物が乱暴に積み重ねてあり、頭文字だの名前だの妙な形の絵だの、その他様々な落書がナイフで殆んど原形を止めぬまでほりつけてあつた。水を入れた桶が室の一端に置いてあり、他の一端には素晴らしく大きな柱時計がかゝつてゐた。

この尊厳なる学校の、大きな壁の中に閉ぢこめられながら、私は格別退屈を感ずることもなく、又、厭気もさゝずに、十歳から十五歳までを過したのである。子供のゆたかな頭脳は強ひて外界の出来事を必要としなくとも、いろ〳〵なことを考へ出して楽しむものだ。それで、洵に憂鬱で、単調に見えるこの学校生活も、私にとつては、青年時代の豪奢や、後年犯罪によつて、刺戟を求めたりしたのに比べれば、はるかに刺戟に満ちてゐたと云へるのである。それでも私は自分の初期の精神の発展が、少なからず異常を呈してゐたこと——殊の外常規を逸してゐたことさへ信じないわけにはゆかない。通常の人々にあつては、極く幼い出来事で、大人になつてからまでもはつきりした印象を留めてゐるものは滅多にない。凡てが灰色の影――極めて覚束ない、とりとめのない記憶となり――かすかな、朧げな楽しさと苦痛の寄せ集めに過ぎない。ところが私の場合は違ふのだ。私は今尚、カルタゴの勲章に刻まれた文字のやうに、まざ〳〵と深く、永遠におぼえてゐる事どもを、きつと子供の時分に大人と同じ感受力で感じたに相違ない。

併し、実際は――世間一般の眼から見れば――今になつて思ひ出すことなどは、殆んど何の甲斐にもなりはしないのだ。朝の眼ざめ。夜は就褥の合図で床にはひる。読書や諳誦。毎週きまつた半日の休みがある。散歩、運動場、運動場の喧嘩や遊戯や悪戯――こんな事柄がもう長いこと忘れられてしまつた心理的妖術によつて子供の時分には数々の生気ある事件に満ちた世界、最も情熱的な、感動的な刺戟に溢れた世界を現出せしめたのである。「お、、悦びに充てる鉄の時代よ！」。

　実際に於いて、熱情的な、しかも一途な、我儘な私の気質は、やがて私を、学生仲間で有名な人間にしてしまつた。そして殆ど知らぬ間に、私は、私よりあまり年長でない級友間――唯一人の例外を除いて――で最も勢力ある位置に立つた。その例外の学生は、私と何の関係もなかつたのだけれども、苗字も名前も全く私と同じだつた。併し別に珍らしい事ではない。私は貴族の出身ではあるが、名前は極く普通の名であつた。凡そかうした名前は長い間に自然と拡まつて、衆愚の共有物と化してしまつたものらしい。それで私はこの物語では、私の名をウィリアム・ウィルスン――本名と甚だ似通つてゐる仮名――と命名する事にしたのである。仲間の生徒たちは、私たち二人を、「我等の一対」と呼んでゐたが、この私と同姓同名の男だけが敢へて、学課の勉強に於いても、運動場での競技や喧嘩口論に於いても、あらゆる事に私と競争し、私の主張に反抗し、私の意志に従ふことを拒み、私の横暴な命令には事毎に嘴を容れた。若し地上に、絶対最高の専制といふものがあるとすれば、それこそ正に我儘な子供が己より力の弱い仲間を従へようとするときの専制に他ならない。

ウィルスンの反抗は私にとつてこの上ない邪魔であつた。わけて私は人々の前でこそ彼なぞは取るにも足らぬもの丶如く、振舞つてみたもの丶、心ひそかに、私は彼を恐れてゐることを意識してゐたので、いよ〳〵彼の反抗がいま〳〵しくてならなかつたのである。それにまた彼が易々と、私と対等の態度を保持してゐるのは、実際は私よりも彼の方が一枚役者が上である証拠だと考へざるを得なかつた。そのために、彼に負けまいとして絶えず私は努力せねばならなかつた。ところが彼の方が役者が上であるといふことはもとより、彼が私と対等の力をもつてゐるといふことすらも、私自身の他には誰一人気がついてゐなかつたのである。仲間の者は、どういふわけか、そんな疑ひさへもかけてゐなかつた。実際、彼の競争、反抗、特に私の主張に対する彼の執拗にして無遠慮な干渉は、二人だけの場合に最も烈しかつたのである。彼は野心ももたなければ、また心底から我を通す程の気もつてゐなかつたので、その為に私は表面彼より立ちまさつてゐるやうに見えるに過ぎないらしかつた。彼はたゞ単に、私の邪魔をし、私を驚かせ、私の意気を沮喪させてやらうといふ気まぐれな慾望だけから私に敵対してゐるものゝやうであつた。尤も時偶ではあるが、彼は私を傷け、侮辱し、私に反抗する行為の中に、ある説明し難い不気味な、胸糞の悪い情愛らしいものを混へたことを、私は謎と、屈辱と、憤慨との混つた感情をもつて、気づいたこともあつた。この奇怪な行為は、優れた者が劣つてゐるものにわざとやさしくする、完全な自負心から出たものとしか私には考へられなかつた。

多分、ウィルスンの狎々しい態度と、私たちが同姓同名であること！　それにまた、私たちが同じ日にこの学校へ入学したといふ単なる偶然とが結びついてか、上級生の間には私たち二人が兄弟だといふやうな噂がたつたのだらうと思ふ。彼等は、下級生のことなどに、あまり気をとめたがらないものなのだ。私は前に言つたと思ふし、また言はなければならないことだが、ウィルスンと私の一門との間には、如何なる遠い親戚関係すらもないのである。若し私たちが兄弟であつたとしたなら、きつと双生児だつたに相違ない。それといふのは、ブランズビイ博士の学校を出たのち偶然の機会から私は私の同名者が一八一三年の一月十九日生れだといふことを知つた――これは可なり珍らしい暗合である。何故と言つて、私の生れた日もまた正しくその日だつたのである。

訝しなことかも知れないが、ウィルスンが事毎に私に逆つて私を悩ますために、私はたえて息まるひまさへなかつたのにもかゝはらず、私は彼を悉く憎む気にはなれなかつた。もちろん私たちは、殆ど毎日のやうに喧嘩をして、とにかく表向きは私が勝つたのであるが、どういふものか本当の勝利者は自分であるといふことを私に感じさせようと工んでゐることは疑ひもなかつた。併し、私は私で誇りの気持をもつてゐるし、彼はまた彼の本当の威厳をもつてゐたので、私たちの間柄は先づ、「話位はする」と言つた程度の仲であつた。それでゐて、二人の気質の中には甚だ相似た点が沢山あつたので、私は二人が打ちとけられぬのも、たゞ互ひに競争者の位置にたつてゐるせゐだらうと感じてゐたのである。彼に対する気持を明確に言ひ表はすこと、否たゞそれを書きしるすことですらかなり困難である。種々雑多な感情の入り交つたものであつた。――気短かな憤りの感じでもあるが、併し憎悪といふ程でもなく尊敬に近い気兼もいくらか混つてをり、恐怖の感じも多分に混へた不安な好奇心であつた。ウィルスンと私とが切つても切れない一対だつたといふことは今更ら道徳家に向つてつけ加へる必要もあるまい。

ウィルスンに対する私の攻撃（しかもそれは露はな場合もあれば、ひそかな場合も屢々あつた）が開き直つて敵対するといふやうな態度よりも、むしろ（冗戯のやうに見せかけて相手に苦痛を与へる）冷かし若しくは悪戯になつたのは、きつと私たちの間柄の異常な関係の故にであらう。だがこの点に関しては、私の攻撃は必ずしも成功といふわけにはゆかぬばかりでなく、常に私が最も都合よくたくらんだ場合でも不成功に終ることが多かつた。私の同名者の性格には、極めて自然な、いかにも落ちついた厳格さが具つてゐたので、自分では辛辣な冗戯を言ひながら、そのくせ自分の尻つぽを出さないので、どうしてもはたから遣りこめるわけにはいかなかつたのである。事実、私はたつた一つ彼の弱点を見つけ出すことが出来たばかりである。それは、多分生れつきの疾患から生じたらしい一つの癖だつたので、大抵の者なら見逃してやつてゐたゞらうと思ふ――つまり彼の咽喉の器官に欠陥があつたので、そのためにいかなる時でも、極く低い囁き声しか発することが出来なかつたのである。私は抜からずこのあまり取らへ栄えもしない欠点を捕へると、あらゆる機会で下らぬ難癖をつけるのに失敗らなかつた。

　ウィルスンの私に対する仕返しの種は沢山あつたが、その中でもとりわけ、私をいたく閉口させることが一つあつた。これしきの他愛もないことで私がそんなに閉口することに、彼が最初どうして気づいたものか私には洵に不思議でならない。だが、一度それを発見するや、彼は始終その手で私を悩ました。私は日頃から私の先祖から伝へられた卑俗な姓と、下賤とまで言ひ得ないとしても有りふれた名とに憎悪を感じてゐた。私は自分の姓名を聞く時には、まるで耳の中へ毒を注ぎこまれる程の気持がした。それで、私が到着した日に、図らずも第二のウィリアム・ウィルスンが同じ学校へ入学して、彼の名前が私と同じである事を知つた時には私は無性に腹立たしくてならなかつた。しかも、赤の他人でありながら同姓同名であるために、私の名は二倍だけ余計に呼ばれなければならないし、その男は始終私と顔をつき合はせるのであらうし、又その男のことはこの忌はしい暗合のために何かにつけて、私自身のことと混同されるであらうから、私はいよいよこの名前が厭になつた。

かうしたことに起因する苦痛の感情は、私と私の敵手との精神的及び肉体的の相似が事毎に明かに示されるにつれて、ますます強められた。当時は私は未だ我々二人が同年同月同日に生まれたと言ふ途方もない事実を発見するに到らなかつたが二人が同じ身の丈であることや、全身の恰好から顔の輪郭まで不思議に似通つてゐることには気がついてゐた。それればかりでなく私は上級生の間に漸く拡まつてゐた二人の血族関係に関する風説にも尠らず弱らせられた。一口に言へば、私たち二人が、精神、性格、境遇等に於いて一致点があると言ふ噂は何にもまして私を悩ました（私は上べには出来るだけその悩みを表はさぬやうに力めたのだが）。併し、真実のところ、（二人の血族関係に関する噂と、ウィルスン自身の立場とを除けば）斯うした相似が学友間に何等の議論を惹起したり、または注目されてゐると云ふことを信ずべき理由は更になかつた。ウィルスンも亦私と同様に、様々な事情からはつきりとそれを知つてゐると云ふことは明白であつた。だが、そんな状態にあつて尚幾多の私を苦しめる種を持つてゐることは、前にも述べた通り、只々彼の並外れた眼力に基くものであらう。

私の言葉と行為とを完全に真似ることにのみ彼は腐心した。そして鮮かにこれを為しおほせた。私の衣服の模倣などは彼にとつて最も容易いことであつた。歩き方や、全体の身振りを真似ることも、困難ではなかつた。勿論私の大声を真似ることは出来ない相談だつたらうが、それでも音調はそつくりそのまゝであつた。彼の奇妙な囁きは、とりも直さず私の声の反響となつた。

この最も精緻を極めた私の肖像画は如何に私を苦しめたことであらう。（単なる風刺画などではないのだ）併し唯一つの気息めは、つまり彼のその模倣に気付いてゐる者は私一人だけであると言ふ事実で、私は唯自分の同名者一個の妙な皮肉ぶつた哂ひを湛へてゐれば済むわけであつた。彼は私の心に予想通りの効き目を与へたのに満足して、こつそり自分の手際にせゝら笑ひを洩らして堪能してゐるばかりで、自分の機智縦横なる細工の成功に依つて容易に仲間たちの賞讃を博し得たにも拘らず、そんなことは全く眼中に置いてゐないらしい様子であつた。そして学校内の者たちが彼の計画を知らず、またその計画の成功を認めて彼と共に私を嘲笑しなかつたことは、久しい憂き月日の間、私にとつては解き難い大きな謎であつた。おそらく彼が漸層的に彼の模倣に取りかゝつたか、或は寧ろ、説明（どんな愚鈍な人間にでも解るやうな説明）などは省いて、彼の独創的な全精神を傾中して、たゞ一人私だけに解らせて、私だけを悩ませようとして、仕組んだ彼の水際立つた伎倆の故に、辛うじて私は人々の嘲笑から免れたのかも知れない。

既に私は一度ならず、彼が私の面倒を見るやうな小癪な態度を取つたり、事毎に私の主張に差出口をしたりすることを述べたが、この干渉が時としては無礼なる忠告、しかも大びらではなく当てつけがましい忠告のやうな性質を帯びることがあつた。私がこの忠告を憎悪する念は月日が経つに従つて、益々激しくなるばかりであつた。併し、その当時から可なり久しい歳月を経た今日では、私の敵が私に与へたその諷刺が決して若気の至りの未熟な者のおぞましい考へ違ひからではなかつたことだけは充分に承認しなければならないと考へるのだ。彼の一般的才能や、世間的知識は兎に角、尠くとも道徳的観念は、私自身のそれよりは遥に鋭敏であつた。それに、若し当時私が真底から徹頭徹尾疎じ憎悪した彼の意味あり気な囁きに含まれた忠告を、もう少し容れてゐたならば、今日の私はもつと善良な倖せな人間になつてゐたかも知れないのだ。

ところが、さう都合よくはゆかないもので、私は到頭、彼の不作法な干渉が我慢出来なくなつて、日毎に彼の容し難い高慢としか思へない彼の振舞ひを愈々露き出しに憎悪した。既に述べた如く、二人が学友の交りを結んだ当初なら、私の彼に対する感情は容易に真の友情に立ち帰つたかも知れなかつたのである。が、次第に後に及んで、彼の異常なおせつかいは仮令或る程度まで確かに減じたとは言へ、殆どそれと正比例して、私は漸く積極的に彼を憎み出した。或る時彼はこれに気がついたと見え、それ以後は力めて私を避け、尠くも避けるやうな容子をするに到つた。

私の記憶に誤なくば、恰度その頃のことであつた。私どもは烈しい争論をした。彼は何時になく守勢的な態度を捨てて敢然と私に迫つた。私は彼の語調や、態度や、全体の容子の中に何か知ら私の胸を打つものを感じた。それは遠い幼年時代のおぼろげな夢——記憶と言ふべきものも未だ生まれぬ頃の放恣な混乱した記憶を私の心の中に甦へらせたのである。ずつと昔、——古い古い無限に久しい昔に於いて、私は今目の前に立つてゐる男と一度知己であつたのではあるまいかと言ふ考へをどうしても振り払ふことが出来なかつた。と、唯さう言ふより他に適当な言ひやうもないのである。併し、この幻想は突如として現はれ、突如として消え去つた。私が茲にそのことを述べるわけは、私がアカデミイでこの奇怪なる同名者と言葉を交したのはそれが最後であつたからである。

数限りなく区切りのしてある、この大きな古い家には、大部分の生徒の寝室に充てるために、互に相通じてゐる五つ六つの大きな部屋があつた。併し(かうした不細工な設計の建物には有りがちなことだが)この家にも半端なせせこましい隅だの、出張りだの、凹みなどが幾つとなくあつて、経済に抜け目のないブランズビイ博士の考案で、さうした箇処は悉く寝室に利用されてゐた。ほんの物置位のところにでも、一人位はどうやら眠ることが出来たのである。この小さな部屋の一つにウィルスンは眠つてゐた。

学校生活の五年目が終りかけた或る晩、今言つた烈しい口論をしたその晩のことである。皆ぐつすり寝込んだのを見済して、私はひそかに床から起き上ると、ランプを片手に、自分の寝室から脱け出して、敵手の寝室へ忍び寄つて行つた。これまでは悉く失敗を重ねて来たが、今度こそはと、前々から企んでゐた計画である。彼の物置めいた寝室の前まで来ると、私は先づランプに覆ひを被せて部屋の前に置いて、音もたてずにこつそりと部屋の中へ這入り込んだ。一足踏み入れたところで、ぢつと耳を澄まして、彼の深い寝息を確かめてから、さて引返してランプを手に取り、再び寝室の方へ近寄つた。寝台の周囲にはカーテンが掛つてゐたが、私は予め手順通りにそれをそつと引きあけた。するとランプの明るみは彼の寝顔の上に落ち私の両の眼もまたその上にぢつと注がれた。ところが、忽ち痺れるやうな凍りつくやうな竦然たる感じが全身に沁み渡るのであつた。胸は烈しく動悸うち、膝はよろめき、名状し難い、しかも堪へ難い恐怖が私の全精神をひき摑んでしまつた。私は胸を喘がせながら、ランプを下へさげて、彼の寝顔をもう一度あらためた。果して、これが——これが、ウィリアム・ウィルスンの顔であつたらうか？　なる程さうだ。さうに違ひない。だが、それにも拘らず、却々さう信じられぬ気がして、私はまるで瘧の発作にでもとらはれたやうに戦き慄へた。何が故に私はそんな気がしたのであらうか？　私は尚も凝視した——辻褄のあはない様々な考へが群がり起きて来る。彼の容貌はこんな風ではなかつた——起きてちやんとしてゐる時の顔付は確かにかうは見えなかつた。同じ名前！　同じ体の輪郭！　アカデミイへ入学したのが同日であつたこと！　しかも、私の歩き方や声や習慣や態度などの強情な意味もない模倣！　だが、単にかうした皮肉な模倣をしてゐたと言ふだけの結果として、今眼前に見るやうな出来事が起り得るものであらうか？　恐怖に打ちのめされ、慄然たる悪寒に身を震はせながら、私は無言のまゝその部屋を出て、その場から直ぐ学校の門を抜け、再びこの建物の中には帰つて来なかつた。

　それから数ケ月と言ふもの自分の家でのらくら遊び暮した後に、私はあらためてイートンの学生になつた。しばらく時日が経つと、ブランズビイ博士の学校での出来事の記憶は全く薄らいで、今では尠くとも、自分の記憶してゐた感じの性質は実質的に変化してしまつた。この芝居の真実味、悲劇的な味はすつかり失はれてしまつた。やがては自分がその当時果して正気であつたか如何かをさへ疑ひ出した程である。そしてその時のことを思ひ返す場合には、大概、あんな途方もない出来事がどうして人間に信じ得るものかと訝しがつたり、私の心に遺伝的に備はつてゐる凄じい想像力に、つい微笑したりした。が、かうした懐疑はイートンで送つた生活様式のために全然変へられることもなかつたのである。イートンへ入学すると直ぐ向う見ずにも飛び込んで行つた浅果な放蕩生活の渦巻は、過ぎ去つた月日の浮滓を悉く洗ひ去り、真面目な実直な印象もすべてその渦巻の中へまき込まれ、残るはたゞ前生涯のほんの軽い事柄のみであつた。

　併し私はこゝで自分のイートンに於ける惨めな乱行――世の掟を蔑にし法網をくゞり抜けた乱行――の逐一を述べるつもりではない。三年間の徒らに放蕩無頼なる生活は私のすべての悪徳の習慣を愈々増長させ、それと同時に私の脊丈を並外れて高くさせただけで、何の得るところもなく過ぎた。その頃、私は一週間ばかり卑しい淫楽に耽つた挙句、少数の粒択りの放蕩学生を自分の部屋に集めて秘密の宴会を開いた。我々は大分夜が更けて集まつた、と言ふのもこの放埒な宴会を朝まで続けるつもりだつたからである。そして酒は豊かに充ち溢れ、又おそらく酒よりも一層危険な誘惑物にも事欠かなかつたので東の空がしらじらと明けそめた頃に及んで、私たちの莫迦げた酒宴は漸く酣であつた。骨牌と酒とで狂じみた程上機嫌になつた私が、更に並外れた悪遊びのために人々の乾杯を求めた時であつた。唐突に、細目に開けられた扉の外から、はげしく私の名を呼び立てる小使の声に気がついた。彼は、何者か玄関へ来て、至急私に会つて話をしたいと言つてゐると告げた。へべれけに酔つぱらつてゐた私は、この思ひがけない邪魔者に驚くと言ふよりは寧ろ喜んで、直ぐ千鳥足で五六歩よろめきながら玄関へ出てみた。其処の狭い低い室にはランプも灯されず、半円形の小窓から射し込む仄かな暁の薄明りが漂つてゐるだけであつた。私は閾へ踏み出した時、恰度私と同じ位の脊恰好で、私自身が着てゐるのと同じ流行仕立ての白カシミヤのモーニング・フロックを着た男の姿を認めた。それだけは、微かな薄明りでわかつたが、併し彼の容貌までは見わけることが出来なかつた。私が部屋へ入つて来たのを見て、いきなりその男はせかせかしながら、私の耳もとで「ウィリアム・ウィルスン！」と囁いたのである。

私は一時に酔ひがさめてしまつた。

その見知らぬ男の態度や、薄明りの中にかざした指のわなわなと震へてゐる様子を見た時、私は言ひやうもない驚きを感じたが、併し私を何よりも吃驚させたのはそのことではなかつた。それは、奇妙な低い嗄れ声で、私の耳に囁いた厳な、意味ありげな警告であつた。殊に短いながら、聞き覚えのある、その囁くやうな語調は、とりとめもなく群がる過去の記憶を呼びさまし、私の魂を、まるでガルバニイ電池にでも触れたかのやうに激しく打ちのめした。そして漸く正気に復つた時には、彼はもうその場にゐなかつた。

この事件が、私の常軌を逸した想像力に目ざましい効果を与へたことは事実だが、併しそれもやがて消えて行つてしまつた。数週間と言ふもの私は熱心に研究したり、また病的な穿鑿の迷雲に囲まれて悩んだりした。斯うして何時までも執拗に私のやることの邪魔をし、皮肉な忠告で私を苦しめる不思議な人物が誰であるかは解つてゐた。併しウィルスンとはそもそも何者であらう？　――何処から来たのであらうか？　――そして何が目的なのであらうか？　これらの何れの点に就いても私には納得することが出来なかつたが、たゞ確かめ得たところは、私がブランズビイ博士の学校から逃げ出した日の午後に、ウィルスンもまた何か家庭の都合で其学校を俄かに退いたと言ふことであつた。併し、幾許もなくこんな問題は等閑にされた。私は予てから心がけてゐたオックスフォードへ移ることで頭が一つぱいだつたからである。やがて私は其処へ行つた。私はこの頃既に贅沢三昧に耽つてゐたのだが、両親の途方もない虚栄心に乗じて、無駄金を費ふことにかけては英吉利斯第一の金持貴族の相続息子とも張り合へる程の仕送りをして貰ふことが出来た。

こんな工合に悪徳が翼を伸ばすのは甚だ申し分のない状態にあつたのだから、愈々私の生来の気質は煽り立てられて、僅かな日常の躾みさへも蹂躙つて、ありとあらゆる乱行に身を持ち崩した。併しさうした始終を仔細に述べ立てる必要もなからう。たゞ幾多の道楽者の中でヘロデ王すらも及び難い程の背徳者であつたこと、及び欧羅巴随一の放蕩学校の長い悪行の記録に、更に私は新奇な悪行の数々を創始して、あまり短くない増補を加へたことを言つて置くだけで満足してほしい。

だが、それにしても、名門の一族である私がそんな悪行の果てに、職業賭博者の陋劣な手巧を覚えてその立派な玄人になつて、気の弱い学生共から少からぬ金を絞りとつてゐたなどと言つたところで、恐く人は信じないであらう。ところが、それは事実だつたのである。この事実が他人に見咎められなかつた唯一の理由とも言ふべきものは、それが余りに男らしくない、滅法な、全く良心を持ち合せぬ人間でもない限り為し能はぬ悪事であつたからだと考へられる。実際、快活で、率直で、しかも寛容なウィリアム・ウィルスン——オックスフォードの自費生の中で最も貴族的な最も気前のいゝウィリアム・ウィルスン——その乱行は若い者に有りがちな放恣な気紛れであり（と私の悪友たちは言ふのであつた）その背徳をさへ不注意な向う見ずの馬鹿遊びの故であるとされてゐるウィリアム・ウィルスン——が、斯くも卑劣極る罪悪を遣つてのけるだらうかと疑ふ前に、如何に行状を持ち崩した輩だつて、先づ己の正気を疑ひたくなつたに違ひない。

　私はそれから二年間と云ふもの、ひたすらこの手ばかりを用ひて、毎時も上首尾であつた。恰度その頃になつて、グレンデイニングと云ふ若い金持ちの貴族がこの大学へ入つて来た――噂に聞けば、この男はヘローデス・アッティカスのやうな成金で――しかも、彼の富もまた同じやうに易々と儲けたものであるとのことであつた。私は間もなく彼が薄のろであることを知つて、この男を餌食にしてやらうと企てた事は云ふまでもなかつた。私は幾度となく彼と賭博をやつた。そしてばくち打ちの慣用手段として、初めはわざとたんまり儲けさせて置いてから、徐々に私の係蹄へ誘き込むやうにした。到頭潮時が来たと見てとると（私はこれが最後の決定的な会合だと思ひながら）一日同じ仲間の自費生（プレストン君）の部屋で彼と落合つた。プレストンは我々二人の親しい友人で、私の企みなどは夢にも気付いてゐなかつたことを彼の名誉のために弁じて置く。私は尚この会合の体裁を繕ふため八九人の仲間をかり集め、更に充分用心を重ねて、如何にも偶然らしく、グレンデイニング自身から骨牌をやらうと言ひ出すやうに仕向けた。兎に角、私は斯うした場合には必ずやる卑劣なごまかしを悉く用ひた。それは私が何時でも仕組む十八番の係蹄で、まだこんな奸計にみすみす引つかゝる馬鹿があるのかと不思議に思はれる位であつた。

　勝負は夜更けても決せず、遂に私はグレンデイニング一人を相手にするところまで漕ぎつけた。勝負は私のお手のもの、「エカルテ」だつた。他の連中は我々のこの手合せに興味を惹かれて、自分達の骨牌を抛り出したまゝ二人を取り巻いた。宵の口からそれとなく手を廻してグレンデイニングを強か酔つぱらはせてをいたのだが、彼が今は恐しく焦立つて骨牌を切つたり、配ばつたり、ひいたりするのを見ると、必ずしも酒の酔ひに依る神経過敏許りではなさゝうな気がした。瞬く間に、彼は私から大分借りをこしらへた。そこで、彼はポルト酒を一気にグイとあふりながら、まんまと私が冷かに期待してゐたところの係蹄へはまつた――彼は既に莫大な額に達してゐる賭金をば倍額にしようと申し込んだのである。私は表面は不賛成らしく佯つて、幾度も拒絶して彼を憤らせてから、それでも遂にその申込みを承諾した。これは勿論私の手で、一時間と経たぬ中に彼の借金は今までの四倍にもなつた。そして彼の酒のために仄かに上気してゐた顔色は、次第に血の気を失つて行つて、その中に物凄いまでに蒼ざめてしまつたのに私は驚かされた、何故と言つて、私が入念に探索したところに依れば、この成金貴族は素晴しい分限者で、成程彼が今此の場で失つた賭金は相当巨額なものには違ひないが、彼にとつてはそれ程の打撃とも考へられないし、況んやこんなにも彼が力を落とさうなどとは全く思ひがけないことだつたのである。酒を飲み過ぎた故ではあるまいかと私は思ひ返した。が、さて私は、自分を信用してゐてくれる仲間たちの前で私の正体が暴露するのを気遣つて、ただそれだけの動機で、もう勝負を切り上げることを言ひ出さうとした。するとその時私の直ぐ傍にゐた仲間の顔色が変つた。グレンデイニングは忽ち、絶望の叫びを放つた。私は彼が全く破産して一同の憐れみの的となつて、しかもそれ等の人々は彼を私の毒牙から救ひたがつてゐることを覚つた。

かうなると、私はどうしてよいものやら、迷はざるを得ない。いかさまに引掛つた男の哀れな様子に、部屋中白け渡つて、息づまるやうな沈黙が続いた。その間、私は放蕩学生の中でも比較的善良な連中の軽侮や非難の籠つた視線に射すくめられて頰のあたりを刺されるやうな感じがした。そして事実その次に起つた意外な出来事のために、最早や堪へ難くなつた重苦しさが、一時和げられてホッとした程であることも私は白状する。この部屋の広い重い折戸が、その時周章だしく力一ぱいに押し開かれると、その拍子にまるで魔法か何ぞのやうに部屋中の蠟燭は悉く消されてしまつたのである。まさに消え尽す瞬間に、私は、辛うじて、外套に身を包んだ私と同じ位の脊恰好の見知らぬ男が部屋に入つて来るのを認め得たのである。併し、直ぐに真暗になつてしまつたので、我々は唯その男が部屋の中央に立つてゐることを感ずるばかりであつた。一座は尽くこの不作法な行為に呆れるのみだつたが、この驚きの静まらぬ中に、早くも闖入者の叫ぶ声が聞えるのである。

「諸君」と彼は低い明瞭な、忘れ得ぬ、あのゾッと骨髄に沁み渡る囁き声で言つた。「諸君、私はこの不礼な仕打について何もお詫び致しません。何故と言つて、斯うした振舞ひを敢へてするのも、実は一つの義務を果たすことになるからであります。諸君は、今までエカルテでグレンデイニング卿から金を強か捲き上げた男が如何なる男か大方御存知ないとお見受け致します。そこで、私は諸君にこの肝腎なる知識を得るための、最も手つ取り早い確実なる方法を御伝へ申さう。皆様御随意にこの男の左のカフスの内側と、刺繍のあるモーニング・ラッパアの広いポケットの中に蔵つた骨牌の小さな束を、おあらため下さい。」

彼が斯う言つてゐる間、一座の沈黙はピンの落ちる音も聞えるほど深かつた。言ひをへると、男は這入つて来たときと同様に周章ただしく出て行つてしまつた。そのときの私の感情を、私は書き記せるであらうか？　——死刑を宣告された者の恐怖などと、私は述べねばならぬのであらうか？　併し考へてゐる暇などのなかつたことだけは何より確かである。忽ち大勢の手が私を引摑み、さうして蠟燭には直ぐ火がともされた。私はその場で身体検査を行はれた。袖口の裏からは「エカルテ」に必要な沢山の絵札が発見され、ラッパアのポケットには幾組かの骨牌の束が発見された。ただ少し違つてゐるのは、私の骨牌札はその道の玄人の間で通称「アロンデ」と言はれる種類のものであつた。この札は絵札とエースに限つて縦の端が少しばかり出張つてゐて、並の札は皆左右がちよつと凸出してゐるのである。つまりこの仕組みを知らない素人は、何時ものやうに骨牌を縦にきるから、必ず相手に絵札及びエースを渡すことになるし、反対にいかさま師の方では横に切るからどうしても相手にかす札ばかりを渡すやうになるのである。

　この事実が露見すると、暫く皆の者は黙つて、ぢつと、軽蔑しきつた皮肉な様子をして見せたが、そのことは私にとつて、いつそ大童になつて憤慨されるよりも遥に我慢がならなかつた。

「ウィルスン君、」部屋の主人は身を屈めて、脚許から、非常に贅沢な珍奇な毛皮の外套を取り上げながら言ふのであつた。「ウィルスン君、これは君の物だ。」（寒い日だつたので、私はラッパアの上から外套を羽織つて来て、この部屋へ入つた時にそれを脱いで置いたのである）「こ、に、これ以上君の凄い計略を探がす必要もあるまい。」（彼は苦々しい微笑と共に、外套の襞を見ながらさう言つた）「もうあれだけで充分だ。君はもうオックスフォードにはゐられないことが解つたらうな――少くとも、僕の部屋からは、たつた今出て行つて貰ひたい。」

　私はもうすつかり面目を失つて、居堪まらない気持がしたので、あたり前ならばこの罵言に報ゆるために敢へて暴力に依つたかも知れないのだが、其時恰度私の注意は悉く、洵に言語道断な驚くべき或る事実に集注されてしまつた。私の外套は元来世にも珍しい毛皮なのだが、併しその珍奇や高価は兎も角として、その仕立て方まで私の妙な好みに依つて誂へた頗る凝つたものである。私はもともと、こんなつまらない事にかけては莫迦々しく洒落者だつたから。それで、プレストン君がそれを床から拾ひ上げて、折扉のところまで近寄つて来た時に、私は殆ど竦み上がる程の驚きを以つて、既に私の腕に掛けてあつた（勿論無意識の中に掛けたのだらうが）自分の外套をまぢまぢと眺めた。プレストンが私の前に差し出した奴は、実に何から何まで寸分違はぬ私の外套の複製に他ならなかつたではないか。私の化の皮を無残にも引き剝いだあの忌々しい男が外套にくるまつてゐたことを私は憶えてゐる。そして、此処に集まつた仲間の中には、私以外に外套を着て来たものはなかつた。私は出来るだけ気を押し鎮めると、友が差し出した外套を受取つて、素早く他の者たちの気付かない中に、それを自分の外套の上から引つかけて、苦々しい顰つ面で相手を睨み据ゑながら、室を出た。そして、その朝未だ明け切らぬ中に、恐怖と恥辱とに堪へ兼ねて、追はれるやうにオックスフォードから大陸へ向けて旅立つた。

私は空しく逃げ廻つた。意地の悪い運命は意気揚々として、私を追ひかけて来た。しかも、その不可思議な支配は漸く動き始めたばかりであることがわかつた。巴里へ着くや否や、私はもうウィルスンが、私に忌々しいおせつかいをしたがつてゐることの新たな徴候を発見した。数年は徒に過ぎ去つたが、私の心は些も救はれなかつた。悪党めが！——羅馬では、全く思ひがけぬ時に、実に気味の悪い不思議な横槍で、私の野心を見事に打ち砕いてしまつた。維納でも、伯林でも。また莫斯科でさへも！　事実、彼を呪はずには居られぬ忌々しい事件が惹起されずに済んだ土地とてはなかつた。私はまるで疫病にでも襲はれたやうに何処へ行つても彼の測り知れぬ暴虐から、周章狼狽して逃げ出した。

そして、世界の果てまでも、甲斐なく逃げ廻つたのである。

幾度も幾度も繰り返して、私はひそかに心に問うてみた。「そもそも何者だらう？——何処から来るのであらう？ ——何が目的なのであらう？」と。だが、何の解答も得られなかつた。そこで私は、非常に綿密に、丹念に、彼の無礼極まる監視の形式、方法、或はその主なる特性等に就いて穿鑿を重ねた。併し、斯ることすら、何等纏まりのつく、合点の行くべき推測は見出されなかつた。唯、彼がこの頃頻々と私の妨害をする場合は、大抵その計画を挫折させ、実行の邪魔立てをする以上に出ないことだけを知つた。しかも、私の計画が満足に成功すれば極めて悪い結果を惹き起したに相違ないやうな場合に限つて、さうであつた。だが、それ位のことで、彼の横暴極まりない権勢を我慢しなければならないのであらうか！ その位の補償で、彼奴が私の当然な自由行動の権利をあんなに執拗に侮辱的に侵害するのを諦められようか！

また私は相手が久しい間、（驚くべき周到さで、物好き千万にも、巧みに私の服装を真似てゐたが）私の行動に干渉する折には、必ずその顔を私に見られぬやうに力めてゐると言ふことも認めないわけにはいかなかつた。仮令ウィルスンが如何なる人間であらうとも、この用心だけは尠くとも、卑劣極る小癪なものであつた。イートンに於ける我が警告者、オックスフォードに於ける我が名誉の破壊者、そして羅馬に於いて我が野心をくじき、巴里に於いて我が復讐に横槍を入れ、ナポリに於いて恋を妨げ、埃及に於いては彼が小賢くも貪欲と名づけた我が行為の邪魔立てをしてのけた男、この私の大敵であり、奸智に丈けた彼が、学童時代のウィリアム・ウィルスン——かの同姓同名の生徒、学友、競争者——ブランズビイ博士の学校に於ける憎むべく且つ怖るべき競争者——であることも、私が見抜き能はなかつたと、苟にも想像し得たであらうか？　否、断じて！　——併し、私は急いで、この戯曲の最も奇怪なる大詰を語ることにしよう。

これまでのところ私は、彼の専横なる支配の前に意気地なく屈服して来た。私が常にウィルスンの高尚なる人格と比ない叡智と、全智全能とも思へる力に対して抱いてゐた深い敬畏の感じは、彼の真実の性質と私の想像がつけ加へた性質との底に潜んでゐる或る特徴が私に及ぼした恐怖の情と相俟つて我が身の無力さを深く味はさせ、彼の横暴極まりない意志に嫌々ながらも屈従するより他ないと諦めさせてゐた。それに近頃では、私はいよいよ酒に浸りきつて、持ち前の遺伝的な気質に酒の狂的な作用が加はつて、益々自制力を失ふやうになつてしまつた。私はぶつ〳〵不平を鳴らし、彼の命令に従ふことを一層逡巡し、反抗したりするやうになつた。そして、自分の力が増せば増す程、敵の力がそれに反比例して弱まつて行くやうに、私を信じさせたのは単なる気の故に過ぎなかつたのであらうか。それは兎に角として、やがて私は燃えるやうな希望を心に感じ始め、遂に胸中私かに、もうこれからは決して彼奴のおせつかいを受けるやうな真似はすまいと、頑強に必死の決心を固むるに到つた。

一千八百――年の謝肉祭の最中、私は羅馬にあつて、ナポリ侯ディ・ブロリオ邸の仮装舞踏会に出席した。その日、私は何時もより余分に酒の酔ひが廻つてゐたので、人々の混み合つた室内のむせかへるやうな空気は、到底我慢のならない程私を苛ら立たせた。それにごつた返してゐる群衆の間をかき分けて行くことの厄介さ加減も、尠からず私の気持を焦々させるのに力があつた。と言ふのは、私は（香しからぬ動機であつたことは言ふまでもないのだが）年をとり過ぎて耄碌したディ・ブロリオ侯の、若くて陽気な美しい夫人を熱心に探がしまはつてゐたのである。彼女は無謀にも、当日の舞踏会に自分がどんな仮装をつけて出るかを、あらかじめ私に告げてあつたのだ。それで、私は彼女の姿をちらりと認めたので、大急ぎで彼女の傍へ寄りそつて行かうとしてゐたのである。恰度その途端に、私は軽く私の肩を抑へる手を感じたと思ふと、夢にも忘れられなかつた、あの低い忌はしい囁き声が私の耳に注がれた。

私は憤怒に気も狂ほしく、いきなり私の邪魔をした男の方を振り向くと、ぎゆつと彼の素つ首を引摑んだ。彼は果たせる哉、私と寸分違はぬ服装をしてゐた。青天鵞絨の西班牙外套を羽織り、腰に巻いた鮮紅色の帯には細身の長剣を吊つてゐた。そして真黒の絹の仮面で顔をすつかり蔽つてゐた。

「畜生奴！」私は怒りに声を嗄らして叫んだ。其一語一語が、更に私の憤怒の炎を烈しく燃え立たせた。「忌々しい奴め！　詐欺師奴！　悪党奴！　貴様などに死ぬまで跡をつけ廻されて堪るものか！　俺について来い。厭と言ふなら、この場でたつた一突きに刺し殺してしまふぞ！」――私は舞踏室から、格別抵抗しようともしない彼を隣の控の間へ曳きずり込んだ。

そこへ這入りざま、私は力一つぱいに彼を突きとばした。彼が蹌踉いて壁にぶつかつてゐる隙に、私は荒々しく叫きながら、扉を閉めてしまふと、彼に剣を抜くことを命令した。彼は暫く躊躇つてゐたが、遂に微かな溜息と共に無言のまゝ、剣の鞘を払つて、防ぐ身構へをした。

決闘は短かつた。有ゆる極度の興奮に猛り立つた私は、隻手に千万人の鋭気を覚えてゐた。私は瞬く間に、彼を壁板まで一気に押しつけ、身動きのならない程にして置いてから、幾回となく繰り返し繰り返しその胸に剣を突き刺した。

その時、何者か扉の鐶をがちやつかせる音がしたので、私は大急ぎでその閉まりをして、直ぐにまた気息奄々たる敵の傍へ取つて返した。だが、その途端に私の眼に映じた光景が私に与へた、その驚愕と恐怖とを、如何なる言葉が充分に言ひ表はし得やうぞ！　鳥渡眼を外らした僅の暇に、部屋の上手の部分の向うの端の調度が、がらりと一変してしまつたではないか。大きな鏡が――最初私の狼狽した眼にはさう見えた――つい今し方までは何もなかつたところに立つてゐるのであつた。そして私が底知れぬ恐怖に竦みながら其処へ歩み寄ると、鏡に映つた私自身の姿が、青ざめた顔をして血に塗みれ、蹌踉たる危い足どりで、私の方を向いて進んで来るではないか。

と、そんな風に見えたのだが、実はさうではなかつた。それは私の敵手だつた——それはウィルスンに他ならなかつた。彼はその時断末魔の苦しみに悶えながら、私の前に立つてゐた。彼の仮面も外套も床の上へ投げ棄てられてあつた。彼の衣物の糸一本にしても——彼の顔の特色ある奇怪な相好の一筋さへも、完全に私のそれと一致しないものはなかつた！　それはウィルスンだ、併し彼は最早や囁声では物を言はなかつた。私は彼が喋る中に、私自身が話しかけてゐるのではないかと思つた。

「お前が勝つた、そして俺は降参した。だが、今日限りお前もやつぱり死んでしまつたのだぞ——現世から、天国から、希望から！　お前は俺の内に生きて来たのだ——そして俺の死と共に、如何にお前が手際よくお前自身を刺し殺してしまつたかを、お前自身に他ならぬこの姿でよく見るがいゝ。」

附録

渡辺温

江戸川乱歩

「新青年」昭和五年四月号は、渡辺温君の不慮の死を悼んで同君の遺稿［実際は代表作］「兵隊の死」を三号活字で組んで掲載し、編集部の哀悼の辞とサトウ・ハチロー氏の「断章」と題する弔詩をのせている。又、同号には谷崎潤一郎氏が渡辺君を惜んで書いた「春寒」という長い随筆が出ている。その編集部哀悼の辞の前半に、

昭和五年三月十日未明、温君忽焉として逝く。霧の垂れ込めた阪神夙川の踏切で、無情な貨物列車のために、温君の自動車は、一瞬にして粉砕され、君の魂もまた一瞬にして天なる星へと旅立つた。行年二十九、新青年編集部は又と得難い人材を失い、探偵小説壇また有意なる新進を永遠に奪い去られてしまつた。

とある。この文恐らくは水谷［準］君ではなかろうか。

私の「探偵小説十五年」の渡辺温君の項には左のように記している。

小酒井氏以下の七人（註、昭和十三年、この項執筆当時までの物故者、渡辺、川田功、平林、佐佐木俊郎、牧逸馬、浜尾四郎、夢野久作の七人を指す）の作家とは、二、三を除いて、私は殆んど私交というほどのものを持たなかつたと云つてもいいのだが、渡辺温君はその最も私交の乏しい一人であつた。同君は年令が私より一まわりも若く、生活様式も違つていて、僅かに横溝［正史］、水谷、両君などから、その消息を聞いているにすぎなかつた。

私のところへ来訪されたのも一度か二度、それも「新青年」記者として原稿依頼の用件であつたと思う。手紙を探して見ても、やはり鄭重（ていちょう）な原稿依頼状が一通残つているばかりである。しかし、私は同君の作家としての素質には深く敬意を表し、処女作のシナリオ「影」（大正十三年［実際は十四年］「女性」「苦楽」に同時発表、谷崎潤一郎氏選［小山内薫も選者］、一等当選）以来、名作「可哀相な姉」を頂点として、絶筆「兵隊の死」に至るまで、愛読措（お）かず、及びがたいものを感じていた。

渡辺君は作家としての出発に於ては谷崎潤一郎氏の推薦を受けたが「新青年」記者として職に斃（たお）れたのも、原稿督促のため谷崎氏訪問の帰途であつた。不幸なる奇縁というべきであろうか。その谷崎氏に見出されたシナリオ「影」は、エドガー・ポーの影響著（いちじる）しく「ウイリアム・ウイルスン」などを思出させるような神秘の影の濃厚な作品であつた。私は身のほど知らずにもポーの名を僣しているものだが、渡辺温君こそ、われわれの仲間では最も多くポーの影響の感じられる作家ではなかつたか。事実また、同君は熱心なポーの愛読者で、ポーの一行一行を味読し、理解している点、私など遠く及ばぬところであつた。嘗て、改造社『世界大衆文学全集』に収められた、私のポーとホフマンの翻訳のうち、ポーの部分は、全く渡辺君の力に負うところのものである。当時、二三の人から名訳の評を耳にしたが、その讃辞は悉く渡辺君に与えられるべきものであつた。

温君の思い出は、横溝君か水谷君に聞くべきであろう。われわれのあいだでは、両君が故人と最も深い交りを結んでいたからである。尚、温君が今の渡辺啓助君の弟さんであることは、周知の通り。

〔江戸川乱歩「探偵小説三十年」より、岩谷書店、昭和二十九年〕

＊（　）は原註、〔　〕は編集部注

春寒(はるさむ)
（探偵小説のこと、渡辺温君のこと）

谷崎潤一郎

○

僕の旧作「途上」と云ふ短篇が近頃江戸川乱歩君に依つて見出だされ、過分の推奨を忝うしてゐるのは、作者として有り難くもあるが、今更あんなものをと云ふ気もして、少々キマリ悪くもある。ありていに云ふと、あれが発表された当時は、誰も褒めてくれた者はなかつた。或る月評家は「単なる論理的遊戯に過ぎない」と云ふ一語を下して片附けてしまつた。

「途上」はもちろん探偵小説臭くもあり、論理的遊戯分子もあるが、それはあの作品の仮面であつて、自分で自分の不仕合はせを知らずにゐる好人物の細君の運命――見てゐる者だけがハラハラするやうな、――それを夫と探偵の会話を通して間接に描き出すのが主眼であつた。殺人と云ふ悪魔的興味の蔭に一人の女の哀れさを感じさせたいのであつた。

○

尤も、江戸川君があの中の殺人の方法に興味を持たれたのは、探偵小説の作家として亦一つの見方ではあるが、殺す殺さないは寧ろ第二の問題であつて、必ずしも殺すところまで持つて行かないでもよかつたかと思ふ。あの方法は半分は偶然の成り行きに委ねてあるのだから、「此れならきつと殺せる」と云ふ確信を持つて一から十まで計画的に行つてゐる訳ではない。事実は「うまく行つたら死ぬかも知れない」ぐらゐな気持ちでやつてゐるうちについ誤まつて殺してしまふ。全く「つい誤まつて殺した」と云ふくらゐな感じしか持たないかも知れない。今考へると、あすこで探偵の追究に対して、主人公にその心持ちを説明させて、「僕は自分が殺したとは思ひません」と云ふ理窟を捏ねさせたら、一層面白かつたかとも思ふ。或ひは又、いろいろいたづらをやつて見ても、どうしても巧く殺せないので、だんだん釣り込まれてづうづうしくなるうちに、いつか細君に気が付かれて失敗する、と云ふ風にするのもいい。しかし要するに、自然主義風の長篇にでもなりさうな題材を、探偵小説の衣を被せて側面から簡潔に書いてみたのである。

僕は自作の犯罪物では「途上」よりも二三年後に発表した「私」と云ふ短篇の方に己惚れがある。これは自分の今迄の全作品を通じてもすぐれてゐるものの一つと思ふ。犯罪者自身が一人称でシラを切つて話し始めて、最後に至つて自分が犯人であることを明かにする。かう云ふ形式の書き方は伊太利のものにあると云ふことを後に芥川君に聞いたけれども僕はそれを真似したのではなく、自分で思ひついたのである。さうしてそれが此の作品では単なる思ひつきでなしに、最も自然な、必須な形式になつてゐる。いたづらに読者を釣らんがための形式でなく、かうすることが此の作品では唯一の方法だつたのである。兎に角「私」は誰に読まれても恥かしくない作品である。

○

味噌の味噌臭きは何とかと云ふが、探偵小説の探偵小説臭いのも亦上乗とは云はれない。若しも所謂探偵物の作家が最後までタネを明かさずに置いて読者を迷はせる事にのみ骨を折つたら、結局探偵小説と云ふものは行き詰まるより外はあるまい。読者の意表に出ようとして途方もなく奇抜な事件や人物を織り込めば織り込むほど、何処かに必ず無理が出来自然の人情に遠くなり、それだけ実感が薄くなるから、たとひ意表に出たにしてからが凄みもなければ面白味もなく、なんだ馬鹿々々しいと云ふことになる。どうも奇想天外的な探偵小説の筋には、まるで四則算（しそくざん）の応用問題のやうなのが多い。兎と亀の駆けくらは数学上の問題として学生を悩ますにはいいけれども、ただそのためにさう云ふシチユエーションを仮設しただけであつて、その仮設が事実ありさうなことであらうとなからうと、数学に於いては問ふところでない。然るに探偵小説の作家は兎と亀の駆けくらを実際に起つた事件として読者に押しつけるのである。それでは最も愚劣なるお伽噺にしかならない。但し、事件を数学的乃至科学的に、非人情に取り扱ふことは又おのづから別である。多くの場合誇大な形容詞やくだくだしい心理描写なぞのない方が凄みのあることは云ふ迄もない。

○

単に読者の意表に出ると云ふだけなら、奇抜な筋を考へないでも、書きやう一つで実は案外たやすいのである。たとへば崖から石が落ちて来て脳天を打たれて死んだ男を、さも他殺らしく書き起して、いろいろ容疑者らしい人物やそれらしい理由を仔細らしく並べ立てて、うんと事件を迷宮に追ひ込んで置いてから、最後の一ページで背負ひ投げを喰はしたらどうか。ちやうど幾ら考へても分らない数学の問題を、調べて見たら誤植があつたと云ふやうなもので、そんなのを読まされた読者はきつと腹を立てるだらう。だが、これは極端な例だけれども、さう云ふ卑怯な「落ち」を付けた物が、外国の作品にもある。何と云ふのか、題も作者も忘れてしまつたが、僕自身そんなのに打つかつてひどく忌ま忌ましかつたことがあつた。それほどでなくても、今の探偵小説は一面に於いて奇抜な思ひつきを競ふと同時に、一面に於いては愚にも付かない事を書きやう一つで勿体をつけてゐるのがある。中には相当にカラクリが巧く出来たのもあるが、要するに婦女子を欺くものに過ぎない。

○

此の随筆は、実はもう少し書きつづける予定であつたが、これを四五枚書きかけた時、――と云ふのは昭和五年二月十日午前一時五十分、思ひがけない不幸が突発したために此れから以下は急に故人の追憶を書くことになつてしまつた。

本誌の記者渡辺温君が阪神沿線の夙川に於いて不慮の横死を遂げたことは当時の新聞に出てゐたから、すでに読者は御存知であらう。渡辺君は、僕に原稿を書かせるためにわざわざ独断で関西へやつて来て、あの災難に遭つたのであるから、僕としては一層哀惜の念に堪へない。いつたい「新青年」の方へは、二三年前から渡辺君を通じて寄稿する約束がしてありながら、つひぞその約を果たしたことがなかつたので、去年の十一月にも一ぺん故人は催促に来たことがあつた。その時の話では何か百枚ぐらゐの創作をとの註文であつたが、当分そんな余裕がないから随筆で勘弁して貰ふことにし、正月中には送ると云ふ挨拶をして帰したものの、春になつて見るといろいろ予想外の取り込みが出来、結局書けさうもなくなつたので、「イマヒトツキオマチヲコフ」と云ふ電報を故人に宛てて送つたのが二月七日の午後であつた。渡辺君はそれを八日に受け取つたらしく、受け取ると直ぐ、今夜の夜行で今一度催促に行くから宜しく頼むと云ふ旨を、神戸のユニヴーサルにゐる楢原君の所へ云つて来た。八日は僕は終日不在で、夜おそく帰宅してから、「さつき楢原さんが入らつしやいました、どうしても今度は書いて下さらないと困るさうで、明日の朝渡辺さんとお二人でおいでになるさうです」と云ふ話を聞いた、そして九日の日曜の朝、渡辺君は大阪に着くと一旦夙川の楢原君の下宿に行き、寝坊の僕が起きる時分を見はからつて、十二時過ぎに二人でやつて来た。僕はその時まだ寝床の中にゐて、暫く日本間の八畳の座敷に待つて貰つてから会つた。部屋の隅に石油ストーヴを焚き、まん中に火鉢を置いて、それを囲みながら三人が話したのは一時間ぐらゐの間だつたらう。僕と会ふのはそれが三度目だつたと思ふが、茶色のチヨツキに背広を着て、黒いヴガボンドネクタイを結び、髪を長く伸ばしてゐる姿はいつもに変らぬ渡辺君であつた。元来故人は至つて無口の方だけれども、それがただの無口でなしに、沈黙の裡に一種の聡明を感じさせる不思議な魅力を持つた人で、さう云ふ点では同じく故人の親友である岡田時彦によく似てゐる。尤も時彦のやうな好男子ではなく、むしろ武骨な東北人のタイプで、その眼の中に、一と言云へば直ぐに此方の響きが伝はる何物かがある。僕は此の印象を既に初対面の時から受けた。大概の文学青年が、初めての時はろくろく口も利かないで遠慮してゐるものではあるが、渡辺君のはさう云ふ普通の遠慮や気おくれとは違つてゐた。黙つてゐながら頭の中に感じてゐることが此方にも分り、最初から理解が持て、好意が持てた。それはその前に書いた物を読んだことがあるからでもあらうが、決してそのせゐばかりではなかつた。で、その日も催促に来たと云ふ肝腎の原稿の話はあまり多くしなかつた。僕の方も、これが外の人だつたら長たらしい云ひ訳や書けない理由を説明したりするところだが、それほどにしないでも分つてゐてくれると云ふ腹だつた。ただ楢原君が、「今度書いて下さらないと、渡辺は博文館を辞職しなければならないさうです」と戯談交りに云つたのに対して、「そんなことで社員を馘首するやうなら、社の方が乱暴だ。その責任を僕に預けて、義理攻めにするのは困る」と云つたら、「それは嘘です、書いて頂けないでも辞職なんかしやしません」と云つたりした。何か話をしてくれたら筆記してもいいからと云ふことだつたが、書けない時は口授すると一層進みが悪いので、僕はその申し出でを断つて、兎に角明日の夕方までに何かしら書く約束をした。渡辺君は翌十日の夜原稿を受け取りに来て、すぐに夜行で立つことにきまり、「それでは今夜は夙川へ泊まりますから、用があつたら電話をかけて下さい」と云つて、帰つて行つたのが二時頃であつた。僕の家では昼間も門に戸締まりをして置くので、僕は二人を玄関から門まで送り出し、かんぬきを掛けてから、暫く庭をぶらついてゐた。今年の冬は寒になつても温かい日がつづいてゐて、その日も朝のうちにちよつと小雨が降つたけれども、もうその時分には青空が見え、季候外れの十二月から綻び初めた梅がちやうど見頃になつてゐた。僕は庭の崖下に咲いてゐるその梅の花を眺め、心臓に水がたまつて弱つてゐるテツ（シエパード種の犬）をいたはり、草人から貰つたブリユウのペルシヤ猫をからかつたりして、二三十分時間をつぶした。そして南の縁側に日を浴びながら、何となく春が近づいたのを感じた。実際、東京にゐた時分はそれ程でもなかつたのに、関西へ来てからは春の来るのが毎年妙に待ち遠しい。昔の人が吉野嵐山の花にあこがれ、咲いたと云つては喜び浮かれ、散つたと云つては名残りを惜しむ心持ちは、大宮人の歌の上での誇張だとばかり思つてゐたが、五畿内の春を知つて見るとまことに地上の天国であり、行楽の別天地である。「願はくば花の下にて春死なん」と云つた西行法師の執着に実感があることが、此の頃になつて少し分つて来たやうな気がする。僕はさう云ふ自分の今の心境が「新青年」の探偵趣味とは甚だ懸隔してゐるのを思ひ、それにつけても渡辺君の期待に添ふものが書けさうもないのを案じながら書斎に這入つた。三時少し前に近所のS君が中書島の駿河屋のうゐらうを持つて訪ねて来た時も、僕の空想はまだ淀川べりの春色を追つてゐて、改造社の地理大系や鉄道省の案内記などをひろげながら頻りに遠足の話をした。さうさう、それから、その日は僕の家の水道のモーターに故障があつて風呂が沸かなかつた。僕は長年の習慣で、朝湯に這入らないと一日頭がぼんやりして、体にシマリがなく、仕事をすることが出来ないのである。そんなことで工夫が来たりして、モーターを直して漸く風呂の沸いたのが五時頃。それまでうゐらうで茶を飲みながら相手をしてゐたS君が帰り、僕が風呂から上つたのが六時頃。さて机に向つたのは夕食後の七時か八時頃であつたが、矢張りどうしても筆が動かず、午前一時迄は遂に一行も書けなかつた。それからやつと此の原稿の最初の部分を四五枚書いた時僕は鶏の鳴くのを聞いた。午前五時に僕は三四時間ごろ寝するつもりで寝床に這入つた。そして呼び起されたのは六時半だつたから、一時間半は安眠してゐた筈なので、寝入りばなを覚まされた僕の意識は、「自動車が衝突した」と云ふことと、「渡辺さんが死んだ」と云ふことを、別々に聞いた。僕には故人以外にも渡辺姓の知人がある。どの渡辺が死んだのか知らん?——と、咄嗟にさう思ひながら僕は首を擡げて枕頭にある電報を見た。「ワタナベ　キウシスヨウアルデンワニシノミヤ　一二一ナラハラ」と読める。しかしそれでもまだ半分は夢見心地で、はつきり事件の重大さが呑み込めなかつた。「待つて下さい、もつとよく様子を聞いて来ます」と、家の者は電報を枕もとに置いて出て行つてしまつたので、電文だけでは渡辺温君が死んだことは分るが、自動車の事故は記してない。僕の家には電話がないので、様子を聞いて来ると云ふのは使ひの者でも待つてゐるのか、或ひはその事故がつい此の近所で起つたのか、それなら此の電報は何のためにいつ何処で打つたのか？――依然として僕は半信半疑でゐた。電報はさつき一時間も前に来たのださうだが、夜中に届いたのは開けて見ないのが例であるから、そのままにして置いたところ、今しがた西宮の回生堂病院から自動車が迎へに来て、待つてゐると云ふのである。「こちらのお友達が二人自動車で怪我をなすつたのです。お一人の方は命に別条ありませんが、東京からいらしつた方の方はお亡くなりになりました」と、運転手にさう云はれて、家の者は始めて電報を読み、僕を起したのであつた。僕は跳ね起きて、着物を着換へて、裏口から出ると、裏門の前に、鳥打ち帽に白い縦縞の紺の背広を着て薄髯を生やした三十恰好の男が立つてゐて、「どうも相済みません」と云ひ云ひ頭を下げた。外はすつかり明け放れてゐた。僕の住所岡本は昔から梅の名所である。僕の家の生け垣の中にも、片側の空き地にも、自動車の停めてある一二丁下まで降りて行く山道のあひだにも、花は昨日の午後と同じに咲いてゐる。寝坊の僕は自分の住む土地の朝げしきを珍しいものに思ひながら、梅の下枝をくぐつて行つた。

○

男はしきりに「済みません済みません」と云つた。「君が事故を起したのかね」と云ふと、「私ではありませんが、うちのガレーヂの者なんです」と云ふ。そのガレーヂは兵庫の尻池の方にあつて、今朝の午前一時頃、そこの車が客を拾ひに神戸の街へ出てゐると、二人が栄町一丁目からそれに乗つた。そして阪神国道を東へ走つて、恰も神戸と大阪の真ん中辺西宮市の手前から左へ折れ、阪急線の夙川へ出ようとして汽車の踏み切りを越える途端に貨物列車と衝突した。列車は上りであつたから、北へ向つて進む自動車の左側――而もちやうど客席の横腹を打ち、そのまま一丁半ばかり引き摺つて停車した。助手と渡辺君は左側に、運転手と楢原君は右側に乗つてゐた。そして最初の一撃に運転台の右のドアーが開いて運転手は跳ね飛ばされ、暫くしてから助手が跳ね飛ばされ、客席の二人は最後まで車内に残つた。負傷の最も軽いのは右の前方にゐた運転手、次ぎが楢原君、次ぎが助手、渡辺君は殆んど身を以つて汽車に打つかつた訳で、額と、頤と、頸部を破られ、その場で意識を失つて、病院に担ぎ込まれると間もなく死亡した。それが午前五時何十分。僕に電報を打つたのは、楢原君が会ひたがつてもゐたのだが、警察が立ち合つて欲しいと云つて僕の来るのを待ちかねてゐるのであつた。

○

夙川の踏み切りは間違ひの多い所で、今迄何人殺されてゐるか知れないのである。北から南へ越すときはさうでもないが、南から北へ越すときは、両側に大きな松の枝があり、踏み切り番の小屋があつて、見通しが利かない。それに、これは特に鉄道省の注意を喚起したいのだが、いつたい貨物列車のヘッド・ライトは非常に暗い。上の方にぼんやりと一つ青い灯が燈つてゐるだけである。われわれは日常電車や自動車の灯を見馴れてゐて、ヘッド・ライトと云へばもう少し明るいものと思ひ込んでゐるから、あんな灯では自然油断しがちである。そこへ持つて来て、客車よりも速力が鈍く、石炭も違ふせゐか、よつぽど近間へ来なければ地響きもしないし煙や火の粉なども見えない。闇の晩など用心深く歩いてゐてさへビックリさせられることがあるから、傘をさしてゐたり、耳や眼の悪い老人だつたら、自動車でなくても危険率が多い。兎に角あんな灯で車を走らせるのは鉄道省が不親切である。僕も夙川や西宮にはついでがあり、しばしばあの辺の鉄道線路を横切ることがあるけれども、少し廻り道をして堤防の東のガードを越すか、さうでなければ踏み切りの前でエンヂンの呻りを止め、助手を線路へ出してみてから渡るやうにしてゐた。夙川に住む楢原君がそれを知らない筈はないが、思ふに九日は日曜でもあり、僕の家から真つ直ぐ帰らずに、あれからあの足で神戸へ廻り、二人とも行ける口であるから何処かで飲んだ戻り道で、恐らく酔つてゐたのであらう。（あとで聞くと、楢原君は十時迄に帰らうと云つたのを、渡辺君が、いつもそんなことに剛情を張る人ではないのに、あの晩は妙に執拗に、是非もう少し附き合へと云つて肯かないので、「今夜は渡辺君は変だなあ」と思つたさうである。）それにしても原稿を筆記させてくれと云つた時、僕が承知して引き止めて置いたらこんな事にはならなかつたであらう。

○

僕は車で病院へ駈けつける途々渡辺君と僕自身との因縁を思つた。親疎を云へば、楢原君とは、近い所に住んでゐて時々往復してゐる仲だから、生前三度しか会つたことのない渡辺君と同日の談ではない。しかし故人とのつながりも左様に浅くないのである。僕は少くとも、故人に文壇へ進出する第一の機会を与へた者は自分であつたと信じてゐる。その時のことは今の松竹の川口松太郎君がよく知つてゐる筈だと思ふ。たしか大正十四年頃、大阪にあつたプラトン社が「女性」の誌上で映画のストーリーを募集したことがあつて、選者は故小山内薫氏と僕であつた。川口君は小山内氏が選んで一等にした物と、外に数篇の佳作を携へて、小山内氏の代理として僕の意見を求めに来た。さうして僕が、その中から唯一つ選び出したものが渡辺君の応募作品「影」であつた。「唯一つ」と云ふ意味は、他の作品は等級を附けようと附けまいと、僕には何等問題でなく、唯此の「影」だけが鮮やかに図抜けてゐたのである。僕は一読して「カリガリ博士」の画面を浮かべた。筋がすぐれてゐるばかりでなく、その原稿の字体、（巧拙を云ふのでない。）文字の使ひ方、インキの色、字配り等にまで、何かしら作者のシッカリした素質を想見させるに足るものがあつた。此れは事に依ると、ただ此れだけの作者でなく、長い将来のある人だなと、直覚的に感じた。凡そ懸賞募集の作品には紛れ当り的の物が多く、今迄つひぞ此れはと思ふものに打つかつたことがなかつたので、今度は自分が選者でありながら、たかを括つてゐたのだつたが、それだけに僕の喜びも大きく、意外な獲物をしたやうな気がした。僕は川口君を摑まへて、小山内氏が此れを一等にしない理由を詰つた。が、だんだん聞いて見ると、小山内氏も恐らく僕が此れを一等にしたがるだらうことを予期して、さてこそ相談に寄越したのであつた。僕は最初、どうせ碌な物はあるまいと思つて、選者の名前を貸すだけに止めて、万事小山内氏に一任してゐた。だから、小山内氏がわざわざ僕に使者を差し向けたのは、此の「影」の価値を認めた上にも、僕と云ふものを本当によく理解してくれての処置であつた。しかしプラトン社が映画の原作を募集したのは、当選作品を日活か松竹に製作させて、雑誌の宣伝に使はうと云ふ政策があつたらしく、僕はそこ迄気が付かなかつたが、小山内氏はそれを知つてゐた。氏はその上にも演劇映画の実際家であり、且プラトン社の顧問にすわつてゐて、雑誌の売れ行きを考慮すべき位置にあつた。そこで、さう云ふ立ち場から見ると、「影」は筋として面白いけれども、映画化するのに難色がある。第一演技が非常にむづかしい。此の劇に成功するやうな腕と頭のあるキネマ俳優は、ヱルネル・クラウス、コンラド・フアイト程度の者でなければならず、今の日本では到底望めない。仮りに俳優が得られ、藝術的には立派なフイルムが出来るとしても、何分登場人物が少く、花やかな場面が一つもなく、独逸風な、恐ろしく暗い陰鬱な物語であるから、興行価値を懸念して何処の撮影所でも進んで製作を引き請ける所はないであらう。映画にならないに極まつたものを当選させるのは無意義である。と、さう云ふのが氏の意見であつた。けれども僕は立ち場が違ふから、キネマ界の現状に囚はれる必要もなく、雑誌の売れ行きを考へてやるにも及ばない。「影」には映画のストーリーとして、映画化するのに不可能な条件は一つもない。絵にならないのは現在の話で、将来はなし得る時代が来る。その時代を少しでも早く来させるためには、なまじ余計な気がねをせずに、どしどし斯う云ふ作品を推挙するに限る。さうしなかつたら若い人たちから募集する趣意が立たないではないか。僕はそんな理想論を振り廻して川口君を梃擦(てこず)らした。「小山内君が不承知なら、二人別々に選をさせてくれ給へ。僕はどうしても此れを一等賞にする」と云つてだゞを捏ねた。さうなるとへんに頑張り出すのがいつもの癖なので、小山内氏は定めし僕の子供じみた云ひ草を笑つたことだらう。僕はその実小山内氏の方にも道理があることを一応も二応も認めてゐた。僕の真意は、それほど「影」を固執する気はなかつたのだが、たまたま此処に見出された、すぐれた素質のあるらしい青年作家の将来を慮(おもんぱか)つたのであつた。云ふ迄もなく、一人の立派な才能を世の中へ送り出すことは、一つの映画、一つの雑誌の人気よりも遥かに大切なことであるから。

○

「影」は一等賞にはなつたが、果たして小山内氏の予想通り映画にはならずにしまつた。此れはプラトン社のためには計画に齟齬(そご)を来たしたであらうが、渡辺君のためには、私(ひそ)かに思ふに多少のチヤンスをもたらしたであらう。僕は当時その青年が慶応の学生であると云ふことをチラと耳にしたばかりで、その後あまり気にも止めずにゐると、一年程たつて、或る日辻潤君が「『影』の作者を連れて来た」と云つて岡本の僕の寓居を訪ねた。その時すでに渡辺君は「新青年」の記者であつて、原稿の用件を帯びて来たのである。が、用談は殆んど辻君が代りにしやべつて、君は始終黙々として僕の顔を見てゐた。僕はさつき第一印象の感じを書いたが、一つ書き洩らしてゐることは、「カリガリ博士」の絵に出て来るアランの顔、――「影」の作者が辻君のうしろから這入つて来るのを見た瞬間、真つ先にあの顔が僕の記憶に上つた。ヴガボンドネクタイ、長い髪、暗い茶色の服、痩せてはゐないがゴツゴツ骨張つたいくらかゴリラの腕を想はせる長大な四肢、東北タイプの凹凸(おうとつ)のある陰影(かげ)の深い容貌、おまけに神経質らしい眼はいかにもアランによく似てゐた。さうしてそれは僕が「影」の作者の姿として心に描いてゐた通りのものだつた。このくらゐ想像と実物とがピツタリ合つたことはなかつた。

○

僕は病院の玄関を上つて、屍体の置いてある手術室へ案内されながら、ふと、もう一度アランの顔を想ひ浮かべた。屍体はあの茶色の服を着たまま、患者を運ぶ車の附いたズックの台の上に仰向けに臥て、その上を外套で蔽はれ、外套の上から腹のあたりへ両手を載せてゐた。血の附いたワイシヤツの袖口から出てゐる手が、握り拳を作つて、黄色く固く、既に「死んだ手」になつてゐた。「もうちよつと前息を引き取られました、まことにお気の毒です」と云つて、巡査が顔のハンケチを取る。顔にはガーゼが血でぺつたりと粘りついてゐる。頸部の傷口を縫つた痕が堆くふくれてゐる。その傷口から後頭部へかけて、何か棒のやうな物が突き刺さつてゐるらしいと医師は語つた。しかし此の打撃は急所を外れてゐるので、致命傷は脳の内出血か、或ひは胸を強く打つたため心臓をやられたか、念のためにレントゲンで写真を撮つて置きませうと云ふ。左の肋骨を折つた助手と、血だらけなカラーを着けて顔の半分へ膏薬を貼られた楢原君とは診察室に臥かされてゐた。運転手は服の背中にレールの痕を印しながら、思ひの外の軽傷らしく、起きてストーヴにあたり始めた。そして霧雨が降つてゐたのでガラスが曇つて見えなかつたこと、中のお客は二人とも酔つてぐうぐう寝てゐたことなどを、ぽつぽつ語つた。此の運転手は非常に気丈で、体ぢゆうの痛みを怺へつつ独りで負傷者を運搬したり、汽車の機関手たちは、邪魔になる壊れた自動車を線路の下へ投げ捨てただけで、そのまま列車を走らしてしまつた。そのため事故の起つたのが一時五十何分であるのに、それから病院へ運ぶ迄に一時間半以上もかかつた。そんなことを話しながら自分も生きてはゐられないやうに悲観してゐる運転手を巡査が傍から慰めてやつたりいたはつたりしてゐた。あたたかみのある、親切な、いい巡査であつた。

楢原君の経験では、踏み切りへかかつたことも、衝突したことも、何も覚えがない。病院へ来て始めて事態を悟つたくらゐで、全く恐怖を知らずに済んだ。それほどぐつすり寝込んでゐたのださうである。だから勿論渡辺君も寝ながら汽車に横腹を打たれて、夢中で死んで行つたであらう。その光景の凄惨さに比べて、案外苦しまなかつたであらう。さう思ふことがせめてもの慰めである。岡田時彦、楢原君を始めとして故人の友人には其の道の人が甚だ多い。日本のキネマ界も今や昔日のやうではあるまい。一つ故人の追福のために

「影」を映画化してはどうか。そして立派なものが出来たら、地下の故人と小山内氏とは手を執り合つて喜ぶであらう。僕は此のことを切に友人諸氏にすすめる。

〔「新青年」昭和五年四月増大号〕

花ランプ
Keisuke

温と啓助と鴉

渡辺　東

父、啓助が臨終をむかえたのは一月十九日の深夜、夜空は青白い寒月が輝き、冷えた空気が私の悲しみを突き刺していた。叔父の温が事故死したのも二月九日の深夜だから、寒い日だったのであろう。そして、エドガー・アラン・ポーが生まれたのが奇しくも一月十九日なのだから、何かの因縁を感じてしまう。特に寒い冬の日の満月をみると思う。

啓助と温は一つ違いで、精神構造も似ていたため、同じものに興味を持ち、まるで双生児のように一緒に過ごすことが多かったという。凧をつくり凧と遊び、小名木川(おなぎがわ)近辺を縦横無尽にかけずり廻った。自然を観察し探検をくり返し、何度も迷子になったりと自然児だったようだ。映画や芝居をみに、浅草まで羽をのばすこともあった。

それから読書も二人を夢中にした。ポーを原語で読みたい一心で、語学を熱心に勉強するようになった。この事が後に江戸川乱歩のためにポーを翻訳し代訳する基礎になったようだ。そしてこの事はまた、自分達の創作にも役立ち意欲的に詩や小説を書くようになった。

二人は母親に溺愛されていた。啓助が十五歳、温が十四歳の時、インドの詩聖でノーベル文学賞を受賞したラビンドラ・タゴールが茨城県の五浦(いづら)を訪ねるという新聞記事を祖母（私にとっての）は目にした。

その頃家族が住んだ助川駅に、タゴールを乗せた列車が二、三分停車する事を知り、祖母は時間を調べて兄弟を連れて待つことにした。沢山のコスモスが咲きみだれ、風に揺れている田舎の駅に列車が入ってきて、すうーっと止まった。こちらを見ている威厳に満ちた優しそうな乗客がタゴールだとわかった祖母は、静かにお辞儀をした。タゴールは兄弟のほうへ手を振り、会釈を返してくれたのだそうだ。この運命的な一瞬の出会いは、兄弟にとって生涯忘れられない思い出となった。母の慈愛を深く感じたのだろう。

それから啓助は教職につき、温はプラトン社が募集した映画のシナリオに応募し、「影」という作品が一等になった。それが選者だった小山内薫や谷崎潤一郎の知遇を得ることになる。そして珠玉の短篇を書き水谷準や横溝正史と出会い「新青年」の編集に係わっていく。そんな二人に祖母は自分の文学的な素養やセンスを注ぎこんだ。特に啓助に対しては特別であった。

祖母が教員として秋田にいた時に、昼間働いていたために啓助をお手伝いさんにあずけた。彼女が目を離したすきに囲炉裏に落ちて鉄瓶の熱湯をあび大火傷を負う。そして幼児の柔らかい顔に無残なケロイドが残り、その事が祖母にとっても啓助にとっても、後年はほとんど気づかれないほどきれいに治っていたが、人生の深い傷になった。啓助が書く作品達の底辺に、そのトラウマが伏流水のようにいつも流れている気がする。

温の作品は私なりに読んでいたが、私の生まれる以前に亡くなっていたから、彼の日常的な事は、その時代を共有した叔母達から断片的に聞くしかなかった。

啓助と温は、渡辺家に自分達が好きだった「赤い鳥」という雑誌を持ち込んだ。素晴らしい挿絵、詩や童謡、童話や小説。芥川龍之介や北原白秋、西條八十、小川未明などそうそうたる作家達が、子供にもわかりやすく魅力的な作品を発表していた。叔母達は夢中になってながめた。その頃、二人は自炊生活を送り青春を謳歌していた。

よく築地小劇場に通い、浅草オペラで知り合った作家や芸能人と交際し、帰ってくると覚えたての歌を唄ってくれたらしい。幼かった叔母は、歌詞は理解出来なかったが明るいメロディーなので口ずさんでいると、祖母が「そんな歌を女の子に教えたら駄目ですよ」と二人を叱ったらしい。ある日叔母が二人に呼ばれたので行ってみると、変なタイツみたいなものを身につけポーズをとり、これは「瀕死の白鳥」だよと言いながら踊ってくれたという。そしてサン・サーンスの曲が流れていた。とんでもなく不恰好で滑稽でユーモラスな白鳥だったと。二人はいつもふざけていて、幸せで楽しそうだったわと笑いながら、でも涙ぐんで話してくれた。

叔母が温の姿を最後にみたのは、事故死をとげる一年前のことだった。ツイードの上下、バガボンドネクタイをしめ黒い帽子をかぶり、「ステンカラージン」や「どん底」を唄い、「インターナショナル」を口ずさみながら帰っていった後ろ姿が温を見た最後だった。その叔母ももういない。

啓助と温は表と裏。表裏一体の関係がバランスよく保たれていた。悪意と善意の翼を持つ一羽の鳥のような感覚だったのかも知れない。それが突然一方的に片翼がもぎとられたのだ。温は「新青年」への原稿依頼のために訪れた谷崎潤一郎邸からの帰路、乗っていたタクシーが列車と衝突し事故死をとげる。あえなく帰らぬ人となった。まだ二十七歳であった。

その知らせをきいた時、啓助は絶望的な衝撃を受け、信じられなかったという。自分の身体の一部、つまり羽が消失してしまったのだ。頭の中が真っ白になり茫然自失な状態が続き、なかなか抜け出せなかった。時が経つにつれて頭の中の真っ白な空間に何かがボオーッと生まれ始めた。それは黒い濡れ羽色した鴉のような存在だったらしい。白い闇の中に哲学的な静寂感を持つ、孤独だが妙に懐かしい黒い鴉が現れたのだ。父は亡くなるまで、好んでその鴉の絵を描いていた。

啓助はそれからもモダニズム的な多くの小説を温の分まで書き続けた。そして風来坊的な鴉をところかまわず描き、みた人達を和ませて一〇一歳まで生ききった。二人の年を半分にするとちょうど一人分の人生になるのにと私は思う。今頃兄弟は地球外居住者として楽しみ、一翼を持つ鴉になり、飛翔し続けているのだろう。「誰でも一度は鴉だった」とうたいながら……。

（わたなべ・あずま）

解説

浜田雄介

渡辺啓助と渡辺温の兄弟によって翻訳され、江戸川乱歩の名義で刊行されたエドガー・アラン・ポーの作品集が、文庫本の形で再び世に出ることとなった。

原訳書の刊行は一九二九年四月。すでに九〇年の昔で、当時流行した円本全集の一冊に過ぎないものだった。だが訳文の再録は以後も続き、近年では二〇一八年一二月、そのうち六篇を選んだ『ポー奇譚集』が、坂東壮一氏の挿画に装われた豪華本として藍峯舎より刊行された。時を隔ててなお愛されるゆえんはポー、乱歩、温、啓助というそれぞれの個性による絶妙なコラボレーションであろうが、その絶妙さの中心に位置するのはおそらく渡辺温であり、温と表裏のように、言わば裏側の中心に控えるのが渡辺啓助である。

一九〇二年に北海道に生まれた渡辺温は、父の転勤に従って東京深川、やがて茨城県助川に移転、水戸中学に入学して早熟な才筆を示し、上京して慶應義塾高等部に入学する。在籍中の一九二四年にプラトン社の映画筋書懸賞募集に応じて一等に当選。賞金千円を受けるがたちまち使い果たして借金が残ったという。この時の選者が谷崎潤一郎と小山内薫で、谷崎の回想が本書にも収録されるが、立派な才能を世に出すことは映画や雑誌の成功よりも重いとする言葉は、芸術家としての洞察すなわち共鳴と見識を示していよう。当選作「影」は、ポーの「ウィリアム・ウィルソン」、谷崎の「金と銀」に対する新世代からの挑戦であり、そして以後の温は、「父を失う話」「可哀相な姉」など、珠玉という形容が真に相応しい短編を生み出してゆく。

谷崎潤一郎も小山内薫も、大正後半には映画製作に深く関わっていた。一九二〇年に、谷崎は大正活映の脚本部顧問に就任、小山内は松竹キネマ研究所を設立している。この前後、谷崎はさかんに探偵小説を書いていたし、小山内は自由劇場からやがて築地小劇場へと向かう時代である。映画をはじめとする新しい芸術との関係を文学が模索していた時代で、彼らのもとには多くの若き芸術家が集まっていた。集まっていった才能の一つが渡辺温である。谷崎との関係ばかりが注目されるが、「影」受賞と同年に表現主義戯曲「海戦」で幕を開けた築地小劇場にも、温は通っている。

もっとも、温の築地通いには、別の理由もあったかもしれない。デビュー以前から、温には九歳年下の恋人がいた。当時築地に子役で出演していた及川道子、後に松竹蒲田の永遠の処女と呼ばれた女優である。彼女の父の経営するパーラー・オアシスは芸術を愛する若者たちのサロンで、長谷川修二や渡辺啓助とともに、温も常連だった。二人の間には結婚話もあったとされるが及川の結核で結ばれず、しかし彼女より先に、温は事故で命を失うことになる。

一九三〇年二月、『新青年』編集者として谷崎邸に赴いたその帰途、温の乗車したタクシーが貨物列車と衝突した。突然の死である。数年後、夢の中で再会した温に、どこへも行かないで、道子の側にいてと訴える及川の叫び（及川道子「渡辺さんに会ふ記」『オアシス』三四年二月号）は、その夢の三年後に迫る彼女の死を思えばいっそう哀切の感もあろう。

及川に限らず、温の死には横溝正史や水谷準ら探偵小説家をはじめ詩人のサトウ・ハチローや俳優の岡田時彦など多くの知友が追悼を語っている。愛惜だけが理由ではなく、その生涯と死に、何かしら時代の青春を想起するような感覚が共有されていたためであろう。一言で言えば、モダニズムである。

懸賞で温をデビューさせたプラトン社は、一九二二年に大阪を中心とする化粧品会社中山太陽堂（現クラブコスメチックス）によって設立された。スタッフに山六郎や山名文夫、小山内薫、直木三十五、川口松太郎らを擁し、『女性』『苦楽』の二誌でモダニズム文化を領導した出版社である。二八年には廃業、わずか六年間の文化的拠点であったがその影響は大きく、神戸育ちの横溝正史が東京に出て二七年に博文館の雑誌『新青年』の編集長となった時、誌面刷新の手本としたのはプラトン社の雑誌であったという。

そして『新青年』編集にあたり、横溝の選んだ相棒が、「影」を読んだだけで一面識もない渡辺温であった。横溝も温も、創作もすれば翻訳もする編集者で、彼らの『新青年』

は作家も翻訳者も画家も編集者も入り混じって企画を練り作品を生む運動体になってゆく。粒子がぶつかり合うような運動は内外の企画に飛び火し、また企画を呼び込む。改造社の世界大衆文学全集の第三十巻『ポー、ホフマン集』はまさしく呼び込まれた企画の一つだが、もう一つ、同じ年の『新青年』内部の企画を挙げるならば、六月号には岡田時彦、鈴木伝明という銀幕の二枚目俳優に探偵小説を書かせるという遊びがあった。この時、岡田のゴーストライターとして「偽眼のマドンナ」を寄せたのが、温の兄、啓助である。

ゴーストとは言え「偽眼のマドンナ」は、まぎれもなく渡辺啓助初期の傑作であった。偽眼の娼婦が漏らす「泣いたっていい想い出が沢山ある」という科白は、幼児期に大火傷をして顔面に痕が残ったという啓助に重なろう。一八九九年に生まれながら病弱で学校も休みがち、戸籍上では一つ違いの温と双生児のように育てられた啓助は、水戸中学時代の文章にも思索的風貌を残している。青山学院高等学部卒業後は群馬県渋川中学で英語教師を勤めたが、二年で辞して九州帝国大学に進んだ。『ポー、ホフマン集』「偽眼のマドンナ」の一九二九年は、卒業論文執筆の年である。

温と入れ替わるようにデビューした啓助は、以後、二〇〇二年に没するまで実に六〇年以上、豊かな物語を紡ぎ続けた。初期にはグロテスク美学に貫かれた怪奇短編、戦時には歴史に創造力を羽ばたかせる冒険や開拓を描き、戦後はユーモアやエロティシズムとともに新しい「悪」を追究する。やがて文筆から絵画へと向かい、なぜかひたすら「鴉」の絵を描き続けるが、晩年には物語のように滋味溢れる随筆ものしている。創作の一方で、教え子や子供たち若い世代の同人誌活動を教導し、今日泊亜蘭や星新一らとともにSF作家グループを組織するなど、組織的な文学運動にも積極的に関わり続け、一九五九年からは探偵作家クラブの第四代会長として、日本推理作家協会の法人化をも果たした。

そんな兄弟による、青春の翻訳が本書である。

かつて啓助氏に作品の割り振りについて問うた時、「ペシャッと本を真ん中から破いちゃう。そしてこっちは頼む、それでいいんです。」との答えを得た（湯浅篤志・大山敏編『聞書抄』一九九三年、博文館新社）。場面が目に浮かぶだけに創作の匂いも強いが、担当する作品にこだわりはなかったという趣旨とすれば、頷けないこともない。雑誌編集の現場に身を置いた温は既にあれこれの筆名での翻訳をこなしていたし、『鴉白書』（一九九一年、東京創元社）によれば啓助も温経由の匿名翻訳を手伝っていた。もと英語教師だった啓助にとって、翻訳が一種の知的運動であったことも想像に難くない。著名作家のゴースト役は、芸術を愛する若者にとって、こだわりなく楽しめる祝祭ではあったろう。

もっともお祭りのためか、本文には誤植の疑われる表記の混沌も多く、中公文庫の校閲者をも悩ませたが、ある程度はそのまま、時代と彼らの若さを残してもらった。また当人たちにはこだわりが無かったとしても、読者としては分担を知りたくなるところで、幸い渡辺啓助研究の先達たる奥木幹男氏が渡辺啓助からの聞き書きを残してくれている（『ネメクモア』二〇〇一年、東京創元社)。

温訳…「黄金虫」「モルグ街の殺人」「マリイ・ロオジエ事件の謎」「壜の中に見出された手記」「長方形の箱」「赤き死の仮面」「物言ふ心臓」「ヰリアム・ヰルスン」

啓助訳…「窃まれた手紙」「メヱルストロウム」「早過ぎた埋葬」「陥穽と振子」「黒猫譚」「跛蛙」「アツシヤア家の崩壊」

作家の、それも時を隔てた記憶なので検証の要はあろうが、「メヱルストロウム」は『鴉白書』にも自身の訳と認める記載があり、啓助訳たることは疑いないであろう。試みにその第一文を引いてみる。

「私達は漸く、空に懸るその断崖(きりぎし)の上に迹(たど)り着いた。」

「断崖」を「きりぎし」と古風に読ませるのも「たどる」に「跡」の異体字「迹」を用いるのも、特異な用例とまでは言えないが、やや個性的な選択だろう。たとえば数ページ後の「展望(パノラマ)」というルビは、原語の意味を日本語に置き換え、音をそのまま片仮名で示したもので、このタイプは翻訳でしばしば行われる。同時代であれば、谷譲次がダイナミックな形で流行させたものである。けれども「cliff」を「断崖(きりぎし)」に置き換えるのは、英語と日本語の間だけではなく、和語と漢語、古典世界と現代とを行き来する運動を、ここでの読書に組み込むことになる。

「断崖（きりぎし）」のルビは、用例をたどれば泉鏡花や北原白秋の文学世界にも通じ、龍膽寺旻訳「アッシヤア家の崩没」（『タル博士とフエザア教授の治療法』一九二七年、南宋書院）にも使用されたが、兄弟の物語合戦を描いた温の小説「勝敗」にも登場する。文化の断崖を軽々と飛び越えるような感性が、兄弟の間をも行き来していたと言うべきであろうか。江戸川乱歩が渡辺温に「クラシカルな匂」（「三月号寸評」『新青年』一九二七年四月号）を感じるのは、こんな言葉の用いかたにもあるのかもしれない。渡辺兄弟の文体の、それぞれにスタイリッシュなバランス感覚を支えていたのはおそらく、このような教養の共有と、そして批評的に働く相互の視線でもあった。啓助は温の死後、文学論を語る際にしばしば、記憶と想像の境にある弟との対話を記している。

　名前というものが、独占的な所有のしるしではなく、境界を飛び越えるための便利な道具であったのは、温と啓助だけのことではない。平井太郎が江戸川乱歩の名でエドガー・アラン・ポーに挑戦するような作品を書き始めた時、すでに「影」の物語は始まっていたと言えるだろう。さらに言えば、ポーが「ウィリアム・ウィルソン」などの物語を書き始めた時に。ポー、乱歩、温、啓助というそれぞれの個性による、存在の不確かさをめぐる恐れと楽しみの、さまざまにこめられた一冊が、本書である。


（はまだ・ゆうすけ　成蹊大学教授）

本書は、一九二九年（昭和四）四月に改造社から刊行された『世界大衆文学全集　第三十巻　ポー、ホフマン集』を底本としました。

さらに、「附録」として収載した江戸川乱歩「渡辺温」は『探偵小説三十年』（岩谷書店、昭和二十九年）を、谷崎潤一郎「春寒」は『谷崎潤一郎全集　第二十二巻』（愛読愛蔵版、中央公論社、昭和五十八年）をそれぞれ底本としました。渡辺東「温と啓助と鴉」は書き下ろしです。

正字を新字にあらためた（一部固有名詞や異体字をのぞく）ほかは、当時の訳書の雰囲気を伝えるべく歴史的かなづかいをいかし、踊り字などもそのままとしました。ただし、ふりがなは現代読者の読みやすさを優先して新かなづかいとし、明らかな誤植は訂正しました。

底本は総ルビですが、見た目が煩雑であるため略しました。ただし、現代の読者のために、簡単なことばであっても、独特の読み仮名である場合は、極力それをいかしました。

本書に収載された作品には、今日の人権意識からみて不適切と思われる表現が使用されておりますが、本書が訳された時代背景、文学的価値、および訳者が故人であることを考慮し、発表時のままとしました。

（中公文庫編集部）

中公文庫

ポー傑作集
——江戸川乱歩名義訳

2019年9月25日　初版発行
2020年6月25日　再版発行

著　者　エドガー・アラン・ポー
訳　者　渡辺　温
　　　　渡辺啓助
発行者　松田陽三
発行所　中央公論新社
〒100-8152　東京都千代田区大手町1-7-1
電話　販売　03-5299-1730　編集　03-5299-1890
URL http://www.chuko.co.jp/

DTP　ハンズ・ミケ
印　刷　三晃印刷
製　本　小泉製本

Published by CHUOKORON-SHINSHA, INC.
Printed in Japan　ISBN978-4-12-206784-4 C1197

中公文庫既刊より

各書目の下段の数字はISBNコードです。978－4－12が省略してあります。

ホ-3-2
ポー名作集
E・A・ポー
丸谷才一訳
理性と夢幻、不安と狂気が綾なす美の世界――短篇の名手ポーの代表的傑作「モルグ街の殺人」「黄金虫」「黒猫」「アシャー館の崩壊」全八篇を格調高い丸谷訳でおさめる。
205347-2

シ-1-2
ボートの三人男
J・K・ジェローム
丸谷才一訳
テムズ河をボートで漕ぎだした三人の紳士と犬の愉快で滑稽、皮肉で珍妙な物語。イギリス独特の深い味わいの傑作ユーモア小説。〈解説〉井上ひさし
205301-4

チ-1-2
園芸家12カ月
カレル・チャペック
小松太郎訳
軽妙なユーモアで読む人の心に花々を咲かせて、園芸に興味のない人を園芸マニアに陥らせ、園芸マニアをますます重症にしてしまう、無類に愉快な本。
202563-9

ク-1-1
地下鉄のザジ
レーモン・クノー
生田耕作訳
地下鉄に乗ることを楽しみにパリにやって来た田舎少女ザジは、あいにくの地下鉄ストで奇妙な体験をする――。現代文学に新たな地平をひらいた名作。
200136-7

ウ-8-1
国のない男
カート・ヴォネガット
金原瑞人訳
戦後アメリカを代表する作家・ヴォネガットの、シニカルな現代社会批判が炸裂する遺作エッセイ。この世界で生きる我々に託された最後の希望の書。〈解説〉巽　孝之
206374-7

ハ-13-1
新訳 メトロポリス
テア・V・ハルボウ
酒寄進一訳
機械都市メトロポリスの崩壊は、ある女性ロボットの誕生に始まる。近代ドイツの黄金期を反映した耽美に満ちたSF世界が新訳で登場！　詳細な訳者注・解説を収録。推薦・萩尾望都
205445-5

オ-1-2
マンスフィールド・パーク
オースティン
大島一彦訳
貧しさゆえに蔑まれて生きてきた少女が、幸せな結婚をつかむまでの物語。作者は優しさと機知に富む一方、鋭い人間観察眼で容赦なく俗物を描く。
204616-0

オ-1-3
エ　マ
オースティン
阿部知二 訳
年若く美貌で才気にとむエマは恋のキューピッドをきどるが、他人の恋も自分の恋もままならない——「完璧な小説家」の代表作であり最高傑作。〈解説〉阿部知二
204643-6

オ-1-5
高慢と偏見
オースティン
大島一彦 訳
理想的な結婚相手とは——。不変のテーマを、細やかに描いたラブロマンスの名作を、読みやすい新訳でおくる。愛らしい十九世紀の挿絵五十余点収載。
206506-2

ハ-6-1
チャリング・クロス街84番地　書物を愛する人のための本
ヘレーン・ハンフ 編著
江藤淳 訳
ロンドンの古書店とアメリカの一女性との二十年にわたる心温まる交流——書物を読む喜びと思いやりに満ちた爽やかな一冊を真に書物を愛する人に贈る。
201163-2

た-30-29
潤一郎ラビリンスⅠ　初期短編集
谷崎潤一郎
千葉俊二 編
官能的耽美的な美の飽くなき追求を鮮烈に描く「刺青」など八篇、反自然主義の旗手として登場した若き谷崎の初期短篇名作集。〈解説〉千葉俊二
203148-7

た-30-30
潤一郎ラビリンスⅡ　マゾヒズム小説集
谷崎潤一郎
千葉俊二 編
「饒太郎」「蘿洞先生」「続蘿洞先生」「赤い屋根」など五篇。自らマゾヒストを表明した饒太郎、そのきわめて秘密の快楽の果ては……。〈解説〉千葉俊二
203173-9

た-30-31
潤一郎ラビリンスⅢ　自画像
谷崎潤一郎
千葉俊二 編
神童と謳われた少年時代、青春の彷徨、精神主義からの堕落、天才を発揮し独自の芸術を拓く自伝的作品「異端者の悲しみ」など四篇。〈解説〉千葉俊二
203198-2

た-30-32
潤一郎ラビリンスⅣ　近代情痴集
谷崎潤一郎
千葉俊二 編
上州屋の跡取り巳之介はお才に迷い、騙されても欺れてもこりずに追い求める。谷崎描く究極の情痴の世界「お才と巳之介」ほか五篇。〈解説〉千葉俊二
203223-1

た-30-33
潤一郎ラビリンスⅤ　少年の王国
谷崎潤一郎
千葉俊二 編
子供から大人の世界へ、現実から夢へと越境する少年を描いた秀作。「小僧の夢」「二人の稚児」「小さな王国」「母を恋ふる記」など五篇。〈解説〉千葉俊二
203247-7

各書目の下段の数字はISBNコードです。978－4－12が省略してあります。

た-30-34
潤一郎ラビリンスⅥ 異国綺談
谷崎潤一郎
千葉俊二 編
谷崎の前半生を貫く西洋崇拝を表す「独探」、白楽天や蘇東坡の漢詩文以来の物語空間を有する西湖を舞台に描く「西湖の月」等六篇。〈解説〉千葉俊二
203270-5

た-30-35
潤一郎ラビリンスⅦ 怪奇幻想倶楽部
谷崎潤一郎
千葉俊二 編
凄艶な美女による凄惨な殺人劇「白晝鬼語」ほか、日本探偵小説の先駆的作品ともいえる、怪奇・幻想の世界を描く五篇を収める。〈解説〉千葉俊二
203294-1

た-30-36
潤一郎ラビリンスⅧ 犯罪小説集
谷崎潤一郎
千葉俊二 編
日常の中に隠された恐しい犯罪を緻密な推理で探る「途上」、犯罪者の心理を執拗にえぐり出す「或る罪の動機」など、犯罪小説七篇。〈解説〉千葉俊二
203316-0

た-30-37
潤一郎ラビリンスⅨ 浅草小説集
谷崎潤一郎
千葉俊二 編
谷崎が幼児期から馴染んだ東京の大衆娯楽地、浅草。芸術論に明け暮れ、猥雑な街に集う画家や歌唄い達の哀歓を描く「鮫人」ほか二篇。〈解説〉千葉俊二
203338-2

た-30-38
潤一郎ラビリンスⅩ 分身物語
谷崎潤一郎
千葉俊二 編
芸術的天才の青野とその天分を羨やむ大川の話、Aは善の、Bは悪の小説家。又は西洋と東洋など自己の内なる対立と照応を描く三篇。〈解説〉千葉俊二
203360-3

た-30-39
潤一郎ラビリンスⅪ 銀幕の彼方
谷崎潤一郎
千葉俊二 編
映画という芸術表現に魅了されその発展に多大な期待を寄せた谷崎。「人面疽」「アヹ・マリア」他、映画に関するエッセイ六篇を収録。〈解説〉千葉俊二
203383-2

た-30-40
潤一郎ラビリンスⅫ 神と人との間
谷崎潤一郎
千葉俊二 編
小田原事件を背景に、谷崎・佐藤・千代夫人の関係を虚構を交えて描く「神と人との間」ほか、「既婚者と離婚者」「鶴唳」を収める。〈解説〉千葉俊二
203405-1

た-30-41
潤一郎ラビリンスⅩⅢ 官能小説集
谷崎潤一郎
千葉俊二 編
恋愛は芸術である——人間の欲望を束縛する社会の制約をはぎ取って官能の熱風に結ばれる男と女の物語「熱風に吹かれて」など三篇。〈解説〉千葉俊二
203426-6

た-30-42
潤一郎ラビリンスXIV 女人幻想
谷崎潤一郎
千葉俊二編
思春期を境に生ずる男女の美の変化、天成の麗質に研きをかける女性的美への倦むことのない追求を描く「女人神聖」「創造」「亡友」。〈解説〉千葉俊二
203448-8

た-30-43
潤一郎ラビリンスXV 横浜ストーリー
谷崎潤一郎
千葉俊二編
〝美しい夢〟の世界を実現すべく映画制作に打ち込む主人公を描く「肉塊」、横浜時代の暮しぶりを回想したエッセイ「港の人々」の二篇。〈解説〉千葉俊二
203467-9

た-30-44
潤一郎ラビリンスXVI 戯曲傑作集
谷崎潤一郎
千葉俊二編
〝読むための戯曲〟として書いた二十四篇のうち「恋を知る頃」「恐怖時代」「お国と五平」「白狐の湯」「無明と愛染」の五篇を収める。〈解説〉千葉俊二
203487-7

お-78-1
三浦老人昔話 岡本綺堂読物集一
岡本綺堂
死んでもいいから背中に刺青を入れてくれと懇願する若者、置いてけ堀の怪談——岡っ引き半七の友人、三浦老人が語る奇譚の数々。〈解題〉千葉俊二
205660-2

お-78-2
青蛙堂鬼談（せいあどうきだん） 岡本綺堂読物集二
岡本綺堂
夜ごと人間の血を舐る一本足の美女、蝦蟇に祈禱をするうら若き妻、夜店で買った猿の面をめぐる怪異——暗闇に蠢く幽鬼と妖魔の物語。〈解題〉千葉俊二
205710-4

お-78-3
近代異妖篇 岡本綺堂読物集三
岡本綺堂
人をひとり殺してきたと告白する藝妓のはなし、影を踏まれるのを怖がる娘のはなしなど、江戸から大正期にかけてのふしぎな話を集めた。〈解題〉千葉俊二
205781-4

お-78-4
探偵夜話 岡本綺堂読物集四
岡本綺堂
死んだ筈の将校が生き返った話、山窩の娘の抱いた哀切な秘密、駆落ち相手を残して変死した男の話など、探偵趣味の横溢する奇譚集。〈解題〉千葉俊二
205856-9

お-78-5
今古探偵十話 岡本綺堂読物集五
岡本綺堂
中国を舞台にした義俠心あふれる美貌の女傑の話、新聞記事に心をさいなまれてゆく娘の悲劇「慈悲心鳥」など、好評「探偵夜話」の続篇。〈解題〉千葉俊二
205968-9